Ayelet Gundar-Goshen • Löwen wecken

Ayelet Gundar-Goshen

Löwen wecken

Roman

Aus dem Hebräischen
von Ruth Achlama

KEIN & ABER
POCKET

Ebenfalls von Ayelet Gundar-Goshen:
Eine Nacht, Markowitz

Die Originalausgabe erschien 2014 unter dem Titel *Leha'ir Arajot*
bei Kinneret, Zmora-Bitan, Dvir, Or Yehuda

Published by arrangement with The Institute of the Translation
of Hebrew Literature

Coverbild: studio grau
Satz: Fotosatz Amann, Memmingen
Druck und Bindung: CPI – Ebner & Spiegel, Ulm
ISBN 978-3-0369-5940-5
Auch als eBook erhältlich

www.keinundaber.ch

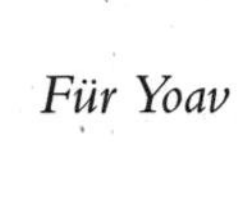

Für Yoav

Und er dachte sich gerade, dies sei der schönste Mond, den er je gesehen habe, als er diesen Mann umfuhr. Und als er ihn umfuhr, dachte er im ersten Moment immer noch an den Mond, dachte weiter an den Mond und hörte dann mit einem Schlag auf, als hätte man eine Kerze ausgeblasen. Er hört die Tür des Jeeps aufgehen und weiß, er ist derjenige, der sie öffnet, er derjenige, der nun aussteigt. Aber dieses Wissen ist nur lose mit seinem Körper verbunden, wie das Wandern der Zunge übers Zahnfleisch kurz nach der Betäubungsspritze, alles da, aber anders. Seine Füße treten auf den groben Wüstensand, er hört ein Knirschen bei jedem Schritt, und dieser Laut beweist ihm, dass er tatsächlich geht. Und irgendwo am Ende des nächsten Schritts erwartet ihn der Mann, den er umgefahren hat, von hier kann man ihn nicht sehen, aber er ist dort, noch einen Schritt, und er ist da. Der Fuß ist schon in der Luft, verlangsamt jedoch, möchte ihn hinausschieben, den nächsten, den endgültigen Schritt, nach dem nichts anderes mehr übrig bleibt, als den am Straßenrand liegenden Mann anzusehen. Könnte man diesen Schritt nur einfrieren, aber natürlich kann man diesen Schritt nicht einfrieren, ebenso wenig wie man den Moment davor einfrieren kann, den genauen Moment, in dem ein Jeep einen Menschen umfuhr, das heißt, den genauen Moment, in dem der Mann, der den Jeep lenkte, den Mann, der zu Fuß ging, umfuhr. Dieser Mann, der zu Fuß ging – erst der nächste Schritt wird zeigen, ob er noch ein Mensch ist oder bereits etwas anderes, ein Wort, das man nur denken braucht, und schon erstarrt der Fuß in der Luft, mitten im Schritt, denn am Ende des Schritts könnte sich zeigen, dass der Mann, der zu Fuß ging, kein gehender Mensch mehr ist, oder überhaupt kein Mensch mehr, nur noch die Hülle eines Menschen, eine aufgesprungene Hülle, und der Mensch ist weg. Und wenn der liegende Mann kein Mensch mehr ist, dann ist kaum auszudenken, was mit dem stehenden, bebenden Mann wird, der sich nicht einmal überwinden kann, einen einfachen Schritt fertig zu tun. Was mit ihm wird.

Erster Teil

I

Der Staub war überall. Eine dünne, weiße Schicht, wie der Puderzucker auf einer Geburtstagstorte, die kein Mensch wollte. Er sammelte sich auf den Wedeln der Palmen, auf den erwachsenen Bäumen, die von Lastwagen angekarrt und auf dem Hauptplatz in den Boden gesteckt worden waren, weil niemand jungen Setzlingen zutraute, in dieser Erde Wurzeln zu schlagen; er bedeckte die Wahlplakate, die drei Monate nach den Kommunalwahlen immer noch von den Balkonen der Häuser baumelten: Glatzköpfige, schnurrbärtige Männer spähen durch den Staub auf ihre potenziellen Wähler, einige mit kompetentem Lächeln, andere mit ernstem Blick, je nach Empfehlung des angeheuerten Medienberaters. Staub auf den Reklameschildern, Staub auf den Busstationen, Staub auf den Bougainvilleen, die schlapp vor Durst am Straßenrand rankten, Staub überall.

Trotzdem schien kein Mensch darauf zu achten. Die Einwohner von Beer Scheva nahmen den Staub genauso hin, wie sie alles Übrige hinnahmen – Arbeitslosigkeit, Kriminalität, mit zerbrochenen Flaschen übersäte Grünanlagen. Die Stadtbewohner erwachten allmorgendlich in staubbedeckten Straßen, gingen verstaubt zur Arbeit, machten Sex unter einer

Staubschicht und gebaren Kinder, denen der Staub aus den Augen schaute. Manchmal überlegte er, wen er mehr hasste – den Staub oder die Einwohner von Beer Scheva. Vermutlich den Staub. Die Einwohner von Beer Scheva klebten ihm nicht jeden Morgen auf dem Wagen. Der Staub ja. Eine dünne, weiße Schicht, die das leuchtende Rot des Jeeps trübte und es in ein verblichenes Rosa verwandelte, eine Parodie seiner selbst. Wütend fuhr Etan mit einem Zeigefinger über die Windschutzscheibe und wischte etwas von der Schmach ab. Der Staub klebte auch noch an seiner Hand, als er sie an der Hose abgewischt hatte, und er wusste, er würde bis zum Händewaschen im Soroka-Krankenhaus warten müssen, um sich wieder wirklich sauber zu fühlen. Beschissen, diese Stadt.

(Manchmal hörte er seine eigenen Gedanken und erschrak. Dann erinnerte er sich daran, dass er kein Rassist war. Er wählte die Menschenrechtspartei Meretz. Er war mit einer Frau verheiratet, die früher, bevor sie sich in Liat Grien verwandelte, Liat Samocha geheißen, also einen echt irakischen Familiennamen getragen hatte. Nach dieser Aufzählung beruhigte er sich ein wenig, und dann konnte er diese Stadt wieder reinen Gewissens hassen.)

Als er ins Auto stieg, achtete er darauf, jede Berührung mit dem beschmutzten Finger zu vermeiden, als sei er gar nicht Teil seines Körpers, sondern eine Gewebeprobe, die er zur Untersuchung in der Hand hielt. Gleich würde er sie Prof. Sakkai vorlegen, damit sie sie gemeinsam mit wissbegierigen Blicken prüfen konnten – verrate uns, wer du bist! Aber Prof. Sakkai war jetzt viele Kilometer weit weg, erwachte an einem staubfreien Morgen in den grünen Straßen Raananas, setzte sich gemütlich in seinen silbrigen Mercedes und schlängelte sich durch die Verkehrsstaus der Landesmitte zum Krankenhaus.

Während Etan noch zügig durch die leeren Straßen von Beer Scheva fuhr, wünschte er Prof. Sakkai mindestens eine Stunde und fünfzehn Minuten Stillstand an der Geha-Kreuzung, mit kaputter Klimaanlage und verschwitztem Hemd. Doch er wusste sehr wohl, Mercedes-Klimaanlagen gingen nicht kaputt und die Staus an der Geha-Kreuzung waren nur eine süße Erinnerung an das, was er bei seinem Umzug hierher zurückgelassen hatte – die Metropole. Den Ort, wo alle hinwollten. Stimmt, in Beer Scheva gab es keine Verkehrsstaus, und das betonte er auch in jedem Gespräch mit Bekannten aus dem Landeszentrum. Aber wenn er das tat – mit dem gefälligen Lächeln und dem klaren Blick eines edlen Wüstenbewohners –, dachte er immer, dass es auch auf dem Friedhof keine Staus gebe, und doch wollte er dort nicht wohnen. Die Häuser entlang der Reger-Allee erinnerten tatsächlich an einen Friedhof. Eine verblichene, einheitliche Reihe von Steinklötzen, die einmal weiß gewesen waren, heute jedoch an Grau grenzten. Riesige Grabmäler, aus deren Fenstern hier und da ein müdes, staubiges Gespenstergesicht blickte.

Auf dem Parkplatz des Soroka traf er Dr. Zendorf, der ihn mit breitem Lächeln fragte, »und wie geht es Dr. Grien heute?«, worauf Etan sich ebenfalls ein schiefes Lächeln abrang, es nach besten Kräften übers Gesicht verteilte und antwortete, »alles in Ordnung«. Dann passierten sie gemeinsam das Krankenhaustor, tauschten das Klima und die Uhrzeit, die die Natur ihnen aufzwang, gegen die dreiste Anmaßung von Klimaanlagen und künstlicher Beleuchtung, die ewigen Morgen und nie vergehenden Frühling verhießen. Am Eingang zur Station verließ Etan Dr. Zendorf, um sich den staubigen

Finger lange am Waschbecken zu schrubben, bis eine junge Schwester vorbeikam und anmerkte, er habe die Finger eines Pianisten. Das stimmt, dachte er, er hat die Finger eines Pianisten. Frauen sagten ihm das immer. Aber das einzige Instrument, das er spielte, waren defekte, angeknackste Neuronen, auf denen er mit behandschuhten Händen klimperte, um zu sehen, ob er ihnen eine Melodie entlocken konnte.

Ein sonderbares Instrument, das Gehirn. Man wusste nie richtig, welchen Ton man bekam, wenn man diese oder jene Taste anschlug. Natürlich würde jemand, dessen Occipital- oder Hinterhauptslappen man mit einem leichten Stromstoß reizte, mit hoher Wahrscheinlichkeit Farben sehen, ebenso wie ein Druck auf die Neuronen im Temporal- oder Schläfenlappen in den meisten Fällen die Illusion von Tönen und Stimmen erzeugte. Aber welche Töne? Welche Bilder? Da wurde die Sache kompliziert. Denn während die Wissenschaft klare, einheitliche Gesetze liebte, hoben sich die Menschen offensichtlich liebend gern voneinander ab. Wie erschreckend zäh versteiften sie sich darauf, neue, abweichende Symptome zu entwickeln, die zwar nichts als Variationen eines musikalischen Themas sein mochten, aber doch zu weit auseinanderlagen, um sie in einer allgemeingültigen Aussage zusammenzufassen. Zwei Patienten mit der gleichen Schädigung des orbitofrontalen Kortex würden niemals so gut sein, sich auf dieselben Nebenerscheinungen zu einigen. Der eine wurde grob und raubeinig, der andere lachte obsessiv. Einer gab unsinnige Witze von sich, den zweiten befiel der unbeherrschbare Drang, jeden Gegenstand, der ihm in die Quere kam, aufzuheben. Stimmt, die Erklärung gegenüber den entsetzten Angehörigen würde immer gleich lauten: Aus irgendeinem Grund (Verkehrsunfall? Krebsgeschwür?

Querschläger?) ist der orbitofrontale Kortex geschädigt, der das Verhalten steuert. In neurokognitiver Hinsicht ist alles in Ordnung: Das Gedächtnis arbeitet, und die Denkfunktionen sind gleich geblieben. Aber der Mensch, den Sie gekannt haben, ist nicht mehr. Wer würde an seine Stelle treten? Das war unklar. Bisher. Von diesem Punkt an: eine Welt der Zufälle. Die Zufälligkeit, dieses aufreizende Hürchen, tanzte zwischen den Betten der Station herum, spuckte auf die Arztkittel, kitzelte die Ausrufezeichen der Wissenschaft, bis sie sich gesenkten Hauptes zu Fragezeichen rundeten.

Wie soll man denn dann überhaupt noch was wissen?!, hatte Etan mal zum Holzpodium im Hörsaal emporgerufen. Fünfzehn Jahre war das her, und immer noch erinnerte er sich an seine jähe Erregung, als ihm an einem schläfrigen Novembermittag aufgegangen war, dass sein Studienfach nicht berechenbarer war als jeder andere Tätigkeitsbereich. Eine Studentin, die neben ihm eingenickt war, schreckte bei dem Zwischenruf auf und blitzte ihn feindselig an. Die übrigen Hörer warteten auf die Fortsetzung der Vorlesung, deren Inhalt sicher Prüfungsstoff sein würde. Der Einzige, der die Frage nicht als störend empfand, war Prof. Sakkai selbst, der ihm einen belustigten Blick vom Lehrerpult zuwarf. »Und wie ist Ihr Name, bitte?«

»Etan. Etan Grien.«

»Die einzige Möglichkeit, Erkenntnis zu erlangen, Etan, besteht darin, dem Tod nachzuspüren. Der Tod lehrt Sie alles, was Sie wissen müssen. Nehmen Sie zum Beispiel den Fall von Henry Molaison, einem Epileptiker aus Connecticut. 1953 vermutete ein Neurochirurg namens William Scoville, die Epilepsie gehe von den beiden medialen Temporallappen aus, und Henry Molaison wurde einer neuartigen Operation unterzogen, bei der die angeblich krankheitsauslösenden Hirnpartien entfernt wurden, darunter ein Großteil des Hippocampus. Wissen Sie, was danach passiert ist?«

»Ist er gestorben?«

»Ja und nein. Henry Molaison war nicht tot, denn er überstand die Operation und lebte weiter. Aber in anderer Hinsicht war Molaison doch gestorben, denn nach seinem Erwachen aus der Narkose war er unfähig, auch nur eine einzige neue Erinnerung zu bilden. Er konnte sich nicht verlieben oder einen Groll nachtragen oder einen neuen Gedanken entwickeln, denn nach zwei Minuten war das Objekt der Liebe oder des Grolls oder der neue Gedanke schlichtweg ausgelöscht. Er wurde als Siebenundzwanzigjähriger operiert, und obwohl er erst mit zweiundachtzig starb, blieb er praktisch ewig siebenundzwanzig. Verstehen Sie, Etan, erst nachdem man ihm den Hippocampus weitgehend entfernt hatte, erkannte man, dass der die Speicherung im Langzeitgedächtnis steuert. Wir müssen warten, bis etwas zerstört ist, um zu begreifen, was vorher richtig funktioniert hat. Das ist praktisch die Basismethode der Hirnforschung – wobei Sie nicht einfach hingehen und jemandem Hirnteile entnehmen können, um zu prüfen, was dabei herauskommt, sondern Sie warten ab, bis der Zufall für Sie arbeitet. Und dann stürzen sich die Wissenschaftler wie die Aasgeier auf das, was nach der Arbeit des Zufalls übrig geblieben ist, und versuchen, dasselbe zu erlangen wie Sie – ein wenig Wissen.«

War damals, in jenem Hörsaal, der Köder ausgelegt worden? Hatte Prof. Sakkai da bereits erfasst, dass dieser strebsame, faszinierte Student ihm wie ein treuer Hund überallhin folgen würde? Als Etan jetzt seinen weißen Kittel überzog, war er fast amüsiert über seine damalige Naivität. Er, der nicht an Gott glaubte, der schon als Kind keine Geschichte hören wollte, die auch nur einen Hauch von Übernatürlichem aufwies, hatte diesen Dozenten zum wandelnden Halbgott erhoben. Und als der treue Hund sich dann partout nicht tot stellen oder den Taubblinden mimen wollte, hatte der wandelnde Halbgott seinen Zorn über ihn ausgegossen, ihn aus dem Tel Aviver Garten Eden in diese Ödnis, ins Soroka-Krankenhaus vertrieben.

»Dr. Grien?«

Die junge Schwester blieb bei ihm stehen und berichtete ihm von den Vorkommnissen der Nacht. Er hörte mit einem Ohr zu und begab sich dann auf den Weg zur Kaffeemaschine. Beim Gang durch den Korridor warf er einen kurzen Blick auf die Patienten: Eine junge Frau weinte leise vor sich hin. Ein Russe mittleren Alters versuchte sich mit zitternden Händen an einem Sudoku. Vier Angehörige einer Beduinenfamilie starrten mit glasigen Augen auf einen Fernseher an der Wand. Etan blickte schräg auf den Bildschirm: Ein Gepard knabberte stur die letzten Fleischreste von dem, was vorher einmal – wenn man dem Sprecher Glauben schenkte – ein Fuchs gewesen war. Siehe da, die Tatsache, dass alles Leben dem Vergehen geweiht ist, diese Tatsache, die man um Himmels willen nicht auf den Krankenhausfluren erwähnen durfte, konnte also wenigstens noch im Fernsehen folgenlos thematisiert werden. Würde Dr. Etan Grien durch diesen Betondschungel namens Soroka wandern und schlicht und einfach vom Tod reden, würden die Patienten ausrasten. Tränen, Schreie, tätliche Angriffe auf das Krankenhauspersonal. Unzählige Male hatte er einen gerührten Patienten sie »Engel in Weiß« nennen hören. Und obwohl er wusste, es steckten keine Engel, sondern Menschen aus Fleisch und Blut unter den weißen Kitteln, reagierte er nicht kleinlich. Wenn die Menschen nun mal Engel brauchten – wie käme er dazu, sie ihnen zu verweigern? Was machte es, wenn eine Schwester nur haarscharf einer Anklage wegen Fahrlässigkeit entgangen war, weil sie einer heiseren Kehle ein Medikament eingeflößt hatte, das für eine andere heisere Kehle bestimmt war? Auch Engel irrten sich mal, besonders, wenn sie dreiundzwanzig Stunden nicht geschlafen hatten. Wenn von Trauer und Wut überwältigte Angehörige sich auf einen verängstigten Praktikanten oder eine erschrockene Fachärztin stürzten, wusste Etan, sie wären über wahre Engel genauso hergefallen, um ihnen die Federn aus den Flügeln zu reißen, damit sie nicht durchs goldene Himmelreich schwirrten, während ihr geliebter Anverwandter in Grabesfinsternis verbannt wurde. Und all diese Seelen, die dem Tod sonst nicht mal flüchtig ins Gesicht sehen konnten, betrachteten ihn nun gelassen, sogar wohlwollend, als er seinen Schrecken in der afrikanischen Savanne verbreitete. Denn jetzt schauten nicht mehr nur die Beduinen auf den Bildschirm – auch der Russe löste sich von seinem Sudoku und reckte den Hals, und sogar die tränenerstickte Frau verfolgte das Geschehen durch feuchte Wimpern. Der Gepard kaute emsig an den letzten Fleischresten des Fuchses mit dem roten Schwanz. Der Sprecher redete von Dürre. Bei Regenmangel fingen die Savannentiere an, ihre Jungen zu fressen. Die Szene wechselte, und die Besucher der neurochirurgischen Station betrachteten nun fasziniert »die seltene Dokumentation«, wie der Sprecher sagte, eines afrikanischen Löwen, der seine eigenen Nachkommen verspeiste, und Etan Grien wusste in tiefstem Herzen, er hatte dem Gott der Wissenschaft nicht für das Morphium zu danken, sondern für den Toshiba-33-Zoll.

Vor vier Jahren hatte eine kahlköpfige Patientin ihn einen Zyniker geschimpft und ihm ins Gesicht gespuckt. Er spürte im Geist immer noch den Speichel über seine Wange rinnen. Sie war jung, nicht besonders hübsch. Trotzdem war sie mit einer Grazie durch die Flure gewandelt, die Mitpatienten und Schwestern veranlasste, ihr unwillkürlich den Weg freizumachen. Doch eines Tages, bei der Morgenvisite an ihrem Bett, hatte sie ihn als Zyniker beschimpft und ihm ins Gesicht gespuckt. Vergeblich hatte er über den Auslöser dieses Verhaltens gerätselt. Bei den früheren Visiten hatte er stets sachliche Fragen gestellt und knappe Antworten erhalten. Nie war er von ihr auf dem Korridor angesprochen worden. Gerade weil er keinen Grund finden konnte, betrübte ihn der Vorfall. Unwillkürlich kamen ihm Gedanken über Blinde, die einen bestens durchschauten, über kahlköpfige Frauen, denen der nahe Tod möglicherweise einen Herz und Nieren durchdringenden Röntgenblick verliehen hatte. In jener Nacht, auf dem Doppelbett, dessen Laken nach Sperma roch, hatte er Liat gefragt: Bin ich ein Zyniker?

Sie hatte gelacht, und er war eingeschnappt gewesen.

Ist es so schlimm?

Nein, hatte sie gesagt und ihm einen Kuss auf die Nasenspitze gegeben, nicht zynischer als andere.

Und er war wirklich kein Zyniker. War nicht zynischer als andere. Dr. Etan Grien wurde seine Patienten nicht mehr – und nicht weniger – leid als üblich auf den Stationen. Und doch hatte man ihn über den Ozean von Staub und Sand hinweg ins Exil geschickt, ihn aus dem Schoß des Krankenhauses im Landeszentrum in die Betonwüste des Soroka verbannt. »Du Idiot«, fauchte er sich an, als er das ratternde Klimagerät in seinem Dienstzimmer in Gang zu setzen versuchte, »du naiver Idiot.« Denn was hätte einen begnadeten Mediziner zu einem Frontalzusammenstoß mit seinem Chef bewegen können, wenn nicht Idiotie? Was, wenn nicht die reinste Idiotie, hatte ihn veranlasst, auch dann noch auf seiner Meinung zu beharren, als dieser Chef, sein ehemaliger Mentor, ihm geraten hatte, sich vorzusehen? Welche neuen Formen von Idiotie hatte der begnadete Mediziner erfunden, als er in schlecht gemimter Forschheit auf den Tisch gehauen und gesagt hatte, »das ist Korruption, Sakkai, und ich werde es auffliegen lassen«? Und als er sich an den Krankenhausdirektor wandte und ihm von den prall gefüllten Briefumschlägen und den darauf folgenden dringenden »Operationen außerhalb der Reihe« berichtete – war er da wirklich dumm genug gewesen, den überraschten Blick in seinen Augen für echt zu halten?

Das Schlimmste war, er würde es wieder tun. Alles. Und um ein Haar hätte er das Ganze noch einmal gesagt, als er zwei Wochen später entdeckte, dass der Direktor nichts unternommen hatte, außer für seine Versetzung zu sorgen.

»Ich geh damit an die Medien«, hatte er zu Liat gesagt, »ich mach so einen Skandal, dass sie mich nicht zum Schweigen bringen können.«

»Sehr richtig«, hatte Liat geantwortet, »gleich nachdem wir Jahalis Kindergarten und das Auto und die Wohnung abbezahlt haben.«

Später sagte sie, es sei seine Entscheidung gewesen, sie hätte ihn in jedem Fall unterstützt. Aber er erinnerte sich, wie ihre warmen, honigfarbenen Augen sich mit einem Schlag in harte Nüsse verwandelt hatten, erinnerte sich, wie sie sich die ganze Nacht im Bett gewälzt, mit Albträumen gequält hatte, deren Inhalt er hatte erraten können. Am nächsten Morgen war er ins Büro des Krankenhausdirektors gegangen und hatte seiner Versetzung zugestimmt.

Und nur drei Monate später war er hierhergekommen, in die weiß getünchte Villa in Omer. Jahali und Itamar spielten auf dem Rasen. Liat überlegte, wo sie die Bilder aufhängen sollte. Und er stand da und starrte auf die Flasche Whisky, die seine Stationskollegen ihm zum Abschied geschenkt hatten, unschlüssig, ob er lachen oder weinen sollte.

Letzten Endes nahm er die Flasche mit ins Krankenhaus und stellte sie auf das Bord mit den Urkunden. Schließlich versinnbildlichte auch sie etwas. Eine abgeschlossene Periode, eine beherzigte Lektion. Hatte er einmal ein paar Minuten Muße zwischen zwei Visiten, nahm er die Flasche in die Hand und betrachtete sie eingehend, studierte die Grußkarte. »Für Etan, weiterhin viel Erfolg.« Die Worte kamen ihm wie Hohn vor. Er erkannte deutlich Prof. Sakkais Handschrift, kleine Braille-Punkte, die die Studenten zur Verzweiflung getrieben hatten. »Entschuldigen Sie bitte, was steht da?« »Ich würde der Frau Studentin lieber raten, lesen zu lernen.« »Aber das ist unklar.« »Die Wissenschaft, meine Herrschaften, ist eine unklare Angelegenheit.« Und alle murrten und schrieben und entluden ihre Wut in besonders giftigen Bewertungen am Ende des Studienjahrs, die nie etwas bewirkten. Im nächsten Semester stand Prof. Sakkai wieder im Hörsaal, und seine Handschrift an der Tafel glich unlesbarem Taubendreck. Der Einzige, der ihn gern wiedersah, war Etan. Nach und nach, mit begeisterter Strebsamkeit, lernte er, Sakkais Handschrift zu entziffern, aber der Charakter des Professors blieb ihm ein Rätsel.

»Für Etan, weiterhin viel Erfolg.« Die widerliche Karte hing der Whiskyflasche um den Hals, in ewiger Umarmung.

Ein paarmal hatte er erwogen, sie zu zerreißen und in den Papierkorb zu werfen, vielleicht die ganze Flasche zu entsorgen. Aber immer hatte er im letzten Moment davon Abstand genommen, hatte Prof. Sakkais Worte ebenso eingehend studiert wie in seiner Jugend eine schwierige Gleichung.

Er hatte zu viel gearbeitet in jener Nacht, und er wusste es. Die Muskeln taten ihm weh. Der Kaffee wirkte nicht mehr länger als eine halbe Stunde. Hinter vorgehaltener Hand gähnte er, als wollte er das ganze Wartezimmer verschlingen. Um acht Uhr rief er an, um den Kindern eine gute Nacht zu wünschen, und war so müde und nervös, dass er Jahali kränkte. Der Junge hatte ihn gebeten, wie ein Pferd zu wiehern, und er hatte in einem Ton »Jetzt nicht« gesagt, der sie beide erschreckte. Danach übernahm Itamar, fragte, wie es bei der Arbeit sei und ob er spät heimkomme, und Etan musste sich selbst in Erinnerung rufen, dass dieser aufmerksame, versöhnliche Junge noch keine acht Jahre alt war. Während er mit Itamar redete, hörte er Jahali im Hintergrund schniefen, sicher sollte sein großer Bruder nicht merken, dass er weinte. Als Etan das Gespräch beendete, war er noch müder als zuvor und fühlte sich sehr schuldig.

Er hatte fast immer Schuldgefühle, wenn er an seine Kinder dachte. Egal, was er tat, es schien ihm zu knapp, zu wenig zu sein. Schließlich konnte Jahali gerade dieses Gespräch, bei dem sich sein Vater strikt geweigert hatte, wie ein Pferd zu wiehern, noch Jahre später in Erinnerung behalten. Solche Momente bildeten doch auch genau die Erinnerungen an seine eigene Kindheit – nicht all die Küsse und Umarmungen, die er bekommen hatte, sondern die, die ihm verweigert worden waren. Wie damals, als er bei einem Rundgang im

Labor seines Vaters an der Universität Haifa in Tränen ausgebrochen war, seine Mutter aber nur bei den anderen Besuchern gestanden und ihm zugeflüstert hatte, er solle sich schämen. Vielleicht hatte sie ihn hinterher noch in die Arme geschlossen. Oder als Umarmungsersatz fünf Schekel aus dem Portemonnaie genommen und ihn losgeschickt, um sich mit einem Eis zu trösten. Das spielte keine Rolle. Das war nicht im Gedächtnis haften geblieben. Er erinnerte sich ja auch nicht an all die Male, als er beim Sprung aus dem Baum im Hof sanft auf der Erde gelandet war, sondern nur an das eine Mal, als er sich das Bein gebrochen hatte.

Wie alle Väter wusste er, es gab keine Wahl. Er war dazu verdammt, seinen Sohn zu enttäuschen. Und wie alle Väter hoffte er insgeheim, von diesem Schicksal verschont zu bleiben. Vielleicht würde es bei ihnen nicht passieren. Vielleicht würde es ihm gelingen, Itamar und Jahali genau das zu geben, was sie brauchten. Ja sicher, Kinder weinten manchmal, aber bei ihm würden sie nur weinen, wenn es wirklich einen Grund dafür gab. Weil sie versagt hatten, nicht er.

Er ging durch den Stationsflur, geröstet von den eisigen Flammen der Neonröhren, und versuchte zu überlegen, was jetzt zu Hause vor sich ging. Itamar ist in seinem Zimmer, reiht Dinosaurier der Größe nach auf. Jahali hat sich sicher schon beruhigt. Dieses Kind ist wie Liat, schnell auf heiß und schnell auf kalt. Nicht wie Etan, dessen Ärger einer Warmhalteplatte für Schabbat gleicht, die man an- und dann für anderthalb Tage nicht wieder abschaltet. Ja, Jahali hat sich schon beruhigt. Er sitzt jetzt auf dem Sofa und guckt zum tausendsten Mal »Pinguine unterwegs«. Etan kannte diesen Film in- und auswendig. Die Witze des Sprechers, die Begleitmusik, sogar die Reihenfolge der Namen im Abspann. Und nicht weniger als den Film kannte er Jahali: wann er lachen, wann er mit dem Sprecher einen Lieblingssatz rezitieren, wann er hinter einem Kissen hervor auf den Bildschirm lugen würde. An den lustigen Stellen lachte er jedes Mal wieder, und an den furchterregenden fürchtete er sich immer von Neuem, und das war merkwürdig, denn wie oft konnte man über einen Witz lachen, den man schon kannte, und wie oft konnte man sich ängstigen bei einem lauernden Seehund, wenn man mit Sicherheit wusste, dass es der Pinguin zum Schluss schaffen würde, ihn reinzulegen und die Flucht zu ergreifen. Und doch, kaum war der Seehund auf der Bildfläche erschienen, tauchte Jahali hinters Kissen ab und verfolgte von Weitem das Schicksal des Pinguins. Und Etan sah erst ihn, dann den Pinguin an und fragte sich, wann Jahali endlich diese DVD aufgeben würde, wann Kinder grundsätzlich das Neue dem Vertrauten vorzogen.

Andererseits, wie schön und beruhigend, schon in der Mitte des Films zu wissen, wie er ausging. Und wie viel erträglicher war der gefährliche Sturm in der 32. Minute, wenn man wusste, er würde sich in der 43. legen. Gar nicht zu reden von den Seehunden und den Möwen und den übrigen Übeltätern, die auf das Ei lauerten, das die Königin der Pinguine gelegt hatte, es aber nicht zu fassen bekamen, und als auch der Seehund, wie bekannt, scheiterte, jubelte Jahali, kam mit dem Gesicht hinter dem Kissen hervor und sagte – Papa, kann ich einen Kakao bekommen?

Kann er, natürlich kann er das. In dem lila Glas, aus keinem anderen würde er ihn trinken. Drei Teelöffel Schokopulver. Gut umrühren, damit keine Klümpchen bleiben. Jahali daran erinnern, dass er, wenn er seinen Kakao jetzt trinkt, später keinen mehr bekommen wird, weil das nicht gesund ist. Wissen, dass er zwei Stunden später wieder aufwachen und doch noch um einen betteln wird. Und ziemlich gute Chancen hat, ihn auch zu erhalten, weil Liat sein Weinen nicht aushält. Sich fragen, warum er selbst das Weinen durchaus aushält. Ist er ein so hervorragender Pädagoge, ein durchsetzungsfähiger, konsequenter Vater, oder steckt etwas anderes dahinter?

In Itamar hatte Etan sich gleich nach der Geburt verliebt. Bei Jahali hatte er Zeit gebraucht. Er redete nicht darüber. Das gehörte nicht zu den Dingen, die man über seine Kinder sagte. Über Frauen ging das. Zum Beispiel: Wir gehen schon einen Monat miteinander. Ich bin noch nicht in sie verliebt. Doch dein Kind solltest du gleich auf der Stelle lieben, selbst wenn du es noch gar nicht kanntest. Bei Itamar lief es tatsächlich so. Noch ehe sie ihn gebadet hatten, noch ehe seine Gesichtszüge richtig zu sehen waren, hatte Itamar schon einen Platz in seinem Herzen erobert. Vielleicht weil Etan in den Wochen vor der Geburt nichts anderes getan hatte, als Platz freizumachen. Platz im Schrank für die Kleidung, Platz in der Kommode für die Spielsachen, Platz im Regal für die Windeln. Und als Itamar endlich da war, flutschte er ganz natürlich in diesen Platz, nistete sich dort ein und wich nicht mehr.

Liat hatte sich damals etwas schwerer getan als Etan. Sie waren übereingekommen, es sei wegen der Schmerzen und wegen des Hormonabfalls, und falls sie innerhalb von zehn Tagen nicht aufhören würde zu weinen, würden sie einen Arzt aufsuchen. Sie hörte nach weniger als zehn Tagen auf zu weinen, aber es dauerte eine Weile, bis sie anfing zu lächeln. Sie sprachen nicht darüber, weil es nichts zu besprechen gab, aber beide wussten, Etan hatte Itamar sofort lieb gewonnen und Liat sich ihm zwei Wochen später angeschlossen. Und bei Jahali war es umgekehrt gewesen. Wobei immer die Frage offenblieb, ob der Elternteil, der die Liebe des anderen Elternteils in schuldbewusstem, atemlosem Lauf eingeholt hatte, jetzt wirklich Gleichschritt hielt oder immer noch ein wenig hinterherhinkte.

Sechs Stunden später, als es ihnen endlich gelungen war, die Verletzten eines Verkehrsunfalls in der Arava zu stabilisieren, zog er seinen Kittel aus. Sie sehen erledigt aus, sagte die junge Schwester, vielleicht schlafen Sie hier? Etan war zu müde, um etwaige versteckte Andeutungen in ihren Worten zu entschlüsseln. Er dankte der Schwester höflich, wusch sich das Gesicht und trat in die Nachtluft hinaus. Schon beim ersten Schritt spürte er, was neunzehn Stunden in klimatisierten Räumen ihn hatten vergessen lassen: dass er sich inmitten drückender und staubiger Wüstenhitze befand. Das sanfte Summen der Krankenhausflure – eine zarte Sinfonie aus Monitorticken und Aufzugsklingeln – verwandelte sich schlagartig in die nächtlichen Klänge Beer Schevas. Die Grillen hatten tagsüber zu viel geschwitzt, um zu zirpen, die Straßenkatzen waren zu ausgedörrt, um zu schreien. Nur ein Radiogerät in einer Wohnung auf der anderen Straßenseite plärrte stur einen bekannten Popsong.

Vom Krankenhaustor überblickte man bereits den leeren Parkplatz, und Etan wagte zu hoffen, der Jeep sei gestohlen. Liat würde natürlich ausrasten, ihre Verbindungen ankurbeln, die Beduinen verfluchen, wie nur sie es konnte. Danach würde das Geld von der Versicherung eingehen, und sie würde darauf bestehen, dass er einen neuen kaufte. Aber diesmal würde er Nein sagen, das Nein, das er ihr damals nicht zu sagen gewagt hatte, als sie ihn für den Umzug unbedingt verwöhnen wollte. Sie hatte »verwöhnen«, nicht »entschädigen« gesagt, aber sie wussten beide, es war dasselbe. »Wir brettern damit über die Dünen von Beer Scheva«, hatte sie gesagt, »mach deinen Doktor im Geländefahren.« Es hatte überzeugend geklungen, und in den ersten Tagen des Packens hatte er sich noch mit Gedanken an starke Gefälle und steile Hänge getröstet. Aber als sie in Beer Scheva gelandet waren, versank Liat in ihrer neuen Arbeit, und Jeep-Touren am Schabbat schienen ferner denn je. Anfangs versuchte er noch, Sagi und Nir zum Mitkommen zu bewegen, aber seit seinem Abgang vom Krankenhaus in Tel Aviv wurden die Gespräche mit ihnen immer seltener, bis allein schon der Gedanke an gemeinsame Unternehmungen seltsam anmutete. Der rote Jeep fand sich schnell ab mit seiner Verwandlung vom Steppenwolf zum zahmen Pudel, und abgesehen von dem leichten Aufheulen beim Beschleunigen an der Ortsausfahrt von Omer glich er einer gewöhnlichen Familienkutsche. Von Woche zu Woche verabscheute Etan ihn mehr, und als er ihn jetzt hinter dem Wächterhäuschen erreichte, unterdrückte er nur mühsam den Drang, an die Stoßstange zu treten.

Aber als er die Tür aufmachte, stellte er überrascht fest, dass er hellwach war. Ein letzter Rest Noradrenalin war gerade von einem vergessenen Gehirnfach ausgeschüttet worden und jagte ihm einen unerwarteten neuen Energiestoß durch die Adern. Der Vollmond hoch über ihm strahlte in vielversprechendem Weiß. Als er den Jeep startete, brummte der Motor fragend: Vielleicht heute Nacht?

Und entschlossen drehte Etan das Lenkrad linksherum statt rechtsherum, raste zu den Hügeln im Süden der Stadt. Eine Woche vor dem Umzug hatte er im Internet über eine besonders anspruchsvolle Route in der Nähe des Kibbuz Tlalim gelesen. Um diese Uhrzeit, auf freien Straßen, wäre er in zwanzig Minuten dort. Er hörte förmlich das frohe Grummeln des Motors, als der Tacho die 120 überschritt. Zum ersten Mal seit Wochen fühlte Etan sich lächeln. Das Lächeln verwandelte sich in helle Freude, als er, nur achtzehn Minuten später, erkannte, dass die Route beim Kibbuz Tlalim ihrem Ruf gerecht wurde. Der riesige Mond überflutete die weiße Staubpiste, und die Räder des Jeeps rasten weiter in die Wüste hinein. Nach vierhundert Metern kamen sie schlitternd zum Stehen. Mitten auf dem Weg stand ein ausgewachsenes Stachelschwein. Etan hatte fest geglaubt, das Tier würde davonrennen, aber es blieb einfach stehen und beäugte ihn. Machte sich nicht mal die Mühe, die Stacheln aufzustellen. Das musste er Itamar erzählen. Er dachte kurz daran, das Telefon zu zücken und ein Foto zu machen, wusste jedoch, es würde der Geschichte nur schaden. Das Stachelschwein vor ihm maß keinen Meter, und das Stachelschwein, das er Itamar beschreiben würde, wäre mindestens anderthalb Mal so groß. Dieses Stachelschwein richtete seine Stacheln nicht auf, jenes würde Stachelpfeile in alle Richtungen verschießen. Das Stachelschwein hier gab keinen Ton von sich, und das Stachelschwein in der Geschichte würde fragen: Verzeihung, wie viel Uhr haben wir?

Etan lächelte stillvergnügt, als er sich Itamars Lachen vorstellte. Wer weiß, vielleicht würde er die Geschichte seinen Klassenkameraden weitererzählen. Würde seine Mitschüler kraft eines verzauberten Stachelschweins für sich gewinnen. Aber Etan wusste, es brauchte weit mehr als ein sprechendes Stachelschwein, um die gläserne Wand zwischen seinem Sohn und den anderen Kindern zu durchbrechen. Er verstand einfach nicht, wo Itamar dieses Introvertierte herhatte. Weder er noch Liat gehörten doch zu denen, die dem Leben von der Seite zuschauten. Beide besaßen zwar ein gewisses Maß an Distanz, manchmal sogar Arroganz, aber das behielten sie stets für sich. Sagen wir, auf einer Party über die anderen Tänzer lästern. Oder bei einem Abendessen mit befreundeten Paaren lachen und sie nachher auf dem Heimweg zerpflücken. Mit Itamar war das anders. Sein Sohn betrachtete die Welt von außen. Und obwohl Liat dauernd sagte, man solle das nicht überbewerten, so sei es eben gut für ihn, war Etan sich keineswegs sicher, dass es aus freier Wahl geschah. Nicht, dass er geächtet war. Er hatte Nitai. Aber das wars eigentlich. (Das sei völlig in Ordnung, sagte Liat ihm immer wieder, manche Kinder seien Gruppenmenschen, andere suchten sich wenige, engere Beziehungen.) Das beruhigte Etan nicht. Er war ausnehmend nett zu Nitai, bestellte Pizza, verwöhnte die beiden mit einem Film, tat alles, damit Nitai sich wohlfühlte. Und gleichzeitig sah er ihm prüfend in die Augen: Möchte er wirklich hier sein, oder ist dieser Besuch nur eine Notlösung (weil ein anderes Kind heute nicht konnte; weil seine Mutter mal schnell medizinischen Rat einholen wollte). Liat brachte das auf die Palme. »Hör doch auf mit diesen Pizzas. Er soll bloß nicht denken, dass du ihm Freunde kaufst. Er findet von selbst welche.«

Vielleicht hatte sie recht. Vielleicht musste er das entspannter betrachten. Nichts deutete darauf hin, dass Itamar in der Schule litt. Und doch sorgte er sich. Denn er, Etan, war nicht so gewesen. Wenn alle Jungs freitagabends raus auf den Platz gingen, kam er mit. Stand nicht im Zentrum, war aber dabei. Sein Sohn jedoch nicht. Und obwohl es ihm eigentlich nichts ausmachen sollte, machte es ihm etwas aus. (Oder vielleicht war es gar nicht die Sorge um Itamar, die ihn so umtrieb, sondern die Angst, Itamar könnte seine Enttäuschung bemerken. Gerade weil sie sich in anderen Dingen so ähnlich waren. Beinahe siamesische Zwillinge. Also nahm er diese Enttäuschung, sperrte sie ins Hinterstübchen und zog den Schlüssel ab. Doch es bestand immer noch die Gefahr, dass sie plötzlich hervorschnellte, in Itamars Beisein, völlig ungeplant.)

Draußen kehrte das Stachelschwein dem Jeep den Rücken und lief weiter. Etan schaute ihm nach, als es sich entfernte. Langsam, hochmütig, die Stacheln nachschleifend. Er sah es zwischen den dunklen Felsen verschwinden. Der Weg vor ihm war wieder leer, einladend. Plötzlich merkte er gerade an diesem Zwischenhalt, wie hungrig er auf Bewegung, aufs Lospreschen war. Aber Moment, eine ordentliche Rennstrecke brauchte einen Soundtrack. Eine Weile schwankte er zwischen Janis Joplin und Pink Floyd, bis er fand, nichts eigne sich besser für eine nächtliche Spritztour als Joplins gepeinigtes Kreischen. Und sie kreischte tatsächlich, voll aufgedreht, und auch der Motor kreischte, und kurz darauf stimmte Etan selbst mit ein – kreischte begeistert auf der rasanten Abfahrt, kreischte übermütig beim Schwung bergauf, kreischte aufgelöst in der Kurve am Hügel. Und dann fuhr er stumm (Janis Joplin sang weiter, unglaublich, die Stimmbänder dieser Frau), fiel jedoch gelegentlich, wenn sie ihm gar zu einsam klang, in den Refrain mit ein. Jahrelang war er allein nicht mehr so ausgelassen gewesen, ohne ein weiteres Auge zum Mitstaunen, ohne jemanden, der seine Freude teilte. Im Rückspiegel schielte er nach dem Mond, der mächtig und majestätisch schien.

Und er dachte sich gerade, dies sei der schönste Mond, den er je gesehen habe, als er diesen Mann umfuhr. Und als er ihn umfuhr, dachte er im ersten Moment immer noch an den Mond, dachte weiter an den Mond und hörte dann mit einem Schlag auf, als hätte man eine Kerze ausgeblasen.

Im ersten Augenblick konnte er nichts anderes denken, als dass er dringend kacken musste. Es war ein starker, alles überwältigender Drang, den er nur mit großer Mühe unterdrücken konnte. Als sackte sein Magen plötzlich komplett ab, und im nächsten Moment käme alles unkontrolliert aus ihm hervor. Und dann war der Körper schlagartig abgekoppelt. Das Gehirn schaltete auf Autopilot. Er spürte nicht mehr, dass er kacken musste. Er fragte sich nicht mehr, ob er es überhaupt bis zum nächsten Atemzug schaffen würde.

Es war ein Eritreer. Oder ein Sudaner. Oder weiß Gott was. Ein Mann von dreißig, vielleicht vierzig Jahren, er konnte das Alter dieser Menschen nie gut schätzen. Am Ende der Safari in Kenia hatte er dem Fahrer ein Trinkgeld gegeben. Die Dankbarkeit des Mannes hatte ihm geschmeichelt, sodass er in einer plötzlichen Anwandlung von Sympathie ein paar banale Fragen angefügt hatte. Wie er heiße und wie viele Kinder er habe und wie alt er sei. Er hieß Hussu, hatte drei Kinder und war so alt wie Etan, obwohl er zehn Jahre älter wirkte. Diese Menschen wurden alt geboren und starben jung und in der Mitte was? Als Etan ihn dann nach dem genauen Datum fragte, erfuhr er, dass ihre Geburtstage nur einen Tag auseinander waren. Das hatte keinerlei Bedeutung, aber trotzdem. Jetzt lag dieser andere Mann, von vierzig oder vielleicht dreißig Jahren, auf der Straße, mit geborstenem Schädel.

Janis Joplin flehte ihn an, noch ein Stück ihres Herzens zu nehmen, doch er kniete am Boden nieder und näherte das Gesicht den rissigen Lippen des Eritreers. Ein Arzt vom Soroka-Krankenhaus beendet die Arbeit um zwei Uhr nachts nach neunzehn Stunden Dienst. Statt zum Schlafen nach Hause zu fahren, beschließt er, die Leistungsfähigkeit seines Jeeps zu testen. Im Dunkeln. Mit hohem Tempo. Wie viel bekommt man für so was? Etan blickte flehentlich auf das Loch im Kopf des Mannes, aber der Schädel machte keine Anstalten, sich wieder zu schließen. In der Prüfung am Ende des fünften Studienjahrs hatte Prof. Sakkai gefragt, was man mache, wenn ein Patient mit offenem Schädel eingeliefert würde. Stifte wurden geknabbert, Tuscheleien ausgetauscht, und doch fielen alle durch. Ihr Problem ist, dass Sie meinen, man könnte etwas machen, sagte Sakkai, als die Einsprüche sich auf seinem Tisch zu stapeln begannen. Wenn die Calvaria zerschmettert und eine weitreichende neurologische Schädigung entstanden ist, kann man nur noch einen Kaffee trinken. Trotzdem maß Etan den Puls, der schnell und schwach ging, prüfte die kapilläre Rückfüllung, die erstaunlich langsam verlief, stellte lächerlich eingehend sicher, dass die Atemwege frei waren. Zum Teufel, er konnte doch nicht einfach dasitzen und dem Mann beim Sterben zusehen.

Zwanzig Minuten, hörte er Sakkais ruhige Stimme. Keine Minute länger. Es sei denn, Sie glauben neuerdings an Wunder. Etan untersuchte noch einmal die Kopfverletzung des Eritreers. Es brauchte weit mehr als ein Wunder, um die graue Masse, die unter den Haarbüscheln hervorschimmerte, wieder abzudecken: nackte, freigelegte Neuronen, die im Mondlicht glänzten. Blut rann aus den Ohren des Mannes, hell und wässrig wegen der Zerebrospinalflüssigkeit, die schon aus dem offenen Schädel zu tropfen begann. Und doch stand er auf, lief zum Jeep und kam mit dem Verbandskasten zurück, hatte schon ein Verbandspäckchen aufgerissen, als er jäh erstarrte. Was soll das. Dieser Mann wird sterben.

Und als es endlich auftauchte, das klare Wort, spürte er, wie alle Organe in seinem Bauch sich schlagartig mit Eis überzogen. Eine weiße Reifschicht breitete sich aus, von der Leber zum Magen, vom Magen zum Darm. Der gewundene Dünndarm misst sechs bis acht Meter, über drei Mal mehr, als ein Mensch groß ist. Sein Durchmesser beträgt um die drei Zentimeter, aber die Dicke variiert nach Altersstufe. Der Dünndarm gliedert sich in Zwölffingerdarm, Leerdarm und Krummdarm. Etan fand seltsame Ruhe in diesen Daten, eine weiße und eisige Ruhe. Er blieb beim Dünndarm. Er untersuchte ihn. Seine innere Oberfläche beispielsweise wird durch fingerförmige Erhebungen der Schleimhaut, die sogenannten Zotten, um das Fünfhundertfache auf zweihundertfünfzig Quadratmeter vergrößert. Verblüffend. Einfach verblüffend. Jetzt wusste er sein Studium wirklich zu schätzen. Ein Bollwerk an Wissen, das ihn von diesem so dreckigen Wort abschottete, »sterben«. Dieser Mann wird sterben.

Du musst im Soroka anrufen, sagte er sich, damit sie einen Krankenwagen schicken. Damit sie den OP-Saal vorbereiten. Damit sie mir Prof. Tal herbringen.

Damit sie die Polizei anrufen.

Denn das würden sie tun. Das taten sie immer, wenn eine Unfallmeldung einging. Der Umstand, dass der Arzt vor Ort zufällig auch der Unfallfahrer war, würde daran nichts ändern. Sie würden die Polizei anrufen, und die Polizei würde kommen, und er würde ihnen erklären, es sei dunkel gewesen. Er habe nichts gesehen. Es sei nicht damit zu rechnen gewesen, dass um diese Uhrzeit jemand am Straßenrand ging. Liat würde ihm helfen. Schließlich war er nicht umsonst mit einer höheren Kriminalbeamtin verheiratet. Sie würde es ihnen erklären, und sie würden es verstehen. Sie müssten es verstehen. Stimmt, er hatte die zulässige Höchstgeschwindigkeit weit überschritten, und ja, er hatte seit über zwanzig Stunden nicht mehr geschlafen, aber die Verantwortung lag in diesem Fall bei dem Eritreer, er selbst hatte keinerlei Grund anzunehmen, hier sei jemand unterwegs.

Und der Eritreer hatte Grund anzunehmen, du würdest hier unterwegs sein?

Liats Stimme war kalt und trocken. Er hatte sie schon so sprechen hören, aber stets mit anderen. Mit der Putzfrau, die schließlich gestand, ihre Perlenohrringe gestohlen zu haben, mit dem Handwerker, der zugab, überhöhte Preise verlangt zu haben. Wie gern stellte er sie sich bei der Arbeit vor, distanziert und belustigt den Verhörten vor sich fixierend, eine träge Löwin, die ein wenig mit ihrer Beute spielte, ehe sie sie ansprang. Doch nun sah er sich selbst vor ihr, ihre braunen Augen auf den Mann am Boden gerichtet. Und dann zu ihm aufschauend.

Er sah wieder auf den Eritreer. Blut strömte ihm aus dem Kopf und befleckte seinen Hemdkragen. Wenn er Glück hatte, würde der Richter es bei ein paar Monaten belassen. Aber er würde nicht mehr operieren dürfen. Das war sicher. Kein Mensch stellte einen Chirurgen an, der wegen eines Tötungsdelikts verurteilt war. Und dann die Medien und Jahali und Itamar und Liat und seine Mutter und die Leute, denen er zufällig auf der Straße begegnete.

Und der Eritreer blutete weiter, als täte er es mit Absicht.

Und plötzlich wusste er, er musste weg. Jetzt. Diesen Mann konnte er nicht mehr retten. Da sollte er wenigstens versuchen, sich selbst zu retten.

Die Möglichkeit stand in der Nachtluft, schlicht und klar: in den Jeep steigen und abhauen. Etan betrachtete sie von Weitem, verfolgte angespannt ihre Bewegungen. Und da sprang die Möglichkeit auch schon auf ihn zu und packte ihn, packte ihn mit Haut und Haaren, eine eisige, drängende Panik, die ihm in den Ohren kreischte – zum Jeep. Jetzt.

Doch in diesem Augenblick öffnete der Eritreer die Augen. Etan erstarrte. Die Luft wurde dünner, und die Zunge im Mund fühlte sich an wie Schmirgelpapier. Zu seinen Füßen, eng neben seinen Schuhen mit den orthopädischen Einlagen, die er im Duty-free-Shop gekauft hatte, lag ein Eritreer mit geborstenem Schädel und weit aufgerissenen Augen.

Er sah Etan nicht an, lag nur da und starrte in den Himmel, starrte so konzentriert hinauf, dass Etan nicht anders konnte, als dem Blick zu folgen, zu dem Punkt, den der Mann fixierte, vielleicht war da doch etwas. Da war nichts. Nur ein faszinierender Mond und ein so tiefblau funkelnder Himmel, dass er aussah wie mit Photoshop bearbeitet. Als Etan den Blick wieder zu Boden richtete, waren die Augen des Eritreers geschlossen, und sein Atem ging ruhig. Und Etans Atem ging kurz und rasselnd, und er zitterte am ganzen Leib. Wie sollte er hier wegfahren, wenn die Augen dieses Mannes noch offen waren, sich noch öffnen konnten. Doch andererseits besagten offene Augen gar nichts, sehr viel mehr besagte die Zerebrospinalflüssigkeit, die ihm jetzt aus der Nase lief, aus dem Mund schäumte. Die Extremitäten des Eritreers waren steif und gestreckt, ein Zeichen des drohenden Versagens des Mittelhirns. Selbst beim besten Willen hätte Etan kein Fünkchen Leben gefunden, um das er hätte kämpfen können. Wirklich.

Und wirklich schien der Eritreer sich mit der berühmten afrikanischen Gelassenheit in sein Schicksal zu fügen, denn er war so gut, die Augen zuzulassen, atmete nur ruhig, im Gesicht eine Grimasse, die sich nicht viel von einem Lächeln unterschied. Etan blickte ihn noch einmal an, ehe er sich dem Jeep zuwandte. Jetzt war er schon sicher, dass der Eritreer ihn anlächelte, mit seinen geschlossenen Augen zustimmte.

2

Er schlief gut in jener Nacht. Besser als gut – er schlief ausgezeichnet. Einen tiefen und festen Schlaf, der auch dann noch anhielt, als die Sonne aufgegangen war. Als die Kinder aus den Betten waren. Als Liat sie zur Eile antrieb. Er schlief weiter, als Jahali wegen eines widerspenstigen Spielzeugs kreischte. Schlief durch, als Itamar den Fernseher laut aufdrehte. Schlief, als die Haustür ins Schloss fiel und man das Auto mit seiner ganzen Familie davonfahren hörte. Er schlief und schlief und schlief, und dann schlief er noch ein wenig, bis der Augenblick kam, in dem er auf keinen Fall mehr weiterschlafen konnte, und da wachte er auf.

Mittagslicht fiel durch die Jalousien und tanzte auf den Zimmerwänden. Draußen zwitscherte ein Vogel. Eine mutige, kleine Spinne wagte es, Liats Reinlichkeitsdrang die Stirn zu bieten, und spann emsig ihr Netz in der Ecke über dem Bett. Etan beobachtete die Spinne eine Weile, bevor der wohltuende Nebel des Schlafes verflog und eine einfache Wahrheit hinterließ: Gestern Nacht hatte er einen Menschen überrollt und war weitergefahren. Jede Zelle seines Körpers erwachte in dieser klaren, unabänderlichen Realität. Er hatte einen Menschen überrollt. Er hatte einen Menschen überrollt und war weitergefahren. Immer wieder sagte er sich diese Worte, bemüht, die Buchstaben und Silben zu einer klar verständlichen Aussage zu verbinden. Aber so oft er sie auch sagte, sie zerfielen in seinem Kopf, bis sie völlig ihre Bedeutung verloren. Nun sagte er den Satz laut, ließ die Klänge im Zimmer entstehen. Ich habe einen Menschen überrollt. Ich habe einen Menschen überrollt und bin weitergefahren. Doch so oft er sich den Satz wiederholte, erst flüsternd und dann laut, er kam ihm immer noch unwirklich vor, sinnlos sogar, als spräche er von etwas, das er in der Zeitung gelesen hatte, oder über ein schlechtes Fernsehprogramm. Auch die Spinne und der Vogel halfen nicht weiter – denn es war ja kaum anzunehmen, dass Vögel vor dem Fenster von jemandem sangen, der einen Menschen überrollt hatte und weitergefahren war. Dass Spinnen sich über dem Bett eines solchen Menschen einnisten wollten. Und doch fuhr die Spinne fort zu spinnen und der Vogel zu singen, und sogar die Sonne entzog ihm keineswegs ihren Glanz, sondern schien weiter durch die Ritzen der Jalousie und malte fantastische Lichtsprenkel an die Wand.

Und plötzlich war es Etan höchst wichtig, sich diese gut anzuschauen. Lichtflecken an einer weißen Wand. (Denn so ist das doch: Ein Mensch steht morgens auf und geht aus dem Haus und weiß nichts. Er küsst seine Frau auf die Nasenspitze und sagt zu ihr, wir sehen uns heute Abend, denkt wirklich, sie würden sich am Abend wiedersehen. Zu dem Lebensmittelhändler sagt er Auf Wiedersehen, mit voller Absicht. Und ihm ist glasklar, dass sie sich in ein paar Tagen wirklich wiederbegegnen werden, er und der Verkäufer und die Tomaten. Und dass sich bis dahin nichts wesentlich ändern wird, außer vielleicht der Tomatenpreis. Der Kuss auf die Nasenspitze, das ruhige Tasten in der Tomatenkiste, Lichtflecken an einer weißen Wand im gleichen Winkel zur gleichen Stunde, sie alle schulden ihre Existenz der Annahme, dass alles so bleiben wird, wie es ist. Die Erdkugel wird sich auch heute, wie gestern, wie vorgestern, mit derselben langsamen und schläfrigen Bewegung drehen, mit der sie Etan jetzt wiegt wie ein Baby. Würde sich die Kugel plötzlich andersherum drehen, würde Etan straucheln und fallen.)

Obwohl er nun schon hellwach war, blieb er reglos im Bett liegen. Wie sollte er es wagen, auf eigenen Füßen zu stehen, nachdem er einen Menschen überrollt hatte und weitergefahren war? Sicher würde die Erde doch unter ihm nachgeben.

Wirklich?, fragte ihn eine kalte und düstere und amüsierte Stimme. *Würde sie wirklich nachgeben? Herrn Prof. Sakkai trägt sie doch bestens.*

Bei diesem Gedanken richtete Etan sich im Bett auf und setzte einen nackten Fuß auf den Marmorboden. Und noch einen. Er schaffte drei Schritte Richtung Küche, bevor das Gesicht des toten Mannes wieder vor ihm aufblitzte und ihn lähmte. Mehrmals vor dir hersagen, dass du einen Menschen überrollt hast und weitergefahren bist, ist eine Sache, das Gesicht dieses Menschen vor Augen zu sehen, ist eine andere. Mit großer Anstrengung verdrängte er das Bild in den Hinterkopf und ging weiter. Vergebens. Noch ehe er die Tür erreichte, überfiel es ihn erneut, schärfer als zuvor: Die Augen des Eritreers sind einen schmalen Spalt geöffnet, die Pupillen erstarrt in einem Ausdruck ewigen Staunens. Diesmal kämpfte Etan mit doppelter Kraft gegen das Bild an. Rein da. Willst du wohl da reingehen. In denselben finsteren Speicher, in dem er all die anderen Bilder lagerte – die Leichen, die sie im ersten Studienjahr seziert hatten, die Horrorfotos von abgetrennten, verbrannten, verätzten Gliedmaßen, die die Dozentin für Traumabehandlung ihnen mit unverhohlenem Vergnügen im dritten Jahr gezeigt hatte, froh über jedes entsetzte Aufstöhnen im Hörsaal. »Ihr Bauch ist zu empfindlich«, sagte sie, wenn einer der Studenten eine schwache Ausrede murmelte und für ein paar Minuten an die frische Luft flüchtete, »und mit empfindlichem Bauch werden Sie keine Ärzte.« Die Erinnerung an Prof. Reinharts harte Züge half, den heftigen Sturm in seinem Innern ein wenig zu beschwichtigen. Nun hatte er schon die Küche erreicht. So sauber. Als hätten hier die Cornflakes-Kriege nie gewütet, als hätte es nie Kaffeekleckse gegeben. Wie schaffte Liat es bloß, dieses Haus so zu führen, dass es aussah wie der Schauraum eines Möbelgeschäfts?

Durch das große Fenster schielte er zum Jeep auf dem Parkplatz hinüber. Kein einziger Kratzer. Nicht umsonst hatte der Autohändler ihn den »Panzer von Mercedes« genannt. Und doch hatte er ihn gestern lange überprüft, war vor der Stoßstange in die Hocke gegangen, hatte seine Augen im bleichen Schein des Handys angestrengt. Es ist doch unglaublich, dass man einen Menschen einfach so umfahren kann, ohne eine Spur zu hinterlassen. Eine Delle im Blech, einen Knick in der Stoßstange, eine Erinnerung daran, dass was passiert ist. Ein Indiz dafür, dass da nicht nur Luft gewesen ist, sondern auch ein Körper, eine Masse, ein Widerstand. Aber der Jeep stand heil und gesund und unverändert auf dem Parkplatz, und Etan wandte den Blick vom Fenster und füllte mit zittriger Hand den Wasserkessel.

Das Gesicht des toten Mannes blitzte noch mehrmals vor ihm auf, als er sich Kaffee machte, aber weniger grell. Der Geruch von Putzmittel mit Zitronenduft in der Küche, der fast schon sterile Glanz der Arbeitsfläche, all das drängte die Visionen der letzten Nacht hinaus, wie die Kellner in Tel Aviver Restaurants die Bettler hinausdrängten. Etan strich dankbar über die Arbeitsfläche aus Edelstahl. Vor drei Monaten, als Liat auf dieser Anschaffung bestanden hatte, war er gegen die Verschwendung Sturm gelaufen. So viel Geld für eine Küche, die er in weniger als zwei Jahren hinter sich lassen wollte, sobald sein aufgezwungenes Exil inmitten der Wüste beendet wäre. Aber Liat war festgeblieben, und er hatte einwilligen müssen, sich jedoch das Recht vorbehalten, die überflüssige Ausgabe bei jedem Betreten des Raums wütend anzublicken. Jetzt betrachtete er die Küche mit einer gewissen Verbundenheit, denn nichts konnte düstere Bilder besser löschen als eine blanke Edelstahlfläche. Er war überzeugt, zwischen der hochmodernen Spülmaschine und dem erstklassigen Dunstabzug würde ihm nichts zustoßen. Stimmt, der Kaffeebecher wäre ihm beim Anheben beinahe aus der Hand gefallen, weil die Erinnerung an die Hand des toten Mannes erbarmungslos zuschlug, aber er konnte sie abwehren und den Becher stabilisieren. Und selbst wenn der Becher hinuntergefallen wäre, hätte er einfach einen Lappen genommen und den Kaffee aufgewischt. Denn damit musste man rechnen – Geschirr würde zu Bruch gehen in den nächsten Tagen. Es würde Momente geistiger Abwesenheit geben. Albträume vielleicht. Aber er würde die Scherben auflesen und den Boden wischen und sein gewohntes Leben fortsetzen. Er musste weiterleben. Und wenn der Kaffee jetzt auch abgestanden und bitter schmeckte, seine Hände trotz Klimaanlage schwitzten, er sich beherrschen musste, um nicht weinend vor Scham zu Boden zu sinken, würde er den Becher doch ins Wohnzimmer tragen, zum Sofa. Dieser Schmerz musste ja letzten Endes vergehen. Es würde zwei Wochen oder einen Monat oder fünf Jahre dauern, aber schließlich würde er vergehen. Die Neuronen im Gehirn sendeten bei einem neuen Reiz ungeheuer schnell elektrische Signale. Doch mit der Zeit ließ die Geschwindigkeit nach, bis die Stromstöße ganz versiegten. Habituation. Schrittweiser Verlust der Reizempfindlichkeit. »Sie betreten ein Zimmer, in dem es penetrant nach Abfall riecht«, hatte Prof. Sakkai doziert. »Sie meinen, Sie müssten sich gleich übergeben. Die Geruchsmoleküle reizen das Riechepithel, das wiederum dringende Signale an Amygdala und Hirnrinde sendet. Ihre Neuronen schreien um Hilfe. Aber wissen Sie, was nach einigen Minuten passiert? Die Neuronen hören auf, haben keine Lust mehr zu schreien. Dann kommt jemand anders ins Zimmer und sagt ›Hier stinkts aber‹, und Sie haben keine Ahnung, wovon er spricht.«

Auf dem Sofa, den mittlerweile fast leeren Kaffeebecher in der Hand, starrte Etan auf den dunklen Rest am Boden des Bechers. Der erste Streit zwischen Liat und ihm war ausgebrochen, als sie ihm in der dritten Woche ihrer Bekanntschaft erzählt hatte, ihre Großmutter lese aus dem Kaffeesatz.

Du willst sagen, sie meint, aus dem Kaffeesatz zu lesen.

Nein, hatte Liat beharrt, sie liest wirklich daraus. Sie blickt auf den Kaffeesatz und weiß, was geschehen wird.

Was, dass die Sonne morgen aufgeht? Dass wir am Ende alle sterben?

Nein, du Dussel. Dinge, die nicht jeder weiß. Sagen wir – ob der Mann der Frau, die den Kaffee getrunken hat, sie betrügt. Oder ob sie es schaffen wird, schwanger zu werden.

Liat, wie zum Teufel sollen Kaffeebohnen, die von einem achtjährigen Jungen in Brasilien gepflückt und zu überhöhten

Preisen im Supermarkt verkauft wurden, die Schwangerschaft irgendeiner blöden Kuh aus Or Akiva voraussagen?

Sie sagte ihm darauf, er sei überheblich, und das stimmte. Sagte ihm, es sei nichts Schlechtes an Or Akiva, und auch das stimmte vermutlich. Sagte ihm, wer die Großmütter seiner Dates gering schätze, würde sehr bald diese Frauen selbst gering schätzen, was sich hervorragend anhörte, aber nicht unbedingt stimmte. Zum Schluss sagte sie ihm, sie sollten sich wohl besser nicht mehr treffen, und das erschreckte ihn dermaßen, dass er am nächsten Tag vor ihrem Haus erschien und vorschlug, auf der Stelle zur Oma nach Or Akiva zu fahren, damit sie ihm aus dem Kaffeesatz las. Liats Großmutter begrüßte ihn freundlich, machte ausgezeichneten, wenn auch nicht wirklich heißen Kaffee, warf einen Blick auf den Kaffeesatz und sagte, sie würden heiraten.

Das sehen Sie im Kaffeesatz?, hatte er mit der größtmöglichen Ehrfurcht, die er aufbringen konnte, gefragt.

Nein, hatte Liats Großmutter lachend erwidert, das sehe ich in deinen Augen. Du liest den Menschen nie aus dem Kaffeesatz, du liest ihnen aus den Augen, aus der Körpersprache, aus der Fragestellung. Aber wenn du ihnen das sagst, fühlen sie sich bloßgestellt, was keinem angenehm ist und recht unhöflich dazu, also liest du ihnen aus dem Kaffeesatz. Verstehst du, mein Junge?

Jetzt neigte er den Kaffeebecher und betrachtete den Satz. Schwarz und dick, wie gestern. Wie die Vögel und die Spinnen und die Sonnenstrahlen sahen offenbar auch die Kaffeebrösel keinen Grund, von ihrer Gewohnheit abzuweichen, nur weil er in der Nacht einen Menschen überrollt hatte und weitergefahren war. Habituation. Die Gesichtszüge des Eritreers wurden matter in seinem Kopf, wie ein schlechter Traum, dessen Bilder im Lauf des Tages verblassten, bis nichts mehr von ihnen übrig blieb als ein vages Gefühl des Unbehagens. Es gibt Schlimmeres als Unbehagen, sagte er sich, Menschen leben ein ganzes Leben lang mit dem einen oder anderen Maß an Unbehagen. Dieser Satz fühlte sich so richtig an, dass er ihn noch ein paarmal im Geist wiederholte, dermaßen konzentriert auf die befreiende neue Erkenntnis, dass er das Klopfen an der Tür zuerst gar nicht hörte.

Die Frau an der Tür war groß und schlank und sehr schön, aber Etan achtete auf keine dieser Eigenschaften. Zwei andere Dinge beanspruchten seine ganze Aufmerksamkeit: Sie war eine Eritreerin, und sie hielt sein Portemonnaie in der Hand.

(Und wieder hatte er das Gefühl, kacken zu müssen, jetzt sogar noch mehr als am Tag zuvor. Sein Magen sackte mit einem Schlag ab, riss alle inneren Organe mit, und ihm war klar, dass er diesmal nicht dagegen ankam. Entweder er rannte auf die Toilette, oder er würde hier auf die Türschwelle scheißen, vor dieser Frau.)

Und doch blieb er stehen, nur mühsam atmend, und blickte sie an, als sie ihm das Portemonnaie hinhielt.

Das ist deins, sagte sie auf Hebräisch.

Ja, sagte Etan. Das ist meins.

Und sofort bedauerte er es, denn wer weiß, vielleicht hätte er sie überzeugen können, dass das Portemonnaie gar nicht ihm gehörte, sondern jemand anderem – sagen wir, einem Zwillingsbruder, der gestern irgendwohin geflogen war, nach Kanada beispielsweise oder nach Japan, weit weg. Vielleicht hätte er sie einfach ignorieren und die Tür zuknallen können oder drohen, die Immigrationspolizei zu rufen. Mögliche

Vorgehensweisen füllten seinen Kopf wie bunte Seifenblasen, die bei der ersten Berührung mit der Wirklichkeit platzten. Auf die Knie fallen und sie inständig um Verzeihung bitten. So tun, als hätte er keine Ahnung, wovon sie redete. Sie für verrückt erklären. Behaupten, der Mann sei schon vorher tot gewesen. Er wisse das schließlich, er sei Arzt.

Die Frau sah ihn unverwandt an. Die hysterischen Stimmen in seinem Kopf machten einer anderen, eiskalten Stimme Platz: Sie war dort gewesen.

Und wie um die Worte dieser Stimme zu bestätigen, blickte die Frau auf die weiß getünchte Villa in Omer und sagte: *Dein Haus ist schön.*

Danke.

Auch der Garten ist schön.

Der Blick der Frau blieb auf einem Plastikauto haften, das er Jahali geschenkt hatte. Am Schabbat war das Kind damit krakeelend und jubelnd die Rasenfläche auf und ab gefahren, bis ein anderes Spielzeug seine Aufmerksamkeit erheischte und das Auto verkehrt herum auf dem Eingangspfad liegen geblieben war. Jetzt ragten die roten Plastikräder himmelwärts wie ein belastendes Indiz.

Was willst du?

Ich will reden.

Jenseits der Mauer hörte er den Mazda der Dors auf den Parkplatz gleiten. Das Türenklappen, als Anat Dor und ihre Kinder aus dem Auto stiegen. Die müden Zurechtweisungen, als sie aufs Haus zugingen. Er dankte Gott für diese Mauern, für die wunderbare Distanz der Villenvororte, die auch in Gemeinschaftssiedlungen wie Omer eingesickert war. Ohne diese Distanz wäre er jetzt dem neugierigen Blick von Anat Dor ausgesetzt, die ihre eigenen Sorgen sicher gern einen

Augenblick vergessen hätte, um sich zu fragen, warum der benachbarte Arzt mit einer schwarzen Frau an seiner Haustür stand. Doch der Trost, den die Mauern boten, schmolz dahin angesichts der Gewissheit, dass Anat Dors Heimkehr nichts als die erste Schwalbe war. Eben jetzt steuerte ein ganzer Schwarm Autos auf diese Straße zu. Und in jedem Auto saß lieb und fein ein Vögelein und fragte, was es zum Mittagessen gab. In ein paar Minuten – zwei? zehn? – würde auch Liat mit seinen Küken eintreffen. Diese Frau musste gehen.

Nicht jetzt, sagte er zu ihr, ich kann jetzt nicht reden.

Wann dann?

Abends. Lass uns heute Abend reden.

Hier?

Kam es ihm nur so vor, oder sah er tatsächlich einen Funken Sarkasmus in ihren Augen, als sie auf die Eichenstühle auf der Terrasse deutete?

Nein, sagte er, nicht hier.

In der verlassenen Autowerkstatt am Rand von Tlalim. Bieg zweihundert Meter nach der Abzweigung Richtung Tlalim rechts auf die Zufahrtsstraße ab. Ich bin um zehn Uhr dort.

Und plötzlich wusste er, sie hatte diese Begegnung bis ins Einzelne geplant. Ihr Erscheinen kurz bevor die Kinder aus den Kindergärten abgeholt wurden. Ihr nervenaufreibendes Verweilen an der Haustür. Die Kälte ihrer Augen. Erstmals seit er die Haustür geöffnet hatte, sah er sie wirklich an: groß und schlank und sehr schön. Und sie, als hätte sie gemerkt, dass er jetzt erst Augen für sie hatte, nickte und sagte: *Ich bin Sirkit.*

Er antwortete gar nicht erst. Seinen Namen kannte sie ja. Sonst stände sie jetzt nicht vor seinem Rasen – einem ökologischen Prachtstück, mit wiederaufbereitetem Wasser besprengt – und gäbe ihm Anweisung, wo er um zehn Uhr abends zu erscheinen hatte.

Ich werde dort sein, sagte er, und dann drehte er sich um und ging ins Haus. Der Kaffeebecher stand noch auf der Kommode neben dem Sofa. Die Edelstahlküche glänzte wie immer. Die Sonne tanzte weiter an der Wand, mit wahrlich faszinierenden Flecken.

3

Kaum zwanzig Minuten war es her, seit er die Frau verlassen hatte und ins Haus gegangen war, und schon meinte er, ihr nie begegnet zu sein. Durch die Lamellen der Jalousien musterte er den Garten: den Rosmarinstrauch, den sorgfältig gemähten Rasen, Jahalis umgedrehtes Plastikauto. Kaum zu glauben, dass vor weniger als einer halben Stunde, auf ebendiesem Pfad, eine Frau namens Sirkit das Grundstück verlassen hatte. Die Existenz dieser Frau wurde noch nebulöser, als Liat und die Kinder nach Hause kamen. Itamar und Jahali tollten durch den Garten, was halb nach Spiel, halb nach Kampf auf Leben und Tod aussah. Ihr Fußgetrappel löschte die Erinnerung an die Eritreerin unversehens, wie ein Fahrgast im Linienbus nicht über den nachsinnt, der vorher auf seinem Sitz gesessen hat. Anderthalb Stunden später konnte er sich beinahe einreden, der Besuch hätte nie stattgefunden.

»Die Dinge, die unser Gehirn zu tun bereit ist, um uns zu schützen …« Prof. Sakkai stützte sich aufs Rednerpult, sein Lächeln schwankte zwischen Spott und Respekt und entschied sich schließlich für den Spott, »Leugnung, zum Beispiel. Stimmt, das ist ein Ausdruck aus der Psychologie. Und doch sollte man ihn nicht so schnell in den Papierkorb werfen. Denn was sagt dir ein Mensch auf die Nachricht, dass er an einem Gehirntumor leidet, als Erstes?«

Das kann nicht sein.

»Richtig. ›Das kann nicht sein.‹ Natürlich kann das durchaus sein. Tatsächlich geschieht es genau in diesem Augenblick: Entartete Astrozyten vermehren sich noch und noch, greifen über das Corpus callosum von einer Gehirnhälfte auf die andere über. In knapp einem Jahr wird das ganze System zusammenbrechen. Schon jetzt Kopfschmerzen, Erbrechen, halbseitige Lähmungen. Und doch ist dieses kranke Gehirn, dieses funktionsgestörte Knäuel von Neuronen, noch zu einem fähig: die Realität zu leugnen. Du zeigst ihm die Untersuchungsergebnisse. Du wiederholst die Prognose drei Mal, so klipp und klar wie möglich, und doch schafft es dein Gegenüber, der Mann, der sich demnächst in einen Brei von Chemotherapie und Nebenwirkungen verwandeln wird, alles abzuschmettern, was du ihm sagst. Und es ist völlig egal, wie intelligent er ist. Verdammt, er kann sogar selbst Mediziner sein. All seine Studienjahre verblassen hinter der Entschlossenheit des Gehirns, der Wirklichkeit nicht ins Auge zu sehen.«

Prof. Sakkai hatte recht gehabt. Wie gewöhnlich. Wie ein weißhaariger Unheilsprophet hatte er am Rednerpult gestanden und das künftige Geschehen vor ihnen aufgerollt. Im fünften Studienjahr war es leicht gewesen, seine Reden als zynische Anekdoten abzutun, aber sobald die Studenten aus dem Schoß der Akademie in die reale Welt geschlüpft waren, hatten sich seine Prophezeiungen eine nach der anderen bewahrheitet. Es kann sein, sagte sich Etan. Es geschieht. Und wenn du willst, dass es aufhört, solltest du den Kopf aus diesem Wüstensand ziehen und zur Bank fahren.

Den ganzen Weg zur Filiale fantasierte er über einen vollautomatischen Kundendienst, einen wandelnden Roboter, der seine Anweisungen ohne überflüssige Worte befolgen würde. Aber als er der Angestellten seinen Wunsch nannte, hob sie die Nase über den Computerbildschirm und sagte: »*Walla,* das ist ein Haufen Geld.«

Und schon spähten drei ihrer Kolleginnen über die gläsernen Trennwände zwischen den Schaltern, wissbegierig, welche Summe die Definition »*Walla,* das ist ein Haufen Geld« verdient hatte und wer der Mann war, der diese Summe gleich ins Ungewisse schleppen würde. Etan erwiderte nichts, hoffte, seine kühle Zurückhaltung würde genügen, um die Angestellte zu bremsen, deren Namensschild an der Bluse er jetzt, als sie aufstand, entnehmen konnte, dass sie Rawit hieß. Aber Rawit entmutigte das nicht. Im Gegenteil. Die straffe Haltung ihres Gegenübers, sein geringschätziger Blick – all das machte ihr besonderes Vergnügen, und sie fragte mit lauterer Stimme: »Na, steht ein Hauskauf an?«

Dabei arbeitete sie natürlich weiter. Zählte die Banknoten ein, zwei Mal durch, vergewisserte sich, dass sie jetzt wirklich siebzigtausend Schekel in bar in ihren Händen hielt. Zählte zum Dritten, nur um ein letztes Mal die Berührung der Geldscheine in den Fingern zu spüren, denn diese Summe würde sie ja gerade eben in einem kompletten Arbeitsjahr verdienen. Etan blickte auf die prächtigen Fingernägel, die sein Geld auszahlten. Edelsteine aus Plastik streiften genussvoll über die sich stapelnden Zweihunderter. Während Rawit noch über die Höhe der Summe staunte, fürchtete Etan im Stillen, sie könnte nicht reichen. Die Eritreerin konnte ja auch zweihundert-, dreihunderttausend verlangen. Eine halbe Million sogar. Wie viel wert war Schweigen? Wie viel wert war ein Menschenleben?

Nach Verlassen der Bank rief er Liat an und erzählte ihr von einem Kneipenabend der Station. Eine spontane Zusammenkunft, einer der Ärzte hatte den Vorschlag gemacht, und alle waren darauf angesprungen, und ihm sei es unangenehm, sich als Einziger auszuschließen. Man treffe sich um zehn Uhr auf ein Bier im Coca, er werde versuchen, bis halb zwölf die Kurve nach Hause zu kriegen. »Es ist wichtig, dass du hingehst«, sagte sie, »und es ist auch wichtig, dass man dir nicht ansieht, wie du leidest.« Er hatte sie noch nie so angelogen, und dass es derart einfach war, erleichterte und erschreckte ihn gleichermaßen.

Um zehn Uhr parkte Etan den Jeep vor der ehemaligen Autowerkstatt beim Kibbuz Tlalim. Dreißig Minuten zuvor war er schon an der Zufahrt zur Werkstatt vorbeigefahren, hatte das dunkle Gebäude mit den Augen abgesucht. Nichts regte sich drinnen. Er erwog, am Eingang der Werkstatt auf die Frau zu warten, verwarf aber den Gedanken. Damit ihm nicht der Geruch dieses Ortes, der Staub dieser Erde anhaftete. Auf einen Knopfdruck gingen die vier Scheiben hoch. Auf einen weiteren spielte das Radio. Die Außenluft, die Stimmen der Nacht prallten nun an der Chromhaube des Jeeps ab. Aber als es zehn Uhr wurde, wusste Etan, dass er nicht länger warten konnte. Notgedrungen fasste er mit schweißiger Hand an den Griff der Tür, die den warmen, von den Beatles und Led Zeppelin erfüllten Innenraum von der kühlen, stillen Wüstenluft trennte. Und nun war er draußen, das Knirschen seiner Sohlen auf dem Kies gellte ihm in den Ohren, durchbrach die Stille der Wüste und spottete all seinen Bemühungen um Diskretion.

Kaum hatte er sich zwei Schritte von seinem Fahrzeug entfernt, sah er die Frau auch schon aus der Werkstatt kommen. Ihre dunkle Haut verschmolz mit dem Dunkel der Nacht. Nur das Weiße in ihren Augen funkelte ihm entgegen, und ein Paar schwarzer Pupillen fixierte ihn. »Komm.« Obwohl seine Füße sich auf den ruhigen Befehl hin fast selbsttätig in Bewegung gesetzt hatten, hielt er inne.

»Ich habe dir Geld mitgebracht.«

Doch die Worte verfehlten offenbar ihre Wirkung auf die Frau, die gar nicht darauf einging, sondern nur erneut sagte »Komm«. Und wieder spürte Etan, dass seine Füße diesem ruhigen Befehl augenblicklich folgen wollten, dieser weichen Stimme, die ihm zu gehen bedeutete. Aber die Werkstatt vor ihnen sah jetzt dunkler denn je aus, und er fragte sich unwillkürlich, ob nicht andere Menschen sich darin befanden, dunkelhäutig und voller Groll und nun mit der Gelegenheit, sich zu rächen. Er hatte ihnen zwar nichts angetan, sondern diesem namenlosen Mann, doch es hätte ja genauso gut sie treffen können. Zum Teufel, es hätte sogar ebendiese Frau treffen können, die jetzt mit drängendem Blick vor ihm stand. Falls er *sie* überrollt hätte, wäre er dann in jener Nacht noch zur Polizei gegangen? Am nächsten Morgen?

Als er weiter stehen blieb, ergriff sie seine Hand und zog ihn mit zur Werkstatt. Der verbleibende Widerstand in seinem Innern (Sie zerrt dich rein, und die schlagen dich zusammen. Sie lauern hinter der Tür und bringen dich um.) fiel ab, als ihre Hand seine erfasste. Ihm blieb nichts anderes mehr übrig, als hinter ihr in die Hölle der dunklen Werkstatt hinabzusteigen.

Er spürte die Anwesenheit des fremden Mannes, noch ehe er ihn sah. Starker Schweißgeruch. Schneller Atem. Die Umrisse eines Menschen im Dunkeln. Und sofort begriff er, dies war eine tödliche Falle. Die späte Stunde. Die verlassene Werkstatt. Hier kam er nicht mehr raus. Und dann machte Sirkit das Licht an, und er fand sich vor einem rostigen Metalltisch stehen, auf dem ein halb nackter Eritreer lag.

Im ersten Moment dachte er, es handle sich um ihn, um den Eritreer, den er in der Nacht zuvor überfahren hatte. Und für den Bruchteil einer Sekunde erfüllte ihn Freude, weil er dachte, wenn das der Zustand des Mannes war, den er überrollt hatte, dann war ja alles in Ordnung, völlig in Ordnung. Aber einen Augenblick später erkannte er, dass er sich etwas vormachte. Der Mann, den er gestern umgefahren hatte, war bereits mausetot. Und dieser Mann, dessen Gesichtszüge denen des anderen glichen wie ein Ei dem anderen, litt nur an einer schweren Entzündung am rechten Arm. Sein Blick wurde unwiderstehlich von diesem Arm angezogen. Ein herrliches Mosaik aus Rot und Violett bot sich seinen Augen, hier und da mit einem Quäntchen Gelb oder einem grünen Schimmer gesprenkelt. Und wenn man bedachte, dass diese ganze Farbpalette von einer einfachen Schnittwunde herrührte: von Stacheldraht beispielsweise oder von einer Schere. Fünf Zentimeter ins Fleisch, vielleicht sogar weniger. Aber ohne Desinfektion … Ein paar Stunden pralle Sonne, ein wenig Staub, ein oder zwei Mal mit einem dreckigen Tuch darübergerieben – und schon ist der Weg geebnet für den Tod innerhalb einer Woche.

Hilf ihm.

Diese Wortverbindung hörte er jeden Tag etliche Male. Flehentlich, hoffnungsvoll, in Altsopran und in tiefem Bariton. Aber so hatte er sie noch nie gehört: ohne eine Spur Unterwürfigkeit. Sirkit bat ihn nicht, dem Mann auf dem Tisch zu helfen. Sie befahl es ihm. Und er tat es. Er hastete zum

Jeep und kam mit dem Verbandskasten zurück. Der Mann stöhnte in einer Sprache, die Etan nicht verstand, während er ihm eine Spritze Cefazolin in den Muskel drückte. Sirkit murmelte eine Antwort. Minutenlang mühte sich Etan, die Wunde zu desinfizieren, während der Mann murmelte, und Sirkit erwiderte, und Etan verblüfft feststellte, dass er zwar kein Wort des Gesagten verstand, aber doch alles erfasste. Schmerzen und Trost sprachen überall dieselbe Sprache. Er strich eine antibiotische Salbe über die Schnittwunde und erklärte mit Gesten, sie müsse weiter drei Mal täglich aufgetragen werden. Der Mann starrte ihn verständnislos an, und Sirkit murmelte noch etwas. Nun leuchteten seine Augen auf, und er nickte heftig, sein Kopf wippte wie der Kopf der Bulldogge vorn im Jeep.

»Und sag ihm, er soll die Stelle waschen, bevor er sie einreibt. Mit Seife.« Sirkit nickte und wandte sich wieder an den Eritreer, der ein paar Sekunden später ebenfalls nickte. Danach setzte der Patient zu einer mindestens einminütigen Rede an, die zwar ganz in fließendem Tigrinisch gehalten wurde, aber eindeutig nur eines ausdrückte: Dankbarkeit. Sirkit lauschte, ohne jedoch zu übersetzen. Die Dankbarkeit des Mannes stoppte bei ihr, wanderte nicht weiter zu dem Arzt, der sie unter normalen Umständen für verdient erachtet hätte.

»Was sagt er?«

Er sagt, du hast ihm das Leben gerettet. Du bist ein guter Mensch. Nicht jeder Arzt wäre bereit gewesen, mitten in der Nacht in eine Werkstatt zu kommen, um sich so um einen Flüchtling zu kümmern. Er nennt dich einen Engel, er …

»Hör auf.«

Sie verstummte. Kurz darauf verstummte auch der Patient. Nun wandte er den Blick fragend von Sirkit zu Etan, als spürte er, trotz seiner Verletzung, was da zwischen ihnen stand. Sirkit kehrte dem rostigen Metalltisch den Rücken und ging zum Ausgang. Etan ihr nach.

»Ich habe dir Geld mitgebracht«, sagte er. Sie streckte den runden Rücken und schwieg weiter. »Siebzigtausend.«

Und kurz darauf, als ihr Rücken gerade und ihr Mund stumm blieb: »Ich bring mehr, wenn nötig.« Und schon steckte er die Hand in seine Tasche und zog die Geldscheine heraus, die er von der Bankangestellten Rawit erhalten hatte, deren korrigierte Nase seinem Gedächtnis schon gänzlich entfallen war. Aber Sirkit blieb unverwandt stehen, die Arme verschränkt, und blickte auf seine Gabe. Trotz der nächtlichen Kühle begannen Etans Hände zu schwitzen, machten die rosaroten Scheine peinlich feucht. Unwillkürlich hörte er sich sagen: Ja, er wisse, ein Menschenleben sei nicht mit Geld aufzuwiegen. Und deshalb sei er so dankbar für die ... diese ihm heute geschenkte Gelegenheit, ein Menschenleben zu retten für jenes, das er ausgelöscht habe. Und vielleicht könne diese Verbindung zwischen, ja doch, einer hohen Geldsumme und, nicht zuletzt, einer sorgfältigen ärztlichen Behandlung, vielleicht könne diese Verbindung, wenn auch nur zu einem geringen Teil, das sühnen, was er in tiefster Seele bedaure.

Sirkits Schweigen hielt auch dann noch an, als er sein Gestammel beendet hatte. Er fragte sich bereits, ob sie alles Gesagte verstanden hatte. Schließlich hatte er schnell gesprochen, vielleicht zu schnell, und die Worte klangen ihm so hohl in den Ohren.

Assum war mein Mann.

Und im ersten Moment hätte er sie beinahe gefragt, wer Assum sei, hatte schon den Mund zum Fragen aufgemacht, sich dann aber mit quietschenden Bremsen gestoppt. Du Idiot, natürlich hatte er einen Namen, hast du gedacht, alle würden ihn als den da, den Eritreer, den Infiltranten bezeichnen? Er hieß Assum und war ihr Mann.

Aber wenn er ihr Mann gewesen war, warum wirkte sie dann so ruhig, so selbstsicher? Es war keine vierundzwanzig Stunden her, dass sie ihn begraben hatte, wenn sie ihn denn begraben hatte. So sah keine Frau aus, die ihren Mann verloren hatte. Dieser Glanz in den Augen, der unnatürliche Schimmer der Haut, das schwarze Haar, das im nächtlichen Wüstenwind spielte, ja tanzte. Sirkit schwieg weiter, und Etan wusste, nun war es an ihm zu reden. Er wusste nicht, was er sagen sollte, und deshalb sagte er das Erste, was ihm einfiel – er sagte, es tue ihm leid. Er werde ewig an dieser Schuld tragen. Kein Tag werde vergehen, an dem er nicht an …

Tagsüber mach, was du möchtest, unterbrach sie ihn, *aber deine Nächte halte frei.*

Etan blickte die Eritreerin fragend an, und sie erklärte ihm langsam, wie einem Kind: Sie werde das Geld nehmen. Aber nicht nur das. Die Leute hier bräuchten einen Arzt. Ins Krankenhaus trauten sie sich nicht, da hätten sie zu viel Angst. Deshalb möge der verehrte Herr Doktor ihr bitte seine Telefonnummer geben – sie habe sie gestern nicht in seinem Portemonnaie gefunden –, damit sie bei Bedarf jederzeit Hilfe holen könne. Und da die hiesige Gemeinde lange ohne laufende medizinische Versorgung gelebt habe, sei anzunehmen, dass sie häufig Hilfe brauchen würde, zumindest in den ersten Wochen.

Aha, dachte er, die eritreische Hündin will mich erpressen. Sie würde es wohl kaum bei siebzigtausend Schekel und ein paar Wochen Arbeit bewenden lassen. Was mit ärztlicher Behandlung angefangen hatte, würde sicher bald in die Fürsorge für die Hälfte der eritreischen Bevölkerung des Negev abgleiten. Verdammt, welcher Arzt wäre bereit, auf einem rostigen Metalltisch in einer aufgegebenen Autowerkstatt Kranke zu behandeln? Im Geist sah er Dutzende von Anwälten um das Recht rangeln, die Klage des Jahrzehnts wegen ärztlicher Fahrlässigkeit einzureichen. Nein, du schwarzäugiger, weiblicher Che Guevara, dazu wird es nicht kommen.

Und als hätte sie seine Gedanken erraten, sagte sie lächelnd: *Nicht, dass du wirklich die Wahl hättest.*

Und das stimmte. Eigentlich hatte er keine Wahl. Obwohl er wütend davonstapfte, die Jeep-Tür zuknallte und ohne ein weiteres Wort abfuhr, wussten sie beide – er so gut wie sie: Er würde am nächsten Abend in die aufgegebene Werkstatt zurückkehren, zu seiner zweiten Krankenvisite.

Alle schauen, aber ihre Augen sind trocken. Sie hat keine Tränen für ihn. Alle halten gute Worte bereit, aber um gute Worte zu bekommen, musst du Tränen geben. Wie man Geld geben muss, um ein Brot zu bekommen, du kannst dir nicht einfach eines greifen, ohne irgendetwas dafür anzubieten. Aber als sie den Caravan betritt, sind ihre Augen trocken, und die anderen behalten ihre guten Worte für sich, wie auch die Möglichkeit, ihr eine Hand auf die Schulter zu legen. Ihr ist es egal. Sie sollen sie bloß nicht mehr anschauen. Die Caravan-Tür steht die ganze Nacht offen, damit Luft reinkommt, und die Lichter der Tankstelle tauchen alles in blasses Gelb. In der Stille der Nacht hört sie die anderen angestrengt lauschen, vielleicht würde sie ja im Bett weinen. Und morgens werden sie die Matratze absuchen, nach Tränenspuren fahnden, einer Nässe, die beweist, dass sie diesem Mann hingegeben ist. Wie sie einst, an einem anderen Ort und auf einer anderen Matratze, nach Blutspuren gesucht haben, um zu beweisen, dass sie vorher keinem anderen Mann hingegeben war.

Sie wälzt sich auf den Rücken und blickt an die Decke, und jenseits der Decke sind Wolken oder Sterne, das ist egal. Sie streicht mit der Hand auf und ab über die Narbe am Unterarm. Eine alte, geschichtslose Narbe, so alt, dass sie keine Ahnung hat, von wem oder was sie sie bekommen hat, und heute gibt es auch keinen mehr, den sie fragen könnte. Die Finger spazieren über die Narbe, die sich weich und gut anfühlt. Weich und deshalb gut. Andere Narben sind mit Erinnerungen verbunden, dann sind sie nicht weich und nicht gut, wer will sie überhaupt anfassen. Aber über diese gleitet man gern auf und ab, zwei Zentimeter andere Haut, von der sie auch jetzt, im Dunkeln, weiß, dass sie heller ist als der übrige Arm.

Im Caravan ist es ruhig, und die Leute, die sie vorhin beim Eintreten angeschaut haben, haben sich mittlerweile abgewendet und schlafen. Schlafen so weit sie es können, denn nach dem, was war, erinnert sich keiner mehr, wie man richtig schläft, immer bleibt ein Teil wach. Und auch umgekehrt: Wenn sie wach sind, dann nie ganz. Irgendetwas schläft weiter. Nicht, dass sie deswegen schlechter arbeiten. Keiner vergisst, die Pommes im Lokal aus dem Fett zu heben, oder wischt erst den Boden und fegt danach. Ihr schlafender Teil stört sie nicht beim Arbeiten. Vielleicht hilft er sogar. Und der wache Teil stört nicht beim Schlafen. Im Gegenteil. Keiner hier würde es wagen, ohne ihn zu schlafen. Aber heute Nacht ist ihr wacher Teil besonders wach, und obwohl ihre Finger die Narbe auf und ab gleiten, eine Gebärde, die sie beruhigt, so weit sie zurückdenken kann, strömt das Blut doch sehr schnell durch ihren Körper, sie hatte schon vergessen, dass

Blut so schnell fließen kann. Und obgleich sie sehr gut weiß, es muss aufhören, sie muss schlafen, sie hat morgen einen langen Tag, möchte sie den schnellen Fluss doch ungern anhalten. Damit es ihr nicht wieder in den Adern gerinnt. Damit sie nicht einschläft.

Es kommt von allein. Die Minuten vergehen, und ihr Blut beruhigt sich. Und auch die Finger, die vorher die Narbe auf und ab spaziert sind, halten inne und spreizen sich auf der Matratze. Sie wälzt sich zur Seite. Sieht weiße Augen im Dunkeln und dreht sich auf die andere Seite, ehe sie in ihnen Kritik entdeckt. Was für eine Frau bist du denn. Warum weinst du nicht. Und vielleicht dreht sie sich nicht wegen der Kritik um, sondern wegen anderer Möglichkeiten, die in den offenen Augen eines Mannes, der dich mitten in der Nacht anschaut, aufblitzen können. Ihr Mann liegt jetzt auf der Erde, statt über ihr zu stehen, und sie muss sich in Acht nehmen. Und auf der anderen Seite – die Wand. Sie macht die Augen zu. Feuchter Schimmelgeruch dort, wo die Farbe abblättert. Sie riecht, auch durch Moder und Feuchtigkeit, den Körpergeruch der Frau auf der Matratze neben sich. So viele Nächte riecht sie ihn, sie würde die Frau zweifellos daran erkennen, selbst wenn sie sie erst nach Jahren wiedersähe. Sie würde auf der Straße gehen und schnuppern und sich zu ihr umdrehen und sagen, ich erinnere mich an dich, das war vor zehn Jahren, und auch damals warst du süßsauer von der Sonne.

Ihr Blut beruhigt sich, aber nicht ganz, und als ihr wieder einfällt, was geschehen ist, gerät es erneut in Wallung, und sie denkt schon, sie würde nie mehr einschlafen. Das belustigt sie, denn sie ist alt genug, um sich zu erinnern, wie oft sie das gedacht hat, und immer ist sie am Ende eingeschlafen. Als

Kind waren ihr die Nächte so lang vorgekommen wie Jahre und die Jahre wie eine Ewigkeit, und wenn sie nicht einschlafen konnte, lag sie da und hat das Gras wachsen hören und ist schier verrückt geworden. Später wurden die Nächte weniger lang und die Jahre kürzer, doch immer noch gab es solche Nächte, die sich unmöglich lang hinzogen. Die Nacht, in der ihr dort zum ersten Mal Blut rausgelaufen war, und etwas später die Nacht, in der sie zum ersten Mal mit ihm geschlafen hatte, und die Nacht vor dem Morgen, an dem sie aufgebrochen waren. Und jetzt diese Nacht, die vielleicht gleich und vielleicht nie enden wird, ein Teil von ihr würde jetzt alles geben, um endlich einzuschlafen, der Kopf tut ihr weh, und die Muskeln sind verspannt, und ein anderer Teil lächelt, blickt auf den abblätternden Caravan und auf die Schlafenden und sagt: Warum nicht.

Das automatische Tor an der Einfahrt zum Parkplatz hebt sich auf Knopfdruck. Der Jeep fährt auf den Hof, und auf einen weiteren Knopfdruck schließt sich das Tor wieder sanft. Obwohl kein Grund besteht, mit dem Aussteigen zu warten, bis das Tor ganz unten ist, bleibt Etan im Jeep sitzen und wartet. Das Tor beendet seine langsame, immer gleiche Bewegung, und Etan öffnet die Tür, so wie man eine Klammer aufmacht (Bis hierher der alte Satz, von hier an ein neuer. Der alte Satz weiß nichts von dem neuen, ist durch eine dünne Wand von ihm getrennt. Und vielleicht trennt keine Wand, sondern eine Haut oder eine Membran zwischen den Dingen, die Etan sieht, und denen, die er nicht sehen möchte. Und die wachsen von Stunde zu Stunde, von Tag zu Tag, werden vielleicht eines Tages so angewachsen sein, dass kein Ausweg mehr bleibt, die Klammern können sie nicht mehr eingrenzen, weil sie überquellen, all die blinden Punkte, die toten Winkel, all die ungesehenen Dinge würden laut schreiend ans Licht kommen. Bis dahin werden sie von den Klammern eingesperrt. Er sieht sie nicht, aber sie sehen ihn. Verraten ihn durch Klammergetuschel, das er nicht hört.).

Im Schlaf spürt Liat, wie die Decke angehoben wird, als Etan ins Bett schlüpft. Und schon umarmt er sie von hinten, die Nase in ihren Nacken gedrückt, sein Arm auf ihrem Arm, sein Bein auf ihren Schenkeln, sein Bauch an ihrem Rücken. Und obwohl diese Nacht sich in nichts von anderen Nächten unterscheidet – die Körper schmiegen sich genau wie sonst aneinander –, wird doch etwas mit einem Wimpernschlag registriert. Nase an Hals, Arm auf Arm, Bein auf Schenkel, Bauch an Rücken, aber diesmal mit einer Dringlichkeit, will sagen – einem Fluchtverhalten, will sagen, der Mann, der ins Bett gekommen ist, ist ein Mann auf der Flucht. All das registrierte Liats Wimpernschlag, und all das war ausgelöscht, als sich vier Stunden später die Lider auftaten und Liat ihren Tag begann.

Jeden Morgen stand Victor Balulu auf, kochte sich ein Ei genau zweieinhalb Minuten und aß es behaglich vor dem Radiogerät. Während die Sprecher über Inflationen und Kabinettssitzungen berichteten, tunkte Victor Balulu das Eigelb mit einer Scheibe Weißbrot aus und dachte sich, jetzt verspeise er noch ein Küken, das es nicht geschafft hatte. Nun wusste Victor Balulu sehr wohl, dass aus den Eiern im Lebensmittelladen ohnehin keine Küken schlüpften. Aber der Gedanke an das Küken machte ihm, neben leichtem Unbehagen, auch einige Freude, denn da konnte Victor Balulu, zweifellos ein unbedeutender Mensch, doch eigenhändig ein so großes Unheil anrichten. Ein Ei, zweieinhalb Minuten, jeden Morgen. Das macht ja dreihundertdreiundsechzig Küken pro Jahr, wenn man den Versöhnungstag und den 9. Av abrechnet, an denen Victor Balulu, wegen des Fastengebots, kein Ei und auch sonst nichts aß. Nahm man Victor Balulus Lebensjahre zur Grundlage, abgesehen vom ersten Jahr, in dem seine Ernährung auf Muttermilch basiert hatte, erreichte man die außerordentliche Summe von dreizehntausendvierhunderteinunddreißig Eiern, das heißt dreizehntausendvierhunderteinunddreißig Küken, die Victor Balulu in einem riesigen gelben Schwarm auf Schritt und Tritt nachtippelten.

Victor Balulu grübelt über diesen Kükenschwarm, während er die Brotkrümel und Dotterreste von seinem Teller spült und sich ankleidet. Das Etikett am Hemdkragen belehrt ihn, dass das Hemd in China genäht wurde, erste Wahl ist und nicht heißer als zwanzig Grad gewaschen werden darf. Victor Balulu schenkt diesen Daten nur wenig oder gar keine Beachtung, obwohl China immerhin ein Land mit eins Komma vier Milliarden Einwohnern ist, ja überhaupt eine Weltmacht.

Hat er sein Hemd fertig zugeknöpft, die Hose aber noch nicht angezogen, geht Victor Balulu meist seine Notdurft verrichten. Ernsthaft und mit erheblichen Befürchtungen setzt er sich auf die Kloschüssel und wartet, was der Tag bringen mag. Nie bedenkt er, dass die Toilettenschüssel, auf der er sitzt, aus Indien stammt, das mit China eine Grenze und eine weitgehend auf Reis basierende Ernährung gemeinsam hat. Sobald Victor Balulu fertig ist, betätigt er einen kleinen Metallgriff und schickt seinen Kot aus dem vertrauten Bereich, in dem er entstanden ist, in die Abwasserrohre der Stadt Beer Scheva und von dort, auf gewundenen Wegen, ins Meer.

Zwar werden die Fäkalien Beer Schevas niemals ins – viele Kilometer entfernte – Meer geschickt, sondern durch Rohre und Maschinen einer Sickergrube in der Nähe des Sorek-Bachs zugeleitet, aber in gewisser Hinsicht fließen ja alle Flüsse ins Meer, sogar ein versiegender Bach. Diese Gewissheit ist Victor Balulu besonders wichtig, denn obwohl er mit einigem Unbehagen daran denkt, dass sein Kot jetzt die unergründlichen Tiefen des Ozeans verschmutzt, empfindet er doch auch etwas Freude, weil er, Victor Balulu, ein Mann, über den man sich nicht viele Gedanken macht und der seine eigene Existenz zuweilen sogar selbst vergisst, weil dieser Mensch also etwas produziert hat, das eben jetzt über den weiten Ozean schwimmt.

Nachdem Victor Balulu gefrühstückt, sein Hemd angezogen und seine Notdurft verrichtet hat, macht er sich rasch fertig und verlässt das Haus, rügt sich selbst, weil er spät dran ist. Sobald er die Straßen, die ihn von seinem Zielort trennen, durchmessen hat, bleibt er stehen und wartet. Taucht dann einige Zeit später eine beliebige Frau auf der Straße auf, holt er tief Luft und brüllt: Du Fickerin!

Manche erstarren. Manche machen einen Satz vor Schreck. Die meisten gehen schneller oder verfallen sogar in Laufschritt. Wieder andere schreien ihn an oder lachen ihn aus oder besprühen ihn mit Pfefferspray. Manche kehren kurz darauf mit einem Freund oder Ehemann zurück, der ihn kürzer oder länger verprügelt. Und die ganze Zeit über hängt der Blick der Frauen an ihm, angewidert oder ängstlich, mitleidig oder abgestoßen. Aber nie, nie gleichgültig. Ganze Tage wartet Victor Balulu in Beer Schevas Straßen auf vorbeikommende Frauen, untersetzte und große, hübsche und hässliche, Äthiopierinnen und Russinnen. Alle wollen an ihm vorübergehen, ohne ihm einen Blick zu schenken, wollen ihr Leben weiterleben, als wäre Victor Balulu gar kein Mensch, sondern ein Blumenkübel oder ein Stein oder eine herrenlose Straßenkatze. Aber Victor Balulu kämpft heldenhaft gegen die Gleichgültigkeit an, dieser Tiger von Beer Scheva, füllt seine Lungen mit Luft und brüllt: Du Fickerin!

An guten Tagen, wenn er glücklich eine belebte Straßenecke als Standort erwischt, kommt er mit heiserer Kehle und vor Blicken kribbelndem Körper heim. Dann macht er sich einen Tee mit Zitrone, setzt sich auf den Sessel und geht im Geist seine wunderbaren Erlebnisse durch: den verblüfften Blick auf dem Gesicht der Soldatin mit Pferdeschwanz. Die bohrende Geringschätzung einer Rothaarigen. Die herrlich kalte Verachtung, die ihn aus dem Blick einer Alten mit Streifenbluse angeweht hat. An diesen raren guten Tagen steigt Victor Balulu mit einem Lächeln ins Bett.

Hin und wieder wird Victor Balulu, statt nach Hause zu gehen und Tee mit Zitrone zu trinken, auf die Polizeiwache gebracht. Auch dort brennen ihm die Blicke auf der Haut, aber leichte Bangigkeit befällt ihn, da er befürchtet, die Nacht in der Arrestzelle verbringen zu müssen und dann am nächsten Morgen nicht sein genau zweieinhalb Minuten in Wasser gekochtes Ei essen zu können. Deshalb bemüht er sich, einen möglichst guten Eindruck zu machen und schnell wieder freizukommen. Doch eines Morgens hat er das Pech, einer Kriminalbeamtin vorgeführt zu werden. Ihre braunen Augen gleichen den Eicheln, die er in fernen Tagen in einer fernen Stadt gesammelt hat, die andere Nazareth nennen und er Zuhause. Die Eicheln hat er stets aus dem Wäldchen in die Wellblechhütte gebracht, um seiner freudlosen Mutter eine Freude zu bereiten, und als die Mutter starb, starben auch die

Eichen ab oder hätten es zumindest tun sollen. Sobald Victor Balulu die braunen Augen der Polizeibeamtin erblickt, wird er, weil seine Mutter tot ist und die Eicheln immer noch existieren, so wütend, dass er umgehend »Du Fickerin!« brüllt, lauter denn je. Doch statt bei seinem Schrei zu erschrecken oder böse zu werden oder ihn anzublaffen oder einen Kollegen herbeizuholen, sitzt die Beamtin bloß da und sieht ihn gleichgültig an. Deshalb hebt Victor Balulu die Stimme noch mehr, so laut er nur kann, kreischt mit heiserer Kehle »Du Fickerin!«, doch vergebens, er schreit und schreit, bis ihm die Kräfte auszugehen drohen und er fürchtet, die Kriminalbeamtin könnte dort Erfolg haben, wo drei Psychiater und fünf Sozialarbeiterinnen gescheitert waren, wo weder Drohungen noch Schläge geholfen hatten. Mit der Gleichgültigkeit ihrer Augen, ihrer trägen Gelassenheit hat die Beamtin ihm den Schrei entwunden.

Aber dann wird Liat hinausgerufen, und sie eilt erleichtert aus dem Raum, denn ja, dieser Balulu ist ziemlich amüsant, aber sein Geschrei schadet doch dem Trommelfell. Der Polizeidirektor steht auf dem Flur und sagt, Leiche eines Eritreers, Verkehrsunfall mit Fahrerflucht, und Liat nickt, denn was soll man sonst wohl machen. Dann steigen sie in den Streifenwagen und fahren nach Süden. Der Direktor fährt hundertfünfzig Stundenkilometer und schaltet das Martinshorn ein, als wäre, wenn sie nur rasch den Tatort erreichten, der Eritreer weniger tot. Alle paar Minuten schielt er zu Liat hinüber, um sich zu vergewissern, dass die Beamtin neben ihm von seinen Fahrkünsten beeindruckt ist, und Liat lässt sich notgedrungen beeindrucken, denn was soll man sonst wohl machen. Sie gelangen schnell an den Tatort und entdecken, dass der Eritreer schon über einen Tag tot ist und zum Himmel stinkt. Der Polizeidirektor zieht ein Taschentuch heraus und bietet es Liat an, und Liat erwidert, es gehe schon, sie komme zurecht. Glückstrunkene Fliegen drängeln sich um den aufgeschlagenen Schädel des Eritreers, und der Direktor bietet Liat an, im Auto zu warten. Liat erwidert, es gehe schon, sie komme zurecht. Einige Fliegen sind das angetrocknete Blut des Eritreers leid und siedeln zu den Schweißperlen auf der Stirn des Direktors über. Der Direktor verscheucht sie mit nervöser Hand und sagt, komm, ich sehe, du tust dich hier schwer. Reden wir mit dem, der ihn gefunden hat.

Er hieß Guy Davidson und hatte die größten Füße, die Liat je untergekommen waren. In neun Jahren Polizeidienst hatte sie schon einiges an ungewöhnlichen Körperteilen gesehen – gespaltene Schädel, Stichwunden, sogar eine kopflose Leiche, die am Strand von Aschdod angeschwemmt worden war und ihr ihre erste Beförderung eingebracht hatte. Aber noch nie war ihr etwas so Unnatürliches, so Seltsames begegnet wie Guy Davidsons Füße. Sie waren mehr als groß, geradezu riesig, und die Knöchel, an denen die Füße hingen, waren schlank, fast lose, als würden die Füße auf den leisesten Druck hin dem dazugehörigen Körper untreu werden und die Welt ohne ihn bereisen. Aber vorerst blieben sie an Ort und Stelle, verpackt in riesige Trekkingsandalen – wohl eine Spezialanfertigung, vermutete Liat. Davidson sah entschieden aus wie einer, der solch eine Sonderanfertigung von einer Sandalenfirma verlangen konnte und sie auch ohne Preisaufschlag bekam. Er hatte die energische, selbstsichere, vierschrötige Ausstrahlung eines Kibbuzniks, die den Polizeidirektor etwas in seiner Uniform wachsen und Liat etwas in ihrer Uniform schrumpfen ließ.

»Er ist gestern nicht ins Restaurant gekommen. Ich dachte, er wär vielleicht krank. Aber heute Morgen hat ihn einer der Kumpels mit seinem Traktor entdeckt.« Er sprach in schnellem und bestimmtem Ton, und Liat sagte sich, so fickt er sicher auch, schnell und bestimmt. Aber zu Davidson sagte sie: Habt ihr hier Autos gesehen?

Davidsons Lippen wichen zurück, entblößten von billigen Zigaretten ruinierte Zähne. »Autos? Auf diesen Sandpisten? Nein, Schätzchen, das Einzige, was Sie hier sehen, ist ein Kamel – oder ein Jeep.«

Liat lächelte verlegen, obwohl sie an sich nicht verlegen war und erst recht nicht zum Lächeln neigte. Sie lächelte immer verlegen, wenn jemand sie Schätzchen nannte, und nach neun Jahren bei der israelischen Polizei hatten schon ziemlich viele sie Schätzchen genannt. Banker, Landwirte, Rechtsanwälte, Bauunternehmer, Direktoren, Geschiedene, Ehemänner. Sie ließ sich Schätzchen nennen, und einige Zeit später ließ sie sich dann auch die Abschlussprotokolle ihrer Geständnisse unterzeichnen, nach einer Ermittlung, von der sie nichts geahnt hatten, nichts hatten ahnen können, und dann sah sie ihnen so gar nicht mehr nach einem Schätzchen aus.

Verzeihung. Habt ihr hier Jeeps gesehen?

Davidson schüttelte verneinend den Kopf. »Am Wochenende kommt hier die Schickeria aus Herzlija mit ihren neuen Jeeps angesaust, wirbelt Staub auf und kurvt wieder ab. Aber unter der Woche ist alles tot.«

Und Jeeps vom Kibbuz?

Ein Schatten huschte über Davidsons Augen. »Keiner unserer Genossen hätte einfach so einen Menschen überfahren und dann Fahrerflucht begangen.«

Wie war sein Name?

»Assum.«

Assum und wie weiter?

»Ich kann mir nun wirklich nicht jeden Eritreer merken, der mir hier durchkommt.«

Wie lange hat er bei Ihnen gearbeitet?

»Anderthalb Jahre, in etwa.«

Anderthalb Jahre, und Sie wissen nicht, wie er mit Nachnamen heißt?

»Na hören Sie mal, kennen Sie den Nachnamen Ihrer Putzfrau? Wissen Sie, wie viele Arbeitskräfte ich hier im Lokal habe? Und dann noch die in der Tankstelle.«

Drückendes Schweigen hing im Raum, und Liat bemerkte, dass Davidsons rechter Fuß unruhig in der Sandale ruckelte, wie ein Tier im Käfig. Der Polizeidirektor, der dem Gespräch bisher stumm zugehört hatte, räusperte sich. »Kommen wir kurz auf die anderen Eritreer zurück. Haben Sie sie gefragt, ob sie was gesehen haben?«

Davidson schüttelte verneinend den Kopf. »Hab Ihnen ja schon gesagt, keiner hat was gesehen.« Und kurz darauf: »Vielleicht hat ihn ein Beduine, der hier was klauen wollte, umgefahren und ist abgehauen.«

Der Polizeidirektor stand auf. Liat tat es ihm nach. Als Letzter erhob sich der Kibbuznik Davidson, wobei seine riesigen Füße den Boden des Caravans in leichte Schwingungen versetzten.

An der Tür des Streifenwagens streckte Davidson ihr seine große, erstaunlich glatte Bärenpranke hin. Man muss den Scheißkerl erwischen, der das gemacht hat, sagte er zu ihnen, sah aber nur Liat an, du überrollst keinen Menschen und fährst einfach weiter, als ob es ein Fuchs war. Und Liat drückte ihm die Hand, leicht überrascht, nicht nur über die glatte Hand, sondern vor allem über die edle Seele.

Auf der Rückfahrt ließ der Polizeidirektor die Sirene ausgeschaltet und hatte es auch nicht eilig. Der Polizeibericht mit der Überschrift »Unfall mit Fahrerflucht. Infiltrant. Akte mangels Verdächtigen geschlossen« konnte durchaus bis zum nächsten Tag warten. Im Radio spielten sie jetzt einen bekannten Popsong, und Liats Stimme störte den Direktor, der den Refrain gerade mitsummen wollte: Vielleicht könne man den Typ des Jeeps ermitteln. Die Reifenspuren auf der Erde prüfen.

Der Polizeidirektor wartete, bis der Refrain ausklang – wirklich ein toller Song –, und antwortete dann, das sei sinnlos. Viel Wirbel, viel Personalaufwand, und zum Schluss fände man ohnehin nichts auf diesem Wüstenboden, so viele Stunden nach dem Vorfall. Der Song endete, und ein neuer begann, nicht so gut wie sein Vorgänger, aber auch ihn sollte man sich lieber in Ruhe anhören, statt mit übereifrigen Fragen zu nerven. Der Polizeidirektor schaffte es, zwei ganzen Strophen zu lauschen, ehe die neue Kriminalbeamtin mit den Augen einer Löwin ihn wieder ansprach: Und wenn es sich bei dem Unfallopfer um ein Mädchen aus dem Kibbuz handeln würde, wäre es dann auch sinnlos, weiter zu ermitteln?

Den Rest des Weges legten sie stumm zurück. Song folgte auf Song, dann Kurznachrichten, dann die Ankündigung eines Sand- und Staubsturms im Negev. Senioren und Asthmatiker sollten körperliche Anstrengungen im Freien vermeiden.

4

Sie kamen in Scharen. Das Gerücht von der diskreten ärztlichen Behandlung ohne jegliche Registrierung verbreitete sich schneller als jede virale Infektion. Sie kamen aus Wüsten und Wadis, Gaststätten und Baustellen, waren Straßenarbeiter in Arad und Reinigungskräfte im Busbahnhof. Kleine Schnittwunden, die durch Staub und Schmutz lebensgefährlich geworden waren. Pilzbefall an den Geschlechtsteilen, der das Leben zwar nicht gefährdete, aber entschieden elend machte. Darminfekte wegen der schlechten Ernährung. Ermüdungsfrakturen infolge der langen Fußmärsche. Dr. Etan Grien, der vielversprechende Neurochirurg, behandelte sie alle.

Und er hasste sie. Er kämpfte dagegen an, konnte aber nicht anders. Er rief sich in Erinnerung, dass nicht diese Leute ihn erpressten, sondern *diese Frau*, dass es schließlich Menschen waren, die sich da draußen drängten und auf seine heilende Hand warteten. Aber der Geruch machte ihn fertig. Der Dreck. Der faulige Eiter der Schnittwunden, die sie noch aus dem Sinai mitschleppten, der fremde, säuerliche Schweiß von Männern, die tagelang in der Sonne arbeiteten, und von Frauen, die seit Wochen nicht mehr gebadet hatten. Unwillkürlich verabscheute er sie, obwohl sein Schuldgefühl wegen des Unfalls noch frisch war. Obwohl er sich in seinem ersten Jahr an der Universität geschworen hatte, jeden Menschen zu behandeln, und das ehrlich meinte. Aber etwas so Nahes, Intimes wie der Umgang zwischen Arzt und Patient wurde unerträglich unter Zwang. Da er seinen Patienten gezwungenermaßen half, hasste er sie mindestens so sehr wie sich selbst. Er ekelte sich vor dem Gestank. Den Körpersäften. Den Haaren. Den Hautfetzen und dem aufgekratzten Schorf an den schmutzigen Händen. Der eine hob das Hemd an, der andere ließ die Hose runter, diese machte den Mund auf, und jener bückte sich zum Zeigen. Einer nach dem anderen entblößten sie ihre Leiber vor ihm, erfüllten die Werkstatt mit dieser monströsen Körperlichkeit, mit Haut und Gliedern, Grimm und Wut und den Boten des Unheils, in den Worten des Psalters. Sosehr er sich bemühte, Mitleid mit ihnen zu empfinden, scheute er doch vor ihnen zurück. Es waren nicht nur der Geruch und die Körperflüssigkeiten, sondern auch die Gesichtszüge: Fremdheit. Staunen. Unendliche Dankbarkeit. Er sprach ihre Sprache nicht und sie nicht die seine, deshalb verständigten sie sich mit Gebärden, mit Augenzwinkern. Ohne Sprache, ohne das Vermögen, einen einzigen menschlichen Satz zu wechseln – der eine redet, der andere hört zu und umgekehrt –, blieb nur das Fleisch. Stinkend. Verwesend. Mit Geschwülsten und Ausscheidungen und Reizungen und Narben. Vielleicht empfand so auch ein Veterinär.

Die Übelkeit befiel ihn schon im Jeep, lange bevor er die Werkstatt betrat, er ekelte sich bereits, wenn er von der Straße auf den Sandweg abbog, und das verschärfte sich, sobald er *ihr* gegenüberstand. Er hasste ihre Haltung. Ihre Stimme. Den Ton, in dem sie »Schalom, Doktor« sagte. Er empfand tiefen

Abscheu. Unergründlichen Groll. Er hätte sich schuldig fühlen müssen, aber seine Schuld welkte, gleich einer Blume, die nur einen Tag blühte, angesichts dieser dreisten Erpressung. Die Leichtigkeit, mit der sie ihn vereinnahmte, und ihre unanfechtbare Herrschaft über ihn ließen ihm nur noch Raum für Abscheu. Manchmal fürchtete er, seine Patienten könnten es spüren. Vielleicht sahen sie ihn deshalb so furchtsam an. Aber gleich darauf lächelten sie wieder ergeben, und er blieb allein mit seinem Groll.

Klar war da auch die Schuld. Seit jener Nacht fand er keinen Schlaf mehr. Vergebens suchte er ihn mit Wälzen im Bett, mit einer halben Lorivan-Tablette. Der Tote hing ihm am Hals und ließ nicht locker. Kniff ihn, sobald er einschlafen wollte. Nur in der Autowerkstatt ließ er von ihm ab. Machte der Pilgerkolonne Platz. Magere, schwarze Gesichter, die Etan kaum unterscheiden konnte. Vielleicht auch nicht zu unterscheiden versuchte. Jedes Gesicht glich dem vorigen und dem davor, im endlosen Rückwärtsgang, bis zu dem Gesicht *jenes* Patienten, des ersten. Bis zu dem mageren, schwarzen Gesicht des Mannes, den er getötet hatte.

Er kann diese Gesichter nicht mehr sehen. Kann den Gestank der entzündeten, dünnscheißenden, gebrochenen Körper nicht mehr ertragen. Arme Beine Achselhöhlen Bäuche Lenden Nägel Nasenlöcher Zähne Zungen Eiterbeulen Geschwülste Pusteln Ausschläge Reizungen Schnitte Brüche Infektionen Verkrüppelungen, nacheinander und manchmal zusammen, schwarze Augen danken schwanken wanken rein und raus, präsentieren ihre schwarzen Leiber mit einer Kapitulationsurkunde, einer Anklageschrift vor Dr. Etan Grien, der nicht mehr kann, es einfach nicht mehr aushält mit den Gliedern dieser Menschen, der versinkt in diesem dunklen

Meer von Armen Beinen Mund aufmachen lass mich hier anfassen tut das weh und wenn ich hier drücke wie schmerzt es dann, ertrinkt in dieser Menschenflut, die ihn zu verschlingen droht.

»Verstehst du, er will da gar nicht weiter ermitteln!«

Sie stand in der Küche und war wunderschön in ihrem majestätischen Zorn, und Etan stand neben ihr und tat, was er konnte, um wie gewöhnlich auszusehen.

»Und dabei ist dir völlig klar, wenn das ein Kind aus dem Kibbuz gewesen wäre, oder auch bloß ein Kühltechniker aus Jerucham, wäre das anders ausgegangen.«

Warum meinst du das?

Er gab sich große Mühe, normal zu klingen, und kriegte es auch ganz gut hin. Überleg mal, Tuli, gibt es nicht genug Unfälle mit Fahrerflucht, die so enden? Du hast doch selbst gesagt, ihr habt keinerlei Indizien, keinen Anhaltspunkt.

»Wir hätten die Eritreer zur Ermittlung vorladen können. Soll ich dir einen Lappen holen?«

Nein. Geht schon.

Und kurz darauf, als er den mit zittriger Hand verschütteten Kaffee fertig aufgewischt hatte: Sprechen die überhaupt Hebräisch, diese Eritreer?

»So weit sind wir gar nicht erst gekommen. Marziano hat bloß gesagt, es wäre ein Witz, dreißig Mann auf die Wache zu holen, um ihnen eine Frage zu stellen, deren Antwort wir längst kennen. Wenn ich ihm gesagt hätte, wir müssten auch noch einen Dolmetscher bezahlen, wäre er endgültig ausgerastet.«

Sie wandte sich von der Arbeitsfläche ab und stellte einen neuen Becher Kaffee anstelle des verschütteten vor ihn hin, unaufgefordert, ohne ein Wort, und er dachte sich, wie sehr er sie liebte, und strich ihr über das herrliche braune Haar, als sie sich wieder der Küchenzeile zudrehen wollte. Und mit einem Mal, ohne dass er es überhaupt zu hoffen gewagt hätte, verzichtete sie darauf, die Spülmaschine auszuräumen, und setzte sich ihm auf den Schoß, barg den Kopf an seiner Brust und er seine Hand in ihrem Haar.

Wie er bemerkte, hatte sie erst vor Kurzem geduscht, denn ihr Haaransatz war noch etwas feucht und der Shampoogeruch sehr frisch. Ihr Hals verströmte leichten Parfümduft, obwohl er sie zahllose Male angefleht hatte, ihren eigenen Duft nicht zu überlagern. Ihr Körpergeruch machte ihn verrückt, sie verlegen und bot Stoff für zahllose erhitzte Debatten. Sie wollte verdecken, er entdecken. Sie kaufte parfümierte Körpercreme, er ließ sie verschwinden. Sie zog ein Shirt aus, und er lauerte darauf, ihre Arme genau im Moment des Hochhebens zu schnappen und trotz aller Proteste ihre Achselhöhlen zu beschnuppern. Sie nannte ihn pervers, und er konterte, es gebe nichts Normaleres, als sich am Geruch seiner Frau aufzugeilen. Und überhaupt, warum sollte jemand lieber Seifenduft riechen wollen als den Duft seiner Liebsten? (Mit Parfüm am Hals konnte er sich zur Not noch abfinden, aber als sie einmal mit Intimwaschgel nach Hause kam, hatte er sein Vetorecht ausgeübt. Bis hierher und nicht weiter. Sie würde ihm nicht den Geruch ihrer Pussi rauben.) Jetzt saß sie ihm auf den Knien, und er dachte, wenn sie sich an jedem anderen Abend so auf seinen Schoß gepflanzt hätte, in der Küche, mit halb nassem Haar und nackten Füßen, wäre er sofort auf andere Gedanken gekommen. Aber heute, in diesem Moment, spürte er kaum das Reiben ihrer Schenkel auf seinen. Fuhr ihr nur mechanisch mit der Hand durchs Haar und wartete, dass die Übelkeit abflaute. Dass er etwas anderes riechen könnte – sogar Parfüm, sogar Intimwaschgel – als den Gestank in seinem Kopf.

»Vielleicht hat er ja recht«, ihre Stimme erreichte ihn gedämpft, während sie ihren Mund auf seine Halsgrube drückte. »Vielleicht ist es wirklich Zeitverschwendung.« Aber dann, genau als sein Puls langsam wieder die für sein Alter empfehlenswerte Geschwindigkeit erreichte, sprang sie ihm vom Schoß und lief wieder in der Küche herum.

»Ich begreif einfach nicht, wie jemand einen anderen einfach so sterben lässt, wie einen Hund.«

Vielleicht war er in Panik. Vielleicht war der Eritreer auf der Stelle tot, und es war ohnehin nichts mehr zu machen.

»Der Eritreer hat fast zwei Stunden mit dem Tod gekämpft. Das hat der Pathologe gesagt.«

Und Etan hätte beinahe erwidert, vielleicht wüsste der Pathologe nicht alles, beherrschte sich aber. Liat räumte die Spülmaschine aus, und er stand neben ihr und schnitt Gemüse in exakte Würfelchen. Als er ihr zum ersten Mal einen Salat geschnippelt hatte, damals, als sie endlich bereit gewesen war, in der Wohnung in der Gordon-Straße zu übernachten, hatte sie vor Begeisterung in die Hände geklatscht. Das ist ja, als hättest du einen Winkelmesser in den Fingern, lautete ihr Kommentar darauf.

Nicht immer, nur wenn ich unter Druck stehe.

»Warum unter Druck?«

Und er hatte ihr damals verraten, bisher sei er immer derjenige gewesen, der taktvoll erklärt habe, er könne nicht einschlafen, wenn noch jemand im Bett liege, und deshalb solle jeder die Nacht lieber in seiner eigenen Wohnung verbringen. Aber seit sie auf der Bildfläche erschienen sei, könne er schon fast zwei Monate kaum schlafen, gerade weil sie nach dem Sex nicht dabliebe, und gestern Nacht habe sie endlich eingewilligt, und nun fürchte er, wenn das Frühstück nicht perfekt ausfalle, werde sie nicht wiederkommen. Liat hatte damals mit ihren Zimtaugen gelächelt und war am nächsten Abend mit der Zahnbürste eingetroffen. Jetzt stand sie neben ihm in der Küche, blickte auf die präzise gewürfelte Gurke und fragte – ist bei der Arbeit was passiert?

Nein, sagte er und griff nach den Tomaten, ich wollte mich einfach für dich ins Zeug legen. Sie gab ihm einen Kuss auf die Wange und sagte, gewürfelte Salate seien seine wahre Berufung, die Medizin sei nur ein Nebenjob, und er erlaubte sich schon zu hoffen, sie hätte den sterbenden Eritreer am Straßenrand endlich aufgegeben …

»Aber weißt du, wo Marzianos Irrtum liegt? Er hält das für einen Einzelfall, begreift nicht, dass jemand, der einen Eritreer so überrollen und dann weiterfahren kann, eines Tages auch ein kleines Mädchen überrollt und danach weiterfährt.«

Schlagartig legte Etan das Messer ab. Eine Tomate mit offenen Eingeweiden blieb auf dem Brett zurück.

»So«, Liat lächelte ihn an, »halbe Arbeit?«

Ich habe heute Abend Bereitschaftsdienst, ich will vorher noch joggen.

Liat nickte, würfelte die Tomate fertig. »Wenn das so weitergeht, wirst du mit Prof. Schkedi sprechen müssen. Er kann dir nicht dauernd so viel aufhalsen, das geht nicht.«

Mit Joggingschuhen und Kopfhörern tritt Etan vor die Haustür. Die Wüstennacht ist klamm und kalt, und doch schwitzt er am ganzen Leib. Er will rennen. Will mit der höchstmöglichen Geschwindigkeit von einem Punkt zum anderen gelangen. Nicht weil der andere Punkt so wichtig wäre, sondern wegen der wohltuenden Neigung der Hypophyse, bei solcher Anstrengung Endorphine auszuschütten – derzeit seine einzige legale Chance, sich besser zu fühlen. Je schneller er rennt, desto schneller wird das Hormon sein Gehirn überschwemmen, seine Gedanken vernebeln. Und je schneller er läuft, desto dünner wird auch der Sauerstoff in seinem Gehirn. Gefühle brauchen Sauerstoff. Scham zum Beispiel oder Selbstverachtung, es genügt nicht, dass sie erwachen, es müssen auch bestimmte Mengen an O_2 ins Gehirn gelangen, um sie zu speichern. Ein schlecht mit Sauerstoff versorgtes Gehirn ist weniger effizient. Ein weniger effizientes Gehirn empfindet weniger. Deshalb erhöht Etan sein Lauftempo mehr und mehr, läuft und läuft ohne Unterlass, bis ein scharfer Schmerz im Bauch ihm Einhalt gebietet. Und dann bleibt er schlagartig stehen – in den Fenstern der Villen flimmern die Fernseher wie Glühwürmchen – und geht nach Hause. Eine schnelle Dusche. Ein Becher Kaffee. Vierzig Minuten Fahrt zu der verlassenen Autowerkstatt in Tlalim, die in Wirklichkeit keineswegs verlassen ist.

Auf der Türschwelle küsst Liat ihn zum Abschied auf die Lippen. Ein flüchtiger Routinekuss. Ein Kuss, der weder Sex noch Liebe ausdrückt, sondern nur Gute Nacht sagt. Oder vielleicht auch: Gute Nacht. Ich vertraue dir, dass du wiederkommst und wir fortsetzen, was wir angefangen haben, das heißt ein komplettes Leben. Er küsst sie zurück. Auch bei ihm weder Sex noch Liebe. Sondern nur: Gute Nacht. Ich belüge dich. In dem schmalen Spalt zwischen unser beider Lippen liegt eine ganze Welt.

Und später, im Jeep, fragt er sich, warum er eigentlich lügt. Fragt, ohne zu antworten. Antwortet nicht, weil er ja weiß:

Er lügt, weil er unfähig ist ihr einzugestehen, dass er weniger gut ist, als sie gedacht hat. Er kann ihr nicht gestehen, dass er befürchtet, sie würde einfach gehen, wenn sie ihn für weniger gut befindet als gedacht. Oder schlimmer noch – bleiben und ihn gering schätzen. (Wie damals, in der Grundschule, als seine Mutter entdeckt hat, dass er ihr die Klassenarbeit mit dem Ungenügend im Rechnen vorenthalten hatte. Sie hat ihn nicht angeschrien, aber ihr Blick machte ihn fertig. Ein Blick, der besagte: Ich hatte dich für besser gehalten.) Er selbst weiß natürlich, dass er weniger gut ist. Aber er weiß es als Einziger, und wenn du der Einzige bist, der etwas weiß, dann ist dieses Etwas weniger real. Du betrachtest dich mit den Augen anderer, denen deiner Frau, siehst dich darin reflektiert, und da bist du sauber und hübsch, beinahe schön. So etwas zerstört man doch nicht.

Und Liats Augen wandeln sich dauernd. Mal Zimt. Mal Honig. Die Wärme darin mischt sich immer anders, je nach Witterung. Und er, er richtet sich schon seit fünfzehn Jahren nach diesen Augen, dieser Waage der Gerechtigkeit. Ein unvergleichlich präziser Gradmesser von Richtig und Falsch. Nur ein Mal hat diese Waage getrogen, und auch dafür gab es einen Grund. Als er die Affäre mit Sakkai öffentlich machen wollte und sie ihn davon abhielt. Das verblüffte ihn damals so sehr, dass er nicht einmal daran dachte, mit ihr zu streiten. Die Gelassenheit, mit der sie den Tatbestand der Korruption hinnahm, erschütterte ihn nicht weniger als die Korruption selbst, vielleicht sogar mehr. (Dabei war sie keine Heilige. Sie ließ geröstete Nüsse im Supermarkt mitgehen, wie alle, und nannte das »naschen«, wie alle. Sie war sogar einmal bereit gewesen, sich mit ihm in eine Vorstellung im Zappa Club reinzuschleichen, als sie sich verspätet hatten und der Bedienstete den Eingang kurz verlassen hatte. Aber sie gehörte zu den Menschen, die niemals, *nie im Leben* eine Steuererklärung frisieren würden, auch wenn man sie todsicher nicht erwischte. Zu denen, die, wenn sie einen Hundert-Schekel-Schein auf der Straße fanden, an den nächsten Kiosk gingen und den Betreiber baten, sie anzurufen, falls jemand einen verlorenen Geldschein suchen sollte.)

Die Leichtigkeit, mit der sie Sakkai ungestraft davonkommen zu lassen bereit war, hatte ihn bestürzt. Aber Existenzängste setzten sich wohl zuweilen gegen ethische Imperative durch, und die Hypothek, die sie aufgenommen hatten, war zweifellos eine existenzielle Angst. Besonders für Liat, die nur zu gut wusste, wie es sich mit überzogenen Konten lebte. »Begnüg dich damit, dass du jedenfalls richtig gehandelt hast. Die Welt mag korrupt sein, aber dich hat sie nicht korrumpieren können.« Mit welchem Vertrauen sie ihm das nach der Affäre mit Sakkai sagte, mit welch liebevollen Augen. Seinerzeit schmeichelte ihm das, aber jetzt nimmt er ihr es übel. Als sie so das Gute in ihm lobte, verurteilte sie unwillkürlich auch das Schlechte. Begrub jenseits des Zauns all das, was sich mit ihrem sittlichen Maßstab nicht vertrug, mit dem Mann, für den sie ihn hielt. Sie zensierte ihm ganze Teile seines Selbst weg, und er war damals froh, diese loszuwerden. Ihr – und sich selbst – vorzumachen, er sei das Gute in ihren Augen. Aber das war er nicht. Nicht nur. Der Eritreer hat es erfahren.

Und doch versteht er immer noch nicht, wieso er gerade da, als er beschlossen hat, den Staub dieser Stadt abzuschütteln, gerade als er versuchen wollte, eine trübe Schicht von Bitterkeit und Überdruss wegzuwischen, als er endlich in diese Wüste gefahren ist, mit Schwung, sogar mit Gesang (wie lächerlich, jetzt daran zu denken, im Duett mit Janis

Joplin, was ihm damals hundert Prozent echt vorgekommen ist und sich jetzt wie ein schlechter Witz anfühlt) – wieso ihm gerade da diese Sache passiert ist. Er hat einen Menschen getötet. Und gleich korrigiert er sich hastig: Nicht du hast ihn getötet, sondern der Jeep. Stahl und Eisen, die weder Groll noch Absicht hegen. Eine neutrale, unpersönliche Kraft, eine bestimmte Masse, die mit einer bestimmten Geschwindigkeit in einem bestimmten Moment einen Mann erwischt hat. Und schon bestätigt er sich erneut, es war keineswegs seine Wut, die da plötzlich wild und unkontrolliert losgebrochen ist. Er hält seine Wut doch gut unter Verschluss, lagert sie bei Zimmertemperatur: »Für Etan, weiterhin viel Erfolg.«

Aber warum hat er dann gelogen? Das ist doch völlig klar. So klar wie die Tatsache, dass Sonne Krebs erregt. Dass ein Wüstenmond nach Ablauf der Nacht noch lange am glühenden Himmel steht: Er hat zu seinem und zu ihrem Wohl gelogen. Er hat gelogen, damit sie nie erfährt, wie weit er von dem Mann entfernt ist, für den sie ihn hält. Aber als er log, hat er sich nur noch weiter von diesem Mann entfernt, mehr und mehr, bis sie schließlich nur noch eine Karikatur von ihm sah.

Und schon steigt ihm im Geist die Dämonin auf, die ihn in der Werkstatt erwartet. Diese zwei schwarzen Augen. Und er ist fast wütend auf sich, weil er außer den Augen, außer der Erpressung auch die Umrisse ihres Körpers unter dem weiten Baumwollkleid in Erinnerung hat. Wie jemand, der gleich in einen Abgrund stürzt und noch Muße findet, von oben den Blütenteppich im Tal zu bewundern.

Sie versucht immer zu erraten, worüber sie sich streiten. Mann und Frau an den Tanksäulen. Ältere Frau und junges

Mädchen in der Schlange an der Restaurantkasse. Zwei Soldaten beim Verlassen der Toilette. Manchmal entflammt der Streit schlagartig, und alle schauen hin, um mitzukriegen, wer da so schreit. Und manchmal läuft er verdeckter ab. Mann und Frau reden leise, aber in den Augen der Frau funkeln Tränen, und der Mann prüft die Benzinrechnung, als sei sie das Interessanteste auf der Welt. Zwei Soldaten kommen aus der Toilette, und obwohl sie zum selben Bus gehen, sprechen sie nicht miteinander. Der eine sagt »Super«, sieht aber gar nicht zufrieden aus und sein Kamerad auch nicht. Mal beginnen die Streitigkeiten an der Tankstelle, mal bringen die beiden sie mit. Schon daran, wie sie beim Aussteigen die Autotüren zuschlagen, erkennt man, da stimmt was nicht. Und dann sitzen sie im Lokal am Tisch, ohne zu reden. Sie studieren eingehend die Speisekarte oder blicken aufs Handy, und sie regen sich auf, weil der Kaffee nicht heiß genug ist.

Sie widmet dem nicht viel Aufmerksamkeit. Sie hat den Boden zu wischen und Teller abzuräumen. Aber manchmal, wenn es ein paar Minuten Ruhe gibt, sieht sie sich die Gesichter der Leute an, überlegt, ob sich welche streiten, und versucht zu erraten, worüber. Das ist viel schwieriger, als zu raten, worüber sie lachen. Wenn ein Mann und eine Frau schier platzen vor Lachen über ihrem Schokoladenkuchen und sich anschauen, als würden sie es gleich hier auf dem mit Tabletts vollgestellten Tisch treiben, braucht man sich nicht groß anzustrengen, um zu verstehen, was zwischen ihnen abläuft. Aber wenn ein Mann sein Tablett plötzlich nervös betastet oder eine Frau aufsteht, um es wegzubringen, und ihre Hände das Stück Plastik umklammern, als würde sie jeden Augenblick stürzen und dies wäre das Einzige, was sie noch aufrecht hält, kann man rätseln, was da vor sich geht. Dann wird es interessant.

Einmal hat sie versucht, mit Assum darüber zu sprechen. Er war beim Geschirrspülen und sie beim Abräumen der Tische, als mitten am Tag eine Frau hereinkam, die so in ihr Telefon kreischte, dass sich alle vor ihr in der Schlange umdrehten. Später, in der Pause, hinter dem Lokal, machte Assum mit einer ulkig hohen Stimme das Kreischen der Frau nach, und als sie fertig gelacht hatte, fragte sie ihn, worum es seiner Meinung nach gegangen war. Mit einem Schlag wurde seine Miene ernst. Wen scherts, warum sie gekreischt hat. Es geht nicht darum, ob es einen schert oder nicht, sagte sie. Es ist wie ein Spiel. Das kann interessant sein. Anstatt zu antworten, zog er an seiner Zigarette, und sie sah, dass sie ihn nervte. Assum schaute die Gäste nie an, wenn er nicht unbedingt musste. Die anderen waren auch so. Es war eine Art eiserne Regel, die dir keiner sagte und keiner erklärte, sie war einfach klar. Ein paar Minuten später hatte Assum seine Zigarette fertig geraucht, und sie gingen rein. Danach sprach sie nicht mehr mit ihm darüber, aber sie schaute weiter hin. Und einige Tage nachdem der Arzt ihn überfahren hatte, fiel ihr auf, dass sie jetzt noch mehr hinschaute als vorher und es vielleicht auch mehr genoss.

Wenn es dunkel wird, geht sie leise weg. Schnellen Schritts. Er muss jeden Augenblick kommen. Tief in der Nacht bellen Hunde wie verrückt. Sirkit lauscht. Wenn sie so weiterbellen, werden die Leute Angst haben zu kommen. Oder vielleicht nicht. Schließlich hat sie keine Angst gehabt. Hat den Boden der Gaststätte fertig gewischt, den Lappen schön säuberlich gefaltet und ist in die Dunkelheit rausgegangen. Auf dem ersten Kilometer beleuchten noch die Lichter der Tankstelle ihren Weg. Danach gibt es nur das Dunkel und die Hunde und einen schmalen Streifen grauen Mond, ein Lappen, der mitten am Himmel hängt.

Kurz vor der Autowerkstatt bleibt sie stehen. Macht den Mund auf.

Aaaaaah.

Die Silbe kommt ihr zögernd über die Lippen. Nicht gleichmäßig. Nach Stunden stummer Arbeit ist ihre Kehle etwas eingerostet. Wäre sie zum Geschirrspülen in der Küche gewesen, hätte sie den ganzen Tag mit den anderen geredet. Aber Böden wischt man stumm. Nur du und die Fliesen. Zuerst langsam, aber dann sausen die Gedanken, und das ist nett, und dann hören sie auf zu sausen, machen Platz für die Stille der Chlorbleiche, und du schwimmst in Seifenblasen, wirst immer schwerer, versinkst. Wie die Pommes, die sie in der Küche ins Öl absenken; wie die Kakerlaken, die in den Ecken des Lokals im Wischwasser schwimmen und mit dem Gummiwischer fortgeschleudert werden; wie die Haarknäuel, die an den Rändern des Besens haften bleiben, blonde und schwarze, lange und kurze Haare, von Leuten, die eintreten, essen und weiterfahren.

Aaaaaah.

Er müsste jeden Augenblick kommen, und da braucht sie ihre Stimme. Sie muss auftauchen aus der Stille der Chlorbleiche, damit sie ihm wieder Befehle erteilen kann.

Als Etan weg ist, macht Liat sich allein über den Salat her, der halb aus Würfelchen, halb aus grob geschnippeltem Gemüse besteht und ihr ausgezeichnet schmeckt. Manchmal, bei ermüdenden Vernehmungen, fragt sie sich, was diese Leute nach der Heimkehr als Erstes ablegen. Bei den meisten Menschen sind es die Schuhe. Etan zieht zuerst das Hemd aus. Itamar wirft schon im Vorgarten die Schultasche ab, kann sich nicht beherrschen, genau wie ihre Großmutter, die bei Betreten des Treppenhauses den Büstenhalter aufgehakt hat, mit der Bemerkung, fertig, sollen die Nachbarn reden, was sie wollen. Und Liat macht die Haustür auf und hängt als Erstes die Augen an die Garderobe.

Danach kann man die Schuhe ausziehen, die Brust von Bügeln und Ösen befreien, aus der straffen Hose in den Trainingsanzug steigen. Aber als Erstes die Augen. Damit sie nicht so ins Haus kommen, mit all dem Dreck und Morast von draußen. Draußen gibt es schlechte Menschen und furchtbare Verbrechen. Aber drinnen brauchst du diese Augen nicht, ebenso wenig wie deine Pistole, und beide schließt du besser in der Schublade weg. Das Haus ist bekannt und vertraut. Darin haben Pistolen und Blicke keinen Raum. Im Haus klopft man Schnitzel auf dem Tisch und bringt Kinder ins Bett und faltet Wäsche, alles nach altbekannten Regeln. So altbekannt, dass sie nicht aufgeschrieben werden müssen, sie kommen ihr so selbstverständlich über die Zunge wie den Frommen die Gebete. Und auch wenn sie zuweilen keine Lust hat, die Dinge müde und unbeteiligt oder sogar mit einer Spur Verbitterung erledigt, ist sie am nächsten Morgen wieder stark wie eine Löwin. Nicht, dass sie die Hausarbeit liebt. Aber sie liebt das Haus selbst, die Heimkehr, den wohligen Gedanken an seine Existenz mitten an einem Arbeitstag. Und wenn sie tief in der Nacht die Spülmaschine einräumt, ist das nicht viel anders als eine gute Haarwäsche unter der Dusche: Zwischendrin halte ich alles an, um mich sauber zu fühlen. Um dieses ganze Reich – Flur und Wohnzimmer und Küche und Schlafräume – dieses ganze kleine Reich sauber und ruhig zu finden. Denn du musst einen Ort haben, an dem es keine Fragen und keine Zweifel gibt. Sonst ist es wirklich traurig.

Der Strom riss nicht ab. Wenn Etan irgendwelche Hoffnungen gehegt hatte, all das wäre nur eine vorübergehende Aufgabe, ein paar Tage ehrenamtliche Tätigkeit und mehr nicht, so war ihm nach Ablauf von zwei Wochen sein Irrtum klar. Die meisten Menschen, denen er begegnete, hatten noch nie einen Arzt gesehen. Alle hatten sie etwas. Ein leichtes Trauma oder eine chronische Krankheit, eine kleine Verletzung, die sich verschlimmert hatte, oder etwas Schlimmeres, was vernachlässigt worden war, oder beides zusammen. Den sterilen Operationssaal im Soroka ersetzte ein rostiger Tisch mitten in der Wüste, der knarrte, sobald ein Patient sich daraufsetzte. Trotz der skandalösen Umstände dankten ihm seine Patienten mit glühenden Reden, die abgekürzt wurden, wenn Sirkit hastig den Nächsten einließ. Er bat sie nicht mehr, für ihn zu dolmetschen. Er hatte schon selbst gelernt, dass *qansa* »tut weh« und *herray* »in Ordnung« bedeutete, und ein paar Tage später war ihm die Sprache schon geläufig genug, um mit *tschacha* auf *schukran* oder *yeqenyellei* (danke) zu antworten, wobei er den überraschten Blick seines Gegenübers ignorierte.

Bei der Arbeit meldete er sich krank. Die abgesagten Dienste verlegte er in die Werkstatt. Klingelte zu Hause das Telefon, stürzte er als Erster an den Apparat, aus Angst, jemand von der Station könnte sich nach seinem Befinden erkundigen, obwohl er wusste, dass heute kein Mensch mehr den Festnetzanschluss statt des Handys anwählte. Er war bang und besorgt und beschämt in den Stunden daheim und lauschte angestrengt jedem Pieps des Handys, sobald er die

Werkstatt betrat. Jeden Abend rief er Liat an, ließ sie das Gemurmel der Kranken hinter sich mithören, eine Seuche unter den Eritreern, erklärte er, haufenweise Arbeit. Und bat sie, den Kindern Gute Nacht von ihm zu sagen.

Nach einigen Tagen blätterte die Haut an seinen Händen ab, schlicht und einfach. Er wusch sie nach jedem Patienten sorgfältig mit Wasser und Seife, trotz der Handschuhe. Wer wusste schon, was diese Menschen aus ihrem Land einschleppten. Das ewige Schrubben mit Wasser und Seife zog bald Juckreiz und Hautabschürfungen nach sich. Seine geröteten Finger machten ihn verrückt. Desgleichen die Muskelschmerzen, die mit jeder schlaflos verbrachten Nacht zunahmen. Und vor allem machte ihn diese Frau verrückt, die sich bei Tagesanbruch mit gebieterischem Lächeln von ihm verabschiedete: *Danke, Doktor. Wir sehen uns morgen.*

Und nach zwei Wochen sagte er ihr ab. Ich muss mich ausruhen.

Du arbeitest nicht am Schabbat? Das Wort »Schabbat« betonte sie besonders, und trotz der Dunkelheit wusste er, dass sie lächelte.

Auf der Station stellt man Fragen. Bald wird auch meine Frau anfangen. Ich brauche ein paar normale Tage.

Sirkit wiederholte die Worte langsam, versonnen. »Normale Tage.« Und Etan sah, wie seine Bitte, von ihr nachgesprochen, ihre Schlichtheit verlor und höchst sonderbar, geradezu erstaunlich wurde. Er brauchte ein paar normale Tage. Auch der Mann, der sich einen Finger in der Drehbank abgeschnitten hatte, brauchte normale Tage. Auch die Putzfrau, die gestern im Busbahnhof ohnmächtig geworden war. Aber Etan, Etan brauchte sie besonders. Und deswegen würde er sie bekommen.

Montag, sagte sie schließlich, *und vergiss nicht, weitere Medikamente mitzubringen.*

Beinahe hätte er sich bedankt, aber er beherrschte sich. Stattdessen hielt er den Kopf unter den Wasserhahn in der Ecke. Das Wasser traf auf Augen, Wangen, Lider. Ein nasser, erfrischender Kältekuss. Das genügte, um ihn für den Nachhauseweg wach zu halten. Er drehte den Hahn zu und ging zum Jeep, begleitet vom bewegten Winken eines jungen Mannes, dem er gerade einen zwei Zentimeter langen, verrosteten Nagel aus dem Fuß gezogen hatte. Er startete den Motor und fuhr Richtung Landstraße. Auf dem Heimweg, im blassen Morgenschimmer, zählte er drei Kadaver am Wegrand.

Auch nach Abstellen des Motors hat Etan es nicht eilig auszusteigen. Durch die Windschutzscheibe mustert er die weiß getünchte Villa. Die Wände atmen ruhig hinter der Bougainvillea. Durch die Jalousie ganz rechts schimmert ein kleines Licht, stummer Zeuge für Jahalis Kampf gegen die Schrecken der Dunkelheit. Die Sonne geht auf. Die Dunkelheit weicht. Jahali hat gewonnen. Die Lilien im Garten recken sich dem Morgen entgegen. Ein Windstoß bezwingt die Tautropfen, die sich auf dem Rosmarin gesammelt haben. Sie fallen auf einen Schlag ab, die Tropfen. Regen im Kleinstformat. Und nur der Jeep stinkt nach vergessenen Kaffeebechern, leeren Pizzakartons mit fettigen Rändern, einem müden, ungewaschenen Mann. Und Etan sitzt im Jeep und kann sich nicht aufraffen auszusteigen. Warum soll er die Unschuld des Hauses mit seiner Anwesenheit besudeln.

So sitzt er denn im Jeep und schaut: Liat und die Kinder schlafen in ihren Betten, und wenn auch ein mächtiger, düsterer Himmel über ihnen hängt, schützt sie immer noch das Dach. Ein rotes Ziegeldach trennt zwischen friedlichen Schlafzimmern und drohendem Himmel. Und obwohl es nichts Dümmeres gibt als ein Ziegeldach mitten in der Wüste, denn wann zum Teufel fällt hier wohl Schnee, ist Etan doch froh über dieses Haus. Weiße Wände, rotes Dach und zwei Kinder, die sicher sind, den besten Vater der Welt zu haben. Und wenn ihm das alles jetzt etwas grotesk vorkommt, kann er sich das nur selbst zuschreiben. Sowohl das Haus als auch die Kinder entsprechen ihm schließlich. Eltern stellen sich ihre Kinder ja lange vor deren Geburt in der Fantasie vor: wie sie aussehen, was sie tun, wer sie sein werden. Und wenn sie über ihre Kinder fantasieren, fantasieren sie auch über sich selbst: Was für ein Vater, was für eine Mutter werde ich sein. Was für ein Kind werde ich produzieren. Wie Kinder, die der Kindergärtnerin ein selbst gemaltes Bild vorlegen, zeigen sie der Welt ihr Kind und fragen: Schön?

Lautet die Antwort Ja, rahmen sie es ein und hängen es an die Wand. Lautet die Antwort Nein, zerreißen sie es und malen ein neues. Die Eltern stellen sich ihre Kinder noch vor deren Geburt in der Fantasie vor, aber die Kinder nicht ihre Eltern. Wie der erste Mensch nicht über Gott fantasiert – er ist umgeben von ihm. Nach seinem Willen wird es licht und nach seinem Willen wird es finster. Ein wundersamer Stromschalter wird gehoben oder gesenkt. Milch fließt oder versiegt. Eine Decke wird ausgebreitet oder zurückgeschlagen. Kinder betrachten ihre Eltern mit einem Blick, in dem keine Frage liegt. Voller Vertrauen. Später hören sie auf damit, und, gleich einem abgesetzten König, umwirbt und bittet sie nun der Vater oder die Mutter: Vielleicht kommst du am Schabbat? Was läuft bei der Arbeit? (Vielleicht lässt du mich wieder, und sei es nur einen Augenblick, der Mittelpunkt deiner Welt sein, denn in meiner eigenen Welt fehle ich sehr.) Der jeweilige Elternteil weiß nicht, dass sein Betteln nur den geringen Rest königlichen Glanzes beseitigt, der ihm vielleicht noch geblieben ist. Es gibt keine unglücklichere Liebe als die Liebe eines Kindes zu seinen Eltern.

Also legt Etan seine Kinder schlafen und weckt sie am Morgen. Er macht ihnen Kakao ohne Klümpchen. Er tut, was er kann, um der Vater zu sein, den ihre Augen widerspiegeln: ein starker, gerechter, wissender Papa. Und wenn er ihnen lange genug in die Augen schaut, ist er beinahe überzeugt, tatsächlich so einer zu sein. Und welche Dankbarkeit erfüllt ihn dann! Er gibt ihnen Kakao, aber sie geben ihm, mit ihren Blicken, himmlische Herrschaft. Er weiß, irgendwann werden sie entdecken: Um die Sonne an- und die Nacht abzuschalten, genügt ein Druck auf den Lichtschalter. Für einen Kakao ohne Klümpchen muss man einfach kräftig umrühren. Die Welt gehört ihnen, um darin zu wandeln, und sie können jede Frucht essen, die ihnen beliebt. Und doch, tröstet er sich, ist es noch eine Weile hin, bis ihnen die Augen aufgehen werden. Bis sie ihre Eltern sehen und erkennen, dass sie nackt und armselig sind (denn das geschieht ja dem Menschen, wenn er den Apfel isst. Nicht seine eigene Blöße wird ihm bewusst, sondern die Blöße Gottes). Es bleiben noch lange Jahre des Treibens in süßem Wasser, getragen im sanften Wellenschlag kindlicher Verehrung. Er selbst hat jahrelang seinen Vater so betrachtet. Nicht nur als Kind. Auch als zorniger, kickender Heranwachsender. Er hätte nicht gekickt, wenn er seinen Vater nicht für stark wie eine Wand gehalten hätte. Denn wer würde wohl auf einen mageren Mann mittleren Alters mit Kreuzschmerzen eintreten. Jugendliche verfluchen ihre Eltern, wie Hiob Gott verflucht. Das heißt, ihn lobpreist. Wer Gott die Unzulänglichkeiten der Welt vorwirft, nimmt immerhin noch an, dass Gott die Welt beherrscht. Dass alles nach seinem Willen geschieht.

Die Erkenntnis, dass seine Kinder ihn eines Tages ernüchtert betrachten würden, so wie er irgendwann von seinen Eltern ernüchtert gewesen war, die Erkenntnis, dass sie ihn eines Tages weder verehren noch treten würden – diese Erkenntnis entging Etan zumeist. Gerade umgekehrt. Jahalis und Itamars Liebe war so stark, so fest, dass ihm manchmal fast die Luft zum Atmen fehlte. Wenn er nach Hause kam, wetteiferten die beiden derart um seine Aufmerksamkeit, dass es mal rührend und mal erdrückend war. Er fand es ebenso anstrengend wie schmeichelnd, im Mittelpunkt der Welt seiner Kinder zu stehen. Vielleicht weil er erfasste, welche Verantwortung, welche Gefahr diese Stellung mit sich brachte.

Deshalb bangte ihm so sehr davor, aus dem Jeep zu steigen und die Unschuld des Hauses zu entweihen. Er wusste, für eine solche Entweihung gab es keine Vergebung. Und doch raffte er sich schließlich auf. Stieg aus, schloss ab, schritt voran, öffnete die Haustür mit ruhigem Griff. Ein flüchtiger Blick genügte zur Bestätigung dessen, was er im Voraus gewusst hatte – das Haus war aufgeräumt, sauber, bereit für den neuen Tag. Und vor allem – das Haus wusste nichts von den anderen Häusern, die auch vier Wände hatten, aber keine Betten und kein warmes Wasser, dafür zwanzig Matratzen so dicht über den Boden verteilt, dass die Tuberkulose die Zwischenräume mühelos übersprang.

Jetzt, als er im Eingang seiner Villa in Omer stand, fragte er sich, wie viele Matratzen auf den Parkettboden seines Wohnzimmers passen würden. Zweifellos könnten sich zwanzig Eritreer relativ bequem hier einrichten. Dreißig schon nicht mehr. Genau wegen solcher Gedanken wäre er lieber im Jeep sitzen geblieben. Einen Moment erlaubte er sich, Mitleid mit ihnen zu empfinden, und schon geriet ihm die Empathie außer Kontrolle, verwandelte sich in ein Ungeheuer, das ihn mit drängendem, wucherndem Schuldgefühl verfolgte. Wenn er das Haus betrat, kam dieses Wolfsrudel mit herein. Die Patienten und Patientinnen, die er in der letzten Woche behandelt hatte, verschlangen das Haus mit gierigen Blicken. Die Edelstahlküche, den riesigen Flachbildschirm. Ihre Münder sabberten auf den Teppich, den Liat bei Ikea gekauft hatte, auf Jahalis großformatiges Lego-Haus. Raus, brüllte Etan, raus! Aber sie wollten nicht weichen. Zwanzig eritreische Hexen umtanzten den Esstisch. Der Mann, dem Etan den zwei Zentimeter langen Nagel aus dem Fuß gezogen hatte, hüpfte auf dem weißen Sofa, zusammen mit dem, der einen Finger verloren hatte. Und in diesem ganzen Treiben stand Sirkit ruhig und gelassen, lächelte ihn aufreizend über eine Tasse Espresso aus der Maschine an.

Verzweifelt hastete Etan ins Badezimmer. Er würde die Zähne putzen und schlafen gehen. Würde Zähne putzen und schlafen gehen und sich morgen um Versetzung in die Vereinigten Staaten bemühen. Dort gab es genug Krankenhäuser, die einen guten Arzt mit minimalen Gehaltsvorstellungen brauchen konnten. Aber Sirkit bat, ihr das Handtuch weiterzureichen, und Etan erkannte auf der Stelle: Das Wolfsrudel hatte sich nicht auf Wohnzimmer und Küche beschränkt, es war auch ins Bad vorgedrungen.

Sie stand mit dem Rücken zu ihm und wusch sich das Haar, die schwarze Mähne war durch das Wasser in eine schwarze Schlange verwandelt, die sich bis zum Gesäß herabschlängelte. Jetzt rieb sie sich Liats Bio-Seife in die Achselhöhlen und fragte ihn, ob er einen Nassrasierer habe.

Er floh ins Schlafzimmer.

Und dort – Ruhe. Der Frieden zugezogener Gardinen. Liats Atemhauch unter der Bettdecke. Dankbar umarmte Etan seine Frau. Angenehme Trägheit erfasste all seine Glieder. Er war daheim.

5

Aber ich begreif nicht, warum du ihm nichts sagst!«
Sie hatten sich zu einem gemütlichen Schabbat-Frühstück in den Garten gesetzt. Nur war es längst kein gemütliches Frühstück mehr. Es war ein Streit. Die gedämpften Stimmen konnten nicht darüber hinwegtäuschen. Irgendwie, dachte Etan, gaben gerade die gedämpften Stimmen es preis. Schließlich waren Jahali und Itamar, die den ganzen Morgen Fangen gespielt hatten, stehen geblieben, als Liat und er leise zu sprechen begannen. »Mama, Papa, warum flüstert ihr?« Und prompt Liats Standardantwort: »Um euch nicht zu stören, Schatz. Damit ihr in Ruhe spielen könnt.«

Er hasste diese Antwort. Nicht nur, weil er Liat ungern lügen sah – gerade ihre berückende Ehrlichkeit hatte ihn ja von Anfang an gefesselt –, sondern auch wegen Jahali und Itamar. Diese Antwort setzte voraus, seine Kinder seien dumm. Sie könnten nicht erkennen, wann normale Stille in angespannte Stille umschlug. Aber sie konnten es. Es war keine Frage des Alters. Auch Hunde spürten es. Und genau das war mit der Stille ihres gemütlichen Frühstücks passiert, als Liat fragte, wie sein Dienstplan für die kommende Woche aussehe. »Bis Montag habe ich frei und danach zwei Tagesdienste zu je sieben Stunden, einen Bereitschaftsdienst und ein paar private Operationen nachmittags.«

Tani, das ist doch Wahnsinn! Du musst mit Prof. Schkedi sprechen!

Tul, ich habe erst vor Kurzem auf dieser Station angefangen. Ich bin nicht gerade in der Position, meinen Vorgesetzten Forderungen zu stellen. Amsalem macht Reservedienst, Bitan ist vor einem Monat Vater von Zwillingen geworden, jemand muss die Arbeit machen.

Aber das ist völlig übertrieben, letzte Woche schon, diese Woche wieder, so …

So ist es nun mal.

Und sie – statt anzuerkennen, mit welch nüchterner und realistischer Einstellung er die Lage einschätzte, eben der realistischen Einstellung, die sie so gepriesen hatte, als es um Sakkais pralle Briefumschläge gegangen war – reagierte nun beleidigt.

Weißt du, du bleibst so gelassen dabei, dass ich langsam denke, es stört dich gar nicht so sehr, wenn du uns nur an den Wochenenden siehst.

Ja, du denkst wirklich sehr langsam.

Don't call me retarded next to the kids. Weißt du was, auch ohne die Kinder, sag das nicht über mich.

Ihre braunen Augen funkelten. Nach zwölf Jahren Ehe konnte Etan immer noch nicht zwischen Tränenfunkeln und Zornfunkeln unterscheiden. Tief im Herzen hoffte er, es seien Tränen. Mit ihnen kam er viel besser zurecht.

Tut mir leid, aber es macht mich verrückt, wenn du nicht siehst, wie ich mich für euch abrackere, wenn du meinst, es würde mich kein bisschen scheren.

Beim Reden denkt er sich, wie abgedroschen dieses Gespräch doch ist. Wie abgedroschen die gesprochenen Worte, der abkühlende Kaffee in den Tassen, das zur Hälfte gegessene Stück Kuchen auf den Tellern. Das einzig Taufrische hier ist die Lüge, rosig und jungfräulich. Und als Liat noch einmal sagt »Aber warum sagst du ihm denn nichts«, lehnt er sich zurück und lässt die Lüge an seiner Stelle sprechen: »Das geht bald vorüber, meine Liebe. Momentan ist viel Andrang auf der Station, das ist alles. In ein bis zwei Wochen wird wieder Normalität einkehren, und dann wird man sich erinnern, wer mit angepackt hat und wer sich drücken wollte.« Als die Lüge spricht, hört Liat zu, denkt über die Worte nach. Einen Moment fürchtet Etan, sie könnte ihm auf die Schliche kommen, ihre Augen gleichen vielleicht Kastanien, aber ihr Gehirn ist messerscharf, wer wüsste das besser als er. Doch da steht sie vom Stuhl auf und setzt sich auf seine Knie, ihre Nase kitzelt den Rand seiner Wange. »Tut mir leid … ich … sehne mich einfach ein bisschen nach dir.«

»Ich mich auch, meine Süße, ich mich auch.« Und in einem Akt, der so gar nicht typisch für ihn ist, küsst er sie plötzlich auf den Mund, vor den Kindern, mitten im Garten, verwundert über sich selbst, als hätte die Lüge ihn unbemerkt an einem Punkt gereizt, wo Schuld und Lust zusammenfließen.

»Mama, Papa, küsst ihr euch mit der Zunge?«

»Nein, Schatz, wir tun nur so.«

Hinter der Tankstelle und dem Lokal lag ein ungepflasterter Abladeplatz für Laster. Dahinter wurde der Boden sandiger, und die Wüste bekam die Form eines schmalen Bachbetts. Ohne Wasser, nur der Form nach. Man konnte sich kaum vorstellen, dass da jemals Wasser geflossen war, obwohl sie gehört hatte, dass hier überall einmal Wasser gewesen sei. Auch wenn das stimmte, hatte die Wüste es vergessen. Die Erde des Bachbetts war heiß und trocken, nicht einmal Dornensträucher konnten darin Wurzeln schlagen. Nur Plastikbeutel kamen manchmal von irgendwoher. Wehten vom Lokal oder von der Straße oder von weiter herbei. Wer weiß, vielleicht hatten sie eine ganze Wüste überflogen, bevor sie hier landeten, sich im Sand und Schutt des trockenen Bachbetts verfingen und anhielten. Es war kein schöner Ort, mit dem Schutt und den Plastikbeuteln, die darin rumkugelten, aber es war ein ruhiger Ort. Manchmal, wenn der Lärm im Lokal und die Musik und das Geschrei einem schon den Kopf zu sprengen drohten, konnte man für ein paar Minuten hierherkommen. Und sicher war es besser, da im Sand zu kacken als in den verdreckten Toiletten drinnen. Man musste nur ein Stück rauslaufen, sonst sah man dich. Noch weiter raus, jenseits der Stelle, an der die Scheiße schon ziemlich stank, wurde das Bachbett breiter. Da gab es keinen Schutt mehr, denn wer etwas wegwerfen wollte, lief nicht so weit. Es gab nur einen Plastikstuhl, den Assum einmal aus dem Lokal geklaut hatte, um auf ihm zu rauchen. Sie setzte sich auf den Stuhl und sagte sich, du weißt, er kann dich nicht sehen. Aber einen Augenblick später stand sie trotzdem auf. Und dann setzte sie sich wieder.

Im Sand vor dem Stuhl lagen seine Zigarettenstummel. Sie hob einen auf. Rollte ihn zwischen den Fingern. Steckte ihn in den Mund, obwohl sie wusste, dass ihr von Tabakgeruch übel wurde. Ihr wurde übel davon, aber nicht sehr. Nicht so übel wie bei Gesprächen mit Assum, wenn sein Gesicht ganz nah an ihres gekommen war und der Tabak sie an der Kehle gepackt und gewürgt hatte. Nach ein paar Minuten ging die Übelkeit irgendwie vorüber, und sie fand es angenehm, auf seinem Stuhl zu sitzen und seine Kippe zu kauen und auf das trockene Bachbett zu schauen.

Sie zog die Füße aus den Pantoffeln und steckte sie in den Sand, der trocken und heiß war. Assums große Zehen hatten normale Länge gehabt, aber der Zeh daneben war bei ihm besonders lang gewesen, länger als die anderen. Es bestand keinerlei Grund, sich gerade daran zu erinnern, es war einfach eines der Dinge, die eine Frau über ihren Mann wusste. Vielleicht würde sie es eines Tages vergessen. Vielleicht auch nicht. Vielleicht würde sie sich bis an ihren Todestag daran erinnern, dass der Zeh neben dem großen bei ihm besonders lang gewesen war. Der Mensch starb, aber Dinge überdauerten. Ein Stuhl. Zigarettenkippen. Die Erinnerung an einen Fuß. Und auch das Lied, das er gern gepfiffen hatte und das ihr nun entfallen war. Kaum zu glauben, dass es ihr jetzt entfallen war. Und vielleicht wanderten seine Pfiffe, wie die Plastikbeutel, immer noch über die Wüste. Der Mensch starb, aber sein Pfeifen lief noch mit dem Wind, überquerte Straßen und Schluchten, verfing sich in Schutt und Sand.

Drei virale Infekte. Zwei Darmentzündungen. Ein offener Bruch. Verdacht auf Verrenkung. Neun Infektionen, eine davon schwer. Er arbeitete schnell. Verzichtete auf »Das kann ein bisschen wehtun« und »Das ist gleich vorbei«. Gab kurze Antworten auf lange Fragen. Die Müdigkeit brachte ihn um, und noch mehr tat es der Zwang. Er wollte nicht hier sein, musste es aber. Er sollte nicht daran denken. Er sollte an den Mann denken, den er getötet hatte. Ein Leben, das seinetwegen erloschen war. Und die Tatsache, dass er nicht daran dachte, erschwerte nur seine Schuld. Vielleicht hätten die Leute ihm vergeben, wenn er ihnen gestanden hätte, dass er einen Eritreer überfahren hatte und geflohen war und ihn seither Reue plagte. Aber in Wahrheit hatte er einen Eritreer überfahren und war geflohen und dachte seither daran, wie er da wieder rauskam. So etwas konnte man nicht gestehen. So etwas war schaudererregend. Und gleichzeitig kam ihm Abscheu gegen diese Menschen, diese Erschaudernden. All die, die ihn mit moralischer Entrüstung anschauen und ihre Hände in Unschuld waschen würden, nur weil sie, zufällig, in jenem Moment nicht dort gewesen waren. Als brächten sie selbst nicht haufenweise Eritreer um. Schließlich könnte jeder von ihnen, wenn er nur einen Bruchteil seines Monatseinkommens spendete, das Leben eines verhungernden Afrikaners retten. Ein Bankkonto mit einem Guthaben von dreißigtausend Schekel verlöre nichts, wenn man lumpige tausend Schekel abzweigen würde. Viele Leben ließen sich mit tausend Schekel retten. Babynahrung, sauberes Trinkwasser. Und doch blieben die Schekel auf der Bank, da gehörten sie hin, und die moralische Debatte blieb am Couchtisch, da gehörte sie hin. Sie waren keinen Deut anders als er. Er hatte einen verletzten Eritreer an der Straße 40 im Stich gelassen, und sie ließen ihre Afrikaner in der Savanne im Stich. Die Gelegenheit war da: Tausend Schekel gleich einem Menschenleben. Greift jemand zu? Nein. Natürlich nicht. Es geht nicht darum, wovor du fliehst, es geht nur darum, ob du geschnappt wirst. Und sie flohen alle vor ein und derselben Sache. Waren unfähig, ihrem Herrentum ins Auge zu sehen. Alle überfahren und flüchten. Aber ihn hatte man gesehen. Ihn hatte man geschnappt.

Als er endlich mit allem fertig war und die Werkstatt verließ, eilten einige Eritreer, die sich draußen unterhalten hatten, zu ihm. Sie wollten ihm noch einmal danken. Ein schlanker Mann streckte ihm die Hand entgegen, und Etan drückte sie und dachte, irgendwo unterwegs sei ihm dieser Knopf kaputtgegangen, der für das Mitgefühl. Er sollte doch eigentlich etwas spüren. Milde. Erbarmen. Verantwortung für seinen Nächsten. Nicht nur gegenüber diesem Mann, der hier stand und ihm aufgeregt die Hand drückte, während er selbst nur wartete, dass er damit aufhörte. Auch gegenüber jenem Mann, der mit geborstenem Schädel auf dem Boden gelegen hatte, auch ihm gegenüber hatte er nichts empfunden. Oder vielleicht doch, aber nicht das Richtige. Nicht das, was er hätte empfinden sollen.

Er erinnert sich jetzt an ihn: ein Eritreer, auf dem Boden am Straßenrand. Und manchmal kommt es ihm etwas seltsam vor, dass er ihn immer noch Eritreer nennt, obwohl er weiß, er hat Assum geheißen. Und noch seltsamer, dass er gar nicht sagen kann, ob er einen Nachnamen hatte. Das heißt, natürlich hatte er einen, aber er weiß nicht, welchen. Oder, richtig bedacht, hatte er vielleicht doch keinen, vielleicht sind Nachnamen bei denen nicht so üblich. Vielleicht werden die Namen bei ihnen nach dem Stamm vergeben oder nach der Rangordnung. Er hat keine Ahnung, und er macht sich nicht kundig. Ja, er könnte Sirkit fragen. Vielleicht würde sie sogar antworten. Und wenn schon fragen, warum dann nur nach dem Familiennamen. Warum nicht auch nach seinem Spitznamen unter den Freunden, wenn er denn Freunde hatte. Seiner Lieblingsfarbe. Seinen Hobbys. Wenn er wollte, könnte er ja durch Fragen das Wesen des Toten erkunden. Ihn an seiner (weichen? sehnigen?) Hand nehmen und ihn aus dem Meer gleicher, gesichtsloser Männer herausziehen. Er könnte ihn adoptieren und ihm mehr geben als bloß den gespaltenen Schädel und sein feuchtes Blut auf dem Wüstengestein. Könnte sich überzeugen, dass dieser Mann auch im Leben irgendeinen Wert besessen hat und nicht nur im Tod: ein

Eritreer am Straßenrand. Schlanke Gestalt. Alte Kleidung. Blut rinnt aus seinem schwarzen Kopf. Es ist keinen Monat her, und schon erscheint es ihm so fern, und auch dieser Schmerz im Bauch gleich danach, dieser furchtbare Drang zu kacken, auch der erscheint ihm fern. Wie etwas, das einem anderen passiert ist. Dabei erinnert er sich doch genau an die Einzelheiten: das dumpfe Geräusch beim Zusammenprall des Jeeps mit dem Mann. Janis Joplins herrliche, heisere, brummelnde Stimme. Der grauenvolle Anblick des zu Boden geworfenen Körpers. Er erinnert sich an das Knirschen der Steinchen unter seinen Sohlen, als er den Jeep verließ. Den Kontrast zwischen dem warmen Sitz drinnen und der kalten Luft draußen. Erinnert sich, dass er, als er zu ihm eilte, im ersten Moment noch hoffte, vielleicht sei alles in Ordnung, vielleicht würde dieser Mann gleich aufstehen und ihn anschreien, er solle doch besser aufpassen. An all das erinnert er sich, aber von fern. Eigentlich kann man sagen, dass er es nicht erinnert, sondern weiß. Auch nicht weiß, nur hersagt. Ein Eritreer liegt am Straßenrand. Blut rinnt aus seinem schwarzen Kopf. All das ist einem anderen passiert.

Aber es ist dir passiert. Nicht einem anderen.

Dir.

Und immer noch fühlt es sich nicht echt an. Immer noch scheint es ihm fern zu sein. Als schaffe es das eigentliche, das wahre Geschehen einfach nicht in seinen Kopf. Der überfahrene Eritreer steht draußen vor den Mauern des Bewusstseins und klopft an die Tür, hämmert hart, schreit, man solle ihn einlassen. Aber drinnen hört man nur ein dumpfes Geräusch. Wie der dumpfe Aufprall, als der Jeep ihn erfasst hat.

Vielleicht ist das gut so. Vielleicht muss es so sein. Warum will er sich denn unbedingt diesen Eritreer vergegenwärtigen.

Er entzog seine Hand dem langen Händedruck des dankbaren Patienten und ging zum Jeep. Der Anblick, der ihn dort erwartete, traf ihn wie ein Faustschlag in die Magengrube. Raubte ihm schier den Atem. Neben dem rechten Vorderrad lag ein lebloser schwarzer Mann. Die Arme seitlich abgespreizt, die Beine auf dem Boden ausgestreckt. Er versuchte sich einzureden, es sei nicht wirklich, ein nächtliches Trugbild nach vielen durchwachten Stunden. Aber der Mann lag tatsächlich dort, neben seinem Jeep, und als Etan das begriff, zitterten ihm die Beine.

Daran änderte gar nichts, dass gleich darauf jemand den Namen des schlafenden Flüchtlings rief und der Angesprochene aufstand und wegging. Es änderte nichts, weil Etan in dem Moment, als er den leblos auf dem Boden Liegenden erblickte, den Eritreer vor Augen hatte. Und diesmal sah er ihn wirklich. Spürte plötzlich, wie der Schalter, der seit dem Unfall die Leitung zwischen Kopf und Körper unterbrochen hatte, mit einem Schlag wieder umgelegt wurde, was eine mächtige Welle von Übelkeit in ihm auslöste. Er hatte jemanden getötet. Hatte einen Menschen getötet. Sein geborstener Schädel zwischen den Steinen. Das Blut, das ihm aus den Ohren lief. Er hatte einen Menschen getötet. Er! Hatte einen Menschen! Getötet! Und vor den überraschten Eritreern sank er auf die Knie und kotzte sich die Seele aus dem Leib, einen warmen, gelben, ätzenden Strahl. Jemand rannte in die Werkstatt und kam mit Wasser zurück. Etan setzte sich auf den Boden, seine Beine zitterten. Die Beine des Eritreers waren hart und schrumpelig. Auch die Arme konnte er nicht bewegen. Aber seine Augen blinzelten ein wenig. Seine Augen blickten ihn an.

Wieder beugte er sich vor, um zu erbrechen, aber es kam nichts mehr. Der Magen verkrampfte sich in starken, wilden

Stößen, und bei alldem wusste er plötzlich, er wollte seine Mama dahaben. Er wollte sich in ihre weichen, tröstenden Arme schmiegen, während ihre Hände ihm die schweißnassen Strähnen aus der Stirn strichen und Reste von Erbrochenem von den Lippen wischten und diesen gebeutelten Körper beruhigten, dass alles gut werden würde.

Er hatte einen Menschen getötet.

Er

hatte einen Menschen

getötet

Er setzte sich auf. Trank noch einen Schluck Wasser. Wieder das Gesicht, die Augen, der zerborstene Schädel, das Blut aus den Ohren. Aber diesmal kam ihm anstelle der Übelkeit etwas anderes hoch. Der Anfang eines furchtbaren Zorns. Das dünne Schwanzende des Zorns. Er begriff nicht und wollte nicht begreifen. Er wartete, bis sein Atem sich beruhigte, und hastete dann zum Jeep, achtete kaum auf die Reden seiner Begleiter, der besorgten Eritreer, die neben ihm herliefen und ihm Wasser reichten und ihm noch nachblickten, als er davonfuhr.

Schnitzel gart Liat im Backofen. Das ist gesünder und unkomplizierter. Sie legt vier Scheiben Hühnerbrust in eine Schüssel. Mischt Dattelsirup, Sojasoße und einen Teelöffel Paprika und mariniert das Fleisch. Die Uhr im Handy klingelt zwei Stunden später und erinnert sie, woran sie ohnehin gedacht hätte: ein Ei mit zerdrücktem Knoblauch und Olivenöl verrühren. Semmelbrösel drüber. Gut andrücken. Bei mittlerer Hitze etwa fünfzehn Minuten pro Seite. Oder bis die Schnitzel leicht gebräunt sind. Itamar mag seins etwas angesengt. Jahali will Fertigschnitzel in Form von Tieren, wie bei Tamir vom Kindergarten. Aber die sind voll von Konservierungsstoffen und Lebensmittelfarbe, und so etwas gibts bei ihr nicht.

Wenn Etan kommt, deckt er den Tisch und macht den Kartoffelbrei. Das ist seine Spezialität. Jahali wird fragen, ob man beim Essen fernsehen darf, und sie wird verneinen, in der Hoffnung, standhaft zu bleiben. Stattdessen wird sie ihn fragen, wie es im Kindergarten war, und Itamar, wie es in der Schule war, und Etan, wie es bei der Arbeit war. Diese Frage war eine direkte Fortsetzung des Kartoffelbreis und der Schnitzel, des Shampooduftes von den Köpfen der Kinder und den Kakaogläsern auf der Arbeitsfläche. Doch eine Familie am Tisch besteht eigentlich aus lauter einzelnen Zeitbröseln. Keiner weiß, worüber die anderen heute beschämt oder stolz gewesen sind. Was sie gewollt, was sie verabscheut haben. Sie sprechen nicht darüber. Sie futtern Schnitzel und Kartoffelbrei. Und nur Liat, in ihrer vagen Unruhe, will unbedingt von jedem eine Antwort erhalten. Nicht nur »Alles okay«, sondern was wirklich war, um diese Erlebnisbrösel gut zu einem Ganzen zu formen, so wie sie vorher die Semmelbrösel an das feuchte, rosarote Fleisch gedrückt hat.

Den nächsten Dienst in der Werkstatt trat er schon ruhiger an. Fern von Erbrechen und Zittern, fern von dem überfahrenen Eritreer, fern von der Reihe der Leiber, die er stundenlang untersuchte. Er meinte, unter ihnen die Gesichter derer zu erkennen, die ihm gestern Wasser gereicht, ihm aufgeholfen hatten, als ihm die Beine versagten. Aber den Männern vor ihm war nichts von einer früheren Bekanntschaft anzumerken, und Etan schloss daraus, dass er sie wieder miteinander verwechselte. Egal, ob er ihre Temperatur maß oder ob sie ihm einen Lappen gaben, damit er sich die Stirn abwischen konnte – sie schienen ihm weiterhin alle gleich. (Nicht alle. Sirkit stand in einer Ecke der Werkstatt, abstechend wie immer, ein Brennpunkt, den er geflissentlich übersah und gerade dadurch umso deutlicher markierte. Er wusste nicht, ob ihr jemand erzählt hatte, was gestern vor der Werkstatt passiert war. Und ob sie gegebenenfalls die Verbindung zwischen seinem animalischen, beschämenden Erbrechen und dem schlafenden Infiltranten am Jeep hergestellt hatte. Vermutlich nicht. Wie sollte sie denn begreifen, dass er den lebenden Unbekannten mit ihrem toten Ehemann verwechselt hatte. Trotzdem vermied er es sie anzusehen, peinlich berührt von seinem Körper, der ihn gestern dermaßen blamiert hatte, auf ihrem Territorium.)

Nach sechs Stunden entließ er den letzten Patienten und wandte sich zum Gehen. Wieder warteten sie draußen auf ihn, und diesmal noch zahlreicher. »*Schukran*, Doktor«, »*Schukran* – danke, danke.« Er drückte ihnen unwillig die Hände. Er hatte ja schon die Handschuhe ausgezogen und die Hände am Waschbecken in der Werkstatt gewaschen, und jetzt, nach diesem Händedrücken, müsste er auf der ganzen Fahrt nach Omer aufpassen, sich nicht ins Gesicht zu fassen. Müsste gleich nach dem Einparken zum Wasserhahn auf dem Hof laufen, um endlich den potenziellen Coronavirus, die hypothetische Dysenterie, seinen eingefleischten Abscheu vor diesen fremden Händen abzuwaschen. Er lächelte dem Kreis seiner treuen Patienten höflich zu und versuchte, zum Jeep vorzudringen. Aber die Eritreer kreisten ihn ein. Was als verschämte Dankbarkeit begonnen hatte, verwandelte sich in überschwängliche Ehrerbietung, fast schon einen Wettstreit: wer die Hand des Arztes am längsten drückte. Wer ihm mit wortreicheren, unverständlichen Reden dankte. Unter den ausgestreckten Händen sah er plötzlich die Arme von *dem da* am Boden. Und erinnerte sich:

Ein überfahrener Eritreer am Straßenrand. Seine schwarzen Unterschenkel hatten in unnatürlicher Stellung auf dem Boden gelegen. Auch die Arme, fiel ihm ein, auch sie hatten eine unnatürliche Position. Zum Teufel, sein ganzer Körper war eindeutig unnatürlich. Nicht nur, weil er ein überfahrener Eritreer war. Er hätte überhaupt nicht dort sein sollen, als Etan dort war. Etans Leben war nicht angelegt auf an der Stoßstange klebende Eritreer oder auf händeschüttelnde oder auf Eritreer überhaupt. Unmerklich verebbten die Panik und das Schuldgefühl von gestern, und stattdessen kochte Zorn in ihm hoch. Warum hatte dieser beschissene Infiltrant mitten in der Nacht dort sein müssen. Wie sollte ihn da wohl jemand im Dunkeln sehen. So mager, so elend. Etan ließ den Blick über die dankbaren Patienten schweifen und beherrschte sich, um sie nicht anzuschreien: Wie könnt ihr bloß so elend sein! Wie ertragt ihr dieses unwürdige, unterwürfige Dasein! Warum trottet ihr mir nach wie ein Rudel Köter! Er nickte zum Abschied und stieg in den Wagen. Aber die Eritreer plagten ihn den ganzen Heimweg über, wie ein Sandkörnchen im Auge.

Kurz vor der Abzweigung nach Omer dachte er an David den Schwulen. David der Schwule war David Sonnenstein aus der Klasse 4a. Sein Vater war ein wichtiger Mann. Leiter des Fachbereichs Psychologie an der Universität Haifa. Aber das half David nichts, als die ganze Klasse über ihn herfiel. Vielleicht brachte es ihn sogar noch mehr in Bedrängnis. Denn während die Eltern anderer Kinder eingegriffen hätten, wenn man ihren Sohn schwul genannt und das auch noch an alle Klotüren der Schule geschmiert hätte, unternahm Davids Vater kaum etwas. Vielleicht hielt er es für Kinderkram, der vorbeigehen würde. Vielleicht war er mit den Problemen anderer Leute beschäftigt, die ihm viel Geld für die Lösung bezahlten. Und vielleicht wusste er in innerster Seele, wie alle anderen, dass sein Sohn tatsächlich eine Schwuchtel war.

Etan gehörte nicht zu den Kindern, die David dem Schwulen zusetzten. Nicht weil er besonders gutherzig gewesen war, sondern einfach, weil er anderes zu tun hatte. Aber als er sah, dass David Schläge von Drittklässlern einsteckte, die um einen Kopf kleiner waren, wäre er beinahe selbst auf ihn losgegangen. Wieso lässt du sie. Warum bist du so eine Schwuchtel. David der Schwule hatte das Gesicht eines Menschen, dem man alles antun konnte, und deshalb tat man ihm wirklich alles an. Kinder wie David der Schwule verwandelten andere Kinder in Monster. Auch wenn du dir geschworen hattest, ihm nichts anzutun, auch wenn du Erbarmen mit ihm haben wolltest, kam unweigerlich dieser Moment, in dem du nicht mehr konntest. Du fingst an, ihn zu hassen, weil er so eine komplette Null war.

Als sie in die Mittelstufe kamen, wechselte David der Schwule die Schule. Etan wusste nicht, ob es seine Idee oder die seines Vaters gewesen war, aber es schien eine gute Entscheidung zu sein. Während der Oberschulzeit sah er ihn manchmal im Bus und schaute schnell weg. Beide wussten sie Dinge über einander, die sie nicht wissen wollten. Zum Beispiel, dass David schwul war. Und Etan jähzornig.

Gegen Ende der Oberschule gingen sie auf Exkursion nach Polen. Etan stand mit seiner Klasse auf dem Appellplatz von Auschwitz. Der Guide erklärte das Lagerleben. Hier waren die Wächter. Hier die Zäune. Hier die Duschen, die

Gaskammern. Ohad Sagi meldete sich. »Aber warum haben sie nicht zu fliehen versucht?« Der Guide erklärte, das sei unmöglich gewesen. Zur Rechten sah man das Krematorium. Ohad Sagi beharrte: »Es gab mehr Häftlinge als Wachmänner, und sie hatten doch wahrlich nichts zu verlieren.« Der Guide wirkte schon weniger geduldig. Sagte, wer nicht wisse, was solche Angst bedeute, dürfe sich kein Urteil erlauben. Ihr fangt mir hier nicht mit »wie Lämmer zur Schlachtbank« an. Nachts im Hotel schlug Ohad Sagi vor, alle sollten sich mit der Hand einen runterholen und zusehen, wer als Erster kam, und hinterher sagte er: »Ich versteh das nicht, wieso sie nicht versucht haben, sich zu wehren. Sind alles Schwuchteln geworden.« Und Etan dachte an David den Schwulen und daran, wie sehr er ihn hasste, und dachte, tief drinnen hasste er auch die hier ein wenig, all diese ausgemergelten Juden, wandelnde Skelette, die dir so auf der Seele lasteten, dass du dir nicht mal ordentlich einen runterholen konntest.

Er parkte den Wagen und ging auf den Hof. Versuchte zu begreifen, warum sein Mitleid immer so schnell versiegte. Wieso sich hinter der Empathie immer dieser Groll einschlich. Wie Haie, die bei Blutgeruch durchdrehten, witterte auch er Schwäche und rastete aus. Oder vielleicht war es umgekehrt; nicht wegen der Kraft, die Schwachen kaputt zu machen, zürnte er ihnen, sondern wegen der raffinierten Art, mit der sie ihn kaputt machten. Wie ihre Armseligkeit ihm zusetzte, ihn schuldig machte.

Er legte die Hand auf die Klinke und trat ins Haus. Schloss rasch die Tür hinter sich, wie ein Flüchtender.

Die Lügen wurden geläufiger, muss leider gesagt werden. Liat klagte weiter über die vielen Schichten, und er schloss sich

Ecksteins Pokerrunde an. Ein brillantes, schmähliches Arrangement, das Etan widerlich fand, als er zum ersten Mal davon hörte, sich letztlich aber als Rettungsseil erwies. Ecksteins Pokerrunde tagte schon seit Jahren jeden Mittwochabend, allerdings jedes Mitglied woanders. Eckstein im Bett seiner Praktikantin, Bardugo im Auto seiner Ex, die sich ihrerseits für einen Kurs einschreiben musste, um ungeschoren aus dem Haus zu kommen, Amos in der Praxis der Sprachtherapeutin, auf eben dem Sofa, auf dem man seinem Sohn nachmittags noch beigebracht hatte, sch zu sagen. Etan verabscheute dieses Spiel, wusste aber auch, wie wichtig es Liat war, ihn an seinem neuen Arbeitsplatz integriert zu sehen, und eine wöchentliche Pokerrunde bediente genau diesen Wunsch.

Zudem gab es Tagesdienste, bei denen die Operationen sich durch allerlei Komplikationen bis in die Puppen verlängerten. Oder Halbtagesdienste voller Krisen und Geräteausfälle, die die Chirurgen zum Bleiben zwangen. Es gab Privat-OPs, die er ungern ablehnte, weil das Geld benötigt wurde, und Medizinerkongresse, deren Einladungen mit großem Vorlauf am Kühlschrank hingen. Die Kongresse waren echt, die Einladungen auch, aber waren diese früher im Mülleimer gelandet, ehe sie noch ganz aus dem Umschlag waren, wurden sie nun mit bunten Magneten feierlich an den Kühlschrank geheftet. »Neurochirurgie – wohin?« im Tel Aviver Ichilov-Krankenhaus. Das Programm ging bis 21:30 Uhr. Er würde also nicht vor elf zu Hause sein. Das genügte für eine halbe Schicht in der Werkstatt. Die Station war eine andere Geschichte. Längst hatte er seine bezahlten Krankentage aufgebraucht. Zwei Großmütter begraben. Seinen Sohn zu einer Serie von Untersuchungen begleitet, die keinen Befund ergeben hatten. Hatte sogar eine dringende Einberufung zum

Reservedienst bei der Sanitätsabteilung der Luftwaffe vorgeschützt, in der Hoffnung, bis Jahresende würde niemandem auffallen, dass er keine Bestätigung nachgereicht hatte. Er zählte drei entzündete Stellen an der Innenseite der Lippe, war jedoch zu nervös und beschäftigt, um sich darum zu kümmern.

6

Den Jungen hatten sie bei Jerucham festgenommen. Er fuhr einen schwarzen Mercedes GLK und zeigte keine Spur von Überraschung, als ihn an der Ampel drei Polizisten mit Pistolen ansprangen. Der Eigentümer des Jeeps rief zwei Stunden später an, war gerade mit den Kindern vom Baden in Ein Ekev heimgekehrt und hatte das Fehlen des Fahrzeugs erst danach bemerkt. Vor lauter Verblüffung, dass man den Jeep schon gefunden hatte, wiederholte er zwei Mal dessen Nummer und bat die Telefonistin stur, nochmals nachzufragen. Ja, mein Herr, hatte Esti gesagt, was ist daran denn so schwer zu glauben, die israelische Polizei hat Ihr Fahrzeug gefunden. Und dann hatte sie aufgelegt und losgeprustet. Für die Polizisten Melamed und Samsonow war es ein Riesenglück, von Chita gar nicht zu reden. Wäre der Junge ihm nicht in die Falle gegangen, hätte er diesen Monat seinen letzten Gehaltszettel bekommen. Und das Tollste – der Einzige, der sich über das Ganze nicht aufregte, war der Junge, also der Heranwachsende, also dieser junge Beduine, der beim Fahren eines gestohlenen Fahrzeugs von der Polizei Beer Scheva festgenommen worden war. Dritte Meldung in den Sechzehn-Uhr-Nachrichten. Sein Name war Ali, wie sich herausstellte. Na,

Kunststück. Jeder zweite Beduine hier hieß Ali. Allah allein wusste, wie sie die auseinanderhielten.

Die Lethargie in den Augen des Jungen überraschte Liat. Ein Sechzehnjähriger sollte einfach nicht so dreinschauen. Mir sieht er ein bisschen unterbelichtet aus, hatte Chita ihr vorher gesagt, aber wenn du aus ihm rauskriegst, wem er die Autos bringt, kann uns das weiterhelfen. Sie musterte den Jungen erneut. Er sah ihr nicht unterbelichtet aus. Manche verwechselten einen glasigen mit einem glotzenden Blick. Ein glotzender Blick gehörte zu einem gedankenlosen Hirn. Ein glasiger Blick gehörte zu einem Hirn, dessen Denken hinter dunklem Glas ablief. Der Blick des Jungen war glasig, solange er allein war, und wurde lethargisch, sobald man ihn ansprach.

»Unseren Unterlagen entnehme ich, dass Sie keinen Führerschein besitzen.« Kam es ihr nur so vor oder war ihm tatsächlich ein ironisches Lächeln über die Lippen gehuscht? »Können Sie fahren?«

Mit einem Schlag schwoll ihm die Brust vor Stolz, seine Augen leuchteten.

»Ich fahr supertoll.«

Liat konnte ihr Lächeln kaum unterdrücken. »Dann sind Sie jetzt also nicht zum ersten Mal ohne Führerschein gefahren.«

Er blickte sie stumm an. In seinen Gesichtszügen rangen noch Mann und Kind miteinander – schwarze Bartstoppeln auf runden, fast kindlichen Wangenknochen. Ein deutlicher Schnurrbart über einem zarten Kinn mit angedeutetem Grübchen.

»Hör mal, Ali, du bist noch keine sechzehn Jahre alt. Du bist nicht vorbestraft. Wenn du mit uns kooperierst, wirst du's auch nicht werden.«

Es dauerte an die vier Stunden, aber am Ende hatte Liat eine Liste der Fahrzeuge, die in den letzten Wochen gestohlen worden waren, und die Anschrift einer Werkstatt, die solche Autos ausschlachtete, bei Tel Scheva. Während die Streife sich auf den Zugriff vorbereitete, ging sie die Tatorte noch einmal durch. Ein Ekev. Ma'ale Akrabim. Tlalim. Geve-Chawa. Masch'abe Sade.

Tlalim.

Sie sprang vom Stuhl auf und hastete in den Verhörraum. Ihr jähes Hereinplatzen überraschte den Jungen kurz, aber im Nu nahm er wieder den gelangweilten Ausdruck an, den er so pflegte.

»Ali, sag mir noch mal, wann du in Tlalim warst.«

»Ein Mal mit dem Mazda, und ein Mal hats nicht geklappt.«

»Ja, aber wann.«

»*Walla*, weiß ich nicht mehr.«

»Nix mit ›Weiß ich nicht mehr‹, Ali. ›Weiß ich nicht mehr‹ ist gestorben. Sag mir, wann du dort das letzte Mal warst.«

»Das letzte Mal … vor zwei Wochen.«

Heureka.

Und schon eilte sie ins Zimmer des Polizeidirektors, öffnete die Tür, ohne erst anzuklopfen.

»Ich weiß, wer den Eritreer getötet hat.«

Er schrie, der Junge. Weinte sogar. Seltsam, einen Sechzehnjährigen weinen zu sehen. Eben steht er noch da, mit dem Schnurrbart und den Bartstoppeln und diesem arabischen Akzent, der sie immer größer und furchterregender erscheinen lässt – und im nächsten Moment fängt er an zu weinen. Wie ein Kind. Und du bist so wenig darauf vorbereitet, dass du es in der ersten Sekunde nicht mal als Weinen erkennst, sondern denkst, ihm sei was ins Auge gekommen. Und als er weint, wird plötzlich völlig klar, wer in diesem Ringen auf seinen Gesichtszügen siegt, denn seine kindlichen Wangenknochen treten so stark hervor, dass die Stoppeln darauf wie angeklebt wirken, und die Lippen unter dem Schnurrbart beben so heftig, dass der Schnurrbart wie ein Irrtum aussieht.

Das stimmt nicht, sagte er und wischte sich mit dem Handrücken die Nase ab. Ja, er war in jener Nacht in dem Kibbuz. Und ja, er war hingekommen, um ein Auto zu stehlen. Aber er hatte keinen umgefahren, solle Allah ihn töten, wenn er log.

»Dein Allah ist ein etwas problematischer Zeuge«, sagte Marziano. »War vielleicht sonst noch jemand bei dir?«

Und mit einem Schlag war das Kind verschwunden, und der Mann trat hervor. Die Augen des Jungen schlossen ihre Schleusen wieder. Die Tränen waren zwar noch nicht getrocknet, die Pupillen aber schon hart wie Stein. »Nein. Da war niemand.« Liat rutschte unbehaglich auf dem Stuhl herum. Vor ein paar Stunden hatte der Junge versichert, er würde alle ihre Fragen beantworten, solange sie ihn nicht fragte, mit wem er seine Touren unternahm. Er war bereit gewesen, die gestohlenen Kraftfahrzeuge aufzulisten, die Tatorte – sogar die Abnehmer hatte er riskiert preiszugeben. Aber auf keinen Fall würde er den Namen des Komplizen verraten, der ihn begleitet hatte. In jenem Augenblick war ihr das Abkommen vernünftig vorgekommen. Sie war bereit, einen kleinen Autodieb laufen zu lassen, um den Großverdiener ausfindig zu machen. Eine Werkstatt, die gestohlene Fahrzeuge ausschlachtete, war viel mehr wert. Aber jetzt wurde der namenlose Dieb weit wichtiger – keiner außer ihm konnte die Aussagen des Jungen bekräftigen.

»Ich schwör, dass ich ihn nicht überfahren hab, ich schwörs.«

Liat beugte sich vor. »Ali, schwören genügt nicht. Wir haben einen Mann, der in jener Nacht bei dem Kibbuz totgefahren wurde, und wir wissen, dass du um die Zeit, als es passiert ist, mit dem Jeep dort unterwegs warst. Wenn du stur behauptest, du warst es nicht, dann bring mir jemanden, der das bestätigt.«

Beim Sprechen versuchte sie, dem Jungen in die Augen zu schauen, aber er verschanzte sich in seinem Schweigen, die Augen wie blickdichtes, dunkles Glas. Nach einer Weile begriffen sie, dass er nichts mehr sagen würde, und ließen ihn im Verhörraum. Als die Tür zu war, drehte Marziano sich zu ihr um, ein blau uniformierter Walfisch mit breitem Lächeln: »Ich hab dir ja gleich gesagt, dass es irgendein Beduine war.« Und dann fügte er großmütig hinzu: »Aber Chapeau für die Aufklärung, meine Süße.«

Sie ist nicht steif.

Eine Blondine weint am Straßenrand. Ein Mann hält an und fragt, was passiert sei. Sie jammert ihm vor: Ich hab eine Panne! Und als ich den Abschleppdienst anrufen wollte, hab ich gesehen, dass mein Handy geklaut ist! Und ich bin ganz allein hier! Darauf öffnet der Mann die Gürtelschnalle und sagt – das ist wirklich nicht dein Tag.

Man kann ihr so einen Witz erzählen. Sie fließt.

Sie ist eine von ihnen. Man kann in ihrer Gegenwart alte Witze über den früheren Minister David Levy erzählen, die neuesten Imitationen von Misrachim – orientalischen Juden – aus Fernsehserien nachmachen, die entsprechenden gutturalen Laute verwenden, wann immer man von weniger intelligenten Menschen spricht. Man kann mit ihr über das Hotel in Eilat nörgeln, das doch voll mit – natürlich orientalischen – Zuhältertypen und Schlampen gewesen war, oder über die Party, die floppte, weil die ganze Playlist orientalisch war. Sie ist super, voll super. Lacht auch bei Witzen über Frauen und bei Witzen über Misrachim und am meisten bei Witzen über Misrachi-Frauen. Lacht, auch wenn sie sich tief drinnen selbst ein wenig dafür hasst. Sie hasst sich lieber als steif und diskriminiert zu wirken. Alles, bloß nicht diese Misrachi-Feministin sein, die die blassen Hoden von Aschkenasi-Männern zum Frühstück verspeist.

Die meiste Zeit glaubte sie deshalb lieber, ohne Hautfarbe und ohne Familienname und ohne ethnische Herkunft und Zugehörigkeit auf der Welt herumzulaufen. Nicht Liat Samocha aus den Wohnsiedlungen in Or Akiva. Auch nicht Liat Grien aus den Villen in Omer. Einfach Liat. Doch auch wenn sie so empfand, taten ihre Mitmenschen es noch lange nicht. Seit sie aus Or Akiva weggezogen war, betrachteten die früheren Nachbarn sie anders. Sie umarmten sie immer noch, wenn sie kam, aber auf andere Weise. Schiran aus der Wohnung gegenüber bekam ihr erstes Kind, als Liat das erste Jahr an der Uni studierte. Das zweite Kind im zweiten Jahr. Das dritte im dritten. In ihrer Grundschulzeit hatten sie jede Nacht beieinander übernachtet, konnten kaum allein einschlafen. Jetzt wechselten sie flüchtige Wangenküsse, lächelten höflich, nur die Augen guckten erstaunt: Was, du bist das?!

Als sie endlich eigene Kinder bekam, brachte sie sie stolz zu ihrer Mutter. Das ist Itamar, wie schön, dass er mit seinem Oliv-Teint hier richtig reinpasst, ins Viertel. Er kann mit Schirans Kindern draußen spielen. Aber er wollte nicht. Blickte sich um und sagte: »Dreckig hier.«

»Wieso das denn«, hatte Liat damals aufgeschrien, »warum dreckig.«

Er hatte mit der Hand auf das rostige Gerümpel im Hinterhof des Gebäudes gezeigt und dann zur Straße geblickt. »Und es gibt hier überhaupt keinen Rasen.«

»Aber es gibt hier andere schöne Dinge!«

Er sah sich um. Sein Blick suchte diese anderen Dinge. Liats Blick schweifte fieberhaft, ihre Augen sprangen von Ort zu Ort. Aber die Straße war grau und holprig und trist, und nachdem Itamar sich ehrlich angestrengt hatte, etwas Schönes zu finden, blickte er sie wieder an.

»Gibt es nicht.«

Sie hätte ihm am liebsten eine gescheuert. Sie, die Or Akiva seit der Mittelstufe zutiefst gehasst, diese Straße vor ihren neuen Schulfreunden verborgen hatte, wie man eine schlimme Missbildung verbarg. Und nun kam dieses Kind, ihr Kind, daher und schämte sich seinerseits wegen ihrer Straße. Rümpfte die Nase über das Haus, in dem sie aufgewachsen war.

Als Kind (mit einer widerspenstigen Haarmähne, die ihre Mutter immer zusammenfassen und ihre Großmutter immer offen lassen wollte) hatte sie nie davon geträumt, Kriminalbeamtin zu werden. Ging man davon aus, Purim-Kostüme ließen nicht nur auf das Ladenangebot im Gewerbezentrum von Or Akiva schließen, so hatte sie stark zur Luftfahrt tendiert. Mit neun war sie ein Schmetterling, mit zehn eine Fee und mit elf eine Kampfpilotin mit einer Luftwaffenspange, die sie an der Bushaltestelle gefunden hatte. Mit zwölf Jahren scheiterte sie bei ihrem Versuch, die Atmosphäre zu verlassen und die erste Astronautin aus Or Akiva zu werden. Sie scheiterte, weil der Motorradhelm, den Onkel Nissim ihr geliehen hatte, erstaunlich schwer war und die Silberfolie, in die sie sich gewickelt hatte, schon vor der ersten Pause fast völlig zerriss. Sie ließ den Helm im Klassenzimmer und ging mit einem Matrosen, einer Blumenkönigin und Saddam Hussein draußen spielen. Als sie ins Klassenzimmer zurückkam, war der Helm verschwunden, und sie verbrachte den Rest des Tages mit der Suche danach. Schuldbewusst brachte sie Onkel Nissim ihren Purim-Gabenteller als Entschädigung, und er biss in eine Schokowaffel und sagte, macht nichts, mein Seelchen, was weg ist, ist weg.

Aber sie ließ es nicht dabei bewenden, leitete ihre eigene Ermittlung ein, und eine Woche später überreichte sie Onkel Nissim seinen Helm, präsentierte ihn ehrfürchtig auf zwei zerkratzten Armen. Ihre Mutter fing an zu jammern, diese Schrammen brächten mit Sicherheit Tetanus, und wollte mit ihr sofort in die Poliklinik, aber ihre Großmutter sagte, warte einen Moment, Aviva, das Kind hat uns eine Geschichte zu erzählen, und an Tetanus wird sie nicht innerhalb der nächsten halben Stunde sterben. Und Liat erzählte ihnen, nach den Purim-Ferien habe sie allen Kindern in der Klasse direkt in die Augen geschaut und gemerkt, dass nur Aviram ihren Blick nicht erwiderte, oder wenn, dann höchstens ganz kurz, und dann hatte er gesagt, was hat die denn, die da, und hatte sich abgewendet. Daraufhin war sie heute zu ihm gegangen und hatte gesagt, ich weiß, du hast ihn weggenommen, und er darauf, hab nix genommen, und sie wieder, aber ich weiß es. Hau ab, hatte er zu ihr gesagt, hau ab, du Hurentochter, und als er sah, dass sie nicht abhaute, wandte er sich selbst zum Gehen, aber sie packte ihn am Arm, und da verpasste er ihr diese Schrammen, die viel schlimmer aussahen, als sie sich anfühlten. Schließlich sagte er, okay, du Irre, und sie waren zusammen zu seinem Opa gegangen, wo er wohnte, seit das Gericht entschieden hatte, dass seine Eltern nicht in Ordnung waren. Und dort lag der Helm unter dem Sofa, mit noch haufenweise Sachen, die, wie Liat sich erinnerte, seit Jahresbeginn aus der Klasse verschwunden waren. Aviram sah, dass sie nichts über die anderen Dinge sagte, und fragte, ob sie Himbeersaft wolle. Sie bejahte, aber als er den Kühlschrank aufmachte, sah sie, dass er ihr aus Morans lila Flasche einschenken wollte, und dachte daran, wie Moran letzte Woche geweint hatte, als die Flasche weg war, weil ihr Papa sie ihr geschenkt hatte, der in Amerika Taxi fuhr. Liat sagte zu Aviram, sie sei eigentlich nicht durstig, und er schloss den Kühlschrank und machte ihr noch einen Kratzer am Arm und sagte, nimm deinen Scheißhelm und hau ab hier, du Irre.

Ihre Mutter sagte, man müsse die Polizei alarmieren. Onkel Nissim sagte, Polizei brauchen wir nicht, ich werde selbst mit ihm reden. Und ihre Großmutter sagte, Liati, pass gut auf deine Äugchen auf, denn die sind deine Gabe. Und später, als Onkel Nissim gegangen war und ihre Mutter Geschirr spülte, schob sie ihr heimlich zwei Schokoriegel zu und flüsterte, einer ist für Aviram.

Sie redeten nicht mehr miteinander, sie und Aviram. Als sie ihm den Schokoriegel gab, warf er ihn nach ihr und ging weg, und ein Jahr später wechselte er auf eine andere Schule. Auch sie wechselte die Schule. Am Ende der sechsjährigen Grundschule bestellte die Klassenlehrerin ihre Mutter ein und sagte ihr, wegen Liats guter Noten und aus weiteren Gründen sollte sie sie lieber in den Kibbuz Ma'agan Michael schicken. Dieses Jahr nähmen sie dort Kinder aus Or Akiva. Eine begrenzte Anzahl. Aus finanzpolitischen Gründen. Für den Kibbuz mache das einen guten Eindruck beim Erziehungsministerium, und auch dem Mädchen würde es nur guttun. Am ersten Tag der siebten Klasse zog sie das Shirt mit den goldenen Pailletten an und war, erstmals, bereit, die Haare zusammenzubinden. Nicht nur das Haar wurde gebändigt. Unter dem Shirt quetschte ein Stretch-Band die Schmach zusammen, die ihr Körper in den großen Ferien hatte sprießen lassen, presste sie so eng wie möglich an die Rippen. Als sie vor dem Spiegel stand, wünschte sie sich, ihr Körper möge diese peinlichen Ausbuchtungen wieder aufsaugen, sie einfach in die Brust zurückziehen, die bis vor wenigen Monaten noch makellos flach gewesen war. Ihre Großmutter begleitete sie an die Bushaltestelle und sagte, wie hübsch du bist, mein Seelchen, und wie hübsch dein Shirt ist, und Liat glaubte ihr, obwohl sie wusste, ein Teil der Komplimente beruhte darauf, dass sie ihre Enkelin war und Oma ihr das Shirt selbst gekauft hatte. Der Bus kam in Ma'agan Michael an, und Liat sah mehr Rasen als in ihrem ganzen bisherigen Leben. Sie stieg aus und dachte gerade, es würde sicher Spaß machen, hier zur Schule zu gehen, als eines der Kinder rief – guckt mal, die da mit den Pailletten, Klamotten wie eine Araberin. Sie brauchte einen Moment, um zu begreifen, dass sie gemeint war. Sie wollte ihnen sagen, dass ihre Oma ihr das Shirt gekauft hatte und dass ihre Oma die Araber mehr hasste als jeder andere, und »Tfu« machte, wann immer man sie nur erwähnte, aber irgendetwas verschloss ihr den Mund. Als sie nach Hause kam, fragte ihre Großmutter, wie es gewesen sei, und sie sagte, in Ordnung, und dann bat sie ihre Mutter, mit ihr ins Gewerbezentrum zu gehen und ihr ein schwarzes T-Shirt zu kaufen, ohne Pailletten und ohne Aufdruck.

Warum denn schwarz, mein Seelchen, schwarz ist für Beerdigungen. Langweilig.

Ich will schwarz.

Und dann war da noch der Schnurrbart. Über der Oberlippe. Unter den Nasenlöchern. Zarte, schwarze Härchen, weich wie Seidenfäden. Das Wort Schnurrbart war zu groß für solche feinen Seidenfäden, aber im Alter von zwölf Jahren, als die Härchen auftauchten, kannte sie das Wort Flaum noch nicht. Also nannte sie sie Schnurrbart und hasste sie und schämte sich ihretwegen, wie sie sich ihres Busens schämte, der etwa zur selben Zeit zu wachsen begann. Mitten in der Nacht stellte sie sich vor den Badezimmerspiegel, betrachtete die kleinen Ausbuchtungen über den Rippen, die hauchdünnen Streifen über der Oberlippe. Beide verrieten der Welt etwas. Mit dem Busen würde sie sich irgendwann abfinden, alle fanden sich damit ab. Doch an den Schnurrbart würde sie sich nie im Leben gewöhnen, so viel war klar. Dabei schwärmte ihre Großmutter von dem Schnurrbart ebenso begeistert, wie sie den Busen begrüßte. Mit geübten Fingern drehte sie einen Nähfaden und riss die Härchen höchst feierlich aus. »Da, mein Leben, jetzt bist du wie Oma.« Ihre Großmutter verfolgte den Schnurrbart mit Fäden und Verwünschungen, aber niemals mit Abscheu. Die Enthaarung war für sie eine weitere weibliche Tätigkeit, die es zu erledigen galt, wobei die Notwendigkeit dieses Tuns allein schon den Beweis für die Weiblichkeit der Betroffenen erbrachte. Liat empfand das anders. Ihre Augen waren trainiert genug, um zu sehen, dass die Mädchen in Ma'agan Michael keinen Schnurrbart hatten. Nicht weil sie ihn ausrissen. Weil sie keinen hatten. Und die Augen dieser Mädchen waren vielleicht auch trainiert genug, um widerspenstige kleine Stoppeln über apologetischen Lippen auszumachen, unsichtbare Konturen von feinen, schwarzen Härchen, die unter der Haut auf den günstigsten Augenblick zum Hervorsprießen lauerten. Zum Beispiel: die jährliche Klassenfahrt, vier Tage in der Jugendherberge, wo sie im Bett lag und ihren Körper anflehte, ihr bloß keine Streiche zu spielen. Sorgfältig vor dem Spiegel nachschaute. Erleichtert aufatmete. Alles in Ordnung. Das haarige Ungeheuer ließ ihr ein paar Tage Ruhe.

Warum Ungeheuer? Die Großmutter war beleidigt im Namen des Schnurrbarts. Aber Liat wusste: ein Ungeheuer. Und sobald sie genug Geld hatte, verzichtete sie auf Omas Nähgarn zugunsten einer Epilation, die ihre Oberlippe völlig glatt machte. Eines der wenigen Dinge, die sie Etan nicht erzählt hatte. Überhaupt keinem. Nur manchmal, wenn sie sich vor dem Spiegel in der Villa in Omer die Bluse zuknöpfte, meinte sie kurz, einen feinen, schwarzen Seidenfaden zu sehen. Der verschwand, sobald sie das Gesicht näher an den Spiegel hielt oder das Licht anschaltete.

Aber es gefiel ihr dort, in Ma'agan Michael. Sie war hübsch genug und klug genug und lustig genug, dass man ihr ihre Herkunft aus Or Akiva nachsah. Und was ihr vielleicht am meisten half, war ihre Bereitschaft, selbst zu vergessen, dass sie dort herstammte, und als sie bereit dazu war, waren es auch die anderen. Vor allem musste sie die Musik vergessen. Abdel Wahab, Umm Kulthum, Farid el Atrache. All die Kassetten und CDs, die ihre Großmutter und sie so schräg mitsangen, dass die Nachbarn um Hilfe schrien. Anfangs bemühte sich die Großmutter noch, brachte eine neue CD nach Hause und summte die Lieder von morgens bis abends, damit es ansteckend wirkte. Aber Liat ging naserümpfend auf ihr Zimmer, und wenn sie einmal Freunde nach Hause einlud, erteilte sie ihrer Großmutter genaue Instruktionen und forderte nachdrücklich – ohne Musik. In der Mittelstufe hatte sie noch Ausrutscher. Als sie und die anderen Mädchen bei der jährlichen Klassenfahrt mit Gitarre und Noten von Nirvana in den Bus stiegen, fand sich Liat in einem unachtsamen Moment mit dem Fahrer den Refrain von »Rona« pfeifen. Aber diese Fehltritte wurden immer seltener, bis Liat in der Oberstufe auf die Frage, welche Musik sie möge, ohne Zögern antwortete – alles außer orientalisch.

Ihre Großmutter verzieh ihr das nicht. Sie war nicht verbohrt: Sie sagte Liat auch dann noch, sie sei hübsch, als sie Jeans einriss, Shirts abschnitt und jede Nagellackfarbe außer Schwarz verschmähte. Sie war sogar bereit, sich zwei Mal eine CD von Radiohead anzuhören, ehe sie entschuldigend sagte, mit diesem Radiokopf komme sie einfach nicht zurecht. Aber als Liat und Etan ihr sagten, sie wollten heiraten, erklärte sie sofort: Ohne Farid el Atrache komme ich nicht.

Du bist nicht normal.

Deine Mutter sagt mir das schon seit Jahren.

Aber was gehört Farid el Atrache denn plötzlich hierher.

Er gehört hierher.

Und damit war für sie das letzte Wort gesprochen. Schließlich bat ausgerechnet Etan sie, nachzugeben. »Ich weiß, wir haben dem DJ gesagt, nichts Orientalisches, aber sie ist immerhin deine Großmutter. Und sie hat als Erste gesagt, dass wir heiraten würden.«

Also willigte sie ein, und auf der Hochzeit stellte sie verblüfft fest, dass nicht nur ihre Großmutter begeistert in die Hände klatschte, als das erste orientalische Lied erklang, sondern auch die Kibbuzniks, mit denen Etan in der Rettungseinheit 669 diente, auch ihre smarten Tel Aviver Kommilitoninnen, auch ihre Freunde aus Ma'agan Michael. Und nur mit Mühe unterdrückte sie den Drang, hinzulaufen und sie zu fragen: Aber wann ist das denn okay geworden? Und warum hat mir das keiner gesagt?

Später entdeckte sie, dass es komplizierter war. Etans Freunde, zum Beispiel, waren bereit, auf Hochzeiten zu Sohar Argov zu tanzen, weigerten sich aber strikt, ihn im Auto zu hören. Die Grenzen waren fein, unsichtbar, blieben jedoch sorgfältig gewahrt. Nehmen wir den überraschten Blick der Aufnahmekommission für den Masterstudiengang, als unter dem Namen »Liat Grien« eine Anwärterin auftrat, die wie Liat Samocha aussah. Die Überraschung verflog im Nu, aber Liat war erfahren genug, sie aufzuschnappen. Ähnlich ging es beim ersten Abend mit Etans Kameraden vom Militär. Bei Treffen mit seinen Eltern. Beim Betriebspicknick der Stationsärzte und ihrer Familien. Sie ignorierte diese überraschten Blicke und machte weiter, genau wie sie den verblüfften Blick ihres Studienleiters auf die Mitteilung ignorierte, sie wolle nicht in Kriminologie promovieren, sondern in den Polizeidienst eintreten.

Der Studienleiter fragte, warum. Ihre Mutter und Onkel Nissim fragten, warum. Und nur ihre Großmutter kochte ihr einen richtig starken Kaffee, sah in dessen Satz und sagte, prima, meine Seele, endlich werden deine Augen das tun, was sie gut können. Menschen anschauen.

Bei der Polizei erwarteten sie andere überraschte Blicke. Hier hatte sie erstmals im Leben die richtige Hautfarbe, aber das änderte nichts daran, dass sie eine »Mega-Pussi« war. Und »total bombig«. Und »Komm, Schätzchen, wir machen dich mit ein paar Leuten bekannt«. Und auch als »Hündin« wurde sie betitelt. »Eine Affenbande«, sagte Etan zu ihr, als sie nach der ersten Woche weinend heimkam, »einfach eine Affenbande.« Und sie freute sich über sein Mitgefühl, wusste aber auch, bei ihm war der Begriff »Affenbande« den Typen vom Streifenwagen vorbehalten, nie und nimmer jedoch den Kameraden von der 669, die unter grölendem Lachen erzählten, wie sie die neue Reservedienstleiterin der Einheit belästigt hatten. Er unterstützte sie, natürlich. Lauschte anerkennend jedem Fall, den sie aufgeklärt hatte. Entkorkte eine Flasche Wein bei jeder Beförderung, die sie erhielt. Aber seit dem Umzug in den Süden war die Farbe aus seinen Augen gewichen. Er interessierte sich kaum noch für ihre Fahndungserfolge. Nur für die Geschichte dieses Eritreers brachte er noch Interesse auf, aber selbst das mit einer Unruhe, die sie erstaunte, als lausche er nicht wirklich ihren Worten, sondern suche etwas Unklares dahinter.

7

Es ist schwierig, derart lange am Stück zu hassen. Zwei Menschen arbeiten Stunden am selben Ort. Ringsum kommen und gehen andere. Aber sie beide sind immer dort. Immer am Ort. Die Nacht draußen ist mal bewölkt, mal klar, mal eisig, mal angenehm. Die Stunden vergehen, die Verletzungen wechseln, und die ganze Zeit sind zwei Menschen an ein und demselben Ort. Und weil sie beide nach einem anstrengenden Tag in die Werkstatt kommen, jeder erschöpft von seiner Schicht, sind sie bald sogar zu müde zum Hassen. Ihnen fehlt die Kraft für zornige Blicke. Für demonstratives Übersehen. In den ersten Nächten hat der Hass ihnen die Knochen gewärmt. Sie wach gehalten. Aber nach und nach sind die Muskeln des Grolls erlahmt. Wie lange kann man sie schon durchgehend anstrengen. Und plötzlich erschien es sehr vernünftig, Pausen einzulegen, und sei es nur für kurze Zeit. Sagen wir, eine Stunde nach Beginn der Schicht bis eine Stunde vor Schluss. Sie kamen jeder in seinen Groll gehüllt in der Werkstatt an, legten ihn dann für ein paar Stunden ab und wickelten sich wieder hinein, bevor sie in die Nachtluft hinaustraten. Dazwischen lagen stumme, seltsame Stunden. Kein beredtes Schweigen, sondern stilles Tun. Zuweilen vielleicht sogar Gleichmut. Sie desinfiziert, und er verbindet, er tastet ab, sie dolmetscht. Und die ganze Zeit reift draußen die Nacht heran. Die Dunkelheit wird immer dunkler, bis sie ein anderes, helleres Blau hervorbringt, aus dem die Sonne geboren wird. Manchmal schielen sie nach draußen. Wechselweise. Manchmal kreuzen sich ihre Blicke. Sofort wenden sie die Augen ab, damit der Hass nicht aufflackert. Du hast meinen Mann überfahren und bist geflohen. Du raubst mir meine Nächte. Wenn die Nacht von Schwarz in Blau übergeht, werden diese Worte sinnlos.

Und dann ist da dieses Pfeifen. Sirkit pfeift bei der Arbeit, und Etan hört es. Zuerst hört und hasst er es. Es gibt nichts Widerwärtigeres als das Pfeifen eines Menschen, den man nicht ausstehen kann. Er hasst den fremden Klang, die unvertraute Melodie, die Art, wie sie die Lippen schürzt. Ihr Pfeifen kommt ihm zunächst vor wie ein verächtlicher Fanfarenstoß mit dem einzigen Ziel, ihn aus der Ruhe zu bringen. Aber die Zeit vergeht. Zwei Menschen an einem Ort, und nach und nach hört sich das Pfeifen anders an. Oder trifft vielleicht auf andere Ohren. Und er begreift langsam, sie pfeift nicht gegen ihn oder für ihn, ja nicht einmal für sich selbst. Sie pfeift, wie es jeder manchmal bei der Arbeit tut – geistesabwesend, selbstvergessen.

Unwillkürlich wartet er nun schon auf dieses Pfeifen. Eines Nachts, als die Dunkelheit von Schwarz in Blau überging und sie immer noch stumm gemeinsam arbeiteten, stellte er überrascht fest, dass er auf irgendetwas wartete. Auf eine fremde, unvertraute Weise, die das nächtliche Schweigen würzte. Und sosehr er die Melodie anfangs auch gehasst hat, kommt doch der Moment, in dem er sie selbst vor sich hin pfeift, vor einer roten Ampel am Ortseingang von Beer Scheva. Die Melodie ist ihm schon so geläufig, dass es keiner Anstrengung bedarf, sie zu produzieren. Auch keiner Spur von Bewusstsein. Die Ampel wechselte von Rot auf Grün, und er fuhr pfeifend weiter, und dann erreichte er die nächste Ampel und hörte sofort auf, als er merkte, was er da pfiff. Er stellte das Radio an, füllte das Wageninnere mit Nachrichten und Popsongs, stellte lauter. (Um den Jeep von dieser Melodie zu reinigen. Sie zu vertreiben. Wie hatte sie ihm dieses Pfeifen übertragen, ihn unbemerkt angesteckt.) Er meinte, es überwunden zu haben, ertappte sich ein paar Nächte später aber erneut beim Pfeifen. Diesmal in der Werkstatt. Er wusste nicht, wie lange er schon so gepfiffen hatte. Hörte schlagartig auf und hoffte, sie hatte es nicht mitbekommen.

Sicher hatte sie es mitbekommen. Er sah es ihren Augen an, die ihn erstaunt, fast erschrocken musterten. Er sah ihre Augen, aber nicht das flatternde Herz in ihrer Brust (wo hat er Assums Melodie her, wieso pfeift dieser Mensch ihr plötzlich das Lied ihres Ehemannes). Einen Moment flatterte sie am ganzen Leib, und einen Moment später beruhigte sie sich auf einen Schlag. Denn dann gehört dieses Pfeifen vielleicht gar nicht Assum. Vielleicht gehört jeder Pfiff den Lippen, die ihn bilden. Diese Idee war so befreiend, dass sie ihm beinahe zugelächelt hätte, aber sie beherrschte sich. Schließlich war das Stehlen von Pfiffen nichts, worauf man stolz sein könnte, auch wenn es letztlich etwas Gutes mit sich brächte.

In jener Nacht setzte Etan seine Arbeit fort und Sirkit ihre. Die momentane Irritation entführte beiden den Pfiff. Aber drei Nächte später kehrte er zurück. Still, ohne Vorankündigung. Mal bei ihr, mal bei ihm. Das Pfeifen rann wieder zwischen ihnen hin und her, unausgesprochen, unverhohlen.

Nicht aus Lächeln oder Nähe geboren. Einfach weil man schwerlich so lange an einem Stück hassen kann.

»Es war am Strand in Eilat. Oder in Griechenland. Der Sand war so wie am Roten Meer, doch an der Farbe sah ich, dass es in Griechenland war. Wir wollten ans Wasser, aber es war zu weit entfernt, und unterwegs musste man so ein orangefarbenes japanisches Kloster umrunden. Später gingen wir über die Wiese, und ich fand es sehr seltsam, dass in Meeresnähe so weiches Gras wuchs, richtiger Klee. Und dann hast du mich aufgeweckt, bevor wir ankamen.«

Sie liegen im Bett. Die Körper noch schwer vom Schlaf und in Liats Kopf ein dumpfer Groll auf ihn, weil er sie so abrupt aufgeweckt hat. »In dem Kloster war ein Mönch, so ein dunkler, hatte etwas Ähnlichkeit mit den Altenpflegern aus Thailand hier. Ich dachte, er würde uns nicht vorbeilassen, aber er lächelte und sagte: ›Okay.‹« Sie weiß nicht, warum sie ihm den Traum so genau erzählt. Oder was dieser Traum besagt. Trotzdem ist es ihr wichtig, ihn zu erzählen. Als hätte es an jenem Strand etwas ungeheuer Dringliches, Brennendes gegeben. Und deshalb sei es wichtig, alles sofort nach dem Aufwachen zu erzählen, Wort für Wort. Wie man beim Umgießen einer teuren Flüssigkeit von einem Behälter in einen anderen aufpasst, ja keinen Tropfen zu verschütten, so träufelt sie ihm ins Ohr, was im Schlaf ihren Kopf erfüllt hat. Und doch kommt es nicht an, wieso auch immer. Irgendwo auf dem Weg von ihr zu ihm geht es verloren. Sie sieht es an seinen Augen, die sie konzentriert, aber nicht wirklich verständig anschauen. Und vielleicht schlimmer noch – sie merkt, ihr geht es genauso. Als sie gerade erst aufwachte, war der Traum noch ein Teil von ihr, völlig gewiss. Aber von Minute zu Minute trennt er sich mehr von ihr, was vorher ganz klar war, war nun wie ein Halbmond teilweise verdeckt, denn was heißt schon, es war am Strand in Eilat und auch in Griechenland, und wie soll man Griechenland wohl an der Farbe erkennen. Was ist so sonderbar an einer weichen Wiese in Strandnähe, und warum war es von Bedeutung, ans Wasser zu kommen.

Fünf Minuten nach dem Aufwachen sind sich der Traum und Liat schon fremd. Und doch gibt sie nicht auf, denn das Gefühl, das im Schlaf so gewiss gewesen ist, erfüllt sie noch: ein blaues Meer, an das man dringend gelangen muss. Und sie sind wirklich nah dran.

Etan streicht ihr übers Haar. »Vielleicht heißt das, du brauchst Urlaub.« Er lächelt. Auch sie lächelt. Sie errät den weiteren Fortgang des Gesprächs: Erst werden sie Erinnerungen an frühere Strandurlaube aufleben lassen und dann den nächsten planen. Vielleicht über die Feiertage. Vielleicht nach Thailand. Die Worte würden sie beide fortreißen, und der Traum bliebe zurück. Ein Mensch geht von Bord eines Schiffes und tritt seinen Weg an, und nach ein paar Metern vergisst er das Meer und vergisst, dass das Meer mit dem Ozean verbunden ist, und vergisst, dass der Ozean alles umspült. Auf dem Festland gibt es Wege und Berge und manchmal Bäche, und der Mensch trinkt aus den Bächen und erinnert sich nicht an das Meer und an das Salz und an die greifbare Möglichkeit zu ertrinken. Liat und Etan reden weiter, und jedes Wort ist ein Schritt auf dem Festland, und jedes Wort ist ein Vergessen des Wassers.

Und vielleicht muss es so sein. Denn als Liat ihnen zehn Minuten später Kaffee aus der Maschine hinstellt, ist der Abstand zwischen ihr und ihrem Mann schon sehr klein. Deswegen erzählt sie ihm jeden Morgen ihre Träume. Nicht, damit er sie deutet. Damit er sie kennt. Und fragt ihn auch: Hast du geträumt? Was? Als sei der Schlaf ein gemeinsamer Gegner, den es zu besiegen gilt. Ein Versuch, sie voneinander zu trennen. Denn selbst wenn sie umschlungen auf der Matratze liegen, Hand in Hand, Beine verschränkt, schläft doch immer noch jeder allein für sich.

Sie trinken den Kaffee, und sie lässt die Augen über seine Gesichtszüge schweifen. Eine Inventaraufnahme, die er gar nicht bemerkt und die doch jeden Morgen stattfindet. Wer jeden Morgen in demselben Haus aufwacht, wird das lächerlich finden. Aber wer einmal in einem Haus aufgewacht ist, aus dem nachts Dinge verschwunden sind (egal, ob Schmuck oder der Vater), der sucht sorgfältig nach jedem Anzeichen einer Veränderung. Erwacht angespannt – was ist hier in meiner Abwesenheit passiert. Und Liat weiß: Schlafen ist gefährlich. Der Gedanke, sich sieben Stunden pro Tag von seinen Lieben trennen zu müssen, hat beinahe etwas Kränkendes. Jeder geht seines Weges. Keiner weiß etwas. Sie hatte das schon als Kind begriffen. Noch ehe ihr Vater zu Ronit übersiedelte, hatte sie den Moment des Zubettgehens gehasst. All die Schlaflieder, all das Übers-Haar-Streichen, all die zugedeckten Puppen neben ihr konnten die Erniedrigung des Schlafens nicht versüßen. Heute schläft sie leichter ein, aber immer noch mit einem vagen Gefühl der Niederlage.

Und dann – das Aufwachen. Ihr Mann liegt neben ihr im Bett. Sofort erstattet jeder Bericht – wo er war und was er getan hat. Selbst wenn sie gern noch etwas beim Traum verweilen würde, nimmt sie das Gespräch doch auf. Übermittelt ihm herzlich gern, was sie durchlebt hat, damit sie das Bett so verlassen können, wie sie es aufgesucht haben: einander nah.

Einander vertraut. (Natürlich erzählte sie ihm nicht alles. Nicht alle Träume und nicht alle Einzelheiten. Aber auch wenn sie das Haus putzte, hatte sie nicht immer die Energie, den Schutzraum sauber zu machen. Und das war in Ordnung. Sie wusste, was darin war, er schreckte sie nicht.) Sie hatte keine Angst vor erotischen Träumen. Nicht vor ihren und nicht vor Etans. Das war wie auf der Toilette koten, hinter geschlossener Tür. Alle wussten, was du machst, auch wenn man nicht darüber sprach. (Und komisch, wenn sie als Kind bei ihren Freundinnen übernachtete, hatte sie sich immer geschämt, pinkeln zu gehen. Damit die ganze Familie nicht etwa im Wohnzimmer saß und das peinliche Geräusch hörte, das in fremden Toiletten immer lauter klang. Wurde der Druck im Bauch unerträglich, ging sie rein und drehte den Wasserhahn am Waschbecken auf, damit ihr Plätschern im schäumenden Wasserstrahl unterging. Das Rauschen des Wassers übertönte jedoch nicht nur das Pinkeln, sondern machte es auch allseits publik.)

Mit Etan schloss sie schon seit Jahren die Klotür nicht mehr ab. Pinkelte völlig frei. Hielt Teile ihres Selbst vor ihm zurück und wusste, dass auch er Teile vor ihr zurückhielt, und doch war sie unbesorgt. Klar gab es Dinge, die er ihr nicht erzählte. Sie hegte vage Vermutungen hinsichtlich seiner Rückzüge in die Dusche. Manchmal fragte sie sich sogar, ob es eine ihrer Freundinnen war, über die er dort fantasierte, oder eine von der Station. Diese Gedanken plagten sie zwar ein wenig, hatten aber auch etwas Beruhigendes. Sie zeigten ja, dass Liat sogar in die hintersten Ecken der Partnerschaft blicken, den Staub in den finstersten Kellern aufwischen konnte, ohne jede Angst. Aber weiter ging sie auch nie. Wie eine Kiste, die man aufgrund eines Klirrens darin mit der Aufschrift »Zerbrechlich« versah, sie aber nicht öffnete, um nachzuschauen, was darin war.

Und manchmal brach das Pfeifen abrupt ab. Sagen wir, wenn ein Mann ihm verschämt ein Bettlaken voll blutigen, stinkenden Stuhls vorlegte, bei dessen Anblick er sich nur mit Mühe das Kotzen verkneifen konnte. Entamoeba histolytica. Manchmal kamen Rucksacktouristen damit von der Auslandsreise zurück. Ein Mal das falsche Trinkwasser gewählt, und dein Darm wurde zu einer Brutstätte von Parasiten. In den Stationen der Inneren Medizin hatten sie sich schon an den Anblick gewöhnt, vor allem an den Hohen Feiertagen, wenn langhaarige junge Männer spontan von Nepal heimgedüst waren, um Rosch Haschana zu Hause zu feiern, und zwei Tage später mit einem der besorgten Eltern in der Notaufnahme erschienen. Aber selbst dann erreichten die Zahlen nicht mal ein Zehntel der Fälle, die er hier sah. Es schien, als wäre jeder zweite Patient infiziert. Das verseuchte Wasser hatten sie noch in Afrika getrunken, aber die Parasiten waren den ganzen Weg hierher mitgewandert, winzige Zysten, die sich im Dickdarm festsetzten und ihn nach und nach zerfraßen.

Er sah diese Menschen erschrocken an. Es war nicht der Stuhl, der ihn verstörte. Es war dieses von Grund auf kranke Dasein. Er kam nach einem ganzen Tag im Hellen abends in die Werkstatt, blickte die Leute an und begriff nicht. Wie beim Schulausflug in der Grundschule, als der Lehrer einen harmlosen Stein aufhob und darunter plötzlich schwarze, böse Erde aufbrach. Würmer, Maden, finsteres, verborgenes Leben. Ein Dasein in loser, morastiger Erde, von dem er keine Ahnung gehabt hatte. Die ganze Zeit war es dort unten gewesen, und er hatte es nicht gewusst. Der Lehrer legte den Stein an seinen Platz zurück, und sie gingen weiter. Aber der Zweifel blieb bei jedem Stein, den er fortan sah, so weiß und glatt er auch sein mochte. Jetzt blickte er auf die Warteschlange vor der Werkstatt. Sah hin und konnte es nicht glauben: Das alles war unter dem Stein gewesen, und er hatte es nicht gewusst. Und warum hatte er es überhaupt je erfahren müssen.

Nach getaner Arbeit wusch er sich gründlich die Hände. Schrubbte schier die Haut ab. Und sie wartete hinter ihm, bis er fertig war, und wusch sich, sobald er das Waschbecken freigab, ebenfalls. Er überlegte, ob er ihr das Handtuch reichen sollte, und ließ es bleiben.

Zurück ging sie still. Die Nacht war so kalt, dass sogar die Hunde das Bellen eingestellt hatten. Eine Weile waren nur ihre Schritte zu hören, dann bog ein Lastwagen dröhnend in die Tankstelle. Kurz nach dem Laster kam auch sein Geruch. Der schwere, durchdringende Gestank von anderthalb Tonnen Müll. Statt einen Gang zuzulegen, blieb sie stehen, um ihn einzuatmen. An diesen Geruch erinnerte sie sich bestens. Als sie Müll verbrannt hatten, um sich nachts zu wärmen, hatte genau dieser alles verschlingende Geruch das Dorf umhüllt wie eine Wolldecke. Und obwohl sie diesen Geruch damals so gehasst hatte, kam sie jetzt nicht davon los. Blieb hinter der Tankstelle stehen und atmete tief, atmete begierig, sog möglichst viel in ihre Lungen ein. Du blöde Kuh, sag mir bloß nicht, du hast dich danach gesehnt.

Aber nichts zu machen, sie hatte sich tatsächlich danach gesehnt. Hatte sich gesehnt, ohne von dieser Sehnsucht zu wissen, denn eigentlich hatte sie den Gestank brennenden

Mülls nie wieder riechen wollen. Und doch klammerte sie sich, als sie diesem Geruch nun wiederbegegnete, mit aller Macht daran, wollte nicht lockerlassen. So schrecklich er auch war, er war der Geruch ihrer Nächte. Wenn du ihn rochst, wusstest du, es wird Abend, du bist mit der Arbeit fertig. Kannst dich endlich hinsetzen und in den Himmel schauen. Assum und sie waren ins Freie gegangen und hatten sich zu den anderen gesetzt. Mal sang jemand, mal unterhielten sie sich. Aber leise. Die Geräusche der Nacht waren anders als die Geräusche des Tages.

Sie blickte sich um. Außer dem Geruch war alles anders. Die Luft fühlte sich hier anders an. Schwer zu erklären. Die Sonnenuntergänge sahen anders aus. Das lag irgendwie am Winkel der Sonne zum Himmel. Das beeinflusste alles, sogar die Farben. Und das war in Ordnung, denn deshalb war sie ja hergekommen, damit die Dinge anders wären. Aber es war auch furchtbar. Gesichter, Aromen, Gerüche, Lieder, denen sie im Leben nicht wiederbegegnen würde. Und selbst wenn sie einen Hauch davon träfe (wie jetzt, ein Laster hält an einer Tankstelle, und plötzlich, wenn du die Augen schließt, bist du dort, wirklich dort), selbst dann wäre es nicht dasselbe. Geht gar nicht.

Du kannst dich nicht nach Müllgeruch sehnen. Kannst du einfach nicht. Aber das hat sie nicht unter Kontrolle. Wie die Träume. Obwohl sie hier ist, sind ihre Träume immer noch dort und manchmal sowohl dort als hier und manchmal ganz woanders. Jede Nacht drängen sich viele Menschen auf der Matratze an der Wand. Sie tun seltsame Dinge und sagen seltsame Dinge, doch das Seltsamste ist, dass sie überhaupt da sind, bei ihr. Im Traum wirkt ihr Dasein selbstverständlich, aber gleich danach wird es höchst erstaunlich. Wie sind sie hergekommen, und doch sind sie gar nicht hergekommen. Haben es nicht hierher geschafft. Haben es nicht geschafft, Wüsten und Länder und Menschen zu überwinden. Vor allem Menschen nicht. Und sie hat es nun gerade geschafft, sie ist hier, aber diese nächtlichen Wanderungen erschöpfen sie. Denn die anderen kehren zwar zu ihr zurück, nicht weniger jedoch kehrt sie auch zu ihnen zurück. Bricht auf zu ihnen und weiß nicht immer, ob sie es rechtzeitig zurückschafft. Am Morgen steht sie müde auf, und mittags geht sie ins trockene Bachbett und setzt sich auf Assums Stuhl, der jetzt ihr Stuhl ist. Ein Mann stirbt und lässt scheinbar nichts zurück, hinterlässt seiner Frau aber tatsächlich einen Stuhl und eine Landschaft und ein Tal, und wenn man es bedenkt, ist das eigentlich gar nicht wenig. Ihre Füße graben im Sand, und der Sand ist warm und glatt. Der Wind hat ihn angeweht, und der Wind wird ihn wieder wegwehen, und das ist völlig in Ordnung, denn der Sand erinnert sich nicht. Der Sand weiß nicht, wo er gestern war und wo er morgen sein wird. Wenn es anders wäre, wenn der Sand all die Orte behalten würde, an denen er mal war, würde ihn das so schwer machen, dass kein Wind ihn irgendwohin tragen könnte.

Als der Lastwagen weiterfährt, atmet sie noch ein paarmal tief ein, schnuppert wie wild, zürnt sich selbst wegen dieses lächerlichen Bedürfnisses. Wie kannst du es wagen, dich nach diesem Müll, diesem Dorf zu sehnen. Du kannst dich nicht nach Müllgeruch sehnen, aber ohne Sehnsüchte – was bleibt denn dann. Wenn wir nämlich nach dem, was wir haben, definiert werden, ist deine Lage sehr übel, aber wenn es danach geht, was wir verloren haben, dann herzlichen Glückwunsch, du stehst ganz oben auf der Liste. Und wenn die Sehnsucht wie ein Insektenstich ist, wie eine Hautverletzung, wie ein Parasit, der eingedrungen ist – warum kratzt du sie dann so begierig auf, den Müllgeruch und die Essensdüfte, den Geruch der Erde und Assums Geruch. Sie geht schneller. Betritt den Caravan und legt sich auf die Matratze. Hör auf. Hör auf. Aber sie kommen weiter, die Gerüche. Und auch die Aromen und die Farben und die Gesichter. Und am schlimmsten ist es, als sie nicht mehr kommen. Als sie plötzlich merkt, sie weiß den Namen des Jungen nicht mehr, der drei Hütten weiter gewohnt und dauernd gehustet hat. Sie bringt das Lied, das die Männer gesungen haben, wenn alle anderen Lieder zu Ende waren, nicht mehr zusammen. Sie liegt im Bett und erinnert sich, und dann liegt sie im Bett und erinnert sich nicht mehr, und langsam, langsam spürt sie, wie die Aromen und die Farben und die Gesichter ihren Körper verlassen, wie in jeder Minute, die sie hier verbringt, etwas von dort verwischt, verblasst. Und sie hört die Frauen auf den Nebenmatratzen flüstern, na endlich, Sirkit weint.

Es ist schwer, so lange Zeit am Stück zu hassen, aber auch schwer, es nicht zu tun. Denn Etan hatte sich eben schon zum dritten Mal in den Medikamentenraum der Inneren II geschlichen, und das wurde langsam riskant. Während er die Medikamente rasch in seinen Rucksack stopfte, erinnerte er sich an das obligate Klauen von Bonbons im Lebensmittelladen, eine Mutprobe am Ende der vierten Klasse. Ablenken. Zugreifen. Flüchten. Doch jetzt hielt er keine Karamellbonbons in den Händen, sondern viele Schachteln mit Antibiotika, und wenn er einen Fehler machte, war es nicht mehr damit getan, den Subaru des Ladeninhabers gründlich zu waschen. Um sich Zugang zu den ersehnten Medikamenten zu ergaunern, hatte er die Verbindung zu einem ehemaligen Studienkollegen aufgefrischt, einem schlanken Mann mit beginnender Glatze, der als Internist auf der Station arbeitete und sichtlich überrascht war, dass Etan sich an seinen Namen erinnerte. Er hatte sich nicht an seinen Namen erinnert. Er hatte ihn in der Ärzteliste gefunden, Jahrgang und Studienort ermittelt und gehofft, sie waren sich in der Universität Tel Aviv tatsächlich begegnet. Als er ihn an einem Patientenbett entdeckte, erfüllte sich diese Hoffnung. Der Internist sagte sofort »Du warst Sakkais Junge«, und von da war es nicht mehr weit bis zum gemeinsamen Mittagessen. In den nächsten Tagen schaute er bei jeder Gelegenheit kurz bei seinem neuen Freund vorbei, bis man sein Gesicht auf der Station kannte. Die Schwestern wunderten sich nicht mehr, was ein Neurochirurg auf der Inneren zu suchen hatte. Doch er musste immer noch herausfinden, wie man die verschlossene Tür zum Medikamentenraum aufbekam. Schließlich begann er, seinem neuen Freund von den üppig bestückten Medikamentenräumen in den Krankenhäusern der Landesmitte zu erzählen. Die Glatze des Internisten lief zornesrot an. »Bei euch ertrinkt man in Medikamenten, und bei uns herrscht ewiger Mangel«, sagte er. »Komm mit, ich zeigs dir, damit du begreifst, wie der Medikamentenraum eines Internisten im Soroka aussieht.«

Etan ging hinter ihm her, mäanderte zwischen den Krankenbetten, die den Korridor verstellten, ein Hindernislauf zwischen Seufzen und Stöhnen. Schließlich blieb der Internist vor einer verschlossenen Tür stehen, zog seine Magnetkarte heraus und führte sie mit Schwung am Schloss vorbei. Sesam öffne dich. »Da, sieh dir an, was wir hier haben. Nichts, das ist einfach nichts.« Und Etan musterte die Medikamentenregale und dachte, du hast ja keine Ahnung, was »nichts«

bedeutet. Nichts ist das, was wir in der Werkstatt bei Tlalim haben, zwanzig Minuten Fahrt von hier. Und sofort verscheuchte er den Gedanken an diesen dunklen Ort. Er wollte nicht an ihn denken, an diese Leute, die ihm seine Nächte raubten. Und vor allem wollte er nicht an *sie* denken. Deshalb wandte er sich wieder dem Internisten zu und hörte sich seine Klagen an, wobei er einen Moment, in dem der andere den Rücken kehrte, dazu nutzte, alles einzusacken, was er in die Finger bekam.

Aber das genügte nicht. Ein paar Nächte später ging der Vorrat schon wieder zur Neige. Wenn er mit dem Jeep den dunklen Sandweg entlangfuhr, musste er aufpassen, keine der schwarzen Gestalten anzufahren, die zur Werkstatt unterwegs waren. Eritreer. Sudaner. Magere Körper, fast schon Skelette. Körper, die vor lauter Abnutzung schier auseinanderfielen. Ermüdungsfrakturen nach Märschen über Hunderte von Kilometern. Erschöpfung. Dehydrierung. Hitzschläge. Er verlor kein Wort darüber. Was hätte er auch sagen sollen. Er forderte Sirkit nur auf, die wartenden Patienten voneinander zu trennen. Ich kann hier wirklich keine Tuberkuloseepidemie gebrauchen.

Es war nur eine Frage der Zeit, wann die Ersten kommen würden, und als eine verlegene Eritreerin die Bluse auszog und ihren mit Kaposisarkom bedeckten Rücken entblößte, hatte er das Gefühl, einen lange erwarteten Brief zu erhalten. Es bestand kein Grund, den Umschlag zu öffnen, er wusste, was drinsteckte: Die hässlichen Tumorknoten auf dem Rücken der jungen Frau ließen keinen Raum für Zweifel. Unter all den bösen Krankheiten war Aids wenigstens höflich genug, sein Ausbrechen anzuzeigen. Die Flecke auf dem Rücken der Frau enthielten eine klare Botschaft, in Dutzenden von Kopien – ich bin da. Und doch bat Etan sie, den Mund aufzumachen, und sah dort, wie angenommen, Tumorknoten auf Zunge und Gaumen und weiter hinunter, so weit das Auge reichte. Er konnte nicht beurteilen, ob die Metastasen bereits das Verdauungssystem und die Lungen erreicht hatten, aber in diesem Stadium machte das nicht mehr viel aus. Er bedeutete der jungen Frau, sie könne die Bluse wieder anziehen, und sagte, sie müsse sofort ins Krankenhaus gehen.

Aber die junge Frau blieb einfach stehen. Und auch ihr Begleiter. Etan brauchte ihn nicht einmal zu untersuchen. Die Tumorknoten bedeckten sein Gesicht. Die beiden blieben auch dann noch stehen, als er mehrmals »Hospital« gesagt hatte. Die Ablehnung auf ihren Gesichtern bedurfte keiner Übersetzung. Die Haut ist mit Tumorknoten übersät. Der Atem geht schwer. Die Beine tragen sie kaum noch. Und doch sind sie zweifellos frei. Noch können sie unter Mond und Sternen stehen, sich nach Belieben setzen und erheben. Gingen sie jetzt ins Krankenhaus, würde man ihnen vielleicht auch diese Freiheit nehmen. Aber nicht unbedingt, sagte Etan zu ihnen, nicht unbedingt. Gewiss, es habe Fälle gegeben, in denen sich Kranke in Internierungslagern wiederfanden, aber meist würde die Behandlung ohne Weiteres gewährt. Das sei schließlich im nationalen Interesse.

Der Mann und die Frau standen da und schwiegen. Vielleicht verstanden sie die Worte, die Sirkit ihnen übersetzte. Vielleicht auch nicht. So oder so blieben sie da. Während der Mann und die Frau noch auf der Stelle verharrten, redete Sirkit in ausdruckslosem Ton auf sie ein. Etan verstand nicht, was sie sagte, sah aber zwei Männer eintreten, die bisher außerhalb der Werkstatt gewartet hatten. Trotz der schweren Darmentzündung, an der sie litten, waren sie immer noch muskulöser und kräftiger als alle anderen. Jetzt bauten sich die beiden Männer vor dem Mann und der Frau auf, musterten sie mit teilnahmslosen Augen.

Sirkit wandte sich dem Paar zu, und in ihrer Stimme lag plötzlich eine Sanftheit, die Etan bei ihr nicht vermutet hatte. (Er kannte sie Befehle und Anweisungen erteilen. Kannte sie resolut den Zugang der Kranken regeln. Noch nie hatte er sie so gehört wie jetzt. Und einen Moment lang fragte er sich, welche Tonlagen diese Kehle wohl noch zu bieten hatte, weitere Klangfarben, von denen er nichts ahnte. Wie sie sich zum Beispiel anhörte, wenn sie sang, falls sie sang. Und dann kappte er abrupt den Gedanken, denn was machte es schon aus, ob sie sang oder nicht.) Der Mann antwortete auf ihre Worte. Sirkit hielt inne und sprach dann weiter. Die Töne kamen so sanft aus ihrem Mund, dass Etan das Gesagte kaum hören konnte, obwohl er dessen Bedeutung sehr wohl kannte.

Aber der Mann und die Frau blieben stehen. Die Wimpern der Frau flatterten so schnell, dass Etan dachte, wenn die Wimpern Flügel wären, hätte sie längst in die Luft abgehoben, sich zum Mond emporgeblinzelt. Aber dann sah er durch das Wimpernflattern die Tränen, die sich groß und schwer in den Augen der schwarzen Frau sammelten und sie nach unten zogen. So würde sie niemals fliegen können. Sirkit blickte der Frau nicht in die Augen. Auch nicht dem Mann. Ihr Blick war auf die Blechwand der Werkstatt gerichtet.

Geht.

Der Mann und die Frau blieben stehen. Die beiden eritreischen Männer traten einen Schritt vor. In ihren Augen lag keine Spur Aggression. Bestimmte Dinge wurden bei Bedarf getan. Das war eine unverrückbare Tatsache. Mehr war nicht nötig. Der Mann und die Frau wandten sich zum Gehen.

Und es kamen mehr. Immer mehr. Der Medikamentenvorrat schmolz dahin, und wieder sann Etan darauf, wie er in den Medikamentenraum der Inneren gelangen könnte. Beim Mittagessen nutzte er das herrliche Chaos von Gläsern, Servietten und Plastiktabletts und vertauschte seine Magnetkarte mit der des Internisten. Beim Abschied erklärte er, er gehe wieder an die Arbeit, aber tatsächlich wartete er, bis sein Freund seine Station verließ und der Neurochirurgie zusteuerte, in der Hand eine Magnetkarte, die er umtauschen musste. Nun eilte er selbst zur Inneren II, überschlug im Geist, wie lange es dauern würde, bis der Internist in der Neurochirurgie ankam, dort erfuhr, dass Dr. Grien noch nicht aus der Mittagspause zurück war, und zur Inneren zurückkehrte. Sollte er dem Internisten auf dem Stationsflur begegnen, würde er keinerlei Verdacht erregen, ein kleiner Irrtum, mehr nicht. Aber wenn der Internist ihn dabei sähe, wie er die vertauschte Karte nutzte, um in den Medikamentenraum zu gelangen, wäre die Lage weit heikler.

Er agierte mit einer Wendigkeit, die ihn selbst überraschte. Innerhalb weniger Minuten war seine Tasche schon prallvoll mit den Schätzen der westlichen Medizin. Ciprofloxacin gegen Darminfektionen. Mebendazol gegen Wurmbefall des Darms. Ventolin gegen Atembeschwerden nach wochenlangem Metallsägen und Wändestreichen. Synthomycin für eiternde und entzündete Wunden. Ceforal gegen Blasenentzündung. Etopan bei Gelenkschmerzen und Ermüdungsfrakturen. Isoniazid, Rifampicin, Pyrazinamid und Ethambutol für den schier aussichtslosen Kampf gegen die sich häufenden Tuberkulosefälle. Diese Krankheiten langweilten ihn. Genau deswegen war er Neurochirurg geworden. Warum sich mit dem langweiligen System abgeben, wenn man in den Kontrollraum, die Kommandozentrale selbst eindringen konnte. Wie sehnte er sich nach der Ästhetik der Gehirnzellen, den Axonen, so weiß wie das Kleid einer Ballerina. So exakt. So sauber. So anders als die Entzündungen, die Eiterbeulen und die Geschwüre, denen er jede Nacht in der Werkstatt begegnete. Rasch ordnete er die Regale so, dass die Lücken nicht auffielen, und öffnete die Tür einen Spalt. Da er auf dem Flur niemanden sah außer triefäugigen Kranken in ihren Betten, stahl er sich hinaus. Nahe der Eingangstür traf er den Internisten, tauschte die Karte mit ihm und entschuldigte sich für das Versehen.

Beim dritten Mal schwor er sich, es würde das letzte Mal sein. Beim Weggehen begegnete er der Oberschwester, und ihr Blick gefiel ihm nicht. Zwei Stunden vorher, bei der gemeinsamen Kaffeestunde, hatte der Internist ihm von dem Verdacht auf Medikamentendiebstahl auf der Station erzählt. Entweder seien Fehler bei der Registration aufgetreten oder eine der Schwestern wolle sich schwarz was nebenbei verdienen. Etan hörte aufmerksam zu und sagte, ein Fehler bei der Registration, das passiert dauernd, warum sollte eine Schwester so ihren Arbeitsplatz gefährden. Der Internist zuckte mit den Achseln und sagte, Menschen tun alle möglichen seltsamen Dinge, wenn ihnen nichts anderes übrig bleibt.

An jenem Abend kam er nervös und aufgebracht und vor allem verspätet in der Werkstatt an. Ein ausgiebiges Bad für Jahali, eine lange und stürmische Diskussion über Piraten an Itamars Bett, ein gemächlicher Becher Kaffee auf dem Wohnzimmersofa. Er hatte nicht vorgehabt, sich heute zu verspäten, aber irgendetwas in seinem Innern rebellierte zweifellos gegen den Zwang, pünktlich zu erscheinen. Es war fast elf, als Liat den Blick vom Fernseher wandte und fragte: »Hast du heute keinen Bereitschaftsdienst?« Und statt schnell aufzuspringen, strich er ihr leicht übers Haar und sagte in ruhigem Ton: »Was denn, sollen sie halt ein bisschen warten.«

Aber diese Ruhe verflog zusehends, je näher er der Werkstatt kam. Er sah im Geist Sirkits Augen starr und eisig auf sich gerichtet. Überlegte, wie viele Kranke dort wohl schon vor der Wellblechtür standen und auf sein Kommen warteten. Als er von der Landstraße auf den Sandweg abbog, erfasste er schlagartig, dass der Druck in den Schläfen von seinem Schuldgefühl wegen der Verspätung herrührte, und diese Erkenntnis ließ ihn nur noch wütender die Jeep-Tür hinter sich zuknallen und »Da bin ich« rufen. Er hatte erwartet, Sirkit und die Kranken würden zu ihm herauslaufen, der eine hoffend, der andere zürnend. Aber die Werkstatt blieb so stumm wie zuvor. Kein Mensch eilte zu seiner Begrüßung herbei.

Für einen Moment blinkte in ihm die schwache Hoffnung auf, man habe sie alle geschnappt. Eine einzige Razzia der Immigrationspolizei, und er wäre ein freier Mensch. Er stellte sich ja fast täglich den anonymen Anruf bei der Polizei vor. Aber er wusste sehr wohl, mit der Polizei käme die Ermittlung und mit der Ermittlung die Entdeckung. Es war völlig illusorisch anzunehmen, Sirkit würde sein Geheimnis hüten. Jetzt ging er schneller, hastete auf die Werkstatt zu. Diese Stille beunruhigte ihn.

Drinnen sah er als Erstes Sirkit, das schwarze Haar in einem dicken Strang um den Kopf geschlungen, eine zusammengerollte, schlafende Schlange. Nachdem Etan die ganze Fahrt über an ihren vorwurfsvollen Blick gedacht hatte, stellte er jetzt überrascht fest, dass die Eritreerin ihn gar nicht anschaute. Kurz darauf, als seine Augen sich an die schummrige Beleuchtung der Werkstatt gewöhnt hatten, begriff er, warum – auf dem rostigen Metalltisch lag ein junger Mann mit vernebeltem Blick. Sirkits ganze Aufmerksamkeit galt dem linken Arm des Mannes. Sie nähte ihn mit flinker, sicherer Hand.

Was machst du da? Etans Stimme bebte vor Schreck.

Gerade rechtzeitig, antwortete sie, sie sei nicht sicher, ob sie das richtig zubekäme.

Du bist total verrückt geworden. Diese Arbeit kann nur ein Arzt tun.

Hier war kein Arzt.

Sie sah ihn mit ruhigen Augen an, während er ans Waschbecken ging und sich die Hände wusch. Als er an den Tisch trat, musste er zugeben, sie hatte gute Arbeit geleistet. Verblüffend geradezu.

Wo hast du das gelernt?

Sie erzählte ihm, in Eritrea habe sie genäht, seit sie eine Nadel halten konnte. Letzten Endes sei ein Leinenhemd nicht so viel anders als menschliche Haut. Sie erzählte ihm von der Hilfsdelegation, die zu ihnen ins Dorf gekommen war, wie sie den Leuten überall nachgelaufen war, um ihnen zuzuschauen, und einer der Ärzte hatte es gesehen und ihr viel erklärt. Sie erzählte ihm, sie beobachte nun schon drei Wochen lang aufmerksam alles, was er hier mache, und versuche es sich zu merken. Und statt wahrzunehmen, dass sie zum ersten Mal in längeren Sätzen mit ihm sprach, blickte Etan ihr gebannt ins Gesicht. Die Frau vor ihm strahlte.

Er kannte dieses Strahlen. Vom ersten Mal, als er klopfenden Herzens und mit bebenden Händen einen Kranken vernäht, erstmals die Schädeldecke eines Patienten aufgesägt hatte. Sirkits Augen blieben zwar ruhig, aber die Begeisterung in ihrem Gesicht war unverkennbar. Sie ist wie ich, dachte er, sie ist wie ich, als ich gerade erst angefangen habe.

Sirkit rückte beiseite, um ihm seinen Platz zu überlassen. Nein, sagte er, beende, was du begonnen hast. Ein kleines Lächeln trat auf ihre Lippen, blieb dort einen Moment und verschwand. Etan dirigierte ihre Bewegungen mit ruhiger Stimme. Nach zahllosen Stunden parallelen Arbeitens versetzte die Entdeckung ihrer Fähigkeiten ihn in ungeheures, fast peinliches Erstaunen. Denn er hatte es ihr ja keinen Augenblick zugetraut. War gar nicht auf die Idee gekommen, diese Frau könnte, bei entsprechender Ausbildung, genau das tun, was er tat. Verdammt, sie hatte sich das Nähen von anderen abgeguckt, es durch mündliche Anleitung in einer ambulanten Krankenstation gelernt. Sie ging ans Medikamentenregal, um mehr Desinfektionsmittel zu holen, und Etan blickte ihr mit anderen Augen nach. (Und vielleicht sorgte gar nicht ihr Können für die neue Nähe zwischen ihnen, sondern die Entdeckung, dass sie beide dasselbe Verlangen teilten. Diese Faszination über die Möglichkeit, Menschen von innen zu sehen.)

Lange arbeiteten sie stumm. Nähten, säuberten, desinfizierten, wuschen sich die Hände, ordneten die neuen Medikamente ins Werkstattregal ein. Sirkit hob eine Packung hoch und fragte, was Ciprofloxacin sei, Etan sagte es ihr, und als sie weiterfragte, erklärte er es ausführlicher, schilderte die verschiedenen Bakterien, die den Darm angriffen, und die Wirkungsweise der Antibiotika, zitierte neue Forschungen und kritisierte überholte Sichtweisen. Ihm war vorher gar nicht bewusst gewesen, wie gern er lehrte. Er erkannte bei ihr dieselbe Wissbegier, die ihn beseelte, dasselbe mächtige, zuweilen dreiste Verlangen nach Wissen. In dieser Nacht redete Etan stundenlang mit Sirkit. Kranke kamen und gingen. Leiden wechselten sich ab. Medikamente wurden ausgegeben. Und als er gerade das Bein einer verletzten jungen Frau fixiert hatte, wandte er sich um und entdeckte, dass ihm ein Becher Tee gereicht wurde.

Hab ich uns gemacht.

Er nahm ihr den Becher ab und sagte Danke. Einen Moment standen sie verlegen da, dann steuerte Sirkit die Blechtür an. Die Wüstennacht ging ihrem Ende entgegen, und Etans Tee war heiß und süß. Neben ihm, reglos wie eine Marmorstatue, stand diese Frau und nippte am Tee. Im Schutz der Dunkelheit studierte er ihre Züge. Die gerade, schlichte Nase. Die geschwungenen Brauen. Die Rundung der Lippen. Und er wusste, sie war schön, und wusste, wenn er ihr auf der Straße begegnet wäre, hätte er ihr keinen Blick zugeworfen.

Die Wäsche kommt warm und duftig aus dem Trockner, und Liat leert sie in eine große Plastikwanne und trägt sie ins Wohnzimmer. Es ist spät, und im Radio läuft ruhiger Jazz ohne Ansagen, wie sie es mag. Hin und wieder stoppt die Musik, und der Sprecher verliest Nachrichten. Seine Stimme ist ruhig und klar, und er sagt die Worte, als rezitierte er Lyrik. Sie summt das soeben gehörte Musikstück und setzt sich aufs Sofa. Die Kleidungsstücke verteilt sie auf vier Haufen: Hier Etans, da ihre. Hier Jahalis, da Itamars. Sie faltet sie mit sicherer, flinker Hand. Kennt jede Hose, jede Unterhose, jeden Strumpf. Die Wäsche riecht warm und süß, und in jedem Hemd steckt Gewissheit. Das Leben liegt vor ihr ausgebreitet, damit sie es faltet, und sie kennt es in allen Einzelheiten. Den Fleck auf Jahalis Hose vom Geburtstagskuchen im Kindergarten. Das verschlissene T-Shirt, das Itamar partout nicht wegwerfen will, weil da ein Elefant drauf ist. Sogar die schlichten, schwarzen Socken würde sie in jedem beliebigen Haufen wiedererkennen. So oft hat sie ihr Leben nachts dieserart aufgeteilt, hat vier Stapel gefalteter Wäsche auf dem Sofa aufgetürmt. Etan, Jahali, Itamar, sie. Und obwohl sie die Kleidungsstücke trennt, sortiert, weiß sie, in Wirklichkeit ist ihre Arbeit ein Zusammenfügen. Die Wäschetürme auf dem Sofa sind das genaue Gegenteil des Turms zu Babel. Eine einzige, erdgebundene Sprache, ohne das Bestreben, in den Himmel zu reichen. Es genügt ein Wohnzimmer, ein Sofa, zarter Seifengeruch. Etans Hemden zum Beispiel. Zugeknöpft, ordentlich. Nur sie weiß, wie ihn das Etikett verrückt macht. Wie er es gleich nach der Rückkehr aus dem Laden heraustrennen muss. Dieses Detail hat keine besondere Bedeutung, aber irgendwie verwandeln sich Etans Hemden dadurch in ihre Hemden. Stumme, unausgesprochene Herrschaftsverhältnisse zwischen dem Mann, der das Hemd trägt, und der Frau, die es zusammenlegt. Und auch, wenn sie draußen unterwegs sind. Sagen wir, im Einkaufszentrum. Aller Augen ausgesetzt. Wenn sie Dinge besprechen, die nichts mit Zärtlichkeit oder Hoffnung zu tun haben, sagen wir, die Einkaufsliste, die sie sich aufteilen, übernimm du den Schreibwarenladen, und ich geh in den Supermarkt, weil es so rationeller ist – auch dann weiß sie als Einzige in der Menge, dass dieser Mann, der angesehene Arzt im Oberhemd, kein Etikett im Nacken hat. Denn davon bekommt er einen Ausschlag. In Bergen von Profanem ist dieses Wissen eine große Gnade, auch wenn sie nicht immer sichtbar wird.

Sie war kein religiöser Mensch, in keiner Hinsicht. Aber sie hatte ihre geheiligten Texte. Das exakte Ritual der Haushaltsführung. Schnitzel mussten mariniert werden, sonst schmeckten sie nicht. Wäsche musste man falten, sobald der Trockner fertig war, damit der Stoff nicht erst zerknitterte.

Schokopulver rührte man gut um, damit keine Klümpchen entstanden. Man fragte, wie es im Kindergarten, bei der Arbeit, in der Schule gewesen war. Bewässerte den Garten. Wischte Staub, wo die Putzfrau geschludert hatte. Man arbeitete schwer. Flog ins Ausland. Man sorgte für eine ausgeglichene Bilanz von Schuldgefühlen und Begehrlichkeiten, eine Seelenwirtschaft, in der es keine Stürme und keine überzogenen Konten gab. Vor der Haustür lag ein verrückter Staat. Nicht nur die Araber und die Siedler und die Soldaten. Auch der russische Junge, der seinen Mitschüler vor der Oberschule mit einem Messer verletzt hatte. Auch die jungen Mädchen, die sie in der Toilette des Einkaufszentrums miteinander wetten gehört hatte, welche als Erste das Mittagessen wieder auskotzen könnte. Ein äthiopischer Wachmann hatte auf Kunden geschossen und hinterher gesagt, er habe Stimmen gehört. Ein Gastarbeiter hatte die alte Frau vergewaltigt, die er pflegen sollte. Unterwegs auf der Mautstraße, mit hundertzehn Stundenkilometern, blickte sie manchmal auf die vorbeifahrenden Autos und war sich nicht sicher, was sie mit diesen Menschen eigentlich gemeinsam hatte, außer der Fahrbahn. In Kriegszeiten fühlte sich das anders an. Bei Raketenalarm sprangen alle aus dem Auto und gingen schnell in Deckung, und für einen Augenblick scherte es dich wirklich, was die Leute ringsum empfanden, und wenn es vorbei war, sagtest du, wir sind okay, und nicht, ich bin okay. Aber die übrige Zeit gab es nur das Haus. Weiße Wände und Nussbaumparkett. Und in diesem Haus führte sie ihr Leben mit voller Aufmerksamkeit. Hielt es heilig. Auch wenn nicht alles sauber und aufgeräumt war – alles hatte seinen Platz. Der Sprecher endete, und eine Klarinette setzte ein. Liat zog den Saum von Jahalis Trainingsanzug glatt und versuchte sich zu erinnern, was sie über das Wetter gesagt hatten, bekam es jedoch nicht zusammen und beruhigte sich, es sei eigentlich egal. Das Haus war ohnehin klimatisiert.

Lange nachdem er die Werkstatt verlassen hatte, spürte sie noch seinen Blick auf sich ruhen. Männer konnten dir die Augen auflegen, wie man einem Hund ein Halsband anlegte. Man musste gar nicht daran ziehen, der Hund brauchte bloß zu wissen, das Halsband war da, und schon war er brav. Männer brachten es auch fertig, dich gar nicht anzuschauen. Wie ein Käfer in der Zimmerecke, selbst wenn man ihn bemerkte, bestand kein Grund, ihn anzusprechen. Höchstens drehte man ihn auf den Rücken und sah zu, ob er wieder auf die Beine kam. Bis zum vierzehnten Lebensjahr war sie dieser Käfer gewesen. Männer sahen sie, ohne sie zu sehen. Vergaßen sie, gleich nachdem sie an ihnen vorübergegangen war. Manchmal sogar im Vorübergehen. Als sie größer wurde, blickten sie sie anders an. Vergaßen sie nicht mehr. Jetzt schauten sie ihr nach, wenn sie sich entfernte, wenn ihr voller, runder Hintern sich unter den Falten des Kleides abzeichnete. Sie begafften sie im Vorbeikommen und fantasierten über sie beim Fortgehen, aber in keinem Stadium sahen sie sie. Luden ihr nur ihre Begierden auf, wie man einem Esel Wasserkrüge auf den Rücken band.

Sie ging aus der Werkstatt zum Caravan und dachte an Assum und daran, wie er sie angeblickt hatte. Wie er sie zum ersten Mal angeblickt hatte, als sie mit den Kisten in jene Hütte gegangen war. Erst hatte sie gedacht, es sei die Hitze des Feuers, die ihr so im Gesicht brannte und in den Augen juckte. Aber es war nicht das Feuer. Sie wusste es, weil sie in jener Nacht noch lange in der Hütte geblieben war, wartete, dass ihre Mutter endlich ihr Gespräch mit dem Eigentümer beendete, und unterdessen war das Feuer erloschen, aber die Hitze in ihrem Gesicht war geblieben. Assum hatte dagesessen und sie mit seinem Blick geröstet, sie von beiden Seiten gut durchgebraten. Selbst jetzt, als sie allein dahinschritt, ganz allein, abgesehen von fernem Hundebellen, spürte sie immer noch jäh seinen Blick. Als würde dir jemand ein Streichholz unter der Bluse anzünden. Und komisch, wie sie seinen Blick auf sich spürte, obwohl er gar nicht mehr da war, um zu blicken, als könnte der Blick eines Menschen, wie sein Pfeifen, weiter da sein, auch wenn der Mensch nicht mehr war.

Wenn sie in Davidsons Lokal die Tische abräumte, wurde sie wieder ein Käfer. Manchmal unterhielten die Gäste sich weiter, wenn sie sich zwischen sie beugte und die Teller einsammelte, manchmal verstummten sie. Aber niemals blickten sie sie an, weder lächelnd noch missbilligend. Nur die Kinder, die jüngeren unter ihnen, stellten manchmal Blickkontakt her. Mit neugierigen oder ängstlichen, lachenden oder tränenfeuchten Augen. Und sie wollte sie auch gern anschauen, wandte aber sofort den Blick ab. Weil sie nicht wusste, ob es erlaubt war.

Als sie das erste Mal zu Etans Haus gekommen war, hatte die Straße von Eltern und Kindern gewimmelt. Es war Morgen. Die Türen öffneten sich eine nach der anderen. Leute stiegen in Autos und fuhren ihre Kinder in die Schule und sich selbst zur Arbeit. Sirkit blickte sie an und fürchtete, ihre Anwesenheit könne zu sehr auffallen. Bald erkannte sie ihren Irrtum, kein Mensch bemerkte sie. Wie damals, auf dem Tel Aviver Busbahnhof, als sich ihr Blick mit dem des Zeitungsverteilers gekreuzt hatte. Er war ein grauhaariger Israeli im roten Overall mit aufgedrucktem Logo gewesen. Sie fegte die

Treppen, und er verteilte das Gratisblatt an die Auf- und Abgehenden. Ringsum viele hastende Beine. In Röcken, mit Sandalen, in Militäruniformen und mit hohen Absätzen. Sie fegte, und er verteilte, und für einen Moment trafen sich ihre Augen. Man hätte meinen können, sie würden sich anlächeln, aber der Mann hatte keine Pupillen. Seine Augen – zwei dunkle Flecke, in denen sich die Stufen spiegelten. Und die Beine liefen auf und ab, auf und ab. Sie wandte den Blick. Entsetzt. Sie brauchte keinen Spiegel, um zu wissen, dass ihre Augen genauso waren wie seine, ohne Pupillen. Zwei dunkle Flecke und Treppenstufen.

Und gerade deshalb versetzte der Blick des Arztes sie in solche Erregung, blieb bei ihr, als sie, lange nach seinem Weggang, die Werkstatt verließ und allein zu ihrem Caravan ging. Wenn er sie anschaute, war sie kein Käfer und kein Hund und kein Esel. Nicht die Eritreerin, die im Busbahnhof putzte, und nicht die Geschirrspülerin an der Tlalim-Kreuzung. Etwas anderes. Nicht weil er sie anders sehen wollte, sondern weil sie die Kraft besaß, ihn zu zwingen.

(Aber sah er sie denn? Zuerst war sie das, wovor er flüchtete. Dem er schuldig war. Jetzt, als er sie anschaute, war sie für einen kurzen Augenblick das, was er wollte. Immer das. Niemals Sirkit.) Und irgendwie stand für sie außer Zweifel: Auch wenn er dort, in der Villa in Omer, an sie dachte, auch wenn er sie nach Verlassen der Werkstatt mitnahm, dachte er an sie von außen. Stellte sie sich putzend, leidend vor. Kam gar nicht darauf, dass es hinter der Tankstelle einen Plastikstuhl im trockenen Bachbett gab, und dass sie darauf saß, die Füße in den angenehm warmen Sand steckte und Assums Melodie pfiff. Die Melodie, die ihr eines Nachts wiedergekommen war, nachdem sie sie schon abgeschrieben hatte.

Sie machte die Tür des Caravans auf und sank auf die Matratze, erledigt. Im Schlaf erschien ihr der Arzt. Wäre sie wacher gewesen, hätte sie dieses sinn- und zwecklose Traumbild sofort verscheucht. Aber sie war zu müde, um es zu vertreiben, und zu müde, um den Willen zu zähmen, und vielleicht war das gut so. Denn als sie sich erlaubte, ihn so zu wollen, auf der Matratze, am Rand der Tankstelle, verkündete sie unbewusst – ihm und ihr –, dass ja. Sie durfte wollen.

Erst gegen Morgen kommt ihr die Scham. Warum gerade ihn. Unter allen denkbaren Männern. Und versteht nicht, dass gerade deswegen. Eben deswegen. Dass ihr erster Wille ein provokativer Wille sein würde. Ein schamloser Wille. Denn wenn sie schuld an etwas ist, dann nicht an diesem Willen, sondern an allem, was sie vorher nicht gewollt hat. Schuld an all den Dingen, die sie nicht zu tun gewagt hat. Und richtig, es gibt wirklich keinen Grund, etwas zu wagen, und sie muss in zehn Minuten im Lokal sein. Aber Wollen ist erlaubt. Wenigstens Wollen.

(Wenn sie wüssten, die Leute auf den Matratzen neben ihr. Wenn sie die Dinge unter ihrer Decke nur ahnten. Was da in ihrem Schlaf vorgeht. Dann würden sie sagen, sie sollte sich was schämen. Oder sie völlig verdammen. Ohne zu wissen, dass sie sich selbst aus dem umgekehrten Grund verdammt. Die anderen verdammen sie wegen des Willens, und sie verdammt sich wegen seines Fehlens. Sie verbannt die da, die Sirkit von vorher, die der Welt so lange erlaubt hat, derart mit ihr umzuspringen. Sie weiß, sie ist schuldig, unendlich schuldig, denn sie wäre geblieben. Ihr ganzes Leben lang wäre sie geblieben.)

8

Am nächsten Tag erscheint sie ihm plötzlich beim Duschen. Einen Moment steht er noch da und wäscht sich den Kopf, und im nächsten Moment hat er eine Mordserektion, wie ein Pennäler, denkt an sie. Vielleicht sollte ihn das freuen. Ihm das Gefühl verleihen, stark und männlich zu sein, einer dieser Kerle, die auch nach einem schlaflos verbrachten Monat noch an Sex denken können. Aber es nervt ihn nun gerade, ist ihm sogar peinlich, denn aus dem Wohnzimmer erreichen ihn die Stimmen von »Pinguine unterwegs«, und von Liat, die Geschirr spült und Jahali zuruft, er solle leiser drehen. Und er steht da und lauscht den Stimmen von draußen, Shampoo läuft ihm in die Augen, und sein Pimmel schreit Sirkit. Das macht ihn verlegen, sogar beklommen. Wieso schleicht sich hier dieses Verlangen nach ihr ein. Hangelt sich durchs Badezimmerfenster, still und leise, unbemerkt. Räumt das Haus leer, während Liat in der Küche ist und die Kinder vorm Fernseher sitzen. Er sagt sich, es ist nur eine Fantasie, und Fantasien sind der einzige Ort, an dem Verheiratete noch tun können, worauf sie Lust haben. Aber das beruhigt ihn nicht. Im Gegenteil. Der Gedanke, dass er fähig ist, über sie zu fantasieren, mehr als fähig, schier *gezwungen*, über sie zu fantasieren, entgegen seinem Willen – dieser Gedanke macht ihn wahnsinnig.

Dabei ist sie gar nicht so schön. Okay, sie hat diese stattliche Größe. Diese riesigen Augen. Einen ganzen Körper, den er nur mit Mühe ausblenden kann. Aber Himmel, er hat schon tollere Titten im Leben gesehen. Er kennt schönere Frauen. Mit einer von ihnen ist er verheiratet. (Und doch ist da etwas in diesen Sphinx-Augen. An dem Gefühl, er bräuchte nur die Hand auszustrecken und an ihre Schulter zu fassen, um in ihrer samtigen Haut zu versinken.)

Er spülte das Shampoo aus und rief sich in Erinnerung, dass die Welt nur so wimmelte von Frauen mit samtiger Haut und unergründlichen Augen. Derartige Eigenschaften waren durchaus beachtlich, wurden aber oft überschätzt. Bloß ließ sich sein Penis nicht davon überzeugen. Er stand weiter in Befehlspose. Etan weigerte sich nachzugeben. Im Allgemeinen holte er sich in der Dusche gern einen runter. Das passierte mindestens ein Mal die Woche, und abgesehen von einem vagen Schuldgefühl, einem Überbleibsel aus der Pubertät, fand er nichts Verwerfliches dabei. Aber heute hatte das Verlangen seines Körpers etwas Erniedrigendes. Etwas durch und durch Empörendes. Als kapituliere er nicht vor seinem Körper, sondern vor ihr. Und vor ihr hatte er schon genug kapituliert.

Und er bedachte nicht, dass gerade diese Kapitulation ihn verlockte. Dass das Berühren ihrer samtigen Haut nichts war im Vergleich zu dem berauschenden Kontakt mit der Herrschaft eines anderen Menschen. Der einzigen, heimlichen Zeugin all der Dinge, über die nicht gesprochen wurde: seine Feigheit, seine Jämmerlichkeit. Deswegen hasste er sie, und deswegen tat er alles, was er konnte, um sie loszuwerden, aber gleichzeitig war sie unweigerlich die Einzige, die ihn so kannte, wie er war.

Das Wasser floss ihm in Strömen den Leib hinunter, und er stand unter der Dusche und dachte an sie. Und dann stellte er das Wasser ab und griff nach dem Handtuch.

(Und vielleicht ist dies der richtige Punkt, innezuhalten und zu fragen, was Etan Grien eigentlich über Etan Grien weiß. Was er über sich weiß. Einundvierzig Jahre läuft er in diesem Körper herum, meint ihn zu kennen. Und plötzlich begreift er, all sein Wissen reicht nicht aus, ist vielleicht sogar falsch. Denn siehe da, er hat etwas getan, was er sich nie im Leben hätte träumen lassen. Man kann zurückgehen, nach Vorzeichen suchen. Aber das Studium hat er mit Auszeichnung abgeschlossen, und beim Militär war er in einer Eliteeinheit. Er hat Sünden begangen, doch die sind sorgfältig verpackt und bemessen, wie ein Dickmacher auf der Speisekarte, neben dem Kalorien und Fettgehalt vermerkt stehen. Alles abgezählt, alles in die Schlussbilanz einbezogen. Und plötzlich fliegt ihn diese Sache aus dem Nirgendwo an. Und sämtliche Kenntnisse bleiben gültig, bis auf die Selbsterkenntnis. Eines Nachts hat er jemanden am Straßenrand überfahren, und seither flüchtet er. Flüchtet vor dem Eritreer auf der Straße und trifft eine Eritreerin vor seiner Haustür. Denn auf der Flucht begegnet er dem, vor dem er geflüchtet ist, trifft Etan Grien in seiner Verwaistheit, seiner Wut, seinem Herrentum, verliert an Selbsterkenntnis und gewinnt an Kenntnis um sein Defizit. Und dann, dann erst, keimt das Verlangen in ihm auf.)

Etan verlässt das Badezimmer, und Liat geht hinein. Wischt den Dunst seiner Dusche vom Spiegel. Nimmt sich vor, Anti-

Schuppen-Shampoo zu kaufen, weil das hier gleich alle ist. Putzt sich die Zähne mit ärztlich empfohlener Zahnpasta. Spuckt Wasser und Speichel und Schaum ins Waschbecken und sieht Blutspuren darin. Das Zahnfleisch macht ihr wieder Ärger. Es wird Zeit für den Gang zur Dentistin. Sie sperrt den Mund weit auf und mustert ihn vor dem Spiegel, aber nicht zu eingehend. Liat weiß: Wenn man lange genug irgendwohin starrt, sieht am Ende alles seltsam aus. Sogar dein Gesicht im Spiegel. Als Kind hat sie Stunden im Badezimmer verbracht, ihre Gesichtszüge studiert. Festzustellen versucht, was sie von Mama und was von Papa hatte, nicht immer mit Erfolg. Sie hätte gern möglichst wenig von ihm gehabt, musste jedoch zugeben, dass die Wangenpartie von ihm stammte. Und die Grübchen auch. Plötzlich steht ein Mann morgens auf und siedelt zu seiner Ronit über, und dich lässt er mit zwei Grübchen und einem spitzen Kinn im Stich. Und jedes Mal, wenn du lächelst, siehst du die Augen deiner Mutter zu den Grübchen wandern und fragst dich, ob sie an ihn denkt.

In den langen Stunden vor dem Spiegel versuchte sie, die Grübchen aus den Wangen zu ziehen, was ihr nicht wirklich gelang. Versuchte auch, endgültig über die Brauen zu entscheiden – von ihm oder von ihr. Und immer, wenn sie sehr lange in den Spiegel sah, verwandelte sich irgendwann das Gesicht vor ihr in ein anderes. Nicht Spiegelung, sondern Veränderung. Augen, Nase, Kinn, Stirn, alle dieselben. Und doch ein anderes Mädchen. Und auch die Augen – gar nicht mehr so sicher, dass es Augen waren. Und die Nase und das Kinn begannen sich aufzulösen. Unerklärliche Formen. Es genügte ein Moment der Konzentration, um den Eindruck zu verscheuchen, sodass wieder Liat und keine andere vor dem Spiegel stand. Aber manchmal zögerte sie diesen Moment absichtlich hinaus, studierte staunend den Strauß seltsamer Formen, die eigentlich ihre Gesichtszüge waren. Wie bei dem Spiel, wenn man immer wieder dasselbe Wort sagt, bis es auf der Zunge zerfließt. Ende an Anfang an Ende schließt. Zum Beispiel: Eiweißeiweißeiweißeiweißeiweiß, bis man nicht mehr weiß, wo hinten und vorne ist, das Weiße mit dem Dotter verfließt und sogar der vertraute Klang des Wortes plötzlich seltsam, außerirdisch klingt. Die Wörter zerfließen in Silben und die Silben in Töne, und wo die Töne zerfließen, gibt es nur tiefes Wasser, tausend blaue Strömungen, in die kein Licht eindringt. Wenn man lange genug irgendwohin starrt, wird alles seltsam. Deine Worte. Deine Gesichtszüge. Dein Mann. Und deshalb muss man unbedingt aufhören können. Den Badezimmerspiegel verlassen, bevor es wirklich furchterregend wird. Die Zähne putzen und schlafen gehen, in einem Zimmer, wo du kein Licht anzuschalten brauchst, um dich zurechtzufinden. Weil alles an seinem Platz ist.

9

Den Tee, den sie ihm gemacht hatte, schmeckte er noch, als er drei Tage später zur Werkstatt fuhr. Heiß, süß, versöhnlich. Als er aus dem Jeep stieg, kam sie zu seinem Empfang aus dem Gebäude, und er grüßte sie mit demselben »Guten Abend«, das er den Krankenschwestern zu Schichtbeginn sagte. Ein etwas distanzierter Gruß, denn kein Arzt trat mit Freuden eine anstrengende Nachtschicht an, aber eben doch ein Gruß, denn schließlich waren die Schwestern nicht schuld am Nachtdienst, es war einfach eine Pflicht, die getan werden musste. Er dachte schon, vielleicht könnte er seine Besuche in der Werkstatt auch so betrachten – als ermüdende Pflicht, an der keiner schuld war, eine Aufgabe, die er ohne viel Nachdenken zu erfüllen hatte. Doch statt ihm mit ergebenem Schwesternlächeln ebenfalls »Guten Abend« zu sagen, winkte sie ihm, ihr zu folgen. Und wieder wurde er vom Herrscher zum Beherrschten, vom selbstbewussten Arzt, der joviale Grüße austeilte, zum erpressten Arzt, der einer weiteren Begegnung unbekannter Art entgegentappte. Wieder hasste er sie.

Auf dem Metalltisch lag ein großer, muskulöser Mann mit übel zugerichtetem Gesicht. Seine Atemzüge zersägten die Werkstatt in zwei Teile. Er zitterte. Etan blickte auf die dicken

Armmuskeln, die sich bei jedem röchelnden Husten spannten. Beduinen-Schlepper oder ägyptische Soldaten, jemand hatte diesen Mann heftig verprügelt. Ein Glück, dass er es bis zur Grenze geschafft hatte. Unwillkürlich empfand er Hochachtung für diesen schwarzen Riesen, der auf unmöglichen Wegen hergelangt war. Bisher hatte er nie nach den Namen der Patienten gefragt. Er sah sie einen nach dem anderen: Aufgeschürfter Arm wechselte zu Beinbruch wechselte zu Ermüdungsfraktur wechselte zu Schlangenbiss wechselte zu Schusswunde. Eine lange Reihe von Körpern und Blessuren, Hand für Hand und Fuß für Fuß, Teile eines endlosen schwarzen Tausendfüßlers. Er hatte nie versucht, sie zu unterscheiden, betrachtete sie lieber als ein Ganzes. So konnte er sie leichter vergessen, wenn er gegen Sonnenaufgang in den Jeep stieg und endlich nach Hause fuhr. Aber jetzt interessierte ihn der Name dieses Mannes, der tot hätte umfallen sollen und doch noch da war. Die edlen Gesichtszüge zogen ihn an, das müde Lächeln, das selbst dann noch um seine Lippen spielte, wenn sie sich in einem weiteren Hustenanfall verzerrten.

Er hat den Menschen, die in Ägypten mit ihm im Lager waren, ihr Geld weggenommen. Einen nach dem anderen hat er sie abgefangen, und weil er groß ist, hatten sie keine Wahl. Gestern Nacht ist er hier angekommen. Als sie ihn diesmal trafen, waren sie zu mehreren.

Etan besah sich erneut den Mann auf dem Tisch. Der Einzige, dessen Namen er hatte erfahren wollen, war nichts als ein Dieb und Räuber. Und gerade diese Gesichtszüge waren ihm so edel, so geheimnisvoll vorgekommen.

»Sie haben ihn also zusammengeschlagen und dann einen Arzt gesucht?«

Sirkit zuckte mit den Achseln. *Sie wollten ihn bestrafen, sie wollten nicht, dass er stirbt.*

Er wandte sich dem Mann zu. Periphere Bereiche kalt. Puls schnell. Bauch überempfindlich.

»Haben sie ihn in den Bauch getreten?«

Sie erwiderte nicht. Vielleicht wusste sie die Antwort nicht. Vielleicht hielt sie sie für selbstverständlich. Er untersuchte erneut den Bauchbereich. Als er das Quadrat links oben berührte, schrie der Mann auf.

»Wenn er nicht sterben soll, muss ich ihn ins Soroka bringen.«

Sie lächelte ihn an, wie man ein Kind anlächelt. Machte sich gar nicht erst die Mühe, darüber zu diskutieren.

»Dieser Mann muss operiert werden«, sagte er, »eine innere Blutung dieses Ausmaßes ist kein Kinderspiel.«

Er geht nicht ins Soroka, sagte sie, *er ist aus Süd-Sudan. Alle Leute aus seiner Gegend wurden schon ausgewiesen. Wenn sie ihn erwischen, heißt das nicht Internierungslager, das heißt gleich raus.*

»Aber erst wird man ihn operieren.«

Und ausweisen.

»Sirkit, wenn dieser Mann nicht ins Soroka kommt, stirbt er.«

Nicht wenn du ihn hier operierst.

»Ich operiere keinen Menschen in der Werkstatt. Das ist unverantwortlich. Das bedeutet Lebensgefahr.« Sie sah ihn an, lächelte noch breiter als zuvor (Wie sehr sie ihn jetzt an den Wolf aus Rotkäppchen erinnerte. Wer weiß, was dieser Frau im Bauch lag.)

Wir werden sehen.

Sie blickte ihm nach, als er wütend hinausging. Auch wenn er zürnte, hatte sein Gang immer etwas Ruhiges. Als wüsste sein Körper tief drinnen, dass ihm nichts zustoßen würde.

Wollte sie ihn danach fragen, würde er nicht verstehen, wovon sie redete, aber wer furchtsame Menschen gesehen hatte, erkannte diejenigen, die sich nicht von Angst regieren ließen. Klar, ihrem Arzt war Angst vertraut. Vielleicht hatte ihn mal ein streunender Hund angefallen, oder beim Militär war ihm etwas passiert. Aber die Angst war bei ihm ein ungebetener Gast, keinesfalls ein ständiger Bewohner. Seine Augen erzählten ihr das. Die Art, wie er seinen Mitmenschen direkt ins Gesicht sah. Furchtsame Menschen sahen anderen nicht direkt ins Gesicht. Damit sie mit ihrem Blick nicht etwa Unwillen oder Tadel auslösten. Furchtsame Menschen senkten die Augen, blinzelten, wagten nicht, mit ihrem Blick ein Stückchen vom Gesicht eines anderen Menschen einzufordern. So waren sie, wenn sie in Davidsons Lokal arbeiteten. So waren sie in den Lagern der Beduinen. Augen auf die Erde der Sinai-Wüste, auf die Bodenfliesen an der Tlalim-Kreuzung gerichtet. Aber niemals erhobene, herausfordernde Augen: Ich bin da.

Etan wusste nicht, dass ein Blick Freiheit bedeutete. Aber Sirkit wusste es. Und jedes Mal, wenn sie ihn aus dem Jeep steigen und unterwegs zur Werkstatt die Patienten überblicken sah, fieberte etwas in ihr ihm entgegen. Sein lässiger, sorgloser Gang, der gleichgültige Blick. Unter all den Eritreern, die vor dem Eingang der Werkstatt standen, sah sie als Einzige dem Arzt in die Augen. Wagte jemand anders, den Blick zu heben, gesellte sich gleich ein unterwürfiges Lächeln dazu: Ich bin da – tu mit mir, was du willst. Und nur ihre Augen verkündeten immer aufs Neue: Ich bin da – tu, was ich will. In den ersten Tagen hatte allein das in ihrem Blick gelegen – tu, was ich will. Später, als sie merkte, er tat tatsächlich, was sie wollte, ergründete sie die anderen Möglichkeiten, die in einem Blick angelegt waren. Jenseits der Freiheit wohnte das Vergnügen. Sie konnte Etan stundenlang anschauen. Den Lippenschwung studieren. Den Schnitt des Kinns. Die Form der Nase. Sich bei jedem Glied seines Körpers fragen – schön oder nicht. Schwer zu sagen, was ihr mehr Vergnügen bereitete – der Blick auf Etan oder das Wissen, beliebig schauen zu können.

Sie wusste: Irgendwann im Verlauf dieser Nächte hatte er angefangen, auch sie anzuschauen. Sie fragte sich, was er wohl sah. Und einige Tage später fragte sie sich auch, was sie sah. Zuerst meinte sie, Etan zu sehen, aber mit der Zeit kamen ihr immer mehr Zweifel. Wenn das Schicksal ihr in jener Nacht einen anderen Arzt beschert hätte – würde sie den auch so anschauen? Kam es überhaupt darauf an, ob er graue oder braune Augen hatte, eine Knollennase oder eine lange? Vielleicht nicht. Vielleicht nur darauf: ein weißer Mann. Und auch er, wenn er sie anschaute – kam es darauf an, ob sie groß oder klein, dick oder dünn war, auf den Klang ihres Lachens, ihren Geruch? Oder nur darauf: eine schwarze Frau.

Aber nein, so konnte Verlangen nicht aussehen. Verlangen brauchte etwas ganz Bestimmtes – *seine* Lippen. Nur sie. Andere gingen nicht. Wenn er ebenso gut braune wie graue Augen haben, ebenso gut Etan wie Joel heißen könnte, dann bestand keine Notwendigkeit. Kein drängender, brennender Drang nach *diesem*. Nach ihm und nur nach ihm. Und das war gut so. Alles andere wäre eine Katastrophe. Sie musste aufpassen auf das, was sie hatte, und nicht zu viel wollen. Nur manchmal, bei Nacht, wenn sie auf der Matratze lag, die Hand zwischen den Schenkeln, fragte sie sich: vielleicht. Vielleicht doch, diese spezifischen Augen. Und das jagte ihr solche Angst ein, dass sie sich sofort zum Schlafen auf die Seite drehte. Und nur hoffte, Assum möge es in seinem Geisterreich hören und verrückt werden.

Jetzt begleitete sie ihn mit dem Blick, als er wütend die Werkstatt verließ. Sie sah ihn in den Jeep steigen, die Tür zuknallen, zurück in sein Leben fahren. Er würde diesen Ort für ein paar Stunden vergessen. Sie. Und sie stellte sich, nicht zum ersten Mal, vor, wie Flammen die Villa in Omer verzehrten.

Zu Hause angekommen, pochte sein Herz immer noch heftig. Er musste sich zurückhalten, um die Jeep-Tür nicht nervös zuzuwerfen. Jetzt bloß niemanden aufwecken. Aber als er das Haus betrat, fand er Liat wach auf dem Sofa sitzen. Und einen Moment dachte er, sie wüsste es. Alles. Und stellte überrascht fest, wie erleichternd dieser Gedanke war. Sie weiß, er hat sie angelogen, sie weiß, er hat einen Menschen überrollt und ist weitergefahren. Trotzdem sitzt sie hier im Wohnzimmer, in seinem T-Shirt, das ihr zu groß ist. Sie ist zornig, angewidert, verurteilt ihn – aber sie ist da.

»Wie war dein Dienst?«

»Okay.« Und kurz darauf: »Warum schläfst du nicht?«

Sie sagte ihm, es sei nichts weiter, Arbeitskram, und er solle lieber schlafen gehen. Und er erwiderte, da sei doch was, etwas bedrücke sie, und er könne jetzt sowieso nicht einschlafen. Darauf erzählte sie ihm von dem jungen Beduinen, den sie vor zwei Tagen festgenommen hatten. Erst habe sie ihn wegen des Autos verhört, das er gestohlen hatte, und dann, fast zufällig, habe sie den Unfall des Eritreers aufgeklärt. Das habe gedauert. Der Junge habe zwar von selbst zugegeben, in der Nacht des Unfalls mit einem Jeep bei Tlalim rumgekurvt zu sein, aber stur behauptet, richtiggehend geschworen, niemanden angefahren zu haben. Sie hätten nicht mehr weitergewusst. Eindeutig war da noch jemand bei ihm im Auto gewesen – ein potenzieller Zeuge –, aber über ihn wollte der Junge kein Wort sagen, egal, wie sehr sie ihm drohten. Marziano hatte sogar zugestimmt, ein Team von der SpuSi an den Tatort zu schicken, doch weil mittlerweile fast vier Wochen vergangen waren, hatten sie nichts gefunden. Sie habe schon aufgegeben – ohne Geständnis, mit ein paar federleichten Indizien, war die Sache aussichtslos. Aber dann bat sich Chita zehn Minuten mit dem Jungen aus, und als er herauskam, unterschrieb der Beduine sofort das Geständnis, anstandslos. Und ja, sie sollte jetzt froh sein, aber …

»Aber was?«

Und Liat saß im dunklen Wohnzimmer und beantwortete die Frage, ohne die Blässe im Gesicht des Fragenden zu bemerken, das merkwürdige Beben der Stimmbänder, seine Hände, die die Sofalehne umklammerten wie ein Ertrinkender das Rettungsseil. »Dieser Chita, ich kenne ihn noch nicht richtig, aber ich traue ihm nicht. Esti hat mir heute gesagt, sie hätten ihn dieses Jahr beinahe entlassen wegen Disziplinarvergehen. Und nachdem der Junge das Geständnis unterschrieben hatte, bin ich zu ihm in die Zelle gegangen und habe gesehen, dass sein linker Daumen eindeutig gebrochen war. Er sagte, das sei noch vor der Verhaftung geschehen, aber ich bin mir nicht sicher. Vielleicht hat Chita ihn eingeschüchtert, wer weiß.«

Liat lehnte den Kopf zurück, schloss die Augen. Als sie sie wieder aufschlug, saß ihr Mann immer noch auf dem Sofa, und nun sagte er mit einer Stimme, die nicht seine war: »Er hat es nicht getan.«

Im Dunkel des Wohnzimmers blickte sie Etan an. Nicht nur die Stimme war fremd. Auch die Gesichtsfarbe. Der Glanz der Augen. Und plötzlich wurde ihr klar, der Mann, der jetzt im Wohnzimmer saß, war ein anderer als der, der eingetreten war. Sie merkte es, wusste aber nicht, warum. Vielleicht hatte sie ihn gelangweilt mit ihren Ermittlungsgeschichten. Er war kaputt von der Arbeit heimgekommen und hatte nur aus Pflichtgefühl nachgefragt. Aber er sah nicht gelangweilt aus. Mehr wie eine Wachsfigur. Wie in diesem Museum in London, wo du ganz nah vor John Lennon standest, aber wusstest, kein einziges inneres Organ steckte hinter dieser blanken Haut, und wenn du durch den Mund hineinlugtest, war alles hohl bis runter zu den Füßen.

Sie straffte sich auf dem Sofa, versuchte Blickkontakt herzustellen. Etan sah sie nicht an, starrte in die Luft, und Liat dachte, wenn er nicht gelangweilt ist, dann ist er vielleicht krank. Oder besonders müde. Vielleicht hat er sich bei der Arbeit mit jemandem gestritten oder auf der Heimfahrt noch eine hypothetische Debatte mit Sakkai geführt. Aber dann wandte er ihr wieder die Augen zu und sagte noch einmal »Er hat es nicht getan«, und seine Stimme zitterte so, dass sie aufstand und ihm ein Glas Wasser brachte mit den Worten, sag bloß nicht, du hast dir auf der Station wieder einen Virus eingefangen, das letzte Mal war die ganze Familie einen Monat lang krank. Er trank einen Schluck Wasser. Sie legte ihm die Hand an die Stirn und war froh, dass sie sich nicht heiß anfühlte. Vielleicht nur ein wenig. »Ich meine auch, er hat es nicht getan. Zuerst, als ich herausgefunden hatte, dass er in jener Nacht in Tlalim war, dachte ich, sicher, der Fall ist aufgeklärt. Aber je mehr ich über diesen Jungen nachgrüble, desto klarer scheint mir, er wäre unfähig, so etwas zu tun. Er ist einfach nicht der Typ, der jemanden so sterben lassen würde.« Ein bleicher Mond erhellte das Wohnzimmer durch die Fensterscheibe. Draußen zitterten die Rosmarinsträucher im leichten Luftzug. Liat betrachtete sie lange. »Ich denke darüber nach, in sein Dorf zu fahren. Ich möchte den finden, der mit ihm im Auto gewesen ist, und ihn vernehmen, ohne dass Chita mir dazwischenfunkt. Begreifen, was da war.«

Etan schweigt. Liat schweigt. Nach so einer Nacht schläft sie im Nu ein. Und doch hätte sie ihn gern etwas sagen gehört. Wie viele Stunden hat sie heute auf ihn gewartet, dass er endlich kam, sie beruhigte. Und obwohl sie ihm im Herzen die volle Erlaubnis gegeben hatte, nach der Heimkehr vom Bereitschaftsdienst schlafen zu gehen, war sie doch froh gewesen, als er unbedingt wissen wollte, was sie bedrückte. Sie wollte es ihm ja erzählen. Und jetzt sitzt er ihr gegenüber auf dem Sofa, fremd und stumm, und obwohl sie weiß, er ist müde und erledigt und vielleicht auch nicht gesund, fühlt sie sich irgendwie gekränkt. Es ist unfair, ihm böse zu sein, sagt sie sich und rückt von der Kränkung ab, ohne zu merken, dass sie damit auch von Etan abrückt. Denn als sie vom Sofa aufsteht, macht die Sehnsucht, die in Kränkung umgeschlagen war, nunmehr einer Kühle Platz, die den Rest der Nacht anhält. Erst vier Stunden später, als sie die Kinder für Kindergarten und Schule weckt, wird er ihr sagen: »Ermittle weiter, ich bin sicher, er hat es nicht getan«, und sie wird schon zu fern sein, nur abwesend nicken und sagen: »Wir sehen uns heute Nachmittag«, und noch kühler werden, als er erwidert: »Heute nicht, ich habe eine private OP.«

10

Was blieb ihm schon anderes übrig. Er wartete bis sieben Uhr morgens und rief Wissotzky an. Vor Verlassen der Werkstatt hatte er dem Sudaner viel Flüssigkeit zugeführt und seinen Zustand damit einigermaßen stabilisiert, aber es war nur eine Frage der Zeit, wann die nächste Verschlechterung einsetzen würde, und er musste sich beeilen. Es dauerte zwanzig Klingelzeichen, bis der Anästhesist endlich antwortete, und auch dann hörte er sich nicht richtig wach an. Etan sagte ihm, was er wünschte, und Wissotzky schwieg lange am anderen Ende. Etan dachte schon, er wäre wieder eingeschlafen, als Wissotzky erneut anfing zu reden. Er sagte, es tue ihm ehrlich leid, aber Etan müsse allein klarkommen. Es gebe viele Dinge, die er für einen Freund tun würde, aber er entwende kein Narkosegerät auf keinem Pick-up, und gewiss nehme er keine Operationen in einer Werkstatt vor. Wissotzky sei nicht von Physicians for Human Rights, und wenn Etan Verstand hätte, würde auch er die Finger von dieser Geschichte lassen, bei der er immer noch nicht verstehe, wie er da überhaupt reingeraten sei. Etan sagte, Wissotzky, ich brauche dich, und Wissotzky schwieg. Diesmal eindeutig nicht, weil er eingeschlafen war. Etan holte tief Luft und erinnerte Wissotzky an das, woran er Wissotzky eigentlich nicht hatte erinnern wollen. An die Narkosemittel, die bei großen Operationen manchmal verschwanden. An die stationsinterne Untersuchung, die nichts ergeben hatte. Nichts ergeben hatte, weil Etan keinem erzählte, dass er Wissotzky einmal fünf Gramm Morphium mitnehmen gesehen hatte. Wissotzky schwieg weiter, aber jetzt war sein Schweigen anders. Zum Schluss sprach er von seinem Sohn. Vor einem Jahr hatte ein anderer Junge in der Schule ihm eine Bodenfliese auf den Kopf gehauen, und seither hatte er die Augen nicht mehr aufgetan. Etan sagte, er wisse es. Nur deswegen habe er keinem was gesagt. Ich hab damit aufgehört, sagte Wissotzky, das ging nur ein paar Monate, nur um durchzuhalten. Schon zwei Monate habe ich nichts mehr angerührt. Auch das wusste Etan. Er hatte sich geschworen, falls Wissotzky wieder Narkotika mitgehen ließe, würde er es melden, und hatte seit dem bewussten Mal gut nachgesehen, was im Medikamentenraum vor sich ging, und tatsächlich war dort nichts mehr vorgefallen. Was willst du dann jetzt von mir, sagte Wissotzky. Ich will, dass du mir hilfst. Wie ich dir geholfen habe. Und wenn nicht? Jetzt schwieg Etan.

Als sie in der Werkstatt ankamen, war es schon kurz vor zehn Uhr. Wissotzky besaß einen Schlüssel zum großen Vorratslager des Soroka, und ein altes Narkosegerät dort herauszuholen war geradezu unerträglich leicht. Viel schwieriger war es, Prof. Schkedi zu erklären, warum Etan heute nicht auf die Station kommen würde. Der Chefarzt sah ihn nicht gerade wohlwollend an, nach all seinen Sonderwünschen zum Dienstplan in letzter Zeit. Das wäre anders gewesen, hätte er in den ersten Monaten hier ordentlich Speichel geleckt, wie es von einem neuen Arzt erwartet wurde. Aber seine Zunge leckte damals lieber seine Wunden. Die von Sakkai erlittene

Kränkung brannte noch, und darüber hatte er vergessen, sich um die Politik zu kümmern. Woher hätte er auch wissen sollen, dass er ein paar Monate später dauernd Schichten würde wechseln müssen. Letzten Endes ließ Schkedi ihn gehen, aber seine Miene war höchst unzufrieden, und Etan wusste, das würde noch ein Nachspiel haben.

Sirkit erwartete sie am Eingang. Sie hatte alles aufgewischt, zwei Mal, und auch mit dem Mittel desinfiziert, das Etan ihr das letzte Mal mitgebracht hatte. Er wies sie an, noch einmal zu putzen. Es sei nicht sauber genug. Er schaute ihr zu, während sie kauernd den Boden wischte. Es tat gut, sie so zu sehen. Es lenkte davon ab, dass er schon lange keinem mehr den Bauch aufgeschnitten hatte, zuletzt beim Turnusdienst auf der Allgemeinen Chirurgie während der Facharztausbildung. Über zehn Jahre war das her. Er hatte sich solche Operationen seit dem frühen Morgen auf dem iPhone angesehen, aber das beruhigte ihn nicht wirklich. Schwimmen lernte man nicht durch Fernstudium und Operieren nicht auf YouTube. Er blickte von Sirkit zu dem Sudaner auf dem Tisch. Der Patient stand zweifellos stärker unter Druck als er, aber angesichts der Lage war das verständlich. Ruhig wirkte nur Wissotzky, der das Beatmungsgerät an die Steckdose anschloss und daneben einen Generator installierte, für alle Fälle. Seit Etan ihn abgeholt hatte, war kein Wort zwischen ihnen gefallen. Er warf kaum einen Blick auf Sirkit, den Sudaner, den sie gleich operieren würden, oder die Werkstatt. Etan wusste, Wissotzky hatte vor seiner Einwanderung in Israel noch seinen Wehrdienst in Russland geleistet, und fragte sich, ob man auf diese Weise drei Jahre in einem Panzer mitten in Sibirien überstand, einfach auf »Aus« drücken und abschalten.

Fangen wir an?

Und plötzlich kapierte er, auch sie war aufgeregt. Ihre Stimme klang fest, die Augen standen so starr wie sonst, aber etwas an ihrer Haltung war anders. Als Wissotzky dem Sudaner die Maske aufs Gesicht legte, wandte Etan sich zu ihr um und wollte ihr vorschlagen hinauszugehen. Gleich würden hier unangenehme Dinge zu sehen sein. Aber als er zur Seite schielte, sah er, die Frau neben ihm war keineswegs verängstigt. Sie blickte den Sudaner gebannt an, die Lippen leicht gespreizt in kindlichem Staunen. Als die Schere die Haut des Patienten durchtrennte, sah er kurz auf, um Sirkit erneut zu mustern. Wenn sie vorhatte, in Ohnmacht zu fallen, sollte sie es jetzt tun. Später würden sie zu beschäftigt sein, um ihr Hilfe zu leisten. Aber Sirkit hatte offensichtlich nicht die Absicht umzukippen. Sie blickte mit solchem Interesse auf den Schnitt, dass sie Etans Blick wohl kaum auffing.

»Skalpell.«

Im ersten Moment reagierte sie nicht. Vielleicht dachte sie, er redete mit Wissotzky. Aber nach ein paar Sekunden hob sie die Augen, und ihr Blick kreuzte sich mit dem des Arztes. Graue Augen mit schwarzen Augen. Sie reichte ihm das Skalpell. Er sagte nicht Danke, nickte nicht einmal, aber von nun an und während des ganzen Eingriffs behandelte er sie wie jede andere Operationsschwester.

Und bei alldem nun die Erniedrigung durch das Wollen:

(Aber gerade ihn? Ausgerechnet ihn? Versteht sie denn nicht, wie dieses Wollen sie erniedrigt? Wie kann es bloß angehen, dass sie ihn will, dass sie immer noch der Fußabtreter ist, wie zuvor. Immer noch elend. Auch in Besitz der Freiheit wählt sie wieder dieses Lächerliche, Erniedrigende. Erniedrigend erniedrigend erniedrigend erniedrigend. Einen Moment nicht aufgepasst, und schon hat sich eine neue Schwäche eingeschlichen, als reichten die bisherigen nicht schon bei Weitem. Und noch viel mehr als die Anziehung selbst erniedrigt der Grund dieser Anziehung, die Wahrheit über dieses Wollen. Und die Wahrheit ist, dass sie alles, was sie hat, diesem Mann und seinem Jeep schuldet. Alles dem Pech eines anderen. Sie hat ihr Leben von jemandem geschenkt bekommen, der das keineswegs beabsichtigt hatte. Wie soll man ihn daraufhin nicht wollen. Wie soll man ihn daraufhin nicht hassen.)

Er dachte nicht an sie auf der Heimfahrt. Der Jeep sauste über den Asphalt, und er dachte nicht an sie. Dachte an den Patienten, an die Operation, wie leicht alles anders hätte ausgehen können. Eine Welle von Adrenalin durchflutete ihn, und er dachte nicht an sie. Er dachte an den Tod und wie er dem heute ins Handwerk gepfuscht hatte. Er dachte an Prof. Sakkai, wie er wohl geguckt hätte, wäre er Zeuge dieser Operation gewesen. Zuerst hatte alles einfach ausgesehen, sie hatten die Milz problemlos entfernt, aber dann … Was für ein Blutbad. Wissotzky dachte, der Sudaner wäre erledigt. Er hatte es seinen Augen angesehen. Auch Etan hatte den Sudaner für erledigt gehalten. Mit einer Blutung dieses Ausmaßes in der Bauchhöhle konnte kein improvisiertes Krankenhaus fertig werden, gewiss nicht, wenn der Operationsleiter ein Neurochirurg war, ein wahrer Künstler im Öffnen von Gehirnen, der seit über einem Jahrzehnt keinem Menschen mehr in den Bauch gegriffen hatte. Als die Blutung auch nach der Herausnahme des Organs andauerte, war schon klar, das wars, dieser Mann würde sterben, da half keine Infusionslösung der Welt mehr. Und dann war ihm plötzlich diese Idee gekommen, die Blutung an den unteren Abschnitten der vorderen Rückenmarksarterie zu suchen. Es dauerte eine halbe Stunde, aber dann hatte er den blutenden Abschnitt gefunden und abgebunden. Sogar Sakkai persönlich hätte hier scheitern können. Einen Augenblick bedauerte er, es ihm nicht erzählen zu können. Praktisch konnte er es keinem erzählen. Den glänzendsten Augenblick seiner Karriere, den Moment, für den es sich gelohnt hatte, Medizin zu studieren. Eine Operation, die einem nicht existenten Menschen nicht geschehen war. Und vielleicht war es besser so. Denn das Geheimnis hat ja auch seine eigene Note: bittersüß, köstlich, und diesen Geschmack hatte er noch auf der Zunge, als er das Haus betrat. Was heute Nacht in der Werkstatt geschehen war, würde er keinem erzählen. Der Stolz des Erwachsenen und die Freude des Kindes, beide würden hinter geschlossenen Lippen verbleiben. Aber wenn die Lippen nicht sprechen dürfen, können sie doch andere Wege finden, diese Bittersüße auszudrücken. Und schon beugte er sich über Liat und küsste sie im Schlaf, fuhr ihr mit der Zunge den weichen Hals hinab. Sie öffnete schlaftrunken die Augen, überrascht. Es war Jahre her, dass er sie zum Vögeln geweckt hatte. Und auch er staunte einen Moment über sich selbst, aber nur einen Moment, denn im nächsten Moment ließ er das Staunen sein und stürzte sich auf ihren Busen, weiche, runde Brüste, deren Warzen sich unter seiner Hand versteiften. Zuerst schreckte sie zurück. Dort im Bett waren ja auch die Kränkung und die Wut und mehr als ein Quäntchen Bitterkeit. Aber sein Verlangen war so groß und so ansteckend, dass kühles Abrücken doch die reinste Verschwendung gewesen wäre. Liat und Etan packten einander, mit gespreizten Fingern, mit verschlungenen Beinen, in dem ruhigen Schlafzimmer in Omer, hinter dem Schleier geschlossener Augen.

(Und er dachte nicht an ihren Geruch, der ihn anwehte, als sie sich über den Patienten beugte. Dachte nicht an den Seufzer, den sie bei der Penetration ausstoßen würde, wenn er sie schließlich und endlich von innen kennenlernen sollte und auch dann nicht genug kennen würde.)

Und wie diese Traurigkeit sie immer erwartet, am Ende des Orgasmus. Für einen Moment ist sie voller Süße, und im nächsten stinkt ihr alles. Zwischen ihren Schenkeln ihr Ehemann, schwer und klebrig, und plötzlich merkt sie, wie unbequem sein Kopf auf ihrer Schulter lastet. Ihr Atem geht noch heftig, unregelmäßig, aber die Hitze, die den Körper eben noch überflutete, ist verflogen, und die kühle Luft wird spürbar. Schon ist nicht mehr klar, wer vor einer Minute hier gestöhnt hat, schier zusammenbrechend unter dem Gewicht riesiger, unglaublicher Fülle. Wie die Worte, die sie ihm mit heiserer Stimme zuflüsterte, jetzt so verschämt, abgerissen dastehen. Also erhebt sie sich, macht Licht. Geht duschen. Er bleibt im Bett, die Augen geschlossen, ein halbes, selbstzufriedenes Lächeln auf den Lippen. Wie sanft er daliegt. Wie selbstsicher. Ein paar Minuten später gesellt er sich zu ihr, noch immer benommen, küsst sie auf die Lippen mit einem Mund, der ganz Körper ist. All die Küsse und das Lecken und Schmecken und Knabbern bekommt sie mit diesem Kuss zurück, von seinem Mund in ihren Mund. Und unterdessen duscht sie sich zwischen den Beinen, wo es manchmal nur klebrig ist und manchmal auch ein bisschen wehtut. Und sagt, es sei großartig gewesen, was es auch war. Und sagt nicht, dass es auch traurig war, denn was sollte er damit wohl anfangen.

Er nimmt den Duschkopf für ein rasches Abspülen und sagt, ihr Körper sei ein riesiger Vergnügungspark. Sagt das schon jahrelang, und schon jahrelang lächelt sie. Danach nimmt er das Handtuch und geht hinaus, und sie bleibt, um sein Sperma zwischen den Schenkeln wegzuspülen und ihre Traurigkeit aus dem Brustkorb.

Sirkit weiß, alles liegt daran, dass die Sonne bei ihnen hier auf der falschen Seite aufgeht, dass sie aus der Wüste kommt und ins Meer fällt. Die Sonne muss aus dem Wasser kommen, schön sauber. Wenn die Sonne aus dem Sand aufsteigt, sind deine Tage nie wirklich sauber. Dort, im Dorf, sind die Männer gegen Morgen aufgestanden, um zum Fischen rauszufahren, und die Frauen sind mit ihnen gegangen, denn der Mensch kann nicht in so etwas Kleinem wie einem Boot in so etwas Großes wie das Meer auslaufen, ohne dass ein Augenpaar ihn vom Festland anschaut. Die Männer und Frauen gingen zusammen runter an den Strand und redeten nicht viel, weil um diese Uhrzeit jedes Wort, das auf die Luft trifft, wie ein Trommelschlag ist. Nicht viel später kam die Sonne da raus, wo sie rauskommen soll – aus dem Meer, rot, schön wie ein Baby aus dem Mutterleib. Wenn sie sie so aufgehen sahen, fühlten sich die Männer und Frauen sauber und neu, als wären sie selbst aus dem Meer geboren. Und so, sauber und neu, begannen sie den Tag. Aber hier, in diesem Land, kommt die Sonne aus der Erde, staubig und schmutzig. Auf den Knien in Davidsons Lagerschuppen heben die Arbeiter den Kopf, wenn sie aufgeht, schauen sie einen Augenblick über die Kisten hinweg an und sehen, dass sie so schmutzig ist wie sie selbst, verdreckt von Erde und Schlamm und müde schon vor sieben Uhr.

Um halb sechs Uhr morgens, im Lagerraum kauernd, denkt sie an ihren gefangenen Arzt, versucht, seinen Schlaf zu erraten. Auf welcher Seite er liegt, zum Beispiel. Und was er anhat, wenn überhaupt etwas. Ob er seine Frau umarmt oder nicht, und wenn ja – kraft Wollens oder Gewohnheit? Sie denkt an die Bettwäsche, spielt im Geist mit rotem Satin und weißer Baumwolle, und entscheidet schließlich zugunsten der Baumwolle, denn klar ist Satin zu sinnlich, zu leidenschaftlich für ihn. Und schon malt sie einen kleinen Speichelkringel aufs Kissen, ein Männerarm liegt quer über der Matratze, ruhiger, friedlicher Atem. Träumt er oder nicht? Und wenn er träumt – wovon? Bis hierher und nicht weiter, sie richtet sich auf, geht zur nächsten Kiste über. Sie will und kann nicht erraten, was ein weißer Mann in weißen Baumwolllaken in der weiß getünchten Villa in Omer träumt.

Und plötzlich will sie, dass er aufwacht, will ihn aus dem Bett werfen. Ihm das Kissen mit dem unschuldigen, kleinen Speichelkringel unterm Kopf wegziehen. Seine schlaffe Hand ergreifen und sie ordentlich schütteln. Neben seinem Kopf niederknien, auf dem schon erste weiße Haare sprießen, und sich die Seele aus dem Leib schreien. Oder nun gerade leise hineingehen, lautlos wie die untergehende Sonne, hinein in die schmale Lücke zwischen ihm und seiner Frau. Die Baumwollbettwäsche riechen. Sie. Ihn. Sich ein bisschen im Schlamm seiner Träume suhlen. Die Sonne geht aus dem Staub auf, und die ganze Zeit kauert Sirkit zwischen den Kisten, kreischt und schreit, ächzt und stöhnt in dem ruhigen Schlafzimmer in Omer.

Zweiter Teil

I

Erst als sie aus dem Streifenwagen stieg, dachte sie, es sei vielleicht keine gute Idee gewesen, allein herzukommen. Innerhalb von fünf Minuten hatten sich fünfzehn Mann um sie versammelt, zumeist Halbwüchsige. Aus den Wellblechhütten blickten sie weitere Augen an, weibliche. Ein Hund bellte laut. Ihr war nicht klar, ob das Gebell ihr galt oder der Welt im Allgemeinen. So oder so brach es ab, als einer der Jungs einen Stein aufhob und ihn dem Hund an den Kopf warf. Das war beruhigend, weil dieses Hundebellen einem wirklich langsam Angst einjagte. Aber es war auch besorgniserregend, die braune Hand den Stein umschließen und absolut treffsicher werfen zu sehen.

Sie hätte ihre Hand schrecklich gern an den Pistolengriff gelegt, zwang sich jedoch, die Arme beim Gehen schlaff am Körper hängen zu lassen. Was tat sie hier eigentlich? Die Sonne blendete sie, sie wollte aber nicht anfangen, in der Handtasche nach der Sonnenbrille zu kramen. Vielleicht konnte sie noch kehrtmachen. Zur Wache fahren. Das Gesicht abwenden, wenn sie an der Zelle des Jungen vorbeikam. Er sah sie ohnehin nicht an, wenn sie eintrat. Richtete seine braunen Augen zu Boden, als wären die toten Kakerlaken darauf das Interessanteste der Welt für ihn. Gestern hatte sie ihn über das Geständnis verhören wollen, und er hatte kein Wort gesagt, sich mit der gesunden Hand jedoch instinktiv an den gebrochenen Daumen gefasst. Er zog sie gleich wieder zurück, aber er wusste, sie hatte es mitgekriegt. Ihre Großmutter hatte immer gesagt, man dürfe sich nicht verwirren lassen: Hör nie zu viel auf die Worte der Leute. Ihre Körper erzählen dir alles, was du wissen musst. Aber was hätte ihre Großmutter wohl von einem jungen Beduinen gehalten, der schon anderthalb Tage nicht mehr sprach, und dessen Körper einerseits dünn wie ein Vögelchen war und andererseits hart, knallhart, mit diesen Bartstoppeln und dem verschlossenen Blick.

Sie blickte den Halbwüchsigen ringsum ins Gesicht und fand, dass sie ihm ähnlich sahen. Brüder oder Cousins. Oder vielleicht schienen sie ihr nur ähnlich, mit ihren abgetragenen Klamotten, den Bartstoppeln, dem verschlossenen Blick. Vielleicht sagte die Ähnlichkeit, die sie bei ihnen sah, genauso viel über sie selbst aus wie über diese Jugendlichen. Denn jetzt, als sie sie erneut musterte, schien der Groll in ihren Blicken einer Neugierde gewichen zu sein. Und als sie lange genug Blickkontakt hielt, lächelte einer der Jungs sogar, und der neben ihm brach die Mauer des Schweigens und sagte, *»Ahelan«*, und plötzlich hörte sie von allen Seiten *»Ahelan«* und »Wie gehts« und *»Salam alekum«*, und obwohl sie auch einen schwachen Hauch von Feindseligkeit, von »Was willst du hier« spürte, schämte sie sich für ihren Impuls, an die Pistole zu greifen.

»Ich bin gekommen, um mit der Familie von Ali Abu Ayad zu sprechen.« Ein kleiner Junge löste sich aus dem Kreis und rannte auf eine Gruppe von Wellblechhütten zu. Noch ehe er die Tür erreichte, trat ein bärtiger Mann heraus, und Liat begriff, dass er sie seit ihrem Eintreffen von dort beobachtet hatte. Hinter dem Mann ging eine verschleierte Frau. Auch unter dem schwarzen Stoff sah man, wie korpulent sie war. Hundert Kilo mindestens. Der Mann reichte Liat die Hand zur Begrüßung. Eine raue Hand mit einer Rolex, die Liat geflissentlich übersah, um nicht darüber nachdenken zu müssen, wie ihr Eigentümer an sie geraten war. »Schalom, wir sind Alis Eltern.« Das Hebräische kam ihm leicht über die Zunge, anders als bei seinem Sohn.

»Sie wissen, dass er wegen Kraftfahrzeugdiebstahls verhaftet ist?«

Und wieder dachte sie, sie hätte nicht allein herkommen sollen, und diesmal wurde sie durch das feindselige Murmeln der Halbwüchsigen in ihrem Gedanken bestärkt. Aber der bärtige Mann lächelte unverändert, als er erwiderte: »Wissen wir, aber das ist nicht Ali. Ali ist ein Goldjunge, Gott sei Dank.« Das »Gott sei Dank« sagte er mit etwas lauterer Stimme. Die Worte glitzerten über der staubigen Erde. Provozierend, befremdend, wie die Rolex an seiner schwieligen Hand. »Das Auto kümmert mich momentan weniger«, sagte sie und erklärte, mehr Sorgen bereite ihr das Geständnis des Jungen, er habe einen Menschen totgefahren, vor zwei Wochen, bei Tlalim.

Der bärtige Mann hörte auf zu lächeln. Die Frau hinter ihm erstarrte. Als sie unter dem Schleier sprach, überraschte Liat der Kontrast zwischen dem schwarzen Kohlensack, der vor ihr stand, und der zarten Stimme, die daraus hervorkam.

»Ali hat das nicht getan.«

Liat blickte der Frau in die Augen. »Ich suche jemanden, der in jener Nacht mit ihm im Auto war, damit er aussagt.«

Arabisches Gemurmel erfüllte die Luft. Die Jugendlichen tuschelten miteinander. Wer verstanden hatte, übersetzte dem, der nicht verstanden hatte, und der fragte nach, um sich zu vergewissern, dass er richtig verstanden hatte, und der Tumult wuchs von Minute zu Minute – bis er mit einem Schlag aufhörte. Eben noch hatten alle geredet, und plötzlich waren sie verstummt. Diese Stille war eindeutig. Wieder wollte sie die Hand an die Pistole legen, und wieder zwang sie sich, es zu lassen. Die verschleierte Frau sprach erneut, ihre zarte Stimme klang glockenhell zwischen den Wellblechhütten: »Wir wissen nicht, wer bei ihm war, und für Sie macht das nichts aus. Für Sie ist nur wichtig, dass er es nicht getan hat.«

»Er hat selbst gesagt, dass er's getan hat. Vielleicht hat er es gesagt, damit wir nicht nach dem anderen Dieb fahnden. Ich weiß es nicht. Aber es würde mir sehr helfen, wenn der, der dabei war, mit mir auf die Wache kommen würde.«

Wieder hörte man das arabische Gemurmel und diesmal lauter. Immer mehr Jugendliche drängten sich um sie. Hinter ihnen liefen Frauen aus den Hütten zusammen. Schwarz verschleiert, bis auf den Augenschlitz, und neben ihnen Mädchen in verwaschenen Röcken und langärmligen Blusen, trotz der Hitze. Ein barfüßiger Knirps von etwa drei Jahren rannte mit einem Jubelruf in die Mitte des Kreises, froh über die Aufmerksamkeit. In der Hand hielt er ein Beutelchen Erdnussflips, das er auch dann noch fest umklammerte, als seine Mutter ihn tadelnd hochnahm. Nach und nach verstummten die Stimmen, bis wieder alle still dastanden. Liat ließ den Blick über die Halbwüchsigen schweifen, suchte bebende Lippen, erschrockene Augen, einen Fluchtversuch. Stattdessen fand sie brennenden, stummen Groll. Schließlich sprach wieder der bärtige Mann. Nicht an Liat, sondern an die Jugendlichen gerichtet. Beim Sprechen sah er ihnen ins Gesicht, blickte von einem zum anderen, hielt bei jedem kurz inne. Und als er ausgeredet hatte, redete auch seine Frau, ihre zarte Stimme stieg und fiel in einer Tonlage, die Liat plötzlich als Schluchzen erkannte. Die Frau weinte hinter ihrem Schleier. Ihre Tränen sah man nicht, aber sie zitterte wellenförmig am ganzen Leib, und die Stimme brach ihr mitten im Satz. Die Jugendlichen musterten den bärtigen Mann und seine weinende Frau, der eine verblüfft, der andere traurig. Aber keiner machte einen Mucks. Keiner trat vor und sagte – ich.

Und dann tat es ein junges Mädchen. Und im ersten Moment begriff keiner, dass es das tat, dass es vortrat. Es sah aus, als suchte das Mädchen einen kleinen Bruder, wollte ihn anfauchen, endlich nach Hause zu kommen. Und dann stand es vor Liat und sagte: »Ich.« Danach ging alles furchtbar schnell. Der bärtige Mann riss verwirrt die Augen auf, konnte es nicht glauben. Seine Frau verstand dagegen sehr rasch. Ihr Wehklagen machte Liat klar, dass sie schnellstens abhauen musste. Die Jungs standen immer noch da und starrten auf das Geschehen, aber einige der Großen zückten schon Handys und begannen Telefonate, vielleicht mit ihren Vätern. Liat bat das Mädchen mitzukommen und ging zum Wagen. Ihre größte Sorge war, das Mädchen könnte anfangen zu rennen. Wenn du rennst, verstehen andere, sie sollten dir nachjagen. Aber das Mädchen ging langsam, fast zu langsam. Als hätte es nach der Offenlegung seines Geheimnisses für nichts anderes mehr Kraft. Liat öffnete ihm die Autotür und ließ den Motor an. In wenigen Sekunden verschwand die Ansammlung von Wellblechhütten aus der Sicht. Sie atmete erleichtert auf, als sie die staubige Piste verließen und auf die Asphaltstraße nach Beer Scheva einbogen.

»Er ist nicht bereit, mich anzusehen, der Junge. Ich sag dir, Tani, er ist nicht bereit, mit mir zu reden. Wenn ich nicht in sein Dorf gefahren wäre, hätte er sein halbes Leben im Gefängnis verbracht, aber das kapiert er noch nicht. Er ist sauer, weil ich die Liebesaffäre aufgedeckt habe. Hätte er es vorgezogen, wegen eines Tötungsdelikts verurteilt zu werden? Und seine Freundin, Mona, ist eine richtig Nette. Ich habe gebeten, sie mal kurz zu ihm in die Zelle zu lassen, sie haben Küsse getauscht, als sie dachten, ich sähe es nicht. Dann hat Chita Mona rausgejagt, er ist immer noch böse auf mich. Sollte lieber Danke sagen, dass ich der Geschichte mit dem gebrochenen Daumen nicht nachgehe. Alle denken gern, der Junge hätte gestanden, um seine Freundin zu schützen, aber um die Geschichte vor Monas Familie zu verbergen, hätte er bloß zu verschweigen brauchen, wer bei ihm gewesen war. Er hat nicht ihretwegen gestanden, er hat gestanden, weil Chita ihn geschlagen hat. Sicher hat er ihm auch noch gedroht. Aber als sie auftauchte, lag plötzlich klar auf der Hand, dass das Geständnis einen Arsch wert war. Er war überhaupt nicht auf Diebstahl aus in jener Nacht, ist nur rausgefahren, um ein bisschen in Ruhe zu schmusen. Und das Alibi, das sie ihm geliefert hat, war perfekt, so gut wie nur eine wahre Geschichte es sein kann. Wie sich herausstellte, waren sie überhaupt nicht in Tlalim, als der Eritreer überfahren wurde – er hat sie um zwei Uhr nach Hause gebracht, das ist die Zeit, in der die Schicht in der Tankstelle, wo sie arbeitet, endet. Und der Eritreer, der wurde erst gegen Morgen totgefahren. Kapierst du, wie nah wir dran waren, jemanden für nichts und wieder nichts einzulochen?«

Ja. Er kapiert es. Trinkt langsam seinen Tee mit der Zitronenmelisse, die Liat im Garten gepflückt hat, und kapiert.

Und dabei fragt er sich – und wenn sie nicht vorgetreten wäre, diese Mona. Wenn sie nicht gesagt hätte, er hat keinen angefahren, ich war bei ihm. In welchem Stadium wäre er selbst vorgetreten? Wann wäre er zu der höheren Kriminalbeamtin, die zufällig auch seine Ehefrau ist, gegangen und hätte zu ihr gesagt, wir müssen reden. Nein, nicht über die Hypothek. Auch nicht über den Jungen, den Jahali im Kindergarten gebissen hat. Über was anderes.

»Du hörst gar nicht zu.« Er hebt die Augen von seinem Teeglas, erwartet, einem wütenden Blick zu begegnen, findet stattdessen aber erschöpfte, traurige Augen. »Entschuldige, ich bin einfach müde.« Sie schweigt einen Moment, ehe sie sagt: »Aber es ist nicht nur heute, Tani. Du hörst mir schon lange nicht mehr zu. Seit Wochen.« Und er möchte ihr sagen, er höre ihr schon genau vierunddreißig Tage nicht mehr zu, und nicht nur ihr – er hört nicht die selbst erfundenen Lieder, die Jahali in der Badewanne schmettert, ein Mischmasch aus vertrauten Silben und Wörtern, worüber sie sich früher beide kringelig gelacht haben. Und er hört nicht die Fragen von Itamar über Drachen und Dinosaurier, warum es, wenn es Dinos gibt, nicht auch Drachen geben kann. Und er hört nicht, was man ihm bei der Arbeit sagt, was ein Problem ist, denn er schlampt zwar nicht bei Operationen, aber es fällt doch auf, dass er nicht wirklich da ist. All das möchte er ihr sagen, und stattdessen sagt er: »Tut mir leid, Tul, es ist einfach eine schwere Zeit.« Und Liat blickt ihn noch einen Augenblick an, macht den Mund auf, um etwas zu erwidern, hält jedoch inne. Dabei hatte er schallend gelacht, als sie ihm einmal vom Ratschlag ihrer Großmutter erzählt hat, sie solle immer sagen, was sie denke, »denn Verstopfung kriegt man von ungesagten Worten«. Worauf er ihr damals entgegnete, in seiner Familie sei es genau umgekehrt. Als Kind habe sein Vater ihm erklärt, wenn man zu viel rede, gingen einem die Wörter aus, und dann müsse man den Rest seines Lebens schweigen.

»Und vor lauter Schreck bist du so geizig mit Worten geworden?«

»Ich? Geizig?«

»Na, ich bitte dich, Etan (damals nannte sie ihn noch nicht Tani), »selbst die Mossad-Chefs rücken mehr Informationen raus als du.« Sie hatte recht. Er redete wirklich nicht viel. Behielt die Dinge lieber für sich. Aber ihr gegenüber war das doch anders gewesen. Nur bei ihr hatte er wirklich gesagt, was er dachte (Wie sehr er Juval hasste, weil seine Eltern ihn lieber hatten. Und wie er sich wegen dieses Hasses selbst hasste. Wie viel Angst er hatte, seinen Traum, Neurochirurg zu werden, nicht wahr machen zu können. Wie sehr er ihre Muschi liebte.). Im ersten Jahr ihres Zusammenseins hatte er Sätze laut ausgesprochen, die er sich nicht einmal selbst zu sagen wagte. Danach hatte er sich zwar wieder stärker zensiert, war aber immer noch stolz darauf gewesen, dass Liat und er völlig offen miteinander redeten (abgesehen von jenem Gespräch zum Thema Fantasien über andere, das tatsächlich überflüssig gewesen war). Und jetzt schweigt er, schon einen ganzen Monat lang, und von Tag zu Tag wird dieses Schweigen schwerer, hungriger, verschlingt immer weitere Teile von dem, was einmal sein Leben war.

An jenem Morgen, nach mindestens zwanzigminütigem angespanntem Schweigen, registrierte Etan entsetzt, wie erleichtert er war, als seine Frau sagte »Gut, ich muss los zur Arbeit«. Und noch furchterregender war es, beim nicht weniger angespannten Abendessen am selben Tag festzustellen, wie er den Moment herbeisehnte, in dem die Uhrzeiger ihn wieder in die Werkstatt schickten.

Überhaupt ärgert er sich dieser Tage andauernd. Umarmt Liat im Schlafzimmer in Omer und ärgert sich über ihren Körper, weil es nicht *ihr* Körper ist. Arbeitet in der Werkstatt wenige Zentimeter von Sirkit entfernt und ärgert sich, wie viel Raum sie in seinem Innern gewinnt. Wer ist sie denn schon, dass er sie auf einmal so will. Mitten in der Nacht steigt er wieder in den Jeep, verlässt eine Frau, die schaut und schweigt, und kehrt heim zu einer Frau, die schläft und schweigt. Die Hände, die das Lenkrad halten, gehören einem anderen Mann. Kurz geschnittene Nägel. Ehering. Finger eines Fremden. Aber auch das Verlangen, das im Jeep mitfährt, auch die Anziehung, die die ganze Nacht in der Werkstatt in ihm keimt – auch sie sind ihm fremd. Etwas, das ihn umschlingt, etwas, das ihm geschieht, ohne dass er sich dafür entschieden hat. Und so geht er entfremdet in seinem eigenen Verlangen, wie ein Patient, der eine eben abgegebene Urinprobe überbringen soll und sich den Plastikbehälter unterwegs möglichst weit vom Leib hält – das hat nichts mit mir zu tun!

Und heute hat sie wieder die ganze Nacht geschwiegen. Hat ihn angeschaut, als er desinfizierte und säuberte und behandelte. Hat ihm die geforderten Instrumente gereicht und geschwiegen. Zwischen zwei Patienten sah er sie kurz an. Falls sie es mitbekam, ließ sie sich nichts davon anmerken. Die meiste Zeit stand sie mit dem Rücken zu ihm. Blickte durch die Werkstatttür in die Nacht, die nicht weniger dunkel und undurchsichtig war als ihre Augen. Was sieht sie dort. Woran denkt sie. Er lugte ebenfalls hinaus, als genügte es, hinauszuschauen, um mit seinen Augen zu sehen, was sie mit ihren sah. Aber außerhalb der Werkstatt war nichts als Dunkelheit, und in diese Dunkelheit legt jeder Mensch seine eigenen Schätze. Ihre Nacht ist ihm verschlossen.

Als der letzte Patient weg war, streifte er die Handschuhe ab und ging hinaus zum Jeep. Sie desinfizierte den rostigen Metalltisch und nickte zum Abschied. Sechs Stunden war er da gewesen, und sie hatten kein Wort gewechselt. Er kann nicht erklären, warum ihn das stört. Er arbeitet doch meist lieber im Stillen. Andere Ärzte hören Musik beim Operieren. Prof. Sakkai ist ein großer Strawinski-Verehrer. Prof. Schkedi fängt ohne die Begleitung von Matti Caspi nicht an, einem Patienten die Schädeldecke aufzusägen. Narkoseärzte hören lieber den Militärsender oder streiten über Politik. Er hat einige Zeit gebraucht, um sich an den Lärm zu gewöhnen, und als er selbst begann, Operationen zu leiten, verkündete er seinem Team, bei ihm werde im Stillen operiert. Und hier in der Werkstatt nun macht ihn die Stille verrückt. Vielleicht weil er keine Ahnung hat, welche Worte ihr innewohnen. Er weiß sehr gut, worüber die Oberschwester oder der Narkosearzt reden würden, wenn sie Gelegenheit dazu bekämen. Aber er hat keine Ahnung, worüber Sirkit sprechen würde, und daher füllt er dieses Vakuum, ihr Schweigen, mit Fantasien darüber, was sie sagen könnte. So führte er denn jeden Abend ein langes Zwiegespräch, das ganz und gar in seinem Geist ablief. Jede Nacht füllte er den Leerraum mit etwas anderem, legte ihr Wörter und Sätze in den Mund, und immer war Platz für mehr, und Sirkit wuchs und schwoll in seinem Kopf.

Während ihr rätselhaftes Schweigen ihn schier um den Verstand brachte, betrachtete sie ihn ohne den geringsten Anflug von Staunen. Er hatte nichts Geheimnisvolles an sich.

Wenn sie sich schlafen legten, er in der Villa in Omer, sie auf der Matratze im Caravan, sahen sie einander in Wachträumen, wechselweise und gemeinsam. Und nachdem er wieder und wieder Gedanken über sie gewälzt hatte, kam er schließlich in einem wahnsinnigen Ausbruch (in der Fantasie, in Wirklichkeit kam er in völliger Erniedrigung, in stiller, beschämender Selbstbefriedigung in der Dusche, keine zehn Meter vom Bett seiner schlafenden Frau). Und nachdem er gekommen war – Beruhigung. Der Körper verfiel in die normale Schläfrigkeit. Aber dahinter lugte schon jetzt, eine Minute danach, das Gefühl hervor, es fehle ihm bereits wieder etwas.

In dem ruhigen Schlafzimmer in Omer liegt Liat mit offenen Augen. Minutenlang betrachtet sie die Züge des neben ihr schlummernden Mannes. Gestern ist er erst heimgekehrt, als sie schon lange schlief. Jetzt ist sie wach, und seine Augen sind geschlossen. Hinter den geschlossenen Lidern rollen seine Augen. Ihr Mann träumt. Sind seine Träume auch so langweilig geworden wie ihre? Früher waren ihre Träume eine unerschöpfliche Quelle von Grauen und Lust, Verlangen und Scham. In langer Reihe waren sie aufgestiegen: Arbeitskollegen, verflossene Liebhaber voll Geilheit und Manneskraft, Riesenwellen, Feuersbrünste, Leichen, die blamable Erkenntnis, in aller Öffentlichkeit nackt herumzulaufen, kürzere oder längere Flugversuche. Aber in den letzten Wochen waren ihre Träume so knochentrocken wie die Hügel außerhalb des Orts. Heute Nacht, beispielsweise, hat sie geträumt, irgendwo anzustehen. Mehr nicht. Ist morgens von sich selbst gelangweilt aufgewacht. Wollte zur Arbeit gehen, um diese Leere mit Berichten und Ermittlungen und Verwaltungskram auszufüllen. Aber einen Moment bevor sie aus dem Bett stieg, bemerkte sie ihn und erschrak. Erschrak, weil sie ihn vorher nicht bemerkt hatte. Natürlich hatte sie gewusst, dass er da war, neben ihr, aber dieses Wissen war so selbstverständlich, wie sie wusste, dass das Kissen da war oder die Decke. Zweifellos hätte sie gemerkt, wenn er nicht da gewesen wäre, aber genügt es, nur von der Existenz einer Sache zu wissen, weil man ihr Fehlen bemerken würde? Deshalb ist sie auf der Matratze liegen geblieben, mit dem Gesicht zu ihm.

Er ist schön, ihr Mann. Immer noch schön. Mit der römischen Nase und den schmalen Lippen und dem kecken Kinn. Aber warum wirkt er sogar jetzt, wo er hilflos wie ein Kind aussehen sollte, noch so stolz, fast arrogant? Wie kann jemand im Schlaf arrogant aussehen? Und plötzlich, wie gerufen, schlüpfen all die Ratten des Zweifels aus ihren Löchern und beginnen, am Körper des Schlafenden zu nagen – diese Haare, die ihm aus der Nase lugen und ihren Abscheu erregen. Und der Pickel auf der Wange, der beim Rasieren aufgegangen ist und sich eitrig entzündet hat. Eine Zornesfalte auf seiner Stirn. Leichter morgendlicher Mundgeruch. Die Kritik, die sie in seinen Augenwinkeln zu sehen meint.

Die Sonne tanzte mit Licht- und Schattenflecken an der Wand, und Liat lag auf dem Baumwolllaken und blickte ihren Mann mit erbarmungslosen Augen an. Es war, als entfernte eine böse Hand das Kleid aus Licht und Zärtlichkeit, das Menschen ihren Liebsten überzogen, und darunter erschiene der geliebte Körper, so wie er war, nackt und bloß, Fleisch und Blut und Knochen. So grausam war dieser Moment, so entsetzlich, dass Liat nach einigen Sekunden den Blick abwandte. Jetzt war sie zutiefst erschrocken und beschämt. Schreck und Scham waren die besten Mittel, um die Ratten des Zweifels zu verscheuchen: Liat war so geschockt von dem Anblick, der sich ihr bot, als sie Etan mit nüchternen Augen ansah, dass sie hastig die Lider schloss und sich in seine Arme kuschelte. Seine starken Arme umschlangen sie im Schlaf, ohne Fragen, ohne Verwunderung.

Als Etan Grien an jenem Morgen aufwachte, umschlangen er und seine Frau sich so fest wie schon lange nicht mehr.

Einen Tag später, um vier Uhr nachmittags, fand er sich im Einkaufszentrum mit Itamar und Jahali wieder. Liat war eingefallen, dass Geschenke für eine Reihe von Geburtstagen in Itamars Klasse besorgt werden mussten, hatte aber selbst zu viel zu tun. So schlenderten sie zu dritt zwischen den Läden und Ständen umher. Zuerst redeten sie miteinander. Nach und nach verstummten sie. Die Shoppingmall schaukelte sie gemächlich in einer riesigen Wiege mit Musik und Ansagen, auf und ab, von einem Geschäft zum anderen. Jahali schrie nicht mehr dauernd »So was will ich auch!«, sondern starrte nur noch mit glasigem Blick auf die sagenhaften Mengen an Spielsachen, Kleidungsstücken, Elektrogeräten. Itamar blieb vor einem Schaufenster voller Fernsehgeräte stehen, verfolgte mit staunenden Augen Barack Obama, der auf jedem der Bildschirme dieselbe Rede hinter circa zwei Dutzend identischer Pulte hielt. Es gab Obama in fünfzig Zoll und Obama in dreißig Zoll, Obama auf Toshiba und Obama auf Samsung. Alle hielten eine stumme Rede, mit abgeschaltetem Ton. Der Präsident der Vereinigten Staaten war massenhaft vervielfältigt, aber von all seinen Worten war kein einziges zu hören. Die Geschäftsführer ließen lieber das neue Album von Shlomo Artzi laufen. Obama redete, und Shlomo Artzi sang, und Itamar zog Etan an der Hand und sagte – gehen wir?

Moment. In der linken Schaufensterecke scherte ein Fernsehgerät aus der Synchronsendung aus. Nun sah man dort nicht mehr den amerikanischen Präsidenten am Rednerpult, sondern eine Kaskade schwarz-weißer Flocken. Ordentliche Reihen von Barack Obama, in denen plötzlich ein Loch klaffte. Und obwohl es nur ein einziger Fernseher unter vielen war, sickerte doch etwas von diesem Schwarz-Weiß auf das ganze Schaufenster über. Die Störung war da, in der linken Ecke, und spottete Obamas energischer Rede, Shlomo Artzis schmeichelnder Stimme. Und gerade diese Ecke lenkte Etans Blick auf sich, genau diese Bildstörung. Wie in Museen der Blick sofort auf die eine faule Frucht fällt, die jeder Maler von Stillleben mitten in die prächtige Obstschale platziert. In all dieser Fülle etwas Verdorbenes. Die Rundung der Birnen. Die Rundung der Wangen Barack Obamas. Wie leicht kann man sich darin täuschen. Wie schnell kann sie in blindes, sinnloses Flimmern zerfließen.

Es dauerte nicht lange. Wenige Sekunden später verschwanden die schwarz-weißen Flockenkaskaden, und der Bildschirm wurde schwarz. Durchs Schaufensterglas blickte Etan auf die dunkle Mattscheibe. Ein Mann mit zwei Kindern steht vor einem TV-Geschäft. Ein Vater. Ein Ehemann. Ist auf einen Sprung hereingekommen, um Geburtstagsgeschenke für Siebenjährige zu kaufen. Er bräuchte sich nur nach den Vorbeigehenden umzuwenden, und schon sähe er Dutzende Abbilder seiner selbst, Vervielfältigungen. Ein Vater mit Sohn und Tochter. Eine Mutter mit zwei Töchtern. Vater und Mutter mit Zwillingen. Aber *dieser* Vater, *dieser* Ehemann hat noch etwas. Nicht nur zwei Kinder, die ihn rechts und links an den Händen halten. Auch einen toten Schwarzen, dessen Blut seine Turnschuhe aus dem Duty-free-Shop befleckt.

Auch eine lebendige Frau, deren Zunge ihn am Hals leckt, deren schwarze Haarschlange ihm im Schoß liegt. Obama redete, und Shlomo Artzi sang, und Etan versank wieder in einer Welle von Verlangen und Schuld. Wie gern würde er beides abschütteln. Ein für alle Mal diese furchtbare Schuld abwerfen. Dieses grauenhafte Verlangen. Und doch, meldete sich ein Stimmchen in seinem Kopf, und doch hatte er sie hierher mitgebracht. Hatte Itamar und Jahali auf der Rückbank angeschnallt, Sirkit und Assum in den Kofferraum gepackt und war zum Einkaufszentrum gefahren.

Jahali zerrte ihn am Arm und wollte ein Eis. Etan hob ihn hoch zu einer Umarmung, die beide überraschte, wuschelte seine weichen Locken, biss in die süße Knopfnase. Und bei all dieser Süße spürte er auch einen Stich im Herzen, denn er wusste etwas, was Jahali, Itamar und Liat nicht wussten. Und das machte seine Umarmung fester und Jahalis Locken weicher.

In einem grauen Büro auf der Polizeiwache Beer Scheva beugt sich die Kriminalbeamtin Liat Grien über ihren Schreibtisch. Sie ist müde, und die gelbe Staubwolke, die vorm Fenster flimmert und die Stadt einhüllt, ist keine Hilfe. Auf ihrem Tisch liegt ein Foto des aufgeschlagenen Kopfes eines eritreischen Infiltranten. Unweit davon, in einem hübschen Holzrahmen, steht ein Foto des Mannes, der ihn überfahren hat und geflüchtet ist. Kaum zwanzig Zentimeter liegen zwischen dem Bild des Opfers und dem des Unfallfahrers, und sie sieht es nicht.

Wie kann es sein, dass sie dermaßen versagt. Gerade sie, die es hätte sehen müssen. Liat Grien, höhere Kriminalbeamtin. Ehemals Liat Samocha, Meisterbeobachterin. Sie, die manchmal fürchtet, sie hätte, weil sie so viel auf das Leben blickt, womöglich schon vergessen, wie man es tatsächlich lebt, scheitert hier.

Und eigentlich ist es ganz einfach. Sie sieht nicht, was sie vor sich hat, weil sie nicht wirklich hinschaut. Jemand anderen sucht. Die ganze Zeit ist sie sicher, da fehlt etwas. Aber ihr fehlt nicht wer oder was. Weder »der Unfallfahrer« noch »das Unfallfahrzeug«. Sie ist so sehr in das Rätsel vertieft, dass sie die Entfremdung gar nicht bemerkt. Und vielleicht ist die Entfremdung das eigentliche große Rätsel, denn wie kann das angehen: Ein Mann und eine Frau lieben sich, werden eins – und dann entsteht so eine Kluft zwischen ihnen, ohne dass jemand davon redet. Gerade sie beide, die sich aus gemeinsamen und ledigen Zeiten kennen, jeder ein Privathistoriker für die Geschichte des anderen. Die Liebe begehrt ja immer auch die Vergangenheit, die vor ihr war, und deshalb haben sie sich nicht damit begnügt, gegenwärtige Tage anzusammeln und künftige Tage zu planen (was werden wir machen, wo werden wir wohnen), haben vielmehr auch nach früheren Tagen gefragt, nicht nur vorwärts, sondern auch rückwärts. Als sei allein schon der Gedanke, jemals getrennt existiert zu haben, eine Sünde, die es zu sühnen galt. Deswegen weitet sich Liats Herz, wenn Etan sich an ihren großen Streit mit Scharon Chazav in der siebten Klasse erinnert. Deswegen lächelt Etan heiter, wenn Liat seinen Feldwebel aus der Grundausbildung imitiert, genau weiß, wie er seine Rekruten damals beim Marschtraining angebrüllt hat, acht Jahre bevor Etan Liat überhaupt kennenlernte. Und so durchleiden sie füreinander Kränkungen aus der Kindheit, applaudieren einander für gelungene Streiche, nicht nur als Zeugen vom Hörensagen für Dinge, die irgendwann geschehen sind, sondern als lebendige, verantwortliche Teilnehmer an der persönlichen Geschichte des anderen. Und nach fünfzehn gemeinsamen Jahren horchen sie verwundert, wenn unversehens eine Begebenheit auftaucht, von der sie noch nichts gehört haben. Und denken, vielleicht wars das jetzt, die letzte Geschichte. Von nun an sei alles besprochen, alles erzählt. Sie weiß schon von der Katze mit dem schwarzen Schwanz, die unter seinem Haus war, und er weiß von dem lila Fahrrad und seinem tragischen Ende.

Und so sucht Liat diesen Täter, der sich vor ihr versteckt, und kapiert nicht, dass sie ihn vor sich selbst versteckt. Sie will nicht sehen, wie fern dieser vertraute, angetraute Mann tatsächlich ist. Gerade weil sie überhaupt nicht zu diesen entfremdeten Paaren gehören. Sie führen immer noch fantastische Gespräche, die bei der Ausfahrt aus Omer beginnen und erst bei der Ankunft vor seinem Elternhaus in Haifa enden. Sie lachen immer noch schallend miteinander und empfinden beträchtliche Lust, wenn sie miteinander schlafen. Hand aufs Herz – sie liebt ihren Mann immer noch. Und er sie. All das stimmt völlig, tilgt aber nicht das Maß an Fremdheit, das auch am vertrautesten Ort besteht. Allein schon die Möglichkeit einer solchen Fremdheit hält sie für derart blamabel, als hätte sie gerade entdeckt, dass sie den ganzen Tag mit etwas zwischen den Zähnen herumgelaufen war. Oder mit Rotze unter der Nase. Solche Peinlichkeiten passieren vielleicht anderen Paaren, aber ihnen doch nicht. Darauf beharrt sie, und darin irrt sie sich. Kein Mensch kennt jemals einen anderen völlig. Nicht mal sich selbst. Immer bleibt ein blinder Fleck. Ein unsichtbarer Strich verläuft über ihren Tisch. Zur Rechten: das Foto des aufgesprungenen Kopfes. Eine offene Akte. Ein Rätsel. Zur Linken: das Foto des geliebten Mannes, Etan mit den beiden Söhnen auf den Armen. Im Hintergrund der Rasen, und obwohl das Foto dort aufhört, weiß sie bestens, wie es da weitergeht. Sie kann die Reihenfolge der Gartenpflanzen im Schlaf aufsagen. Sie kennt ihr Grundstück auswendig, und sie kennt ihren Mann auswendig, und deshalb kennt sie den Unfallfahrer nicht. Wirft kaum einen Blick auf das vertraute, gerahmte Bild ihres Ehemannes. Starrt nur auf den geborstenen Schädel auf der rechten Seite und grübelt: Wer hat dir das angetan. Und wo steckt er jetzt.

2

Es sieht überhaupt nicht aus wie ein Ort, an dem Menschen wohnen.

Und doch ist es ein Ort, an dem Menschen wohnen.

Und für die Menschen, die dort wohnen, ist es ein völlig normaler Wohnort.

Und kommen eines Tages andere Menschen und sagen den Menschen, die dort wohnen, sie sollten hier eigentlich gar nicht wohnen und müssten woanders hinziehen, sind die Menschen, die dort wohnen, deshalb sehr überrascht.

Und dann wütend.

Und dann warten sie ab.

Um zu sehen, ob die Menschen, die ihnen gesagt haben, sie sollten woanders hinziehen, das tatsächlich so gemeint haben. Und wie sehr.

Die Flamme entzündet sich in der Wellblechhütte mit einem Schlag, nach Flammenart. Der Mann, der das Feuerzeug hält, bringt es näher an das Gesicht des schlafenden Jungen, berührt ihn leicht an der Schulter. Der Junge schläft weiter, nach Jungenart. Der Mann lässt das Feuerzeug und den Jungen sein und geht hinaus. Die Dunkelheit kehrt in die Hütte zurück, aber in dem schmalen Spalt zwischen Wänden und Dach zeichnet sich schon ein bläulicher Streifen erstes Tageslicht ab. Der Mann geht wieder in die Hütte. In der Rechten hält er eine Glastasse, und um die Enden seines Schnurrbarts kommt ein Lächeln auf. Die Tasse hält er dem Jungen unter die Nase. Kaffeeduft erfüllt den Raum, dringt in die Nasenlöcher. Der Junge holt Luft im Schlaf, und im nächsten Moment schläft er nicht mehr. Das erkennt man nicht an den Augen, die immer noch geschlossen sind, sondern an dem Lächeln um die Mundwinkel. Jetzt lächeln Vater und Sohn. Ein paar Minuten später sitzen sie schon auf dem sandigen Platz vor der Hütte, trinken schweigend den ersten Morgenkaffee, überschauen das Dorf. Es liegt mitten in der Wüste. Bei gar nichts. Von allem gleich weit entfernt. Sogar sich selbst fern. Es gibt darin zehn Blechhütten und zwei Ziegenpferche. Es gibt eine angezapfte Wasserleitung und Stromgeneratoren. Und ruhige, schattige Ecken wie die, in der jetzt Vater und Sohn sitzen und Kaffee trinken. Der Geschmack des Kaffees ist bitter und belebend, und die Luft ringsum ist kalt und frisch, und in diesem bestimmten Augenblick sind beide ruhig und entspannt.

So geht es jeden Morgen. Der Vater hält dem Sohn eine gläserne Tasse unter die Nase, und der Sohn erwacht vom warmen Hauch des Kaffees mit Kardamom. Und so sehr lieben beide dieses Morgenritual, dass der Junge auch, wenn er mal vor dem Vater aufwacht, im Bett liegen bleibt, mit geschlossenen Augen auf ihn wartet, und wenn er noch so dringend pinkeln muss.

Auf dem Schulweg sieht er, die Vögel haben den Kadaver der Schlange, die er gestern getötet hat, schon aufgefressen. Auf dem Heimweg von der Schule hatte er sie entdeckt und ihr mit einem Stein den Kopf eingeschlagen. Er hätte die

Schlange gern seinem Vater gezeigt, aber sie war ihm drei Kilometer vom Dorf, anderthalb Kilometer von der Schule, über den Weg gelaufen, und so konnte er keinen Menschen damit beeindrucken. Jetzt kommt er an dem Stein vorbei und sieht, dass nichts als der Schlangenkopf übrig geblieben ist, eine dunkle Masse, in der man kaum die herausgestreckte Zunge erkennen kann.

Zwanzig Minuten später erreicht er die Straße. Ein Ausflugsbus donnert an ihm vorbei. Durch die Fenster blicken ihn Jungen seines Alters an. Der Bus fährt weiter, und er will gerade die Fahrbahn überqueren, als um die Ecke ein weiterer Bus auftaucht, diesmal ein Linienbus von Egged, und der Fahrer hupt ihm lang und tadelnd die Ohren voll. Nun wartet er, ehe er die Straße kreuzt, lässt zwei Autos vorbei, bevor er losrennt, im Kopf das Bild der zerquetschten Schlange, die die Zunge herausstreckt.

Zur Schule kommt er zu spät, und als Tamam, die noch unverheiratete Lehrerin, ihn nach dem Grund fragt, zuckt er mit den Achseln und schweigt, starrt auf die Flagge, die hinter ihrem Tisch hängt, weicht der Enttäuschung in ihren Augen aus. Wüsste sie, wie er nachts an sie denkt, würde sie nicht über Verspätungen mit ihm reden. Sie würde gar nicht mit ihm reden.

Bei Unterrichtsschluss geht er als Erster. Rennt los, ohne anzuhalten. Vor vier Tagen ist er sechzehn geworden, und heute wird er seinen Vater erstmals zur Arbeit begleiten. Seine Mutter meinte, er hätte das schon längst tun können, aber der Vater hatte das abgelehnt. »Erst soll er was lernen, danach sehen wir weiter.« Also hatte er gelernt, hatte Buchstaben und Einmaleins gepaukt, hatte mit vor Anstrengung zitterndem Stift Sätze geschrieben, die seine Eltern nicht lesen konnten. Und die ganze Zeit über hatte er auf diesen Tag gewartet, an dem er mit seinem Vater in den Pick-up steigen und nach *dort* fahren würde.

Er wusste nicht, was *dort* war. Sein Vater sprach nie darüber, und er hatte schon gelernt, nicht nachzufragen. Nachts kehrte sein Vater müde und zufrieden von dort zurück, die aufgerollten Geldscheine in der Hand, warm wie ofenfrisches Brot. Und heute fährt er mit ihm hin, und obwohl er vom Laufen schon Atemnot und Seitenstiche bekommt, rennt er ohne Unterlass.

Am Ortseingang trifft er Said, einen Cousin seines Vaters. Saids Auto ist sauber und neu, und auch seine Kleider sind sauber und neu, aber Scharaf spricht nicht mit ihm. Er weiß, sein Vater mag das nicht. Said seinerseits möchte mit ihm reden. Er klopft ihm auf die Schulter und sagt, wie gehts dir, Mann, und Scharaf lächelt, weil er weiß, Said spricht ihn wirklich als Erwachsenen an, nicht wie einen Jungen, damit er sich erwachsen *fühlt*. Said sagt, na, wann fängst du an, für mich zu arbeiten, und Scharaf zuckt mit den Achseln und fixiert einen fernen Punkt, die beste Antwort, die er für Fragen, die er nicht zu beantworten weiß, bisher gefunden hat. Said fragt erneut, und Scharaf denkt gerade, er müsste sich diesmal eine andere Antwort überlegen, als sein Vater aus der Blechhütte tritt und sagt, das geht in Ordnung, Said. Der Junge hat schon Arbeit. Scharafs Herz will ihm schier aus der Brust springen, es beginnt zu stottern, denn dann ist die Fahrt heute keine bloße Besuchstour. Sie ist ein Anfang. Sein Vater und er werden jeden Tag nach der Schule gemeinsam *dort* arbeiten, und vielleicht, wenn er Glück hat und gut arbeitet, könnte er mit seinem Vater sogar anstelle der Schule dorthin gehen, denn vom kleinen und großen Einmaleins hat er nun wirklich langsam genug.

Sein Vater trägt ihm auf, den Pick-up zu holen, und er spurtet hinter die Hütte und lässt mit geübter Hand den Motor an, geht vor dem Erdhügel in den dritten Gang, grinst angesichts der Ziegen, die erschrocken aus dem Weg stieben. Sein Vater steigt ein, und sie fahren weg, und er hofft, diesmal werde er ihn nicht auffordern, die Plätze zu tauschen, wenn sie die Landstraße erreichen, schließlich ist er sechzehn Jahre alt, und Mohand hat mal bis zum Markt von Beer Scheva fahren dürfen. Aber kurz bevor sie auf die Straße einbiegen, sagt ihm sein Vater, er solle anhalten und die Sitze wechseln, und er leistet keine Widerrede.

Das Tor an der Einfahrt zum Kibbuz ist verriegelt, und bis der Wächter kommt, um den Knopf zum Öffnen zu drücken, hat er Zeit, das Schild zu lesen. »Großartige Bewirtung bei den Menschen der Wü ...« Das Tor geht auf, und sein Vater fährt weiter, und er kapiert von allein, dass die großartige Bewirtung bei den Menschen der Wüste steigen soll. Vierzig, fünfzig Meter weiter passieren sie noch so ein Schild, und diesmal hat er Zeit, nur das letzte Wort anzuschauen und zu sehen, dass er recht gehabt hat, es heißt tatsächlich Wüste. Weiter gehts, vorbei an den Häusern des Kibbuz. Wegen der Straßenschwellen fährt der Pick-up langsam, und so kann er die Häuser und die Fenster der Häuser angucken und die Menschen, die hier und da in den Fenstern der Häuser erscheinen. Der Pick-up fährt weiter, nun schneller, weil die Straßenschwellen aufgehört haben, und plötzlich sieht er, am fernen Ende des Kibbuz, wie ein Fremdkörper in dieser Umgebung, ein großes schwarzes Zelt.

Im ersten Moment ist er so verblüfft, dass er seinen Vater fragt, ob hier Beduinen wohnen, und als sein Vater lacht, begreift er, das war jetzt wieder mal kindisch, denn wie wahrscheinlich ist es wohl, dass jemand einen Beduinen-Clan mitten in einem Kibbuz von Juden wohnen lässt. Sein Vater parkt den Pick-up neben dem Zelt, vor einem weiteren Schild mit »Großartige Bewirtung bei den Menschen der Wüste«, nahe einem großen Plakat mit dem Bild eines Beduinen, der auf einem Kamel reitet. Das Kamel auf dem Bild lächelt, und der Beduine auf dem Bild lächelt, und auch der Mann, der aus dem Zelt auf sie zukommt, lächelt und sagt, *Ahelan,* Mussa, endlich hast du den Jungen mitgebracht.

Scharaf weiß, er ist der Junge, und es gefällt ihm gar nicht, aber als der Mann, der Matti heißt, ihm die Hand hinhält, drückt er sie und lächelt sogar. Der Mann namens Matti sagt, holla, was für ein Händedruck, und Scharafs Lächeln verwandelt sich von einem gezwungenen in ein echtes Lächeln. Er hat lange gearbeitet an diesem Händedruck, seit damals, als Mohand ihm von einem Film erzählt hat, in dem der Held am Händedruck erkennt, wer ein echter Mann ist und wer nicht. Der Mann lässt Scharafs Hand los, deutet auf das Zelt und sagt *tfaddalu* – bitte, mit dem Akzent von Juden. Scharaf geht hinein. Das da war zweifellos das Sonderbarste, was er je im Leben gesehen hatte. Einerseits war es ein normales Gästezelt, mit Kissen und Matten und allem. Andererseits war es überhaupt kein normales Zelt. Es war, als hätte sich ein Haus im Kibbuz als Zelt verkleidet. Richtig gut verkleidet.

Matti ging an sein dudelndes Telefon und sagte, prima, am Platz rechts abbiegen und dann immer geradeaus, und danach trennte er die Verbindung und sagte, *jalla,* Mussa, an die Arbeit. Scharaf folgte seinem Vater in eine Ecke des Zelts und sah ihm zu, wie er Jeans und Hemd gegen eine weiße Galabija vertauschte und sich eine weiße *Kafija* um den Kopf schlang, worauf er eine zweite Galabija hervorholte und

Scharaf anwies, sie anzuziehen. Draußen hörte man nun Stimmen von Menschen. Von vielen Menschen. Brummendes Männerlachen und raues Teenagerprahlen und katzenhaftes Kreischen junger Mädchen und zwitschernde Zurechtweisungen aus Frauenmündern, und zwischen alledem an- und abschwellendes Babygeschrei, von dem man noch nicht sagen konnte, aus wie vielen Kehlen es stammte, aber zweifellos aus mehr als einer. Scharaf blickte seinen Vater an, der ruhig und gelassen war, und bemühte sich, ebenfalls ruhig und gelassen auszusehen. Wenn er schon keinerlei Chance hatte, so edel und stark wie sein Vater zu wirken, wollte er wenigstens nicht wie ein verängstigtes Jüngelchen am ersten Arbeitstag rüberkommen.

Er war gerade mit Anziehen fertig, als der erste Mann eintrat. Der Vater legte Scharaf die Hand auf die Schulter und sagte, heute schaust du nur zu, um zu verstehen, was die Arbeit ist, und dann drehte er sich um und begrüßte jeden Besucher mit *»Ahelan wa-sahelan«*. Aus seiner Zeltecke beobachtete Scharaf seinen Vater, der zuvorkommend und selbstsicher mit den Leuten sprach, und man konnte sehen, wie sehr sie ihn ehrten und sogar mit ihren Handys fotografierten, als er die Darbuka nahm und zu spielen begann. Er spielte hervorragend. Besser als jeder andere, den Scharaf kannte. Wenn er auf die Darbuka schlug, wurden er und das Instrument eins, und dann machte er mit ihr, was er wollte. Und das war so klar, und das war so schön, dass er im ersten Augenblick einfach seinen Ohren nicht traute, als ein Junge seinem Vater zurief: Sag mal, Bruder, warum hast du ein Kleid an?

Er hatte erwartet, es würde Totenstille eintreten. Die dreisten, abfälligen Worte würden an einer Mauer strenger, verschlossener Münder abprallen. Sein Vater würde aufhören zu spielen und den Jungen hinausjagen mit seiner ruhigen Stimme, der man immer gehorchte, da es sonst Mordsschläge setzte. Aber sein Vater spielte weiter, als hätte er nichts gehört, und die Besucher – statt den frechen Jungen zurechtzuweisen und ihm eine Lektion zu erteilen – antworteten mit schallendem Gelächter. Na wirklich, schaut euch doch die Stickereien an, setzte der Junge nach, wie bei einem Mädchen. Und schon ging er zu Scharafs Vater, deutete auf die bestickten Ärmel der Galabija, torkelte unterwegs ein wenig, berauscht von dem beifälligen Kichern und Lachen, das er dem Publikum abgerungen hatte.

Und dann passierte es: Die Hand des Jungen berührte zur Verdeutlichung den Ärmelsaum, und des Vaters Hand ließ nicht etwa von der Darbuka ab, um den Jungen an der Gurgel zu packen, ihm einen Faustschlag in die Magengrube oder eine Ohrfeige auf die pickelige Wange zu versetzen, nein, des Vaters Hand spielte ungerührt weiter, in gleichbleibendem Takt.

3

Drei Tage nachdem Etan vor dem TV-Laden gestanden hatte, nahm Sirkit unter seiner Anleitung dem operierten Sudaner den Bauchverband ab. Die Wunde sah hervorragend aus. Die Röte und die Schwellung waren schneller abgeklungen als gedacht, und das machte ihn stolz. Er wusste, es war lächerlich, sich die Genesung eines anderen Organismus zuzuschreiben – schließlich hatte das Immunsystem des Sudaners, nicht seins, die Arbeit geleistet –, und doch war er stolz. Als sagte die schnelle Genesung etwas über sein Können aus. Nie hatte er solchen Stolz bei der Gesundung von Patienten auf der Neurochirurgie empfunden, obwohl die Entfernung eines Tumors am Corpus callosum ein weit komplizierterer Eingriff war. Aber auch Itamar hatte einmal beim Campen gesagt, die auf dem Lagerfeuer gekochte Pasta sei das Leckerste, was er je gegessen habe. Denn Pasta, die man zu Hause auf der Edelstahlplatte zubereitete, war etwas Selbstverständliches, und Pasta, die man abends auf dem Zeltplatz am Chawarim-Bach kochte, grenzte an ein Wunder. Als Etan an Itamar dachte, verblasste die wundersame Heilung des Patienten ein wenig. Wie lange hatte er keinen ganzen Abend mehr mit diesem stillen Kind verbracht. Jahali schrie und weinte, wenn er zum Dienst aus dem Haus ging, aber Itamar sah ihn nur ruhig an und sagte: Ruf an, wenn du Zeit hast. Auch in der Schule war er so. Schnappte sich ein stibitztes Federmäppchen nicht zurück, forderte nicht, ihn beim Fußball mitspielen zu lassen, erklärte nicht, jetzt sei er aber am Computer dran. Und Etan wollte sagen, wehr dich, Junge, hau auf den Tisch und schrei, sonst nimmt die Welt einfach weiter ihren Lauf. Aber Liat sagte, das ist seine Art, Tani, er fühlt sich wohl damit. Pass bloß auf, dass er nicht anfängt, sich unwohl zu fühlen, nur weil du es tust.

Nach seiner Geburt hatten sie ihn unter sich E. T. genannt. In seinen ersten Lebenstagen sah er mit seinen Riesenaugen und der Schrumpelhaut tatsächlich aus wie ein Wesen von einem anderen Stern. Später wuchs er zu einem bildhübschen Baby heran, aber sie blieben bei dem Namen. Sie hielten es für eine nette Abkürzung von Itamar, und es war auch Liats Lieblingsfilm, denn das Fahrrad konnte ja, wenn du nur schnell genug in die Pedale tratst, tatsächlich irgendwann vom Boden abheben und den Mond ansteuern. Aber als Itamar sich in den letzten Jahren in Schweigen hüllte wie ein Astronaut in seinen Anzug mit Helm, hatte Etan aufgehört, ihn so zu nennen. Er wollte auch Liat bitten, es künftig zu lassen, wusste aber nicht, wie er es begründen sollte. Als Itamar bei der Feier zu Lag ba'Omer ruhig dastand, während seine Klassenkameraden beim Anstehen für ein Eis drängelten, dachte er, er sei wirklich von einem anderen Stern, sein Junge. Und wusste nicht, wie man ihn auf unseren Planeten zurückholen könnte, schaffte es auch nicht, lange genug selbst auf dem anderen Stern auszuharren, ohne unversehens in sanften Tadel zu verfallen (warum sagst du ihnen denn nichts, Junge, warum sagst du nichts).

Etan richtete sich von der Wunde des Sudaners auf. Sirkit stand neben ihm, wartete auf seinen Spruch. »Das sieht hervorragend aus«, sagte er, »wenn das so weitergeht, kommt er in zwei Tagen wieder auf die Beine.« Sie übersetzte es dem Patienten, und sein Gesicht leuchtete auf.

»Möchtest du ihn frisch verbinden?«

Verbinde du ihn, ich hol ihm was zu essen.

Als sie sich zum Gehen wandte, zögerte er einen Moment und bot dann an, selbst zum Lokal an der nahen Tankstelle zu gehen und dort etwas zu besorgen. Das Dunkel in der Werkstatt erschien ihm plötzlich trübe. Er wollte zu Hause anrufen, vielleicht lagen die Kinder noch nicht im Bett. Weißt du, Itamar, das mit den Dinosauriern und den Drachen ist eine ausgezeichnete Frage. Vielleicht zelten wir am nächsten Schabbat im Ramon-Krater, suchen dort nach den Spuren eines Dinosauriers oder eines Drachens. Und schon schmiedete er Pläne, wie er sich mitten in der Nacht aus dem Zelt stehlen würde, um für den Jungen Riesenspuren in den Sand zu malen, als Sirkit sagte: In Ordnung. Geh du. Aber nicht zur Tankstelle, zum Caravan dahinter.

Er war so froh rauszukommen, dass ihm erst ein paar Schritte weiter dämmerte: Er war unterwegs zu dem, was eigentlich ihr Zuhause war. Jetzt hörte er auf, an Dinosaurier und Drachen zu denken, und versuchte zu erraten, was er dort hinter der Tür sehen würde. Auf dem Gasbrenner stand ein Topf Reis, das hatte sie ihm gesagt, als er wegging, aber was würde er außer diesem Topf vorfinden? Und warum eigentlich diese Neugier?

Als Kind hatte er unverfroren in Häuser geguckt. Kaum hatte sich die Tür aufgetan, linste er auch schon hinein, um die Privatsphäre der Hausbewohner zu erkunden. Hier hingeschmissene Schuhe, da ein ungelesenes Buch, und was wohl im Kühlschrank ist und was in den Schränken. Meist waren die Einzelheiten nicht besonders interessant, denn was kann schon im Kühlschrank sein. Und doch, wenn sich die Teile zu einem Ganzen fügten, überkam ihn eine merkwürdige Zufriedenheit, wie nach der Fertigstellung eines komplizierten Puzzles – unabhängig von dem Bild, das dabei entstand. Ein Kühlschrank voll mit Magerkäse, in dem sich tief drinnen, hinter dem Bio-Müsli, eine zur Hälfte gegessene Torte versteckt. Ein herumliegendes Buch, dessen Lektüre jemand gerade an der Stelle abgebrochen hat, an der die Heldin ihre schmähliche Untreue gesteht. Und die anderen Bücher – großartige Titel und berühmte Namen, die auf dem Regal ausgestellt sind, und nur die steifen Rücken verraten, dass sie noch nie aufgeschlagen wurden. Er spähte gern in überquellende Kleiderschränke, deren Türen die verlegenen Hausbewohner hastig wieder schlossen. Ein sinnliches Sammelsurium von Hemden und Kleidern, Strümpfen und Unterwäsche, ein Haufen zerknitterter Stoffe, in dem Wäscheduft und Schrankschimmelgeruch wie auf einem Schlachtfeld miteinander rangen.

Er versuchte sich einzureden, Sirkits Zuhause sei wie jene Häuser von früher, die Aufregung beim Türaufmachen wäre nur ein ferner Nachklang der Aufregung von damals. Aber da spielte noch etwas mit. In der Wohnung seiner Tante in Haifa, auf einem Balkon mit Aussicht übers Wadi, hatte er einmal auf dem Balkon darunter eine schlafende Frau auf dem Liegestuhl gesehen. Sie war dreißig und er noch ein Junge, sie trug ein geblümtes Hauskleid, das er schrecklich fand, und zu ihren Füßen lag ein Krimi, der ihm idiotisch vorkam. Aber ihr Kleid wehte ein wenig im Aufwind vom Wadi, und er entdeckte verblüfft, dass sie keine Unterhose trug. Weit drunten schwankten Kiefern- und Eichenwipfel hin und her, hin und her, und auch sein Blick ging hin und hier, hin und her, denn die Schenkel der Frau spreizten sich ein wenig im Schlaf, und er sah, vom Balkon darüber, alles, was er nie zu hoffen gewagt hatte (zumindest nicht, solange er Pickel und Stimmbruch noch vor sich hatte). Die ganze Welt lag an jenem Nachmittag unter ihm ausgebreitet, seinen Blicken entblößt. Das grüne Wadi mündete in ein endloses Meer der Möglichkeiten, und zwischen diesem Grün und Blau leuchtete ein Rosa, das seine Atmung so störte und seine Augen so verletzte, dass er sich ein paar Minuten später umdrehte und fast fluchtartig ins Wohnzimmer zurückkehrte.

Als Etan die Tür zu Sirkits Caravan öffnete, wallte in seinem Blut die Glut jenes Blicks über das Wadi. Und obwohl er diesmal eingeladen war – Sirkit hatte ihn ja selbst geschickt –, lief ihm ein leichter Schauer über den Rücken, als die Tür quietschend aufging, und für den Bruchteil einer Sekunde wechselte der Geruch nach Wüstenstaub in den zarten Kiefernduft, der an heißen Sommertagen aus dem Wadi in Haifa aufgestiegen war.

Als er das Licht anschaltete, lag der Raum in seiner ganzen schreienden Dürftigkeit vor ihm. (Was hatte er denn hier erwartet. Spitzendessous? Eine prächtige Bibliothek? Kinderzeichnungen am Kühlschrank?) Acht Matratzen, auf denen zusammengerollte Hemden und Hosen als Kopfkissen dienten. Neben der Tür ein Gasbrenner mit dem Topf Reis darauf. Ein paar Löffel, ein paar Teller und das starke Gefühl, schon mal da gewesen zu sein. Wenn nicht leiblich, dann im Geist, genau wie damals, als er zum ersten Mal *Goldlöckchen und die drei Bären* gehört hatte. Ein kleines Mädchen ging im Wald spazieren und gelangte an ein Haus, das nicht seines war. Die Stühle gehörten ihm nicht. Auch nicht die Breischüsseln und die Betten. Und doch benahm es sich wie zu Hause: setzte sich, aß, legte sich hin. Der Reiz der menschenleeren Behausungen, in denen man herumlief und überlegte, ob sie seine sein könnten. Schon fragte sich Etan, welche der Matratzen auf dem Boden er wählen würde, wenn er hier schlafen müsste. Und wusste sofort – die an der Tür. Auch wenn es nachts kalt durch die Ritzen zog, sodass man im Schlaf fröstelte, würde er diese allen anderen vorziehen. Und wenn er hier essen sollte, dann aus der Blechschüssel. Die gläsernen sahen nicht sauber genug aus. Einen Moment erwog er, die Schüsseln nacheinander hochzuheben, sich auf jede Matratze zu legen. Die Augen zuzumachen und auszuprobieren, wie es war, hier zu schlafen, in der Symphonie von Schnaufen und Schnarchen, wie es war, hier aufzuwachen. Goldlöckchen blieb nie lange genug, um es zu erfahren. Die Bären kamen groß und schwarz herein, und sie flüchtete durchs Fenster, ehe sie Zeit hatten, ihr ein eigenes Bett herzurichten.

Wieder sah er auf die Matratze neben der Tür, wusste mit Sicherheit: Darauf hatte sie gelegen. Es war keine Annahme, sondern Gewissheit: Das war ihr Platz. Auch sie brauchte ja, genau wie er, bei jeder Begegnung mit Menschen ordentlich frische Luft. Ein leichter Luftzug drang von draußen herein, und Etan dachte, vielleicht fühlt es sich so an, wenn sie hier die Augen schließt, und zweifellos liegt sie auch bei kaltem Wind mit dem Gesicht nach draußen, zur Wüste, mit dem Rücken zu ihren Mitbewohnern, die weiter drinnen schnarchen oder sich umdrehen oder im Schlaf reden. Die sich im Traum kratzen, unwissentlich furzen, Speichelfäden auf dem improvisierten Kissen hinterlassen. Dinge, die man allein für sich tun sollte, geschehen hier in Gemeinschaft und verwandeln sich dadurch von privater Schmach in öffentliche Schande. Oder schlimmer noch – in Schamlosigkeit. Aber sie wahrt ihre Grenzen, liegt mit dem Gesicht nach draußen, kehrt der Ansammlung sich wälzender Leiber mit ihren Ausdünstungen den Rücken. Er blickte auf die Matratze an der Tür und sah ihre Weigerung, sich in das Menschengewimmel im Caravan einzufügen. Sah und schätzte es.

(Und doch ist anzufügen, dass er sich täuschte. Ihre Matratze war nicht die an der Tür, sondern die der Tür fernste, ganz an der Wand. Sie hatte am Tag ihrer Ankunft hier rasch ihre Sachen abgelegt und gehofft, sie nicht mehr wegnehmen zu müssen. Die Wand beruhigte sie. Beim Einschlafen rückte sie so nah heran, dass sie fast mit der Nase anstieß. Es war angenehm, so zu liegen. Sich reglos in die Ecke zu kuscheln. Das machte den Schlaf besser, weniger gestört.)

Auf Sirkits Matratze liegen Sachen verstreut. Vielleicht enthalten sie eine große Wahrheit, eine äußerst wichtige Botschaft für den schauenden Mann. Aber er blickt sie nicht an. Seine Augen konzentrieren sich auf eine andere Matratze, die an der Tür. Schade. Denn der Kleiderhaufen auf der Matratze an der Wand wurde eigens für ihn dort abgelegt. Ein Rosettastein, den er achtlos übergeht. Sie hat ihn ja nicht umsonst in den Caravan geschickt. Hier bin ich, wenn du mich nicht anblickst. Hier bin ich, wenn ich nicht auf deinen Blick vorbereitet bin. Ihre Sachen hatte sie am Morgen durcheinander liegen gelassen, sie konnte ja nicht wissen, dass er kommen würde. Konnte es nicht wissen, aber doch erwägen. Sich, zumindest ganz kurz, vorstellen, er stände an ihrer Matratze und schaute ihre Sachen an. Weit seltsamere Gedanken können einem Menschen beim Putzen durch den Kopf gehen. Wasser strömt aus dem Lappen zu Boden, und damit strömen auch andere Dinge. Zum Beispiel, was wäre, wenn. Wenn er mal in ihren Caravan käme und ihre Sachen anschaute. Diese Möglichkeit strömt weiter mit allen anderen, ohne besondere Beachtung zu finden, im gleichmäßigen Takt des Gummiwischers. Aber etwas davon ist wohl bei ihr hängen geblieben, denn in der Werkstatt ändern sich unversehens die Umstände, eins führt zum anderen, und schon schickt sie ihn *dorthin*, nicht in Gedanken, sondern tatsächlich, und jetzt steht sie in der Werkstatt und erfasst plötzlich, er ist in ihrem Zuhause, so man es denn ein Zuhause nennen kann. Er ist drin.

Und seltsam, dass sie sich so entblößt fühlte, obwohl sie ihn doch selbst hingeschickt hatte. Und seltsam, dass sie diesen Ort gerade dann in Gedanken erstmals als »Zuhause« bezeichnete, als ein anderer dort eindrang. Sie stand in der Werkstatt und stellte sich ihn dort vor. Ob er wohl, unter all den Matratzen, ihren Platz erkennen würde. Was er jetzt anschaute. Was er berührte. Und schon wusste sie, es machte nichts aus, was er berührte oder nicht, für sie wäre dieser Ort ohnehin berührt. Wenn sie heute Nacht zurückkam, würde der Caravan von den Abdrücken seines Blicks übersät sein. Auch wenn er nur den Topf Reis genommen hatte und gegangen war, wüsste sie, er war dort gewesen. Hatte die Augen über ihren intimsten Ort schweifen lassen, über ihr Bett.

Und es machte überhaupt nichts aus, dass auch sie ihren Blick hatte schweifen lassen. Als sie ihn das erste Mal aufsuchte, hatte sie lange draußen vor dem Haus gestanden und geschaut. Hatte die komplizierte Topografie der vergessenen Spielsachen auf dem Rasen betrachtet. Die wohldurchdachte Gestaltung des Gartens. Sah einen Sonnenschirm den Holztisch auf dem Hof beschatten, und darum eins, zwei, drei, vier Stühle, einen für jedes Familienmitglied. Und jetzt stand ihr Caravan ihm gänzlich offen, und er konnte beliebig darin umhergehen.

Sie wusste: Heute Nacht würde sie seltsam schlafen. Und doch würde sie sich auch in dieser Nacht auf die Matratze legen. Sich ins Laken wickeln. Die Nase an die Wand drücken. Nur so konnte sie schlafen. Aber momentan war sie in der Werkstatt, und er war im Caravan, starrte auf das Bett neben der offenen Tür. Und auf der Matratze an der Wand lag unterdessen ein Brief, seine Tinte war die nachlässige Lage einer Bluse auf dem Kissen, die unerträgliche Traurigkeit einer Haarbürste auf dem Bettlaken. Denn hatte sie auch nicht beabsichtigt, ihm eine Botschaft zu hinterlassen, steckte eine solche doch kodiert in dem wirren Haufen auf ihrem Bett. Ohne sein Wissen. Ohne ihr Wissen. Die Hoffnung der neuen Bluse, die sie sich gekauft hatte. Die Schmach der alten, zerrissenen Bluse, die sie nicht wegzuwerfen wagte. Sie alle lagen auf der Matratze, vor ihm hingebreitet, aber er sah sie nicht an. Und nicht nur er, auch sie wusste nichts davon. Der Brief, den sie geschrieben hatte, war ihr selbst fremd. Sie begriff nicht, dass die Matratze – seit sie einmal, beim Bodenputzen, die Möglichkeit erwogen hatte, er könnte einen Blick auf ihr Bett werfen – nicht mehr frei von diesem Blick war. Immer gab es die Möglichkeit von Augen. Vor diesen imaginären Augen hatte sie heute Morgen ihre Sachen liegen gelassen. Und seinen echten Augen entging die Bedeutung dieser Sachen, als existierten sie überhaupt nicht.

Schließlich wandte Etan den Blick von der Matratze an der Tür und ließ ihn wieder über den dürftigen Raum schweifen. Welch unansehnliche Armut. Die Fotos, die er bei der Safari in Afrika aufgenommen hatte, zeigten baufällige Lehmhütten, gelbe Savannen, auf denen das stachlige Gras Wellen warf wie eine Löwenmähne. Nackte Kinder blickten unter sattblauem Himmel in die Kamera. Barbusige Mütter trugen herrlichen Schmuck mit eingearbeiteten Löwenzähnen. Eine aussterbende Spezies trug eine andere aussterbende Spezies. Auf diesen Fotos stach einem die Armut wie ein spitzer Pfeil ins Herz. Prächtige Dürftigkeit zeigten seine Bilder aus Afrika. Und hier: Acht Matratzen. Ein Gasbrenner. Ein paar Löffel. Ein paar Teller.

Aber da waren auch Rosen. Zwischen den Matratzen und dem Gasbrenner an der Tür stand eine leere Maisdose mit Rosen. Drei, so frisch wie heute erst geschnitten. Und plötzlich erinnerte Etan sich an den Strauch, den er unterwegs im Dunkeln passiert hatte, und lugte wieder durch die Tür des Caravans. In dem schwachen Licht, das die Laterne verbreitete, erkannte er die Umrisse weiterer Blüten. Die Eritreerin zog einen Rosenstock. Zum ersten Mal, seit sie sich kannten, stellte er sie sich bei der Arbeit vor, wie sie den Boden der Gaststätte an der Tankstelle aufwischte. Reste von Desserts, die sie nie probiert hatte, aus den Schälchen spülte. Gemüse putzte. Den Raum auskehrte. Ölige Hände. Staubige Beine. Eine staubbedeckte Frau kehrt in einen verstaubten Caravan zurück, aber ihre Rosen sind so rein, wie nur Rosen sein können.

Das berührte ihn, die Rosen. Berührte ihn zutiefst. Er beschloss, es ihr gegenüber zu erwähnen. Er nahm den Topf Reis, schloss die Tür und ging zur Werkstatt, und den ganzen Weg überlegte er, was er ihr sagen sollte. Aber als er eintrat, die guten Worte schon auf der Zungenspitze, fand er einen Mordstumult vor. Da waren immer noch Sirkit und der Operierte, aber auch zwei große Eritreer und ein wütender junger Beduine. Die Eritreer hatten sich vor dem Beduinen aufgebaut, vertraten ihm den Weg. Ihre Stellung war eindeutig: die Arme verschränkt, die Beine leicht gespreizt. Er sollte weg, und das wollte er nicht. Und doch merkte Etan, dass ihm hier etwas entging, denn der Mann vor ihm sah nicht krank aus. Verzweifelt, aggressiv, aber nicht krank.

Hast du den Reis mitgebracht?

Sirkits Stimme war so ruhig wie immer. Sie stand neben der Matratze mit dem Mann, den sie kürzlich operiert hatten, und sprach mit Etan, als wären sie allein im Raum.

»Was ist hier los?«

Sirkit deutete vage in Richtung des Beduinen, ohne ihn anzublicken, als zeigte sie auf ein Stück Dreck, das der Wind hereingeweht hatte. *Er wollte wen herbringen. Und ich hab Nein gesagt.*

Der Beduine warf einen Blick auf Etan, dann machte er kehrt und ging. Die eritreischen Männer entspannten sich augenblicklich, wurden wieder ruhige Wesen, die niemandem etwas zuleide taten. Sirkit verließ das Bett des Kranken und nahm Etan den Reistopf ab. (Und sich selbst schwor sie, gründlich zu klären, wie dieser Beduine das schwarze Krankenhaus entdeckt hatte, welcher Dummkopf in ihrer Umgebung die Klappe nicht halten konnte und was sie mit diesem Plappermaul machen würde, wenn sie ihn erwischte.) Als sie die Henkel des Topfes ergriff, dachte Etan, wie sehr sie ihm doch überlegen war, denn während er noch über den Auftritt des Mannes nachsann, war sie, wie immer, schon woanders. Doch einen Moment später flog die Werkstatttür wieder auf, und der Beduine stürmte herein. Diesmal trug er ein junges Mädchen auf den Armen. Auf dessen blauer Galabija blühten vier große, rote Rosen, überall dort, wo das Messer ihm in den Bauch gefahren war. »Du behandelst sie«, sagte der Beduine. »Meine Schwester, du behandelst sie.«

Und wie um klarzustellen, dass er keineswegs aufzugeben gedachte, trat der Beduine auf Etan zu und übergab ihm das Mädchen, warf es ihm schier in die Arme, sodass er, als die Eritreer ihn packten, die Hände schon freihatte, während Etans Hände sehr voll waren. Etan legte das Mädchen auf den rostigen Tisch und beugte sich darüber. Sie atmet, und das ist super, aber der Puls ist kaum zu fühlen. Wer sie gestochen hat, hat es von ganzem Herzen getan. Über seinen Kopf hinweg hörte Etan den heftigen Wortwechsel zwischen Sirkit und dem Beduinen. Kurze Sätze auf Arabisch in deutlich drohendem Ton. Sirkit sagte immer wieder »Soroka«. Der Beduine schüttelte heftig den Kopf. Er würde nicht weggehen. Das war Etan zu wetten bereit. Diese Stichwunden waren eine Folge von Blutrache oder Ehrenmord, zwei Dinge, die die Clans gern unter sich ausmachten. Er sah den jungen Mann an. Kaum zu sagen, ob das Feuer in seinen Augen von Sorge um seine Schwester oder von Schuldgefühl rührte. Er konnte ihr ja selbst das Messer in den Bauch gerammt, vier Mal zugestochen und es dann bereut haben. Und als hätte er die Frage in den Augen des Arztes gelesen, sagte er: »Meine Brüder haben ihr das getan. Sie war mit einem Mann.«

»Und du?«

»Ich nicht.«

Er hätte kaum eine andere Antwort erwarten können. Schnell schnitt er dem Mädchen mit der Schere das Kleid auf und sagte zu Sirkit, sie solle ihm eine Infusion holen.

Das sind unsere Infusionen.

Er versprach, morgen neue mitzubringen, alles neu zu bringen, nur damit sie sich endlich bewegte, zum Teufel. Aber sie blieb ungerührt stehen.

Die helfen uns nicht, und wir helfen ihnen nicht.

Etan blickte sie an. Sie war völlig ruhig, als sie das sagte, trotz des Mörderblicks, den der Beduine auf sie heftete. Die Eritreer standen stumm am Eingang, warteten auf ihren Befehl, aber Etan dachte, sie wäre genauso ruhig, wenn sie dem Beduinen allein gegenüberstände. Das brachte ihn um den Verstand, diese Ruhe, machte ihn so zornig, dass seine Stimme bebte: Wenn sie dieses Mädchen hier wegjage, gehe er ebenfalls.

Sie sagte kein Wort. Er wandte sich wieder der jungen Beduinin zu. Ein paar Minuten später zogen die Eritreer ab, aber er achtete nicht darauf. Wenn der Kampf beginnt, kümmert sich der Boxer im Ring kaum noch ums Publikum. (Letzten Endes, hatte Sakkai gesagt, siegt der Tod immer per Knock-out. Die Frage ist nur, wie viele Runden du durchstehst.) Er wollte diese Runde gewinnen. Er wollte diese junge Frau hinter der Supermarktkasse in Beer Scheva sitzen, Kaffee in der Cafeteria des Soroka ausschenken, ihm auf der Straße zunicken sehen. Nur spielte ihr Körper nicht richtig mit. Sie reagierte kaum auf die Infusion, und als er erneut die Schnittwunden begutachtete, begriff er auch, warum. Es war, als schütte man ein Glas Wasser in eine Badewanne, der man längst den Stöpsel gezogen hatte. Man musste noch sehen, was den inneren Organen passiert war, aber erst mal ging es darum, ihren Puls zu stabilisieren – schnelle, hysterische Schübe einer Pumpe, die nicht bekam, was sie brauchte. Über sich hörte er den großen Bruder stöhnen, den Blick auf die Hände des Mädchens gerichtet. Sie waren jetzt blau, fast violett, und die violette Verfärbung wanderte die Arme hinauf. Sie ist nicht tot, sagte Etan hastig, es ist eines der Anzeichen von Blutverlust. Wie der kalte Schweiß auf der Stirn. Wie der flache Atem. Wie der Umstand, dass sie seit einer Weile nicht mal mit einem Wimpernschlag auf die Stimmen im Raum reagiert. Die Füße begannen ebenfalls blau anzulaufen. Er legte eine weitere Infusion. Und noch eine. Minuten wurden zu Stunden wurden zu einem Zeit-Brei, in dem es kein Vorher und kein Nachher mehr gab, nur das Gesicht der jungen Beduinin und den kalten Schweiß, der es bedeckte, und den Schweiß auf seinem eigenen Gesicht.

Er konnte nicht mit Sicherheit sagen, um welche Uhrzeit das Mädchen gestorben war. Wusste nur, in einem bestimmten Moment hatte er gemerkt, dass das Gesicht nicht mehr schwitzte, überhaupt keine Regung mehr zeigte. Der Puls aufhörte. Auch die Atmung aussetzte. Ein paar Minuten machte er noch weiter mit den Wiederbelebungsversuchen (vielleicht doch, verdammt noch mal, vielleicht doch), und dann hörte er auf. »Wenn ein Arzt die Wiederbelebungsmaßnahmen fünf Minuten nach Atemstillstand und Pulsversagen noch fortsetzt, ist er kein Arzt mehr«, hatte Sakkai ihnen mal gesagt, »Wiederbelebung von Toten ist was für Messiasse und Propheten, nicht für Medizinstudenten.« Hinter sich hörte er den Beduinen in Tränen ausbrechen. Er drehte sich nicht zu ihm um. Fürchtete immer noch das Feuer, das er anfangs in den Augen gehabt hatte, war nicht sicher, ob diese Hände, die jetzt die Schwester liebkosten, nicht dieselben Hände waren, die vorher das Messer geführt hatten. Er ging ans Waschbecken und wusch sich die Hände. Trocknete sie gut ab. Wandte sich schon zum Gehen aus der Werkstatt, als er in dem Gewirr von Silben und Tränen des schluchzenden Beduinen ein vertrautes Wort heraushörte. Einen Namen, den der junge Mann wieder und wieder und wieder murmelte.

Mona.

Mona Mona Mona Mona.

4

Früh um halb vier Uhr, in dem Schlafzimmer in der Villa in Omer, schläft Liat im Doppelbett. Quer, mit der Freiheit Alleinliegender. Vor dem Einschlafen hat sie beschlossen, ihn diese Nacht weder zu umarmen noch sich von ihm umarmen zu lassen. Wenn er die Decke anhebt, um sich hinzulegen, wird sie sich auf ihrer Bettseite zusammenrollen. Sie werden nicht mehr Bauch an Rücken und Bein an Bein schmiegen. Sie kann nicht so weitermachen, tags schweigen und nachts kuscheln. Zwei getrennte Welten, hier die spannungsgeladenen Frühstücke und stummen Abendessen, da die umschlungenen Leiber, die im Dunkeln ineinanderrammeln, und nur das Licht, das aus Jahalis Zimmer unter der Türritze hereinschimmert, erinnert daran, dass es eigentlich dasselbe Haus ist. Dass Etan und Liat, die Fernen des Tages, Etan und Liat, die Vereinten der Nacht sind. Fünfzehn Jahre leben sie zusammen, und nur in seltenen Fällen ist sie im Schlaf von ihm abgerückt. Bei besonders giftigen Streitigkeiten, erbitterten Grundsatzdebatten. Und selbst dann tasteten sie sich fast immer im Dunkeln zueinander, damit die aufgehende Sonne sie nicht getrennt vorfand.

Er kam kurz nach halb vier ins Bett. Obwohl sie schlief, spürte sie ihn und erinnerte sich an ihren Beschluss. Meist ließ der Schlaf die Wut schmelzen, aber heute Nacht war die Kränkung Teil ihres Körpers. Ein Glied, das sie fühlte, sobald sie sich auf der Matratze umdrehte, nicht anders als ein Arm oder ein Bein, an die man beim Träumen nicht dachte, aber kaum hatte man das Bewusstsein eine Spur wiedererlangt, merkte man, dass sie da waren. Der Arm, das Bein, die Kränkung. Alles vorhanden. Vielleicht vergingen deshalb ein paar Minuten, bis sie das Zittern wahrnahm. Sie war damit beschäftigt, sich in Kissen und Decken zu verschanzen, und spürte nicht die seltsame Bewegung auf der anderen Seite des Bettes. Schließlich bemerkte sie sie, begriff aber nicht.

Etan?

Er antwortete nicht, und einen Moment ärgerte sie sich und beschloss, dann eben auch nichts zu sagen. Schweigen konnte sie nicht weniger gut als er. Aber das Zittern hielt an dort, auf der anderen Bettseite, und langsam hörte sie auf zu zürnen und begann sich zu sorgen.

Tani, bist du krank? Sie griff nach seiner Stirn, die völlig okay war, und glitt dann mit den Händen zu seinen Wangen hinunter, die ganz und gar nicht in Ordnung waren. Feucht und heiß. Hast du geweint?

Und noch ehe er antwortete, sagte sie sich, nein, das kann nicht sein, ihr Mann weint nicht. Ihm fehlen einfach diese Säckchen in den Augenwinkeln, eine physiologische Angelegenheit. Als ihre Hände sich jedoch im Dunkeln die Wangen hinauftasteten, fanden sie feuchte, salzige Augen, und als sie ihn streichelte, stieß er ein Wimmern aus, das eindeutig, zweifellos, ein Weinen war. Da schloss sie ihn in die Arme und hoffte, er möge nicht spüren, dass ihre Hände ein wenig zögerten, nicht recht wussten, wie sie diesen Körper halten sollten, der sich plötzlich verändert hatte. Ein paar Minuten später, als das Zittern etwas nachließ, fragte sie ihn, was passiert sei. Sanft fragte sie, leise, aber nach einer Weile ohne Antwort regte sich wieder die vertraute Wut, mit der sie eingeschlafen war. Dann endlich erklang seine Stimme im Raum. Schwach, abgehackt, aber doch – seine Stimme. Der fremde Mann der letzten Wochen war verschwunden, und an seiner Stelle hörte sie Etan, wirklich Etan, der ihr in wirren Worten von einem jungen Mädchen erzählte, das heute Nacht auf dem Operationstisch gestorben war. Durch meine Schuld, sagte er ihr und dann noch einmal, durch meine Schuld. Und erneut traten ihm die Tränen in die Augen. Durch meine Schuld. Gerade als sie dachte, er hätte sich etwas beruhigt, weil er aufhörte zu murmeln und wieder ruhiger atmete, wandte er sich mit drängendem Blick an sie: »Ich muss dir erzählen, was da war, Tul, erzählen, warum sie gestorben ist.« Er wollte weitersprechen, sie sah seine Lippen schon den nächsten Satz formen, als sie die Hand ausstreckte und ihn stoppte. Genug, sagte sie. Du machst dich schlecht, und das ist unfair. Und er verstummte und lauschte ihr, während sie ihn daran erinnerte, dass er Arzt war und dass Ärzte manchmal Fehler machten, ihr Ziel aber das nobelste auf der Welt sei. »Patienten sterben manchmal, Tani, das heißt nicht, dass es deine Schuld ist. Denk an all die Bereitschaftsdienste, die du im letzten Monat geleistet hast, wie kannst du mir da jetzt sagen, du seist ein schlechter Mensch oder unprofessionell?!« Sie küsste seine Augen, die wieder Tränen vergossen, küsste ihn auf Wangen und Kinn, küsste und sagte, du bist ein guter Mensch, Tani, du bist der beste Mensch, den ich kenne.

Nach und nach spürte sie, wie er sich in ihren Armen beruhigte. Er sträubte sich nicht mehr, als sie ihm über den Kopf strich. Versuchte nicht mehr zu sprechen. Sie fuhr ihm durchs

Haar, hin und zurück, bis sein schwerer Atem ihr anzeigte, dass er eingeschlafen war. Wie Jahali, dachte sie, wie Jahali sich in den Schlaf weint, das System schaltet sich ab, um morgen erneut anzuspringen, *Windows is shutting down.* Und doch fuhr sie ihm weiter durchs Haar, mit immer langsamer werdenden Bewegungen, bis auch sie einschlief.

Und um sieben Uhr morgens kam der Anruf von der Wache.

Er hielt mit aller Kraft am Schlaf fest, als Liats Telefon klingelte, klammerte sich auch dann noch daran, als das »Was?!« laut und deutlich ihrem Mund entfuhr. Er hielt die Augen geschlossen, als sie aus dem Bett sprang und sich rasch anzog, Itamar und Jahali mit hörbar drängender Stimme zur Eile antrieb. Als er die Tür ins Schloss fallen hörte, zog er die Decke über seinem Leib zurecht, und auch dann hielt er die Augen fest geschlossen, damit ja kein Sonnenstrahl eindrang. Aber er wusste, er war wach, und keines seiner Manöver würde etwas daran ändern.

Ein paar Minuten später schlug er die Augen auf. Da lag er in seinem Bett, in Dr. Etan Griens Schlafzimmer. Und trotzdem würde er sich nicht wundern, wenn sich plötzlich die Tür öffnete und Dr. Etan Grien hereinkäme und ihn gehen hieße. Dr. Grien, ein prinzipientreuer Mann, der eine Korruptionsaffäre nicht hatte hinnehmen wollen, würde den Mann aus seinem Bett jagen, der gestern – nicht direkt, aber durchaus eindeutig – den Tod eines jungen Mädchens verursacht hatte. Dr. Grien würde den Mann vor die Haustür setzen, der einen Menschen überfahren und am Straßenrand liegen gelassen hatte, wofür beinahe ein anderer Mann beschuldigt worden wäre. Und dieser Mann, den man aus dem

Bett geschmissen und vor die Tür gesetzt hatte, würde im Garten zwischen den Rosmarinsträuchern stehen und sich fragen, ob nicht vielleicht gerade er der echte Etan Grien war.

Was definiert ihn mehr, ein ganzes Leben mit rücksichtsvollem Fahren, Medizinstudium, Heimtragen von Supermarkttüten für alte Damen – oder dieser eine Moment? Einundvierzig Lebensjahre gegenüber einer Minute, und doch hatte er das Gefühl, diese eine Minute enthalte viel mehr als ihre sechzig Sekunden, so wie ein DNA-Molekül den ganzen Menschen in sich barg. Und ja, es machte etwas aus, dass es ein Eritreer war. Denn die sahen ihm alle gleich aus. Weil er sie nicht kannte. Weil Menschen von einem anderen Stern notgedrungen etwas weniger menschlich waren. Zugegeben, das klang furchtbar, aber er war nicht der Einzige, der so dachte. Er war nur der, der zufällig einen überfahren hatte.

Er lag im Bett und erinnerte sich an die Blutrosen auf dem Kleid des Mädchens. Daran war Liat nicht weniger schuld als er. Sie konnte sich noch so lange einreden, sie hätte die Liebesgeschichte aufgedeckt, um den Jungen vor ungerechtfertigter Haft zu bewahren, aber tatsächlich hatte sie es getan, weil es sie verrückt machte, dass Chita diesen Fall gelöst haben sollte und nicht sie. Der Junge hatte sie gebeten, nicht weiter zu ermitteln, und sie hatte nicht auf ihn gehört, und als sie den Fall aufgeklärt hatte, war sie einfach nur stolz gewesen, ohne an die Gefahr zu denken, in die sie das Mädchen damit brachte. So war das. Es gab keine Guten und Bösen, nur mehr oder weniger Starke. Vielleicht war es das, was Sakkai ihm hatte sagen wollen, als er ihm die Whiskyflasche überreichte.

Er rasierte sich sorgfältig vor dem Spiegel. Gestern hatte ihm Prof. Tal gesagt, er sehe vernachlässigt aus. Er hatte es lächelnd gesagt, mit einem Schulterklopfen, aber eben doch. Prof. Schkedi wechselte schon seit zwei Tagen kein Wort mehr mit ihm. Die gewöhnlichen tadelnden Blicke des Chefarztes hatten demonstrativer Nichtachtung Platz gemacht, die Etan weit mehr Sorgen bereitete. Auch die übrigen Ärzte sprachen ihn kaum noch an, er war ja ohnehin zu müde und beschäftigt für ein richtiges Gespräch. Sogar die junge Schwester hatte ihr Lächeln eingestellt und beschlossen, ihre Bemühungen besser auf den neuen Assistenzarzt zu richten. Vielleicht hätte sie anders gehandelt, hätte sie gewusst, dass der müde und unrasierte Arzt praktisch der Leiter eines anderen Krankenhauses war. Weniger bekannt, weniger legal, und doch – ein Krankenhaus. Mit medizinischer Ausstattung und einer weiten Bandbreite an Krankheiten und Verletzungen, und seit gestern auch mit dem Tod einer Patientin, anders ging es in Krankenhäusern ja nicht.

Du musst dich beruhigen, sagte er sich, als er das Hemd zuknöpfte, du musst zur Ruhe kommen, sonst verlierst du deinen Job. Er schloss den letzten Hemdknopf und polierte seine Schuhe. Zum Schluss stellte er sich vor den Spiegel und begutachtete sein Äußeres. Nein, Prof. Tal würde keineswegs sagen können, er sehe vernachlässigt aus.

Und doch sprühte er sich etwas von dem teuren Aftershave für besondere Anlässe rechts und links an den Hals, zur Sicherheit.

Viele Stunden später, als das Aftershave bereits säuerlichem Schweißgeruch Platz gemacht hatte, trat eine Schwester zu ihm und sagte, Ihre Frau ist am Telefon. Er entschuldigte sich bei dem Patienten und eilte an den Apparat. Er hatte dieses Gespräch schließlich seit dem Morgen erwartet. Liat würde ihm erzählen, dass die Beduinin tot sei, und würde dann anfangen zu weinen. Oder sie würde erst anfangen zu weinen und dann erzählen, dass die Beduinin tot war. Er würde nicht weniger entsetzt sein als sie. Er würde sie beruhigen. Er würde ihr sagen, Tuli, es ist nicht deine Schuld. Du wolltest doch nur helfen. Und er würde tatsächlich selbst glauben, was er sagte. Er würde nicht denken, sie sei eigentlich auch ein bisschen schuld, wegen dieser zähen Ermittlung und der Beförderung, die vielleicht gewinkt hätte. Wenn er sie weinen hörte, wüsste er, die Beförderung war nur ein Vorwand für etwas anderes, für Liats Wunsch, zu den Guten zu gehören, wie es sich ziemte. Wie Ärzte. Denn keiner machte es wegen des Geldes. Auch nicht wegen des Ansehens. Sieben Jahre Studium, um zu wissen: Falls es gute Mächte und finstere Mächte auf Erden gab, befandest du dich zweifellos auf der richtigen Seite.

All das wollte er ihr sagen, als er den Hörer aufnahm, und deswegen war er höchst überrascht, als er nicht Liats gequälte Stimme am Apparat hörte, sondern eine andere, ruhig und gelassen.

Du musst heute kommen.

»Warum meinst du, du kannst einfach hier anrufen?«

Du antwortest nicht auf deinem Handy.

Er erwiderte ihr, was sie schon wusste, dass sein Handy während des Dienstes ausgeschaltet blieb, und sie erwiderte ihm, er habe auch gestern Nacht und heute Morgen nicht geantwortet. Sie sagte, es seien Kranke da, viele. Gestern habe sie alle weggeschickt, weil er ja diese Beduinin vorgezogen habe, aber heute müsse er kommen. Er sagte, heute kann ich nicht, Sirkit, ich habe bis spät Dienst, und sie sagte, *dann sage ich ihnen, sie sollen spät kommen*, und legte auf.

Als er aus dem Jeep stieg, sah er sofort den Mond. Ein weißes, aufgerissenes Auge, dem die Pupille entnommen war. (Und wenn der Mond voll ist, dann sind zwei Monate vergangen, Janis Joplin hat damals im Auto gewimmert, und draußen war ein Mann namens Assum, und du hast ihn überfahren.) Er schloss den Jeep ab und ging zur Werkstatt. Zehn Eritreer drängten sich am Eingang, linsten hinein. Er dachte, sie warteten auf ihn, und deshalb war er überrascht, dass sie ihm keinen Blick zuwarfen, als er zwischen ihnen hindurchging. Beim Erreichen der Werkstatttür begriff er, warum. Eine schwergewichtige Sudanerin kniete dort, mit dem Rücken zur Menge, und küsste Sirkit die Füße. *Minfadlik,* sagte sie und wiederholte, *minfadlik, minfadlik*. Etan kannte dieses Wort. Die Sudaner, die in die Werkstatt kamen, sagten es häufig: Ich bitte dich. Sirkit erwiderte in weichem, melodischem Arabisch. Es war ein angenehmer Klang, und so erfasste Etan erst im zweiten Moment, dass sie die Frau abwies. Er kapierte es, als die Frau aufstand und Sirkit ins Gesicht spuckte.

Ein verblüfftes Murmeln ging durch die Menge. Der Speichel, weiß und schäumend, war auf Sirkits Nasenrücken gelandet und rann ihr nun auf die Wangen. Und wie erbärmlich und lächerlich wirkten diese stolzen Gesichtszüge, als die Speichelfäden daran herunterliefen. Doch als die Sekunden verstrichen und Sirkit unverwandt stehen blieb, musste Etan zugeben, dass ihre vermeintliche Erbärmlichkeit nichts als Ehrfurcht gebietend war. Denn ganz offensichtlich hatte ihr das Anspucken nichts ausgemacht. Sie stand einfach weiter da, ohne ein Wort zu sagen. Als die Frau erneut spuckte, direkt ins samtige Schwarz ihrer Augen, ging sie ans Waschbecken, um sich das Gesicht abzuspülen. Die spuckende Frau drehte sich um und sah Etan. Ihre Miene veränderte sich mit einem

Schlag. *Minfadlak*, Doktor. Sirkit will Bakschisch. Ich hab kein Bakschisch. Schon wollte sie wieder auf die Knie gehen, diesmal vor seinen Füßen, als die Eritreer herantraten, die Sirkit zu Ordnern ernannt hatte. Sie mussten sie nicht anrühren. Sie erhob sich sofort wieder. Kalten Blicks musterte sie Sirkit, die sprungbereiten Männer, die Zuschauer am Eingang. Bebend vor Wut und Erniedrigung wandte sie sich an Etan. »Für jeden Hieb, den Assum ihr gegeben hat, möge Allah ihr zehn verpassen.«

Der letzte Patient ging um zwei Uhr hinaus. Hinkte hinaus, genauer gesagt. Etan sah ihm nach, als er auf seinem verbundenen Bein davonhumpelte. Drei Mal hatte er ihm das mit dem Antibiotikum erklärt, war aber immer noch nicht sicher, ob er es verstanden hatte. Er war gestern ins Land gekommen. Schleppende Sprache, matte Augen. Vielleicht wegen der Hitze, vielleicht war er von Natur aus schwachsinnig. Aber ein Schwachsinniger hätte es nicht geschafft, den Beduinen-Schleppern zu entfliehen, die Grenze zu überqueren, ohne irgendwem etwas zu bezahlen. Sirkit sagte, er habe diese Schramme am Bein abbekommen, als er unter einem ägyptischen Grenzzaun hindurchrobbte. Er wusste nicht, ob das stimmte. Nichts von dem, was sie sagte, klang ihm glaubwürdig. Er wusste nur, das Bein sah grässlich aus. Er pumpte den Mann mit Antibiotika voll, das Letzte, was er jetzt brauchen konnte, war eine weitere Notoperation in der Werkstatt.

»Sag ihm, wenn er die Infektion nicht behandelt, kann er das Bein verlieren.«

Sirkit übersetzte es, und der Mann lachte laut auf.

Er hat gesagt, das Bein würde okay werden, du wüsstest wohl nicht, dass die Eritreer Weltmeister im Fünfhundert-Meter-Lauf sind.

Etan schnappte das seltene, vertrauliche Lächeln auf, das Sirkit dem Mann zuwarf. Als amüsierten sich die beiden über einen Witz, der beim Übersetzen verloren gegangen war.

»Weltmeister im Fünfhundert-Meter-Lauf?«

Das ist die Schussweite der ägyptischen Gewehre. Wer die nicht schnell genug rennt, schaffts nicht hierher.

Sie stand auf und begleitete den Mann nach draußen. Das Mondauge beschien die beiden, als der Mann ein paar Geldscheine aus der Tasche zog und sie Sirkit übergab. Etan blickte dem Davongehenden nach. Sirkit kam wieder in die Werkstatt. Sie nahm einen Gummiwischer und begann, den Betonboden zu schrubben, bat Etan nur, kurz zur Seite zu treten, sie wolle hier putzen. Er sah ihr beim Wischen zu. Schnelle, routinierte Bewegungen.

»Diese Frau, die vorhin hier war.«

Ja?

»Sie hat gesagt, du würdest Geld nehmen. Wer nichts bezahle, werde nicht behandelt.«

Und?

Sie putzte unverändert weiter, nicht schneller, nicht langsamer. Und Etan wurde sich plötzlich der hellen Kreise an ihren Handgelenken bewusst, Spuren ausgedrückter Zigaretten.

»Sie hat auch gesagt, dein Mann hätte dich geschlagen.«

Sie schob das Wasser nach draußen, die Hände am Stiel des Gummiwischers. Sie nahm einen Lappen und wischte damit den sauberen Boden, bis kein Tropfen Wasser mehr darauf zu finden war. Sie faltete den Lappen zu einem exakten Quadrat.

Und?

Als er gegangen war, putzte sie die Werkstatt noch einmal. Rhythmische, gleichmäßige Bewegungen, wie Rudern in ruhigem Wasser. Der Raum war sauber, daran zweifelte sie nicht. Und doch putzte sie noch einmal den Betonboden, wischte mit dem Lappen den rostigen Metalltisch ab. Der Körper arbeitete, und der Kopf beruhigte sich oder versuchte sich wenigstens zu beruhigen, denn sobald sie kurz innehielt, wurde sie von solcher Unruhe erfasst, dass sie sich sofort wieder in Bewegung setzte, den Raum hin und her, hin und her durchmaß.

Sie würde niemals wissen, was geschehen wäre, wenn der Jeep in jener Nacht nicht aus dem Nichts aufgetaucht wäre und ihn überfahren hätte. Wie viele Faustschläge hätte er ihr noch versetzt, und hätte sie jemals die Kraft aufgebracht, zurückzuschlagen? Und nun würde es immer so sein, dass sie ihr Leben von einem anderen erhalten hatte, von diesem Arzt, der es ihr gar nicht hatte schenken wollen.

An ihrem Handgelenk waren fünf helle Kreise, und sie erinnerte sich an das Brennen auf ihrer Haut und an Assums Tabakgeruch an dem Abend, als er sie ihr ins Fleisch brannte. Während sie den Lappen erneut ins Wasser tauchte, dachte sie, nicht weniger als ihn hasse sie diese Frau, die an jenem Abend in der Hütte gekauert und gewartet hatte, bis er fertig war. Sie würde sie gern am Schopf packen, diese blöde Kuh, sie mit Gewalt hochziehen, nur um sie erneut schlagen zu können. Wie hast du ihn nur gewähren lassen. Noch nicht mal geschrien hast du. Der Arzt ist schuld, weil er ihn überfahren hat, aber du, du bist schuld, weil du ihn nicht selbst umgelegt hast. Weil du untätig geblieben bist.

Sie stellte den Gummiwischer in die Ecke und ging hinaus, den Lappen aufhängen. Kein Zweifel, sie hatte sich hervorragend vor dem Leben versteckt. Einunddreißig Jahre lang hatte sie sich vor dem Leben versteckt. Und vor allem vor ihrem Ehemann, der die ganze Hütte ausfüllte und noch aus dem Dach ragte. Ihr Ehemann war größer als Gott, aber weniger boshaft. Manchmal hatte er auf der Matratze gesessen, und sie hatte ihr Haar gelöst, und er hatte ihr mit seinen Fingern alle Knötchen aufgemacht. Sanft. Ohne wehzutun. Sie hatte mit dem Rücken zu ihm gesessen und die Augen zugemacht, und er hatte alle Knötchen mit seinen Fingern entwirrt, wie vorher sein Fischernetz. Er konnte die Fäden des Netzes entwirren, ohne auch nur einen einzigen Faden zu zerreißen, so gute Hände hatte er. Sie hatte die Augen geschlossen und geatmet. Außerhalb der Hütte verbrannten die Leute Müll. Assums Finger rochen nach Tabak und Fisch. Er führte sie auf und ab durch ihr Haar, bis kein einziges Knötchen übrig war. Und dann roch auch ihr Haar nach Tabak und Fisch. Manchmal fuhr er ihr weiter mit den Händen durchs Haar, wenn es gar keine Knötchen mehr zu lösen gab. Ließ die Hände auf und ab, auf und ab spazieren, in Windungen und Schlängelwegen, wie eine Ameisenkolonne, wie ein Bachlauf, wie eine Zärtlichkeit, die sie jetzt nicht zu beschreiben weiß, aber wieder auf der Kopfhaut spürt. Und die ganze Zeit, während seine Finger ihr durchs Haar wanderten, kam ihm das Pfeifen über die Lippen. Hörte nur kurz auf, wenn er auf den Boden spuckte, und setzte gleich wieder ein.

Dieses Pfeifen hatte er eines Tages vom Meer mitgebracht. Sagte, er hätte es von den Fischen bekommen. Das klang unglaubwürdig, aber Assum gehörte nicht zu den Menschen, denen man widersprach. Und das Pfeifen war wirklich hübsch. Sowohl die Melodie, die anders war als alles, was sie bis dahin gekannt hatte, als auch die Art, wie er die Lippen dabei schürzte, einen Moment aussah wie der kleine Junge, der er vielleicht mal gewesen war, so niedlich und überhaupt nicht einschüchternd.

Als sie das Dorf verließen, hatte er den Pfiff mitgenommen, aber nicht mehr ausgesehen wie ein kleiner Junge, der die Lippen schürzte. Er sah aus wie ein müder und zorniger Mann. Nach ein paar Wochen war der Fischgeruch von seinen Fingern gewichen. Sie merkten es beide, aber keiner sagte etwas. Ohne den Fischgeruch waren seine Finger wie ein Mensch, dem man den Schatten abgeschnitten hatte. Alles da, aber etwas Wichtiges fehlte. Fern vom Wasser erstickten seine Finger in der Sonne wie die Fische auf dem Hüttenboden. Er rauchte weiterhin Tabak, löste ihr aber nicht mehr mit den Fingern die Knötchen im Haar und redete kaum noch mit ihr. Es gab Tage, an denen kam ihm nichts als das Pfeifen über die Lippen. Dieselbe Melodie, aber anders. Langsamer und staubig.

Bis zu dem Abend, an dem dieser Beduine ihr sagte, sie solle in sein Zelt kommen. Er war an der Gruppe sitzender Frauen vorbeigegangen und hatte sie eine nach der anderen gemustert, langsam, und dann auf sie gezeigt und ihr bedeutet aufzustehen. Sie hatte schon Anstalten gemacht, sich zu erheben, als sie Assum pfeifen hörte. Diesmal war die Melodie schnell, kräftig, beinahe fröhlich. Der Beduine drehte sich überrascht zu der Gruppe Männer um. Zwischen all den kauernden Männern mit gesenkten Blicken stand da ihr Ehemann und pfiff. Der Beduine spannte sein Gewehr und sagte ihm, er solle bloß nicht frech werden. Assum hörte auf zu pfeifen und sagte, wenn du ein Mann bist, dann lass uns dich mal ohne Gewehr sehen. Der Beduine übergab das Gewehr einem seiner Genossen und sagte, kein Problem, aber seinen

Augen sah man an, dass er ein bisschen besorgt war. Assum war anderthalb Köpfe größer als er, und trotz allem, was geschehen war, seit sie das Dorf verlassen hatten, waren seine Schultern noch breit und stark. Und doch hatte der Beduine sich umsonst gesorgt. Es war Tage her, dass einer von ihnen etwas Ordentliches gegessen hatte, und seit der Fischgeruch von Assums Händen gewichen war, waren sie schwächer geworden. Es dauerte keine Minute, und er lag am Boden. Der Beduine drückte ihm das Gesicht tief in den Sand und sagte, jetzt sehen wir mal, ob du pfeifen kannst. Danach versetzte er ihm noch ein paar Fußtritte und ließ von ihm ab, und sie würde niemals wissen, ob der Beduine sich in diesem Stadium überhaupt an sie erinnerte, ob er noch vorhatte, sie ins Zelt zu zerren, oder sich schon genug vergnügt hatte für einen Abend, denn gleich darauf pfiff Assum schon wieder. Sein Gesicht war voller Sand, und sein Mund blutete. Er konnte nur mit Mühe die Lippen schürzen. Der Ton kam abgehackt, falsch heraus. Es war gar kein Pfeifen. Und doch erkannte sie sofort die Melodie, und auch der Beduine erkannte sie, denn diesmal begnügte er sich nicht mit ein paar Fußtritten. Er ließ Assum aufstehen und versuchen, auf ihn einzuschlagen, und sobald Assums Faustschlag danebenging, prügelte er ihn windelweich. Das dauerte einige Minuten, fühlte sich aber länger an, und anscheinend kam es auch dem Beduinen länger vor, denn als er endlich aufhörte (Assums Gesicht war zu Brei geschlagen), wischte er sich die Hände an der Galabija ab, nahm sein Gewehr wieder entgegen und ging.

Sirkit eilte zu dem Mann, der am Boden lag und ihr Ehemann war. Sie wischte ihm das Blut von den Lippen. Sie reinigte sein Gesicht vom Sand. Sie wollte ihm die Finger küssen, die nach Tabak rochen, aber nicht nach Fisch, als er ihr mit ebendiesen Fingern den härtesten Faustschlag ihres Lebens versetzte. Er erwischte sie genau in der Magengrube. Er hatte sie schon früher geschlagen, aber nie so. Vielleicht weil er diesmal mit besonderer Wucht zuschlug. Oder vielleicht schlug er sie wie immer, und ihre Muskeln waren nicht darauf vorbereitet gewesen. Schlaff, entspannt, nicht angstvoll verkrampft. Als sie ihn so daliegen sah, mit Blut und Sand bedeckt, hatte sie keinen Tropfen Furcht in sich stecken. Sie war nicht aus Angst, sondern aus Sorge zu ihm geeilt. Und er hatte gesehen, dass sie keine Angst in den Augen hatte, und war erschrocken, denn den Geruch des Meeres an den Fingern zu verlieren ist etwas anderes als die Angst in den Augen deiner Frau zu verlieren. Und daran änderte auch nichts, dass sie statt Angst Zärtlichkeit in den Augen hatte. Mit Zärtlichkeit wusste er nichts anzufangen. Die Angst in ihren Augen sagte ihm, er war so wie zuvor, nichts hatte sich geändert. Die Zärtlichkeit sagte etwas anderes, das er nicht verstehen konnte. Auch nicht wollte. Zu viele Dinge hatten sich geändert oder waren verloren gegangen. Und er brauchte ihre Angst. Er musste sie haben, um zu wissen, wer er war.

Nun war sie es, die am Boden lag, mit dem Gesicht im Sand. Assum stand da und spuckte Blut. Sie blickte ihn an und sagte sich, du blöde Kuh, hast tatsächlich gedacht, er hätte es für dich getan. Das war nicht deinetwegen. Er hat keine Ahnung, was es für dich bedeutet, wenn ein Mann gewaltsam in dich eindringt und dir das Fleisch zerreißt. Es war seinetwegen. Kein anderer darf das mit seiner Frau anstellen. Keiner außer ihm selbst.

Außerhalb der Werkstatt war die Nacht rund und still. Die Steine lagen an ihrem Platz und auch der Himmel, und sie berührten sich nicht. An dem Abend mit dem Pfeifen war erst

Assum am Boden gewesen, und sie hatte gestanden, und danach war sie am Boden gewesen, und Assum hatte gestanden, und mitten in der Nacht war der Beduine gekommen und hatte über ihr gestanden und gesagt, komm. Heute Abend stand sie draußen vor der Werkstatt und wusste, sie konnte ihrem Arzt sagen, komm, und er kam sofort. Und wenn sie ihm sagte, behandle, dann behandelte er. Und wenn sie ihm sagte, er solle auf einem Bein hüpfen (wie jener Junge am Rand des Lagers, das Gewehr auf sie gerichtet, ihnen mal gesagt hatte, ihr hättet nicht bis hierher gehen dürfen, jetzt hüpft mal auf einem Bein zurück), wenn sie ihm das sagte, würde ihr Arzt auf einem Bein hüpfen. All das wusste sie. Aber du wirst niemals wissen, was passiert wäre, wenn er ihn in jener Nacht nicht überfahren hätte. Ob du es eines Tages geschafft hättest, wegzulaufen, oder ob du alle Tage so mit ihm weitergemacht hättest, von einem Fausthieb zum nächsten. Wie dieses Schweigen des Herzens zwischen zwei Herzschlägen, so hätte dein Leben ausgesehen. Und dass es jetzt nicht so aussieht, ist wirklich sehr nett. Aber du wirst nie, nie wissen, wie viel deine Kraft dabei bewirkt hat und wie viel der Zufall.

Auf der Station hatte man ihn zwei Mal gesucht, aber es war kein Anruf von Liat eingegangen, und das wunderte ihn. Er begann sich schon zu fragen, ob das junge Mädchen, das gestern auf dem Operationstisch gestorben war, tatsächlich die Mona gewesen war, von der seine Frau gesprochen hatte. Die Möglichkeit, es könnte ein anderes Mädchen gewesen sein, machte ihm Hoffnung. Der Anruf von der Wache heute früh konnte einen anderen Fall betroffen haben. Liat war wortlos aus dem Haus gegangen, und er hatte sich doch mit aller Kraft bemüht weiterzuschlafen. Auf der ganzen Heimfahrt spielte er mit der verlockenden neuen Möglichkeit. Mona und der Junge waren gesund und munter. Beinahe wagte er, sich ihre Gesichter vorzustellen, den Gedanken an die verbotene Liebe der zwei Kinder ein wenig auszuschmücken. Es war nicht diese Mona gewesen. Von Minute zu Minute schwand sein Zweifel in der Sache. Liat hätte ihn angerufen, wenn jenes Mädchen gestorben wäre. Schließlich lagen ihr dieser Fall, der Eritreer und der Junge und das jüngst hinzugekommene Mädchen, besonders am Herzen.

Aber als er das Haus betrat, fand er sie mit geröteten Augen auf dem Sofa sitzen. Er wusste sofort Bescheid und ärgerte sich über sich selbst, weil er es nicht hatte wahrhaben wollen. Die ganze Fahrt über hatte er falschen Illusionen nachgehangen, sich schöne Geschichten erzählt über ein Mädchen und einen Jungen, die auf einem Kamel in den Sonnenuntergang reiten. Er setzte sich neben Liat, wartete auf den Moment, in dem sie ihm erzählen würde, was er schon wusste, legte sich im Voraus tröstende Sätze zurecht, Pluspunkte für sie in der Debatte, die jetzt gewiss in ihrem Kopf ablief. In die Arme nehmen würde er sie. Es ist nicht deine Schuld mit diesem Mädchen, du bist nicht schuld daran. Und deshalb begriff er zuerst gar nicht, als sie, statt ihm vom Tod des Mädchens zu erzählen, strengen Blicks fragte: »Wo bist du gewesen?«

»Auf der Station.«

»Das entspricht nicht dem, was man mir heute gesagt hat, als ich dort anrief, um dir zu erzählen, dass das bewusste Mädchen tot ist.« Und ehe er noch überlegen konnte, was er sagen sollte, stand sie schon auf den Beinen, blickte ihn geringschätzig an. »Sie haben mich gefragt, wie es Jahali mit seinen Asthmaanfällen geht, derentwegen du früher weggegangen bist.«

5

Schon eine Woche sprechen Etan und Liat nicht mehr miteinander. Worte werden gesagt. Worte werden erwidert. Die Milch ist alle, und wo ist Jahalis Tasche, und ich fahre ihn heute in den Kindergarten. Manchmal berührt eine Schulter die andere beim gemeinsamen Zubettgehen oder beim Abtrocknen im Badezimmer. Liat deckt den Tisch fürs Abendessen, Etan bringt das Geschirr zur Spüle. Liat räumt den Geschirrspüler ein, Etan stellt das Geschirr wieder in den Schrank. Tage kommen, Tage gehen, und Etan und Liat reden nicht. Und die ganze Zeit über füllt und leert sich die Spüle von Etan und Liat, wie der Mond zu- und abnimmt.

Geschirr wird hineingeräumt. Geschirr wird herausgenommen. Ein Plastikbeutel füllt sich mit Abfall. Abfall wird in die Tonne auf dem Hof geworfen. Die Tonne im Hof füllt sich mit Abfall. Abfall wird in den Müllwagen gekippt. Der Müllwagen füllt sich mit Abfall. Der Abfall wird auf die Müllhalde im Negev entleert. Die Müllhalde im Negev füllt sich mit Abfall. Abfall wird tief in der Erde vergraben. Die Erde füllt sich mit Abfall. Füllt und füllt sich und kann sich nicht entleeren, und der Staub erhebt sich daraus wie eine Kränkung, steigt auf und umhüllt die Stadt Beer Scheva, steigt auf und hüllt ein und gelangt nach Omer. Aber die Spüle von Etan und Liat strahlt vor Sauberkeit, in blendendem Marmorweiß. Funkelt im Dunkeln. Ihr Licht durchdringt den Staub.

Am Ende verzieh sie ihm. Er versicherte ihr immer wieder, er habe die Stunden außerhalb des Krankenhauses allein verbracht. Luft, sagte er, ich brauchte Luft zum Atmen. Schilderte ihr seine Touren auf Jeep-Pisten, sein Hin- und Herfahren auf Sandwegen, Nacht für Nacht. Warum denn lügen, fragte sie, warum nicht einfach sagen. Seine Antworten kamen stammelnd, lückenhaft, aber sie rochen nicht nach Parfüm. Auch seine Augen – Einsamkeit, nicht Untreue lag darin. Und sosehr sie ihm grollte, grollte sie nun auch sich selbst. Was hatte er hier denn schon. Fast mit Gewalt hatte sie ihn hergezerrt. Sie hätte ihn darin unterstützen können, Sakkai entgegenzutreten, an die Presse zu gehen. Vielleicht hätte er den Job verloren, aber der Stolz, dieses unsichtbare innere Organ, das für Männer existenznotwendig ist, dieser Stolz wäre gewahrt worden. So war er denn in den Jeep gestiegen und rumgekurvt. Stundenlang. Nächtelang. Und vielleicht war es besser so, denn was hätte sie wohl machen sollen, wenn er mit dem ganzen Frust heimgekommen wäre, mit der Wut über den Umzug, über die verpasste Gelegenheit. Nicht mal Jahalis Wutausbrüche konnte sie lindern, sie brauchte Etan, um ihn zu beruhigen. Wie sollte sie dann mit der Kränkung eines Mannes von einundvierzig Jahren fertig werden, der sich zum ersten Mal im Leben abgeschoben und zweitrangig fühlte?

Sie wusste, jede andere Frau hätte längst angefangen, ihm nachzuspionieren. Und sie wusste, gerade sie, die täglich mit Fahndungen und Ermittlungen zu tun hatte, würde das nie im Leben machen. Sie wollte ihn nicht mit diesem Zweifel in den Augen anschauen. Irgendwelchen Anzeichen, Spuren nachgehen. Dazu war sie nicht bereit, denn wenn sie jetzt damit anfinge, wäre sie nicht sicher, ob sie später damit aufhören könnte. Auf der Safari in Kenia, nach der Hochzeit, hatte ihnen der Ranger gesagt, ein Löwe, der einmal Menschenfleisch gekostet habe, wolle nichts anderes mehr jagen. Vielleicht war das Quatsch, eine Geschichte für Touristen, aber ihre Löwinnen-Sinne wussten, es gab keine größere Verlockung, keine reizvollere Jagd als geliebten Menschen aufzulauern.

Und gerade deshalb war es verboten. Damit sie nicht vor dir liegen, zerfleischt, ihre Geheimnisse aus den Gedärmen ergießend. Man muss die Grenzen der Haut und des Wissens streng wahren. Muss in Erinnerung behalten: Nicht an alles darf man rühren. Muss anhalten. Rechtzeitig.

Sie sieht ohnehin schon zu viel. Sie weiß, wenn Itamar sagt, der Klassenausflug sei okay gewesen, sagt er eigentlich, er habe keinen Sitzpartner gehabt. Sie sieht es am Winkel seiner Augen, an einer leichten Beugung des Kopfes. Sagt es ihm aber nicht, um ihn nicht verlegen zu machen, und sagt es Etan nicht, um ihm keine Sorgen zu bereiten. Und hofft vielleicht auch, sie würde es sich eines Tages selbst nicht mehr sagen, diesen Röntgenapparat abschalten, der in ihrem Kopf sitzt und ihr zeigt, was die Menschen in den Koffern und im Bauch haben.

Eine vertrackte Angelegenheit, dieses Sehen. Denn wie groß und stark fühlt sie sich, wenn sie so in Menschen stöbert, unbemerkt, ohne Durchsuchungsbeschluss. Wie hatte ihr schon im Grundstudium ein Blick genügt, um zu erkennen, wer schwanger war, nicht an dem noch flachen Bauch, sondern an der schützend aufgelegten Hand. Und später, beim Masterstudiengang, traf sie dieselben Studentinnen beim Abendessen mit dem Ehemann und erkannte den Zustand der Ehe bereits an der Händehaltung, ob sie sich nur beim Hereinkommen kurz zum Zeigen an den Händen hielten oder auch später noch. Sie unterscheidet mühelos zwischen Distanz aus Unsicherheit und Distanz aus Arroganz, zwischen künstlicher und ruhiger Gelassenheit, zwischen gesundem Flirt und echter Verführung. Sie weiß es und nimmt sich in Acht, denkt immer an die Warnung ihrer Großmutter: Pass auf, dass du die Blicke nicht durcheinanderbringst. Nicht, dass du meinst, du schaust nach draußen, während du in Wirklichkeit nur das siehst, was du in dir hast.

Was weiß sie denn schon von Itamars Ausflug? Der leere Nebensitz im Bus, den sie ihm andichtet, war vielleicht besetzt. Vielleicht hat sie ihn mit einem anderen Sitz in einem anderen Bus vor Jahren verwechselt. Einem leeren Sitz beim Kennenlernausflug in der ersten Woche in Ma'agan Michael. Sie hatte damals aus dem Fenster geschaut und so getan, als betrachtete sie die Landschaft, als machte es ihr gar nichts aus, dass keiner neben ihr saß. Aber man sah es ihr an. An den Winkeln der Augen. An einer leichten Beugung des Kopfes. Auf der Rückfahrt hatte sie schon neben Scharon gesessen. Sieben Stunden Spiel und Spaß im Klassenverband hatten ihr gereicht, um sich eine Ecke zu erobern. Aber die Hinfahrt behielt sie deutlich in Erinnerung, für immer. Am Fenster waren Bäume und Gebäude und Kreuzungen vorbeigezogen. Und sie hatte sie angeschaut, um nicht auf die jauchzenden Kinder drinnen zu schauen. Sie schaute hinaus und sagte, da ist ein Baum. Da ist ein Gebäude. Da ist eine Kreuzung. Aber eigentlich sagte sie: Ich bin allein. Allein. Allein.

Du weißt nie mit Sicherheit, was im Kopf eines anderen

Menschen abläuft. Und doch kannst du es herauszufinden suchen. Kannst geduldig die Fenster eines Hauses anschauen, bis ein kurzer Windstoß eine Gardine beiseiteweht und dir einen Blick ins Innere gewährt. Und im Geist kannst du das Fehlende ergänzen. Nur bitte nicht vergessen, dass das, was du ergänzt hast, von dir stammt, nicht von dort.

Sie war nicht bereit, Etan nachzuspionieren, weil sie nicht bereit war, durch ein Fenster in ihr eigenes Haus zu lugen. Es gab keine zuverlässigere Methode, ein Haus zu entweihen. Sie war nicht bereit, Etan so auszuspähen. Als würde sie ihm etwas rauben, ohne dass er es ahnte. Also verhörte sie ihn gründlich über die Lüge, die er ihr aufgetischt hatte, fragte ihn wiederholt nach den Orten, an denen er gewesen war. Aber sie observierte ihn nicht, stellte ihm nicht nach. Schützte ihn sorgfältig vor ihren Jägerinnenaugen. Schützte auch sich.

Und sie schlief wieder mit ihm. Entfernte eines Nachts die imaginäre Trennlinie in der Mitte des Betts und streckte die Hand nach ihm aus. Wieder schliefen sie aneinandergeschmiegt. Aber ihr Schlaf war trist und flach, und ein gelber Dunst hüllte ihre Tage ein. Da war etwas, das er ihr nicht erzählte. Die Kriminalbeamtin in ihr wusste es, auch wenn die Frau in ihr es zu ignorieren suchte. Nur ein Mal brach sie ihren Vorsatz. Drei Tage nach der Versöhnung sagte er ihr, er habe fünf Stunden Bereitschaftsdienst. Um Viertel nach acht rief er an, um Jahali und Itamar Gute Nacht zu sagen. Die Kinder sprachen kurz mit ihm und kamen zurück, um »Pinguine unterwegs« weiterzugucken. Und sie saß auf dem Sofa, vor Seelöwen und Albatrossen, und dachte, eigentlich hatte sie keine Ahnung, wo er jetzt steckte. Die klare Gewissheit, die sie in zwölf Jahren Ehe begleitet hatte – die Gewissheit, dass Etan dort war, wo er gesagt hatte –, diese Gewissheit war jetzt eingestürzt wie ein riesiger Eisberg, der schlagartig barst. Sie saß im Wohnzimmer und hörte nichts als den Lärm des Zweifels. Unendlich viele Möglichkeiten rasten ihr durch den Kopf. Er konnte aus einem Hotel angerufen haben. Aus einem Auto. Aus dem Schlafzimmer einer anderen Frau. Er konnte aus Tel Aviv angerufen haben. Aus Jerusalem. Aus einer Nachbarwohnung. Zwei Punkte wurden durch eine Gerade verbunden, aber zwischen zwei Menschen konnte man endlos viele Lügen und Täuschungen spinnen. Von Minute zu Minute schwand die Wahrscheinlichkeit, dass er wirklich gerade an jenem Ort war, wo er behauptet hatte – auf der Station. Sie dachte daran, ihn dort anzurufen, wusste jedoch, das genügte ihr nicht. Die Stimme war ihr zu abstrakt. Sie brauchte etwas Greifbares. Sie musste Etan sehen, im weißen Kittel, mit Bartstoppeln, an dem Ort, an dem er sich angeblich aufhielt.

Die Gymnasiastin von der Villa gegenüber war gern bereit, eine Stunde auf die Kinder aufzupassen. Liat erklärte ihr, wie Jahali seinen Kakao mochte, hinterließ ihre Handynummer und hastete zum Auto. Das erste Gespräch kam, noch ehe sie aus Omer raus war.

»Mama?«

»Ja, E. T.«

»Wo bist du?«

»Unterwegs. Ich muss für eine Stunde wegfahren.«

»Kommst du wieder?«

»Ja, Süßer.«

Schweigen. Er weiß nichts zu sagen, will aber noch nicht auflegen. Und vielleicht ist ihr das auch lieber so, damit er sie nicht allein lässt im Auto, wo schwarze Gedanken wie Fledermäuse über ihr baumeln.

»Fährst du zu Papa?«

Sie hätte beinahe mitten auf der Straße angehalten. Erfasst plötzlich, dass Itamar sie vielleicht nicht weniger durchschaut als sie ihn. Und das verstört sie derart, dass sie sich rasch selbst beruhigt, so sind Kinder halt, begreifen nicht, dass Mama und Papa auch getrennt existieren, wenn Mama irgendwohin fährt, fährt sie für die Kinder immer zu Papa, und wenn Papa eine Telefonnummer wählt, dann immer Mamas.

»E. T., wir reden nachher. Ich sitze am Steuer.«

Sie weiß, sie hat seine Frage nicht beantwortet, antwortet aber lieber gar nicht, als mit einer Lüge. Besser ihn mit offenbleibenden Fragen großziehen als mit unehrlichen Antworten. Und vielleicht benutzt sie eine wohlbegründete Erziehungsmethode nur dazu, ihre Ohnmacht zu bemänteln. Sie hat nicht viel Zeit, darüber nachzudenken, denn fünf Minuten später folgt ein Anruf von Jahali.

»Mama, bist du da?«

Mama ist da, fragt sich nur, wo ist Liat. Früher hat sie gedacht, Mutterschaft sei noch etwas, das sie sich zulegte. Was Großes, Verpflichtendes, und doch etwas, das zu *dir* hinzukommt, zu der, die du bist. So stellt sie sich doch anderen Leuten vor – Schalom. Ich bin Liat. Mutter zweier Kinder. Tatsächlich müsste sie es wohl umgekehrt sagen – Schalom. Ich bin Mutter zweier Kinder. Liat. Diese Mutter zweier Kinder hat sie längst verschlungen. Liat ist das Überbleibsel, das, was rausgeflogen ist, als die zweifache Mutter gerülpst hat. Und gerade jetzt, in dieser Nacht, muss sie etwas weniger Mutter und etwas mehr Liat sein. Resolut. Impulsiv. Muss aufmerksam ihren inneren Stimmen lauschen und nicht denen von draußen.

»Mama ist da, Jahali, aber Mama kann jetzt nicht reden. Sag Netta, sie soll dir deinen Kakao machen.«

Sie fährt weiter. Fünf Minuten später der Anruf von Netta.

Sie ist schon an der Einfahrt zum Soroka, sucht einen Parkplatz, versucht der frustrierten Sechzehnjährigen zu erklären, wie Jahali seinen Kakao haben will. Hast du gut umgerührt, damit keine Klümpchen bleiben? Ja, aber er will nicht trinken. Sagt, es schmeckt ihm nicht. Und Liat will schon aufschreien, was denn da nicht schmecken könne, es sei dasselbe Pulver und dieselbe Milch. Weiß jedoch, Jahali wird ihn nicht trinken wollen, bis die letzte unverzichtbare Zutat, das geheime Gewürz dazugekommen ist – die absolute mütterliche Hingabe an seine Wünsche und Bedürfnisse. Er wird nicht trinken, bis sie kehrtmacht und bei ihm, zu Hause, ist. Und sie wiederum wird nicht heimkehren, ehe sie nicht im Krankenhaus gewesen ist.

Also trennte sie die Verbindung. Holte tief Luft. Zog vorm Innenspiegel den Lippenstift nach. Vielleicht war es lächerlich, sich vor so einem Auftritt zu schminken, aber sie wollte gut vorbereitet ankommen, seine Untreue sollte sie wenigstens nicht ohne Lippenstift erwischen. Wie ihre Großmutter, die sich vor jedem Besuch im Finanzamt akkurat die Brauen zupfte. Früher hatte Liat das komisch gefunden. Sogar ein bisschen nervend. Als würde sich der Beamte darum scheren, ob du Rouge aufgetragen hattest. Ihre Großmutter legte stets sorgfältig ihre Schminkrüstung an, kurz vor dem Aufbruch in den jeweiligen Kampf. Bestäubte die Augenlider mit einem ihrer blauen Pülverchen, wohl wissend, dass eine kleine Frau, die vor etwas Großem steht, so aufrecht wie nur irgend möglich auftreten muss. Und tatsächlich hatte sie Liat am Tag vor ihrer letzten Operation gebeten, ihr das Haar zu färben. Liat begriff nicht, warum. Ihr weißes Haar war für sie das Schönste überhaupt. Aber ihre Großmutter bestand darauf. Damit die Ärzte nicht denken, ich wäre alt. Wenn sie rotes Haar sehen, werden sie verbissener kämpfen. Auch der Tod: Sieht er Rot, schreckt er zurück, sieht er Weiß, nimmt er gleich mit. Im widerlichen Waschraum der Station, unter den Augen der Schwestern, hatte Liat ihrer Großmutter die Haare gefärbt. Ihr zitterten ein wenig die Hände. Rote Farbtropfen fielen zu Boden. Ihre Großmutter sagte: Die werden noch denken, man hätte hier jemanden abgeschlachtet. Worauf sie laut lachen mussten, sie lachten fast Tränen, obwohl es gar nicht so lustig war.

Jetzt hatte Liat den Lippenstift fertig aufgetragen und prüfte ihr Äußeres im Spiegel. Alles in allem eine schöne Frau. Sie zog die Wimperntusche heraus und pinselte energisch, womit sie Tränen völlig ausschloss. Sie würde nicht eine dieser schluchzenden Frauen mit Strömen blauschwarzer Mascara sein. Sie würde schön und gepflegt aus dem Auto steigen und auch schön und gepflegt wieder zum Auto zurückgehen, egal, was sie entdeckte.

Der Wachmann am Eingang warf einen flüchtigen Blick in ihre Handtasche. Sie marschierte auf die Fahrstühle zu, ohne eine Ahnung, was sie tun würde, wenn sie oben ankam. Reingehen und ihn suchen? Das wäre sehr einfach, wenn er da war, aber sehr erniedrigend, wenn nicht. Gut möglich auch, dass sie mit jemandem sprechen musste. Wenn Etan im OP war, zum Beispiel.

Aber wer weiß, ob er tatsächlich im OP ist. Vielleicht decken sie ihn einfach. Alle. Vielleicht ist es überhaupt eine von der Station, mit der er dauernd verschwindet, im Geheimbund mit Ärzten und Schwestern. Und so wie sich Krankenwagen mit heulenden Sirenen den Weg freimachten, rückten auch alle anderen Gedanken in ihrem Kopf beiseite und räumten den Weg, bis nichts mehr die Verdächtigungen am Vorpreschen hinderte.

Die dann schlagartig stoppten, als sie durchs runde Fenster in der Stationstür das Gesicht ihres Mannes erblickte. Er bemerkte sie nicht. Ihm gegenüber stand ein zweiter Arzt, und sie gingen zusammen einen Stapel Papiere durch, den Etan in Händen hielt. Im Profil sah sie deutlich, wie müde er war, wie erschöpft und angespannt. Seine linke Hand lag auf der Hüfte, stützte das Kreuz nach Gott weiß wie vielen Stunden Stehen. Die Schultern hingen ein wenig. Sein Lächeln war nicht bis zu den Augen vorgedrungen. Der Anblick des Mannes hinter der Tür ging zu Herzen. Seine Arglosigkeit, er ahnte ja nicht, dass sie ihn in diesem Augenblick beobachtete, dass sie erkannte, wie ihn der anstrengende Dienst heute schon geschlaucht hatte. Er war sicher, dass sie daheim bei den Kindern war, und in Wirklichkeit war sie hier, ganz in seiner Nähe, getrennt nur durch zehn Meter Entfernung und eine Tür mit Sichtfenster. Das machte ihn fast unerträglich verletzbar.

Sie drehte sich um und ging. Auf dem Rückweg zum Auto merkte sie, dass sie weinte. Die Wimperntusche verlief. Das Rouge blieb ihr blutrot im Gesicht kleben. Zu Hause angekommen, wischte sie sich noch bevor sie das Auto verließ die Tränen ab. Rieb schwarze Mascara-Streifen mit Spucke weg. Gleich wird sie lächelnd ins Wohnzimmer treten. Sie wird die phlegmatische Babysitterin nach Hause schicken, Jahali seinen Kakao machen und Itamar ermahnen, früh schlafen zu gehen. Sie wird so tun, als wäre sie nie weggefahren, um ihrem Mann nachzuspionieren. Und alles wird in bester Ordnung sein, hervorragend sogar, denn so gern Liat jetzt unter die Decke kriechen würde, um sich die Seele aus dem Leib zu heulen, seine kränkende Lüge und ihre schmähliche Fahndungstour wegzuspülen, so gibt es das bei der Mutter zweier Kinder ja gar nicht, sich die Seele aus dem Leib heulen. Bei der Mutter zweier Kinder ist alles in Ordnung. Also wartete sie noch eine Minute. Sogar zwei. Und schwor sich, nie im Leben – aber wirklich nie, nie in ihrem ganzen Leben – noch einmal ihrem Mann nachzuspüren.

Stattdessen tat sie das, was sie immer schon getan hatte, wenn das Zuhause zu einem unlösbaren Rätsel wurde: Sie konzentrierte sich ganz und gar auf die Lösung der Rätsel vor der Haustür. Seit dem Mord an dem Beduinen-Mädchen hatten bereits zwei junge Männer einen dritten am Eingang zum Megaclub Forum erstochen. Jeder der beiden behauptete, der andere sei es gewesen, was die Geschichte komplizierte. Außerdem war der eine ein Soldat auf Urlaub, und das machte die Presse erst recht scharf auf den Fall. Zuhältertypen konnten einander nach Belieben abstechen, aber nicht Soldaten. Marziano hatte sie zu einer Besprechung geholt und ihr gesagt, er baue auf sie, und sie hatte gesagt, in Ordnung, aber du ziehst mich deswegen nicht von dem Fall des Eritreers ab. Er brauchte einen Moment, bis ihm wieder einfiel, wovon sie sprach. Die Akte ist geschlossen, lautete seine Antwort, was willst du in einer Fahrerflucht von vor zwei Monaten noch herumstochern.

Der Arbeitgeber des Eritreers, Davidson, ruft mich dauernd an. Er ist sicher, Beduinen hätten ihn überfahren.

Marziano sagte, er sei es leid, von diesem Eritreer zu hören, und mit Beduinen hätte er ohnehin schon genug am Hals. Aber wenn sie es in ihrer Freizeit erledigen wolle, nachdem sie ermittelt hätte, wer von den beiden Scheißkerlen den da am Eingang zum Forum erstochen hatte, dann bitte schön, viel Vergnügen.

Das tat ihr gut, seine Antwort. Der Fall des Eritreers war schon lange kein normaler Fall mehr unter vielen, sie brauchte ihn für das Beduinen-Mädchen. Damit die ganze Geschichte nicht einfach im Sande verlief. Ihr schauderte einen Moment, als sie sich an ihren Besuch in der Leichenkammer erinnerte. Das Mädchen hatte dagelegen, den ganzen Bauch blutverkrustet, und dann plötzlich hatte sie den Lack auf den Zehennägeln entdeckt. Den Nagellack hatte die junge Beduinin sicher an einem Stand im Busbahnhof von Beer Scheva gekauft. Sie hatte sich auf die Toilette geschlichen, um ihn aufzutragen, hatte die Schuhe ausgezogen, gewartet, bis er getrocknet war. Dann war sie verhüllt ins Dorf zurückgekehrt. Keiner außer ihr und Ali hatte davon gewusst. Liat hatte noch einen Moment die rot lackierten Zehennägel angestarrt und dann begriffen: Wenn sie eine Sekunde länger daraufblickte, konnte ihr schlecht werden. Da war sie hinausgegangen.

Auf der Bank vor der Leichenkammer sitzend, sagte sie sich erneut, es sei nicht ihre Schuld. Sie hatte doch darauf bestanden, Mona in ein geschütztes Mädchenheim zu schicken, wohl wissend, wie vorsichtig man hier sein musste. Aber andererseits, wie schwer war es denn schon, diesen Unterschlupf aufzuspüren, wenn man es unbedingt wollte. Und wie wahrscheinlich war es, dass das Mädchen selbst Heimweh bekommen, die Mutter angerufen, Einzelheiten preisgegeben hatte.

Liat hatte es vorgezogen, an Alis Befragung nicht teilzunehmen. Marziano hatte zwar gemeint, schade, bei dir hätte er vielleicht was ausgesagt, hatte aber nicht darauf bestanden. Schließlich wussten sie beide, der Junge würde ihnen niemals verraten, wer seine Freundin erstochen hatte. Als man ihn auf die Wache brachte, sah sie ihn durch die Büroscheibe. Er schaute sie nicht an. Vielleicht war er es auch gar nicht. Ein anderer Beduine, den man wegen Drogen- oder Eigentumsdelikten aufgegriffen hatte oder wegen illegalen Straßenhandels. Ein flüchtiger Blick durchs Glas reichte ihr nicht zur sicheren Identifizierung. Und selbst wenn der Blick nicht flüchtig, sondern sehr viel länger ausgefallen wäre, hätte sie immer noch eine Spur Zweifel beibehalten. So ungern sie die peinliche Tatsache zugab – sie sahen ihr alle gleich aus. Identisch. Das Gesicht dieses Jungen war kaum von anderen zu unterscheiden. Wenn sie ihm in zwei Monaten zufällig auf der Straße begegnen sollte, konnte es durchaus passieren, dass sie ihn nicht wiedererkannte, ihm keinen Gruß zunickte. Oder vielleicht jemandem zunickte, aber einem anderen. Einem, der niemals Stunden mit ihr in einem geschlossenen Raum gewesen, niemals vor ihr zusammengeklappt, niemals vor ihren Augen in Tränen ausgebrochen war. Einem, dessen einzige Gemeinsamkeit mit diesem Jungen darin bestand, dass er Araber war. Beides Araber und daher beide identisch.

Beide wecken dieselbe Abneigung vermischt mit Schuldgefühl. Erst Abneigung, dann Schuldgefühl. Ihre dunklen Gesichter, die eigentlich so sehr den Gesichtern der Menschen ähneln, mit denen Liat aufgewachsen ist, und doch wieder anders aussehen. Der unterdrückte Zorn, den sie in ihren Augen sieht, egal, ob sie lachen oder weinen oder das Gebäude gegenüber verputzen. Die westliche Kleidung, die immer etwas seltsam, unpassend an ihnen wirkt. Merkwürdig geschnittene Jeans. Arabische halt. Hemden, die unweigerlich zu eng oder zu bunt oder zu lumpig sind. Schuhe, die einfach nicht zur Erscheinung passen. Dieser verhasste Lippenbart. Das dichte, schwarze Haar. Es ist ihr unangenehm, so zu denken, und doch tut sie es. Denkt, sie hätten mehr Hass als Verstand in sich. Seien erbärmlich, weil sie verloren haben, und gefährlich, weil sie verloren haben, was sich widerspricht und auch wieder nicht. Wie ein Hund, den du verprügelt hast und danach sowohl gering schätzt als auch fürchtest. Ein arabischer Hund. Hätte ein anderer Kriminalbeamter auf der Wache Derartiges von sich gegeben, wäre sie schlichtweg explodiert, aber was will sie eigentlich von ihm, er sagt doch bloß laut, was sie nicht denken darf. Und den ganzen Kampf mit Marziano um den Fall des Eritreers führt sie doch nur, um sich zu vergewissern, dass sie eben nicht zu denen gehört, für die alle Schwarzen gleich sind. Oder zu denen, für die ein guter Araber ein toter Araber ist und ein guter Beduine ein Beduine im Knast. Sie ist anders. Aber schließlich und endlich würde sie kein Schwimmbad besuchen, in dem es von Arabern wimmelt, obwohl sie in die Luft gehen würde, wollte jemand ein Schild anbringen, das ihnen den Zugang versagt. Das ist es ja genau: ausrasten, wenn jemand Araber diskriminiert oder wenn im Nationalpark Sachne ein Handgemenge auf rassistischer Basis ausbricht. Aber wissen, du selbst würdest im Leben nicht in den Sachne-Park fahren, denn du verbringst deinen Urlaub im Nobelhotel Meeresblick, von dem man den Kinneret zur einen und das Mittelmeer zur anderen Seite sieht. Und dort gibt es keine Araber und keine Zuhältertypen, alle in schönen weißen Bademänteln mit Lavendelduft.

Sie hatte Marziano versichert, die Ermittlungen wegen des Eritreers würden nicht auf Kosten der Geschichte mit dem Soldaten gehen, und dann schnell sein Büro verlassen. Es hätte ihr gerade noch gefehlt, einen weiteren Fall aufgehalst zu kriegen. Zurück in ihrem Büro, schloss sie die Tür und rief Davidson an. Bat ihn, ihr noch mehr von den Beduinen zu erzählen. Er kooperierte gern, sagte, seit dem Unfall seien nachts auffallend viele Angehörige des Stamms Abu Ayad in der Gegend unterwegs. Vielleicht sollte sie dem mal nachgehen. Sie sagte Danke, wird überprüft, und legte auf. Zwei Minuten später saß sie schon im Streifenwagen. Nun dachte sie nicht mehr an lackierte kleine Zehennägel, auch nicht an die Öde des Doppelbetts. Sie dankte nur Gott für Morde und Diebstähle und Ermittlungen, die es einem erlaubten, sich den Geheimnissen anderer zu widmen, statt den eigenen nachzuforschen.

6

Nach jener Nacht im Zelt von »Großartige Bewirtung bei den Menschen der Wüste« nahm Scharafs Vater ihn nicht mehr mit zur Arbeit. Es dauerte eine Weile, bis er selbst dorthin zurückkehrte. Matti hatte der Familie des Jungen freien Eintritt auf Lebenszeit versprochen, Hauptsache, sie veröffentlichten das Ganze nicht in allerlei Internetforen. Er hatte ihnen auch versichert, es sei kein Angriff aus terroristischen Motiven gewesen, und es bestehe kein Grund, die Polizei zu rufen. Gewiss, der Sohn des Beduinen habe ihrem Jungen den Stößel aufs Auge gehauen, mit dem man sonst das traditionelle Zerstoßen der Kaffeebohnen vorführe. Und ja, er habe ihm ein ordentliches Veilchen verpasst. Aber das sei nicht mit Absicht geschehen. Ein Jungenstreich halt. Er habe so tun wollen, als ob, und dann aus Versehen richtig zugeschlagen.

In jener Nacht war Mussa stumm nach Hause gefahren, und Scharaf hatte neben ihm gesessen, noch in der Galabija, denn in dem ganzen Wirbel dort hatte er keine Zeit mehr gehabt, sich umzuziehen. Kurz nach der Ausfahrt aus dem Kibbuz hielt Mussa den Pick-up am Straßenrand an und sagte, jetzt erklär mir mal, was zum Teufel da los war. Scharaf schwieg. Völlig klar, was da los gewesen war, und er sah keinen Grund zum Reden. Mussa schlug mit beiden Händen aufs Lenkrad, ganz ähnlich und doch wieder ganz anders, als er zuvor die Darbuka geschlagen hatte. Am Ende eines jeden solchen Abends im Kibbuz war er mit hundertfünfzig Schekel, aufgerollt in seiner warmen Faust, ins Dorf zurückgekehrt. Jetzt waren seine Hände leer. Leer war auch der Blick des Jungen.

Scharaf, diese Leute waren unsere Gäste. Wie hast du dich selbst beschämt, indem du unsere Gäste verhauen hast.

Unsere Gäste? Das ist gar nicht dein Zelt, wie können sie dann unsere Gäste sein?!

Mussas Hand ließ vom Lenkrad ab und landete auf Scharafs Wange, und das war zwar schlecht, aber auch wiederum gut, denn siehe da, sein Vater war doch kein kompletter Waschlappen. Er sagte nichts, und sein Vater sagte nichts, und unterdessen glühte Scharafs Wange von der Ohrfeige, und es wurde ihm heiß im ganzen Gesicht. In der eingetretenen Stille achtete keiner der beiden auf den Streifenwagen, und deshalb fuhren sie, als sie dann plötzlich das Megafon von hinten hörten, in einer Weise zusammen, die an anderen Tagen als lächerlich gegolten hätte.

Aussteigen, bitte.

Scharaf und Mussa stiegen aus dem Pick-up, und aus dem Streifenwagen kamen ein Polizist und eine Polizistin, und sogar im Dunkeln sah Scharaf, dass die Polizistin mollig und schön war. Der Polizist leuchtete mit der Taschenlampe und sah Scharafs rote Wange und den Abdruck von Mussas Hand in voller Länge darauf, fünf Finger genau da, wo die Ohrfeige gelandet war, und fragte: Haben Sie Papiere?

Mussa beeilte sich zu nicken. Er ging zum Pick-up und holte die Papiere heraus, und unterdessen tadelte ihn der

Polizist am laufenden Band, weil er auf dem Seitenstreifen stand und nicht in einer ordentlichen Haltebucht, und auf dem Seitenstreifen dürfe man nicht halten, außer im Notfall, und Mussa sagte, ja, Herr Polizist, klar, Herr Polizist, es tut mir wirklich leid, Herr Polizist. Ein paar Minuten später gab der Polizist Mussa die Papiere zurück, nachdem er sie von der Zentrale hatte überprüfen lassen, und sagte, okay, auf wen warten Sie denn hier, und Mussa sagte, auf niemanden, Herr Polizist. Wirklich auf niemanden?, fragte die schöne und mollige Polizistin. Auf eine Lieferung, ein gestohlenes Auto, irgendwas? Scharaf machte schon den Mund auf, um zu antworten, als sein Vater sagte, nein, keineswegs, Frau Polizistin, wir warten auf nix, und dazu auch ein Lächeln aufsetzte, das gleiche Lächeln von vorher, als der Junge im Zelt auf ihn losgegangen war. Dann *jalla*, sagte der Polizist, fahren Sie weiter, ehe ich Ihnen einen Strafzettel wegen verbotenen Anhaltens auf dem Seitenstreifen verpasse, und Mussa stieg hastig in den Pick-up und sagte, ja, Herr Polizist, danke, Herr Polizist, und Scharaf kletterte nach ihm hinein und sagte, aber ganz leise, Fotze deiner Mutter, Herr Polizist.

7

Eritrea.

Staat in Nordostafrika, am Roten Meer. Zu seinem Hoheitsgebiet gehören auch die Insel Dahlak und einige kleinere Inseln.

Kontinent: Afrika.
Amtssprachen: Tigrinisch und Arabisch.
Hauptstadt: Asmara.
Staatsform: Präsidiale Republik.
Staatsoberhaupt: Isayas Afewerki.
Unabhängigkeit: 24. Mai 1993.
Frühere Besatzungsmächte: Äthiopien, Italien.
Fläche: 117 600 km².
Wasserflächen: Fast keine.
Einwohner: 6 233 682.
Bruttoinlandsprodukt pro Einwohner: 708 $.
Währung: Nakfa.
Weltrangliste: Platz 170.
Telefonvorwahl: +291.

Und es gab auch Bilder, in Schwarz-Weiß und in Farbe. Eine genaue Landkarte, mit der Einteilung in Klimazonen. Einen historischen Abriss, der 2500 v. Chr. begann. Knappe

Darstellungen über die Verbindung zum alten Ägypten unter der Herrschaft der Pharaonin Hatschepsut und über die Eroberung durch das Osmanische Reich im 16. Jahrhundert. Es gab einen umfangreichen Artikel über das Verwaltungssystem und weniger umfangreiche über Wirtschaft, Geografie und Menschenrechte. Etan las alles. Betrachtete die Fotos. Der Reihe nach. Eine archäologische Stätte im Süden des Landes. Die orthodoxe Kirche in der Hauptstadt. Eine Waffenkarawane der Aufständischen. Dörfer. Männer. Frauen. Kinder. Manche blickten in die Kamera, andere zur Seite. Er studierte sie lange. Als hoffte er, in dem Meer von Gesichtern plötzlich ihre Züge zu erkennen.

Und wenn nicht sie, dann wenigstens ein Tor. Ein Fenster. Nur eine Ritze. Irgendetwas, durch das er endlich eindringen könnte, um zu verstehen. Er las über die Demografie des Landes. Über die Hauptexportzweige. Las und wusste nicht recht, was er genau suchte, und wusste dennoch: Wenn er es jemals finden sollte, dann hier. Landeswährung. Durchschnittliches Monatseinkommen. Höchsttemperatur im Monat August. Wenn der Mensch tatsächlich von der Landschaft seiner Kindheit geprägt war, wie der Dichter Saul Tschernichowski behauptet hatte, dann mussten all diese Einzelheiten etwas ergeben. Ein Porträt. Die Gesichtszüge einer Frau, die bei 45 Grad im Schatten gebrannt und mit einem Niederschlagsmittelwert von 11 mm im Jahr begossen worden waren.

Schon zehn Tage geht er ihr aus dem Weg. Setzt keinen Schritt in die Werkstatt. Und jetzt, auf dem Computerbildschirm, eine vergrößerte Karte der Fluchtroute, und er versucht, ihre Fußspuren darauf zu finden. Er betrachtet die Karte: Eritrea in Lila. Sudan und Ägypten in Orange. Israel in Blau. Gerade, schwarze Linien trennen die Flächen. Und in irgendeinem Moment hat sie diese Linien überschritten. Hat einen Fuß angehoben und ihn von Lila nach Orange versetzt. Vom orangefarbenen Land ins blaue. Die Erde zumindest blieb braun. Das war sie den ganzen Weg über. (Und woher will er das eigentlich wissen? Wie viele Kilometer sie auf weißer Kreide gegangen ist, wie viele auf rotem Lehm, wann ihre Füße an harten Kies gestoßen sind und wann sie mit Sanddünen zu kämpfen hatten? Er weiß es nicht. Er kann es nicht wissen. Er kann Kilometer zählen, aber keine Szenen am Wegesrand schildern.)

Unwillkürlich fuhr er mit der Hand über den Tisch. Die Platte war kühl, glatt. Kein Körnchen Staub. Und doch störte ihn etwas an der Berührung, ohne dass er wusste, warum. Als spürten seine Fingerkuppen, wie viel Lüge in dieser Sauberkeit steckte. Wie viel Lug und Trug. Er schob den Stuhl zurück, blickte wieder auf den Tisch und verstand nicht. Da lag doch alles greifbar vor ihm. Keine Schmutzschicht trennte ihn vom Wahren. (Aber das stimmt nicht. Immer sammelt sich eine Schicht dazwischen. Es ist unmöglich, ein für alle Mal diesen Körnchenvorhang wegzuwischen, diesen Schleier zwischen dir und deinem Nächsten. Der Staub widersetzt sich der Hand, die ihn wegputzen möchte. Er ist da, bevor man ihn bemerkt. Der Staub beharrt.)

Schließlich stand er auf. Fuhr den Computer herunter. Er könnte stundenlang so auf die Bilder und Landkarten starren. Die hebräische Wikipediaseite mit der englischen vergleichen. Zum Teufel, er könnte das Bruttoinlandsprodukt der letzten zehn Jahre auswendig hersagen – und wäre immer noch keinen Zentimeter weiter. Egal, wie viel er las und erkundete, selbst wenn er sich in den Flieger setzen und das Land bereisen wollte –, er würde *sie* nicht verstehen. Eine

Variable in einer Gleichung, die er nicht würde lösen können. Eine Realität, die sich den Internetbeiträgen entzog.

Er hatte Enzyklopädien geliebt, noch ehe er lesen konnte. Liebte den Gedanken, zwei Bretter im elterlichen Bücherschrank könnten das ganze vorhandene Wissen speichern. Auch als er begriff, dass dem nicht so war, dachte er gern, es sei bloß eine Frage der Bretterzahl. Wenn nur genug Platz da wäre, könnte man alles katalogisieren. Mineralien. Schmetterlinge. Hauptstädte. Fernsehserien. Bügeleisenmodelle. Alles. Auch wenn kein menschliches Gehirn dieses ganze Wissen speichern konnte, so existierte dieses Wissen doch – wohlgeordnet, detailliert, verständlich dargeboten. Wie man nicht mit eigenen Füßen auf dem Pluto stehen musste, um beachtlich zu finden, dass seine Entfernung von der Sonne fünf Trillionen Kilometer betrug und seine Atmosphäre aus Stickstoff und Methan bestand.

Aber hier, bei ihr, stieß er zum ersten Mal an einen Zaun, an das Ende seiner Weisheit. Den Planeten Pluto hatte er längst kraft seines Denkens, seines Wissens erobert, aber all seine Kenntnisse reichten nicht aus, um ein einziges Stückchen von ihr zu erobern. Sie hatte ihm eine Grenze gesetzt. Ihr Anderssein machte ihn verrückt, ihm stand er unbedarft, unwissend gegenüber. Sie allein war Herrin der Dinge, die tief in ihren Augen lagen. Er konnte noch so viel über Eritrea lesen, zwischen unzähligen Webseiten, Artikeln, Kommentaren über Eritrea wechseln. Aber *diese* Eritreerin vermochte er nicht zu verstehen.

Obwohl er manchmal meinte, vielleicht doch. Zum Beispiel, als er eines Nachts sah, wie sie einen Kasten Medikamente in die Werkstatt schleppte und mit dem Fuß versehentlich an eins der metallenen Tischbeine stieß. Das tat verdammt weh, ihre Miene schrie es heraus. Es war einer jener gemeinen, kleinen Stöße, die zwar keinen wirklichen Schaden anrichteten, aber minutenlang empfindlich schmerzten. Es geschah genau vor den Augen der wartenden Patienten, und Etan erfasste plötzlich, Sirkit kümmerte weniger der Stoß an sich als der Umstand, dass er vor Zeugen erfolgt war. Sie fand es peinlich, sich vor allen Anwesenden so dumm gestoßen zu haben, und war klug genug, die leichte Schadenfreude hinter den mitfühlenden Worten der anderen zu erkennen (»Lächerlich, dieser Zusammenprall« oder »Gut, dass mir das nicht passiert ist«). Und dann sah er mit eigenen Augen, wie sie genau das tat, was er in diesem Fall getan hätte – so tun, als wäre alles in Ordnung. Sie verjagte den schmerzverzerrten Ausdruck aus dem Gesicht. Drückte den Rücken durch. Lächelte beruhigend auf die Worte einer wartenden Frau. Und dann humpelte sie weg, krampfhaft bemüht, das Hinken zu überspielen. Er hatte ihr mit aufgerissenen Augen nachgeschaut, als wäre er unversehens, auf offener Straße, einem Doppelgänger begegnet. Einem Zwillingsbruder, von dessen Existenz er nichts geahnt hatte. Auch er hatte ja, als er in den großen Ferien vor dem Übergang in die Mittelstufe beim Sturz aus einer Kiefer einen Schlag in die Eier abbekam, der ihn beinahe umgehauen hätte, im Nu den Schmerz aus dem Gesicht vertrieben, aus Angst vor dem noch größeren Ungeheuer – der Angst, man könnte es sehen. Das Grauen vor der Schlappe war größer als der Schmerz im Schritt. Der zwölfjährige Junge von damals, die dreißigjährige Frau von heute – sie beide hatten größere Angst vor einem geringschätzigen Blick als vor jedem physischen Schmerz.

Es hatte mehr solche Momente gegeben. Sagen wir, als er merkte, dass auch sie gebannt durch die Werkstatttür schaute, wenn der rote Mond dahinter aufging. Momente, in denen er sie anblickte und dachte: Sie ist wie ich. (Aber niemals: Ich bin wie sie.) Wie damals, als er den Rosenstrauch vor ihrem Caravan entdeckt hatte und tief bewegt in die Werkstatt zurückgekehrt war. Aber gerade da, erinnerte er sich, gerade, als du da in die Werkstatt zurückkamst, hast du gemerkt, wie sehr sie nicht wie du ist. Sie war bereit, jenes Beduinen-Mädchen wegzuschicken. Afrika ist ein grausamer Kontinent, und ein grausamer Kontinent bringt grausame Menschen hervor. Wilde. Sie war fähig gewesen, diese Beduinin verbluten zu lassen. Hatte sie mit den kältesten Augen der Welt angesehen. *Und du*, hatte sich eine Stimme in seinem Kopf gemeldet, warst du etwa nicht bereit, jemanden verbluten zu lassen? Woher weißt du überhaupt, was für unbeglichene Rechnungen sie mit den Beduinen hat? Und wieder erlosch dieses Gefühl der Nähe, und wieder begriff er, wie sehr sie nicht wie er war. Die Distanz zwischen einem Hungrigen und einem Satten war größer als die Entfernung von hier zum Mond.

Er ließ den Computer auf dem Tisch und ging an den Kühlschrank. Ziegenjoghurt, Müsli, eine Banane, ein Apfel. Er packte alles auf die Arbeitsfläche und trat hinaus in den Garten. Die Erde war noch feucht von dem seltenen Regen, der gegen Morgen niedergegangen war. Er ignorierte den sorgfältig gemähten Rasen, verengte die Augen und konzentrierte sich auf den Geruch. Sie würde diesen Geruch lieben. Es gab keinen, der ihn nicht liebte. Er sog das Wunder des nächtlichen Regens ein und dachte, eigentlich war sie gar nicht so fern. Denn jetzt wusste er ohne jeden Zweifel, mit völliger Gewissheit, ihre Nasenflügel würden sich bei diesem Geruch nach regennasser Erde weiten. Und wenn regennasse Erde sie beide berührte, dann galt das sicher auch für weitere Dinge.

Sie können einander verstehen. Sie ist böse auf ihn, und er kann verstehen, warum. Und wenn ihm ihr Ärger begreiflich ist, kann er sich auch vorstellen, wie er reagieren würde, falls er in ihren Schuhen steckte (In ihren Sandalen? In ihren nackten Füßen?). Und wenn sie lächelt, seltener, als es in der Wüste regnet, versteht er, warum. Er kann sie enträtseln, und sie kann ihn enträtseln, und da jedes Rätselraten auf der Seele des Ratenden basiert, sind ihre Seelen sich wohl nicht so fern.

Was haben wir denn letzten Endes: Milz, Bauchspeicheldrüse, Leber. Alle Körper ähneln sich im Grunde. Aber es wäre höchst beleidigend, dasselbe von den Seelen zu behaupten. Der Mensch tut sich leicht mit dem Gedanken, dass seine Lungen genauso arbeiten wie die Lungen eines anderen. Aber nicht mit der Möglichkeit, seine Liebe oder sein Verlust könnten dem seines Nächsten gleichen. Einerseits haben sie recht. Die Kränkung oder Eifersucht des einen gleicht nicht der Kränkung oder Eifersucht eines anderen. Beim einen ist die Eifersucht entzündet, beim anderen geschrumpft, hier ist die Kränkung gutartig, dort bösartig. Andererseits sind ihre inneren Organe, trotz unterschiedlicher Form und Größe, die gleichen: Eifersucht. Begierde. Verlangen. Zuneigung. Schuld. Wut. Schmach. Diese Menschen in Eritrea – er kann sich keine einzige Stunde ihres Lebens vorstellen, aber sehr wohl, wie sie auf Vertrauensbruch reagieren würden.

Und genau dieser Dualismus lockt ihn. Dass sie ihm einen Moment so vertraut vorkommt, wie eine Variation seiner selbst, und einen Moment später so fern, wie eine wundersame Naturerscheinung, die er zum ersten Mal erlebt. Sie hat ihn mit diesem unheimlichen Zauber belegt, bei dem du meinst, nachts wandle jemand oder etwas durch dein Haus, dem Zauber, bei dem du nicht sicher bist, ob da einer hinter der Gardine lauert. Die erschlagende Trivialität von Sofa – Teppich – Fernseher wird mit einem Schlag aufgebrochen, und darunter zeigt sich das eigene Heim in all seiner Fremdheit. Plötzlich, im Dunkeln, ist gar nicht mehr so sicher, wo die Wand aufhört und die Tür beginnt und ob das, was da auf allen vieren steht, wirklich der Esstisch ist oder etwas anderes.

Aber jetzt war es hell, und als er den Garten verließ und ins Haus zurückkam, fand er es so ungemein bekannt und vertraut vor. Und seufzte, ohne zu wissen, warum. Er versank in dem beklemmenden Sofa, legte die Füße auf den Couchtisch. Jenseits des Tisches das zweite Sofa. Einfach vorhanden. Vertraut bis zum Überdruss. Im Dunkel darunter funkelten ihn keine Augen an. Und in den verschwiegenen Winkeln des Hauses lag nur eine verlorene Münze oder ein vergessenes Spielzeug. Oder ein Skorpion, der einen zwar bis ins Mark erschreckte, beim heutigen Stand der Medizin aber keine Gefahr mehr darstellte. Etan lehnte den Kopf zurück und schloss die Augen. Er war in seinem Haus, in der Villa in Omer, und im Haus lauerte keine Gefahr. In Sirkits Halsgrube hingegen schon, und wie. Auch in der Armbeuge. In der Kniekehle, in der Achselhöhle. Körperstellen, an denen die Haut warm war und Geruch ausdünstete. Hätte an diesem Morgen jemand durchs Fenster gespäht, hätte er gedacht, da säße ein müder Mann nach beendeter Nachtschicht, die Beine auf dem Couchtisch, hätte nicht mal Elan, den Fernseher anzuschalten. Aber Etan wusste, er war niemals wacher gewesen. Und stellte entsetzt fest, in diesem Moment, diesem spezifischen Moment, wäre er bereit, das ganze Haus in Brand zu stecken.

8

Dieser Tage fühlt sie sich im Wasser am wohlsten. Trotz des Chlorgeruchs und trotz der treibenden Haare und Hautschuppen, die deutlich zu sehen sind durch die Schwimmbrille. Vor ihr ein knackiger Po in einem Speedo-Badeanzug, wahrscheinlich jener ihrer Nachbarin von gegenüber. Auf der rechten Nebenbahn pflügen massige Schenkel durchs Wasser, und obwohl sie die Kraulende nicht erkennt, kennt sie den Typ. Bibelkundelehrerin mittleren Alters, mit geblümtem Badeanzug und passender Bademütze. Und dazwischen – Liat. Im schwarzen Badeanzug, mit gleichmäßigen Zügen, die Atmung verleiht ihr fast automatisch Ruhe. Kopf raus, Luft holen, Kopf rein, Armbewegung. Sie müsste im Wasser leben. Leichtes, reibungsloses Gleiten, wobei sich alle Gedanken im kühlen Nass in nichts auflösen, nach und nach von ihr abfallen, wie die Heftpflaster, die sie auf dem Boden des Beckens sieht. Pflaster, Schorf, Haare, Gedanken, alles sinkt langsam ab, während die Schwimmer oben ihre Bahnen ziehen, im formenden Badeanzug oder mit schlagenden Beinen, manches abwerfen und hinterlassen und dann frisch und sauber hinausklettern, auf die Rasenflächen des Country Clubs.

Der Glatzkopf auf der linken Bahn klettert endlich aus dem Wasser, und die Frauen reagieren mit kollektiver Entspannung der Beinmuskeln. Gott sei Dank. Es ist schwierig, unbefangen zu schwimmen, wenn einen halben Meter hinter dir potenzielle Augen gemächlich deinen Po studieren. Jetzt können sie endlich richtig schwimmen, ganz selbstvergessen im kühlen Nass. Allein, im Wasser, ist sie nicht Mutter von und nicht Mitarbeiterin von, nicht Ehefrau von und nicht Tochter von. Nicht einmal einen Namen hat sie, denn unter Wasser gibt es keine Wörter und keine Namen (als Kinder hatten sie sich zwar ihre Namen unter Wasser zugerufen, auch derbe Flüche, aber kein Mensch konnte es hören, es sei denn, man kam mit dem Ohr ganz nah heran). Das Schwimmen ist weniger Sport als Verjüngung. Vierzig Minuten pure Körperlichkeit, für sich allein. Alle gönnen ihr den gesunden Lebensstil und dass sie sogar in den stressigsten Wochen etwas für ihre Fitness tut. Aber ihr geht es weniger um Fitness als um Ungebundenheit, die Möglichkeit, vierzig Minuten völlig zwanglos im Wasser zu treiben. Dabei hat es sie nie gestört, diese befreiende Loslösung in einem Wasserbecken mittlerer Größe zu erleben, in einer abgegrenzten Badewanne, in der sie dreißig oder mehr Mal auf und ab schwimmt. Hätte ihr jemand vorgeschlagen, doch lieber im Meer zu schwimmen, wäre sie erschauert. Sie zieht Pflaster und Chlor den wahren Tiefen vor, jenen, bei denen das Abflussloch am Boden nicht zu sehen ist.

Drei Tage später sitzen Etan und Liat am Rand eines Felsens und warten auf die Regenflut, die nicht kommt. Winter. Und der Wind peitscht erbarmungslos. Tief drunten verschwindet das Tote Meer hinter einer Wolke aus Staub und

Sand. Es hätte romantisch werden sollen. Zu Hause hat die Idee noch romantisch geklungen, aber eigentlich ist es bloß trist gewesen. Im Wetterbericht im Fernsehen war von möglichen Überschwemmungen in den Wadis der Judäischen Wüste die Rede gewesen. Sie saßen im Wohnzimmer und sahen den Regen Schlieren über die Scheiben ziehen. Drinnen war es trocken, zu trocken. Das letzte Mal, dass hier etwas geflossen war, war vor zehn Tagen, als die Putzfrau sauber gemacht hatte. Sie starrten weiter auf den Fernseher, auch als die Nachrichten zu Ende waren und ein Mann im weißen Kittel einer schönen, aber nicht zu schönen Frau etwas über Waschpulver erklärte. Ein paar Minuten später versprach ein Showmaster im Anzug aufregende, lustige und hinreißende Castings. Sie blieben sitzen. Sie hatten Lust, sich aufzuregen, zu lachen oder einfach über die Armseligkeit anderer Leute zu spotten. Spott ist, richtig eingesetzt, ein höchst effektives Bindeglied.

Aber als das Programm nach vierzig Minuten und drei Auftritten des Mannes im weißen Kittel und der schönen, aber nicht zu schönen Frau endete, war alles haargenau wie zuvor. Sie waren weder aufgeregt noch hingerissen, hatten nicht gelacht, ja nicht einmal ordentlich gelästert. Ihnen war auch nicht übel, wie es einem nach zu viel Essen oder zu viel Fernsehen leicht wird. Empfanden nicht dieses flaue Gefühl im Magen, mit dem der Körper dir sagt, du hast dir was Schlechtes einverleibt. Sie waren genau wie vor dem Programm, das heißt, es war durch sie hindurchgesickert wie das Wasser durch das Sieb in der Kochsendung, die jetzt lief, oder wie das Blut durch die Dutzende von Einschusslöchern in der Leiche auf dem anderen Kanal. Dieser Augenblick an sich, kurz eingefroren, enthielt gleichzeitig Hunderte von Optionen. Dutzende Kanäle. Ein unendliches Kaleidoskop an Handlungs- und Wahlmöglichkeiten: Jemand dämpfte Brokkoli. Jemand verscharrte eine Leiche tief im Wald. Zwei Frauen spielten Tennis. Zwei Männer diskutierten über Politik. Ein Sprecher sprach auf Arabisch. Auf Deutsch. Auf Englisch. Auf Russisch. (Etan wusste, es war nicht derselbe, aber die Ähnlichkeit war so groß – gleicher Anzug, gleiche Intonation –, dass er sich doch fragte, ob all diese Sprecher nicht ein und derselbe Mann waren, ein Sprachkünstler, den jeder Druck auf die Fernbedienung von einem Studio zum nächsten katapultierte.) Liat zappte eifrig weiter, unermüdlich. Irgendwo, nach noch einem Knopfdruck oder noch zwanzigtausend, wartete doch das Programm, das diesen Abend retten würde. Jemand würde sie aufregen, hinreißen oder zum Lachen bringen. Irgendwer würde ihnen wenigstens die Chance geben, sich mit dem Leim des Spotts zu verbinden. Jemand würde ihnen ins Gedächtnis rufen, wie man miteinander redet.

Und plötzlich dachte sie, dieser Jemand sei vielleicht schon aufgetreten. Vielleicht war es der Meteorologe vom Wetterdienst. Der, der immer so arrogant lächelt und ewig steril mit der Nachrichtensprecherin flirtet (Sie wird niemals mit dir vögeln! Sie tut bloß so für die Kameras!). Es könnte zu Überschwemmungen in der Judäischen Wüste kommen, hatte er gesagt, morgen bringen wir Aufnahmen davon. Liat wusste, dieser Meteorologe würde nie und nimmer selbst losziehen, um Überschwemmungen in der Wüste zu filmen. Er würde im Studio warten, mit Anzug und Schminke, immer fieberhaft bemüht, der Sprecherin noch einen scharfsinnigen Satz mit auf den Heimweg zu geben. Er würde nicht losziehen, um Überschwemmungen zu beobachten, genau wie er im

Sommer nicht im ruhigen Meer schwamm und im Winter nicht auf die Golanhöhen oder zum Hermon sauste, um sich im Schnee zu tummeln. Seine Aufgabe war es, über das Wetter zu berichten. Nicht, es zu erleben. Aber was hinderte sie beide denn daran, eine Überschwemmung zu erleben? Anderthalb Fahrtstunden von ihrem Haus würde das Wasser durch ausgedörrte Trockentäler schießen. Die Wüste würde ins Meer geschwemmt. Die Fluten alles mitreißen. Wenn sie vor Ort wären, würden die Wassermassen ihnen vielleicht auch diese Schwere abspülen, das Schweigen, das ihnen auf der Zunge klebte. Behutsam unterbreitete sie Etan den Vorschlag. Die Idee war noch so fragil, ein eisiger Hauch seiner grauen Augen würde genügen, um sie endgültig zu begraben. Aber seine Augen leuchteten auf. Ein genialer Einfall, sagte er. Das wird großartig.

Und schon wendeten sie sich einander zu und fingen an zu planen. Noch waren sie sich dieses Wunders, dieses Zwiegesprächs, nicht sicher genug, um es zu wagen, den Fernseher abzuschalten, aber sie wandten die Blicke ab vom wirbelnden Brokkoli im Wok, in der Hoffnung, nicht zu ihm zurückzukehren. Sie würden am Morgen die Kinder verteilen und losfahren. Würden eine Picknickdecke und Obst einpacken. Vielleicht unterwegs anhalten, um noch Hummus zu kaufen. Man musste sich warm anziehen. Eine Landkarte mitnehmen. Zeitungen. (Und schon zuckte Liat zusammen. Warum fand er es so wichtig, Zeitungen mitzunehmen. Warum nicht einmal nur er und sie. Ohne Ablenkungen. Ohne anderer Leute Worte, in die man sich flüchten konnte. Doch gleich ermahnte sie sich, ja nichts zu sagen, dieses zarte Pflänzchen nicht zu zerstören, das endlich zwischen ihnen zu sprießen begann.)

Fünfzehn Stunden später sitzen ein Mann und eine Frau am Rand eines Felsens und warten auf eine Überschwemmung, die nicht kommt. Sie haben schon alle Zeitungen ausgelesen und das mitgebrachte Obst restlos aufgegessen. Die Picknickdecke haben sie zusammengefaltet und in den Kofferraum gepackt, denn beinahe wäre sie ihnen weggeweht. Winter. Tief drunten verschwindet das Tote Meer hinter einer Wolke von Staub und Sand. Früher einmal haben sie in einer warmen Julinacht nackt darin gebadet. Es hatte mordsmäßig gebrannt, war aber urkomisch gewesen. Jetzt denken sie beide daran, aber keiner erwähnt es. Wenn die Flut käme, würde ihr Leib schier bersten vor Adrenalin und Aufregung. Das Wasser würde von den Jerusalemer Bergen herabschießen, auf jedem Meter Geschwindigkeit gewinnen, dumpfes Tosen würde nah und näher kommen, bis die Fluten urplötzlich in mächtigem Strom anrollten. Neben etwas so Großem wirkt alles andere klein. Du weißt, du könntest genauso hilflos darin herumgewirbelt werden wie die leere Konservendose dort. Und diese Erkenntnis macht etwas mit dir, auf einmal fühlst du dich erhaben und klein zugleich. Wenn du auf die Wasserflut blickst, wirst du ein Teil davon, und dann bist du das Größte auf der Welt. Aber das hält nicht lange an, denn sehr bald merkst du, dass du nur ein Mensch bist, der auf die Flut schaut, und dann bist du wieder ganz klein, mit einem Sinn für Dinge wie Proportionen und Demut.

Wartest du jedoch auf die Überschwemmung, und sie kommt nicht, fühlst du dich nicht groß und hast auch kein Empfinden für Proportionen. Du hast das Gefühl, verlacht zu werden. Das trockene Bachbett des Chazezon bleibt trocken, und auch deine Kehle ist ausgedörrt, möchte Wasser, sagt es aber nicht. Denn um zu sagen, was du möchtest, müsstest du glauben, jemand höre dir zu. Sonst hat es keinen Sinn. Sonst tut die Demütigung weh. Und als sie schließlich ins Auto steigen und zurück nach Omer fahren, empfinden sie genau das. Demütigung. Als hätte jemand sie zum Besten gehalten, ihre Hoffnung geweckt und sie dann betrogen. Sie wollten zu diesen Paaren gehören, die morgens spontan ins Auto springen, um eine Überschwemmung zu sehen. Und stattdessen gehören sie zu den Paaren, die stumm im Auto sitzen und das Radio anstellen, damit jemand anders redet.

Kurz vor Beer Scheva stellt Liat das Radio ab und schlägt vor, auf einen Teller Hummus anzuhalten. Etan stimmt sofort zu. Vielleicht lässt sich dieser Tag noch retten. Aber dann ruft Davidson an und fragt, ob es Neuigkeiten über den Unfall des Eritreers gebe, vielleicht habe einer der Beduinen ja was gesagt. Liat verspricht, die Sache zu prüfen, und plötzlich findet sie, es wäre vielleicht besser, gleich wieder an die Arbeit zu gehen, dann wäre nur ein halber Urlaubstag verloren. Ja, so ist es besser, erklärt sie etwas traurig und etwas erleichtert. Und Etan sagt, schade, und weiß nicht ganz, was er damit meint.

Guy Davidson legte auf, nachdem er der Kriminalbeamtin Liat Grien gedankt hatte, die übrigens, nach seiner persönlichen Auffassung, eine sehr schöne Frau war. Seine persönliche Auffassung teilte er dem Mann mit, der neben ihm stand. Keine Sorge, Rachmanow, sagte er, diese Pussi von der Polizei findet die Scheißkerle, die uns die Lieferung gestohlen haben. Der mit Rachmanow angesprochene Mann sagte, aber was hilft das schon, die Lieferung wird sie uns ja nicht zurückgeben. Und Davidson sagte: Was weg ist, ist weg. Wichtig ist, dass es nicht wieder passiert. Wer diesen Eritreer umgebracht hat, kann auch den nächsten Eritreer umbringen. Sag mal, erwiderte Rachmanow, wieso hat Said den Täter denn nicht erwischt, der weiß wirklich nicht, welcher seiner Cousins ihn verarschen will. Davidson zuckte mit den Achseln und sagte: Wer weiß, vielleicht wars Said selbst, hat behauptet, man hätts ihm geklaut, weil er keinen Bock auf Bezahlen hat. Rachmanows Miene wurde sehr ernst. Wenn er es war und sie ihn schnappt, wird er uns reinreißen. Davidsons Gesicht blieb ruhig. Wenn er es war und sie ihn schnappt, wird er die Klappe halten. Ich kann ihm viel mehr Stress machen als er mir. Rachmanows Miene wirkte immer noch ernst. Daraufhin sagte Davidson: Na was denn, Rachmanow, du siehst aus, als würdest du gleich scheißen gehen. Und Rachmanow lachte ein bisschen, so ein nervöses Lachen, und Davidson lachte sehr, so ein Bärenlachen, und die Eritreerin, die daneben fegte, lachte überhaupt nicht, was keiner eigenartig fand, denn sie konnte ja kein Hebräisch. Und als sie mit Fegen fertig war, ging sie ihre Rosen begießen, die trotz der prallen Wüstensonne stolz in die Höhe wuchsen.

9

Der Mann vor ihm redete pausenlos. Er war sehr fromm und sehr dick, zwei Eigenschaften, die Etan nicht besonders schätzte. Aber er besaß eine Lebensfreude, die die Ärzte veranlasste, auch nach beendeter Untersuchung noch ein wenig bei ihm zu verweilen. Immer wieder verblüffte Etan die Vitalität, die er ausstrahlte, vielleicht hatte er sie unter seinem Streimel eingeschmuggelt. »Echt Fuchspelz«, versicherte er Etan, »habe ich einem Chassid in Safed abgekauft.« Unter dem echten Fuchspelz war der Schädel des Mannes völlig kahl, wie ein runder Stein, von vielen Wassern glatt gewaschen. Morgen sollte er unters Messer kommen. Durch die Zimmertür sah ihnen Prof. Schkedi zu. Vor einer knappen Stunde hatte er Etan mit Kündigung gedroht. Andeutungsweise, zart. Aber dennoch. Sie schludern, hatte er gesagt. Sie gehen früh und kommen spät, und wenn Sie mal da sind, sind Sie dauernd müde. So kann das nicht weitergehen. Jetzt beobachtete ihn der Professor, während Etan sich mit dem frommen Patienten unterhielt. Sirkit rief ihn immer wieder an, vibrierte in der Tasche auf seinem Oberschenkel. Er brauchte nicht nachzusehen. Er wusste, sie war es. Prof. Schkedi nickte zustimmend, als Etan vom Bett des Ultraorthodoxen abließ und zum nächsten Bett weiterging. Menschliche Zuwendung für jeden Patienten, im Dreihundert-Sekunden-Takt.

»Dr. Grien, Ihre Frau ist am Stationstelefon.« Der Tonfall der Schwester war neutral, aber Etan erkannte einen vorwurfsvollen Blick auch durch die getuschten Wimpern. Prof. Schkedi begleitete ihn mit wütenden Augen, als er vom Patientenbett wegging und den Hörer aufnahm. Er erkannte Sirkit, noch ehe sie sprach, spürte ihre Anwesenheit am anderen Ende der Leitung.

»Ich spreche heute Abend mit dir, Schatz.« Dann legte er auf.

Unter Prof. Schkedis Blick ging er zurück ans Bett des Patienten. Der Chefarzt dachte vielleicht, er hätte sich seinetwegen kurzgefasst, um seinen Arbeitsplatz zu behalten, aber darum ging es ihm schon lange nicht mehr. Es ging um sein Zuhause. Um Liat, Jahali und Itamar und um die klare Erkenntnis, er könnte sie verlieren, wenn diese Geschichte nicht aufhörte. Schon seit zwei Wochen wich er Sirkit aus. Zuerst hatte er gesagt, er wäre krank, dann ihr gesimst, er hätte Reservedienst. Danach hatte er einfach nicht mehr geantwortet. Sie rief jeden Tag an, manchmal mehrmals. Bei jedem Telefonklingeln überlief ihn ein Schauder. (Aber war da irgendwo in ihm auch etwas, und sei es noch so klein, das sich nach ihr sehnte? Ihn verlockte, die Nächte in der Werkstatt durchzumachen? Nein, antwortete er mit Nachdruck, ganz und gar nicht. Und fügte ein Ausrufezeichen an, um sein Nein gegen jeden Zweifel abzusichern – nein! Damit ihm nicht etwa diese Infiltrantin reinschlich, sich das Nein nicht in ein Vielleicht verwandelte. Oder schlimmer noch, in ein Ja.)

Er wusste, es war riskant, ihr nicht zu antworten. Er wusste, sie könnte ihn, mit einem einzigen Anruf, völlig vernichten. Aber er konnte nicht mehr. Fertig. Es war zu viel. Dieser schmähliche Augenblick, als Liat ihm seine Lüge vorgeworfen hatte. Und der Umstand, dass diese Lüge Jahali einbezogen hatte, die Asthmaanfälle, die er seinem Kind angehängt hatte. Das war schändlich, und noch schändlicher war seine Gewöhnung daran. Die Lüge hatte sich, wie ein anfangs kratzender Wollpullover, eingetragen. Er fühlte sich wohl darin. Also verschloss er seine Ohren vor ihrem Klingeln, dem Sirenengesang, der aus dem Telefon drang. Nicht antworten. Nicht ertrinken.

Es stimmte, es war irrational. Und ja, sie konnte die Polizei anrufen, aber irgendetwas in ihm wusste – oder hoffte wenigstens zu wissen –, dass sie es nicht tun würde. (Und schon kichert Sakkai in seinem Kopf: Weil sie Rosen gepflanzt hat? Weil Narben von ausgedrückten Zigaretten ihr Handgelenk wie ein Armreif zieren und solche Insignien des Leides für Diskretion bürgen? Wenn du sie zum Schweigen bringen wolltest, hättest du sie besser schmieren müssen oder sie so tief mit reinreißen, dass sie etwas zu verlieren hat. Momentan vertraust du auf Glück. Und das ist, wie du weißt, das Schlimmste, was ein Arzt tun kann.)

Aber Etan ignorierte Sakkai, wie er das Handy ignorierte. Wie er Prof. Schkedis prüfenden Blick über seiner Schulter ignorierte. Er wusste: Er vertraute nicht auf Glück. Aber er begriff nicht, dass er auf etwas weit Riskanteres vertraute – auf einen Bund. Eine Beziehung zwischen zwei Menschen.

Er setzte die Untersuchung des Patienten fort, und Prof. Schkedi ging seines Weges. Zwei Stunden später trafen sie sich wieder, diesmal beim gemeinsamen Entzünden der Chanukkakerzen auf der Station. Etan hielt einen Krapfen in der Hand, der schon bessere Tage gesehen hatte, und betrachtete ihn eingehend. Die Alternative wäre gewesen, die Gesichter seiner Stationskollegen zu studieren, und dazu hatte er nun wirklich keine Lust. Der Krapfen hingegen war fesselnd. Ein zäher und klebriger Teigklumpen, der dich unweigerlich mit Puderzucker bestäubte, sobald du den Fehler begingst, ihn vom Teller zu heben. Als Kind hatte er die Tage bis zu diesem Fest gezählt und diese Teigkugeln pausenlos gefuttert. Er hätte schwören können, die Krapfen hatten damals besser geschmeckt, aber das stimmte vermutlich nicht. Die Krapfen waren gleich geblieben. Er war es, der sich verändert hatte. Er hatte Geschmack entwickelt. Sein Gaumen war anspruchsvoller, die Zunge feiner geworden. Aber was taugte eine solche Fortentwicklung, wenn du letzten Endes gering schätztest, was du einst geliebt hattest.

Prof. Schkedi bat alle um Ruhe, und Lea, die Oberschwester, zündete die Kerzen am Chanukkaleuchter an. Sie war eine große, rothaarige Frau, von den Stationsärzten nicht weniger gefürchtet als von den Kranken. Sie besaß die seltene Gabe, ihren Mitmenschen ein unangenehmes Gefühl zu vermitteln, als hätten sie gerade etwas Schlimmes ausgefressen, wofür sie nun notgedrungen büßen mussten. Sogar Prof. Schkedi senkte leicht den Blick, wenn er an ihr vorüberging. Als sie die Lichter fertig angezündet hatte, stimmte sie das traditionelle Chanukkalied »Zuflucht, meiner Hilfe Hort« an, und keiner wagte, stumm zu bleiben. Danach sagte sie den Kanon »Wer weiß zu preisen die Stärke Israels« an. Ärzte gegen Schwestern, Patienten gegen Mitarbeiter. Männer gegen Frauen. Etan sang aus vollem Hals, schreiend geradezu. Kein Mensch würde behaupten können, er schade dem Betriebsklima. Dann wurden Dreidel verteilt, und ein Patient versuchte, ein Turnier zu veranstalten. Lea biss schon herzhaft in ihren Krapfen

(Karamell? Erdbeermarmelade? Was verbirgt sich dort tief drinnen im Teig?), und da sie nun keine Angst mehr verbreitete, wurde das Turnier wieder abgeblasen. Etan hasste diese Krankenhausfeiern, den fruchtlosen Versuch, so zu tun, als wäre alles in Ordnung, hervorragend geradezu, an einem Ort, wo doch rein gar nichts in Ordnung war. Die nackten Zahlen besagten, dass zwanzig Prozent der Kranken, die heute hier standen, das nächste Chanukkafest nicht mehr feiern würden. Es war unklar, ob sie das selbst verstanden. Es wurde gesagt, natürlich, alles wurde gesagt. Aber das hieß noch nicht, dass sie es auch realisierten.

In Betrieben feierte man gern Feste. Nicht nur in Krankenhäusern. Auch in Anwaltskanzleien, Stadtämtern, Bankfilialen. Eine Gelegenheit, den Boss ein bisschen singen zu hören, etwas essen zu sehen, so zu tun, als wären wir alle eine große Familie. Und wenn keine Familie (es ist ja keiner blöd genug zu denken, dies sei eine Familie), dann wenigstens Freunde. Bekannte. Es konnte doch nicht sein, dass wir alle nur ein Haufen Menschen waren, die von morgens früh bis abends spät bei künstlicher Beleuchtung hinter Betonmauern zusammengesperrt waren. Es konnte nicht sein, dass wir den Großteil unserer wachen Stunden, praktisch den Großteil unseres Lebens, an einem Ort verbrachten, der bei uns, ehrlich gesagt, nichts weiter auslöste als ein kleines Jucken am Knie, einen Stich Unbehagen.

Wieder spürte er das Telefon am Oberschenkel vibrieren, und wieder ignorierte er es. Vor einer halben Stunde hatte er Liat angerufen, und sie hatte die Lautsprechertaste gedrückt, und gemeinsam hatten sie mit Jahali und Itamar die Lichter angezündet. Er dachte an die drei daheim, vor dem Chanukkaleuchter, und das machte das Lichterzünden auf der Station nur noch unerfreulicher. Es gab Dinge, die sollte man mit den Menschen tun, die einem wirklich nahestanden. Sonst wurde es ein leeres Ritual, nicht weniger zäh und klebrig als dieser Krapfen, den er immer noch in der Hand hielt. Wo sollte er den jetzt unbemerkt entsorgen. (Und das Telefon, wie lange konnte er das Telefon noch ignorieren?) Er wartete, bis er Prof. Schkedi gehen sah. Zwei Minuten später verabschiedete sich auch Frau Dr. Hart. Er überlegte, ob wohl jeder sein Auto nehmen würde, oder ob sie diese ermüdenden Versteckspiele aufgeben und einfach gemeinsam an den Ort fahren würden, an den sie fuhren. Wo dieser Ort wohl war. In Tel Aviv gab es luxuriöse Hotelzimmer, Wohnungen diskreter Freunde. Aber hier, mitten in der Wüste, konnten sie höchstens in Beduinen-Gastzelten unterkommen. (Das stimmte nicht, aber die Vorstellung ließ ihn lächeln. Dr. Hart reitet auf Prof. Schkedi in einem Zelt aus Ziegenwolle. Die Wanzen aus der Matte tummeln sich auf der Blöße des Chefarztes.) Er wartete weitere zehn Minuten, ehe er sich still verdrückte. Am Fahrstuhl traf er Wissotzky. Der Narkosearzt hielt einen riesigen Krapfen in der Hand, der nicht viel besser aussah als der, den er bis vor einer Minute selbst gehalten hatte. »In der Roten Armee haben wir mit solchen Kloben Steinhühner gejagt.« Er deutete auf den Krapfen. »So einen dem Vogel auf den Kopf, und hopp, hast du ein Abendessen.« Etan war nicht ganz sicher, ob Wissotzky lachte oder nicht. Die Miene des Anästhesisten war völlig ernst. Der Fahrstuhl kam. Wissotzky sah sich um, dann warf er den Krapfen in den Abfalleimer, mit einer schnellen Bewegung, die allen Abscheu der Welt ausdrückte. Sie fuhren schweigend hinunter.

Der Parkplatz des Soroka war um diese Uhrzeit schon ziemlich leer. Etan und Wissotzky gingen nebeneinander zu den Autos. Auf der anderen Straßenseite grölte eine Gruppe Studenten Chanukkalieder. Etan konnte sich nicht entscheiden, ob sie betrunken waren oder einfach nur fröhlich. Wissotzky blieb an seinem Wagen stehen. Etan ebenfalls. »Wie geht es deinem Sohn?« Wissotzky zog den Schlüssel aus der Tasche und steckte ihn ins Schloss. »Er atmet selbstständig, und das ist so ungefähr alles. Aber der Gemischtwarenladen hat mir Rabatt auf die Windeln eingeräumt.« Wissotzky stieg ins Auto und schloss die Tür. Er nickte Etan zu. Es war eine kleine, feine Geste, die Etan jedoch überraschende Erleichterung brachte.

Bevor er den Jeep startete, rief er Liat an. Wollte fragen, ob sie die Kinder schon ins Bett gebracht hatte, vielleicht würden sie doch auf ihn warten. Sie schlafen, sagte sie, und glaub mir, es war nicht leicht. Ich gehe hier auf Zehenspitzen. Na dann solltest du dich vielleicht ausziehen und ins Bett legen, sagte er. Ich bin gleich zu Hause. Sie lachte, aber er wusste, sie glaubte ihm nicht recht. Auch er glaubte es nicht. Sie sagten einander häufig solche Dinge, setzten sie aber nur selten um. Die meiste Zeit war es einfach ein Weg, sich sexy zu fühlen. So ein Spiel, das ihm momentan, ehrlich gesagt, etwas künstlich vorkam. Als sprächen nicht er und Liat, sondern diese Leute, die er und Liat hätten sein sollen. Wie die Möbel, die sie bei Ikea kauften, immer seltsam aussahen, wenn sie sie im Haus aufstellten, als sehnten sie sich nach ihrem vorigen Zimmer, dem aus dem Katalog.

Das Schild am Ortseingang von Omer wünschte ihm ein frohes Fest. Der Jeep überwand eine Schwelle nach der anderen, wie ein auf den Wellen tanzendes Schiff. Er stoppte den Wagen vor den Rosmarinsträuchern und wollte gerade aussteigen, als er einen Schatten auf der anderen Straßenseite bemerkte. (Später dachte er, er hätte sie die ganze Zeit erwartet. Unwissentlich erwartet. Wie sonst wäre es zu erklären, dass er, auf einer Straße voller Schatten, gerade diesen Schatten entdeckte. Ein Paar in Joggingbekleidung in der Ferne. Ein streunender Hund. Recycling-Tonnen, die mit offenen Rachen warteten. Doch sein Auge flitzte gerade dorthin, genau zu dem aufrechten Hals, der ruhigen Sitzhaltung, den Augen, deren Weißes im Dunkeln schimmerte.)

Was tust du hier?!

Sie reagierte nicht darauf. Warf ihm nicht all die unbeantworteten Anrufe vor, die Tage, die ohne einen Rückruf von ihm vergangen waren. Langsam erhob sie sich von der steinernen Einfriedung, auf der sie gesessen hatte. Jetzt war sie etwas größer als Etan selbst.

Gehen wir.

Und als sie das sagte, wusste er sofort, er würde mitgehen. Das Schwarze in ihren Augen war niemals klarer gewesen. Er würde mitkommen, und wenn er nicht mitkam, würde sie jetzt zu dem Haus gegenüber gehen und an der Tür klingeln. Jahali würde sofort aufwachen. Er hatte ohnehin einen leichten Schlaf. Itamar würde vielleicht weiterschlafen. Liat würde im Pyjama aufmachen und im Herzen all diese Nachbarn verfluchen, die nicht wussten, zu welcher Uhrzeit man nicht mehr um etwas Zucker bat. Und dann würde sie Sirkit erblicken. Und die würde ihr alles sagen.

Auf der Fahrt zur Werkstatt schwiegen sie. Er dachte daran, einen verstohlenen Blick auf ihr Profil zu werfen, war aber zu stolz und zu wütend dazu. Sie hingegen sah ihn hin und wieder an, studierte seine Stirn, die Nase. Gelangte zu keinem Schluss. In einem war sie sich sicher: Er sah anders aus. Zwei Wochen hatten völlig gereicht, um bei den Gesichtszügen eine merkliche Diskrepanz zwischen Erinnerung und Realität entstehen zu lassen. Keinen großen Unterschied, schließlich waren nur vierzehn Tage vergangen. Und trotzdem – einen Abstand, den es zu überbrücken galt. Kleine, aber merkliche Veränderungen zwischen jenem und diesem Etan. Die Gestalt, die sie im Kopf trug, war eine andere als die, die jetzt neben ihr saß. Nur ein wenig, und trotzdem war es irgendwie beunruhigend. Sie war nicht unbedingt schöner oder weniger imponierend. Die Unterschiede lagen nicht in den Proportionen der Nase oder im Haaransatz. Wirklich schwer zu sagen. Wenn ihr geistiges Bild von ihm irgendeine Tendenz hatte, dann hatte er ihr vertrauter ausgesehen, und nun wirkte er verschlossen. Vorher hatten sich seine Gesichtszüge zu einem klaren Ausdruck vereint, und jetzt lagen dieselben Gesichtszüge – Nase, Augen, Mund, Brauen – vor ihr und waren fremd und unergründlich. Unverbunden.

Vielleicht ist das immer so. Zwei Menschen begegnen sich wieder und sind eigentlich zu viert. Jeder trägt ein bestimmtes Bild des anderen in sich. Ein Moment der Enttäuschung, wenn der in unserem Gedächtnis schöner ist als der, den wir wiedertreffen. Ein Moment des Staunens, wenn der, dem wir begegnen, unvergleichlich imponierender ist als der in unserer Erinnerung. Der Bruchteil einer Sekunde, in dem wir, sei es freudig, sei es traurig, Abschied nehmen von der Person, die wir im Kopf hatten. Ein Mensch steht da und blickt auf den gefürchteten Vater, den ersehnten Geliebten, das Kind, das er auf dem Schoß gehabt hat. Und selbst wenn er sich erst gestern von ihnen getrennt hat, ist es doch lang genug, damit der Vater auf einmal schrecklich alt aussieht und der Geliebte furchtbar gewöhnlich und das Kind erstaunlich groß. Und so muss der andere sich, gleich zu Beginn des Treffens, für seine

Untreue entschuldigen, wie er es wagen kann, derart von der vorgestellten Gestalt abzuweichen.

Man braucht den Menschen nichts vorzuwerfen. Auch Orte werden untreu. Es wäre doch lächerlich anzunehmen, die Hügel rings um Sirkits Dorf würden ihr die Treue halten, würden unermüdlich ihr Grün bewahren. Das Aussehen der Menschen ändert sich und das Aussehen von Orten desgleichen. Schon jetzt hat sie sie anders in Erinnerung, als sie einst waren. Bei ihr im Kopf sind die Farben stärker, und je weiter sie sich entfernt, desto stärker werden sie. Und falls die Dinge sich jemals änderten und eine Rückkehr zuließen, dann wären die Hügel, die sich in ihrem Kopf inzwischen in Berge verwandelt haben, plötzlich sehr niedrig, und sie müsste sich entscheiden: die Hügel vor ihren Augen oder die Hügel, die sie im Gedächtnis bewahrt. Und bei dieser Sachlage ist es vielleicht besser, niemals zurückzukehren.

Und tatsächlich sieht Sirkit Etan mit vorwurfsvollen Augen an. Nicht nur, wieso warst du verschwunden, sondern auch, wieso hast du dich verändert, obwohl die Veränderungen so klein sind, dass man sie gar nicht in Worte fassen, nur spüren kann. Und neben dem Vorwurf erwacht auch die Neugier, denn wer ist der Mann da am Steuer, und warum sieht er anders aus als der Mann in ihrer Erinnerung. Und zwischen dem Vorwurf und der Neugier schlüpft, für den Bruchteil einer Sekunde, die Frage herein, ob sie für ihn genauso anders ist wie er für sie. Was er gedacht hat, als er sie erblickte. Obwohl sie es eigentlich weiß. Sie hat es an seinem Gesicht abgelesen, ob nun vertraut oder nicht: Zuerst war er erschrocken. Dann verärgert. (Und dazwischen, für einen kurzen Moment, der vielleicht seinen und ihren Augen entgangen ist, war er froh.)

Er fuhr weiter, und sie wandte die Augen ab, weil sie bemerkte, dass ihr Blick ihm Unbehagen bereitete. Stattdessen sah sie nach draußen. An einer Ampel bemerkte sie ein Ausflüglerpaar im Nebenwagen. Die Hast, mit der die beiden wegschauten, verriet ihr, dass sie über sie gesprochen hatten. Über sie beide. Ein weißer Mann fährt in einem Jeep neben einer schwarzen Frau. Ein gemischtes Paar auf dem Weg in den Urlaub. Die Frau im Nebenwagen sagt: Gut, dass es solche Leute gibt. Darauf antwortet der Mann: Obwohl die Gesellschaft da sehr kritisch sein kann, und das ist nicht in Ordnung. Die Frau nickt. Die Ampel springt um. Der Wagen hat ein Gesprächsthema getankt und kann jetzt den Weg fortsetzen. Die Frau neben dem Fahrer lächelt Sirkit aufmunternd zu. Und Sirkit lächelt zurück und denkt: Die wissen nicht, dass ihm gar nichts anderes übrig bleibt, als mit mir zu fahren. Sie denken, es ist seine Wahl.

Im Jeep bemerkte Etan Sirkits Lächeln und wusste nichts damit anzufangen. Sie lächelte selten, unergründlich, und er meinte dabei immer, es entginge ihm etwas. Er beschleunigte und setzte zum Überholen an. So oft fuhr er um diese Zeit zur Werkstatt, und nie war die Straße so belebt gewesen. Chanukka-Urlauber strebten dem einen oder anderen Fremdenzimmer in der Wüste zu oder wollten womöglich ganz bis Eilat hinunter. Etan fragte sich, ob jemand den Jeep beachtete, der neben ihm fuhr. Ob jemand einen weißen Mann zusammen mit einer schwarzen Frau sah und was er sich dabei dachte. Als er auf den Sandweg zur Werkstatt abbog, war er froh, dem Meer potenzieller Blicke auf der Landstraße entronnen zu sein. Aber als er das erste Kreischen hörte, drehte er sich verblüfft zu Sirkit um.

»Da kommt doch nicht etwa eine nieder.«

Sie brauchte nicht zu antworten. Die Schreie antworteten an ihrer Stelle. Diese Tonlage war unverkennbar. Im Laufe der Jahre hatte Etan viele Arten von Schmerzensschreien gehört, aber Gebärende hatten ihre eigenen. Vielleicht, weil außer dem Schmerz noch etwas mitschwang. Erwartung, sagen wir mal. Oder Hoffnung. Etan war nicht sentimental. Er hatte zwei Monate seiner Ausbildung auf der Geburtsstation verbracht. Er wusste sehr gut, siebzig Prozent der Frauen schrien dabei so laut, dass es die Hölle auf Erden war. Mütterliche Sanftheit kam erst nach der Epiduralanästhesie. Manchen tat es derart weh, sie wussten nicht mehr, wo sie waren, wer sie waren, wollten es bloß noch möglichst schnell hinter sich bringen. Aber auch dann, selbst dann noch, war es kein reiner Albtraum. Es war nicht wie die Schreie derer, deren Schmerzen nur von der Seite des Todes kamen. Die Schreie des Lebens hörten sich anders an.

Die Frau stand schwitzend und schnaufend in einer Ecke der Werkstatt. Ihr mächtiger Bauch spannte das Baumwollkleid. Zwei weitere Frauen flankierten sie besorgten Blicks. Als sie Sirkit sahen, redeten sie hastig los.

Sie sagen, das Wasser, das sie im Bauch gehabt hat, ist längst abgegangen. Sie sagen, das Baby hätte schon rauskommen müssen.

Die Frau wiegte sich hin und her, sammelte Kräfte für die nächste Wehe. Sie blickte Etan kaum an, auch nicht Sirkit und die anderen Frauen. Etan erinnerte sich an diese starren Augen. Er hatte sie als Student auf der Station gesehen. Der ganze Körper richtet sich nach innen, das Draußen verschwimmt zu einem Gewirr von Bildern und Klängen. Leider erinnerte er sich nicht an viel mehr. Als Itamar und Jahali zur Welt kamen, hatte er als Statist fungiert. Hatte zugeschaut, wie Ami Liat die persönlichste Behandlung angedeihen ließ, die eine Gebärende bekommen kann. Er und Ami hatten zwei Mal die Woche zusammen Basketball gespielt, und obwohl Etan irgendwann genug von seinen blöden Witzen und den ewigen politischen Debatten hatte, wusste er, Gynäkologen waren eine langfristige Investition. Aber jetzt war Ami im Ichilov-Krankenhaus in Tel Aviv, und er war hier, in der Werkstatt, mit einer gebärenden Eritreerin.

»Wie heißt sie?«

Samar.

Er trat zu der Frau und sagte ihren Namen. Zwei Mal sagte er ihn, bevor sie ihn ansah. Und gerade als sie ihn anblickte, merkte er, dass er sogar ein wenig froh war, hier zu sein. (Weil es wirklich nicht in Ordnung war, dass eine Frau so niederkam, allein in einer Werkstatt, wie ein Nutztier auf einem entlegenen Bauernhof. Weil in ihrem Bauch ein Menschenjunges steckte, das herauskommen wollte, und er wusste, er konnte ihm dabei Hilfe leisten. Weil das angenehme Kitzeln des Adrenalins ihn schon überkam, als er anfing, sich Geburtsabläufe ins Gedächtnis zu rufen. Weil er es leid war, sich klein und schuldig zu fühlen, und sich nun endlich groß und nützlich vorkam. Weil Sirkit ihn mit ihren schwarzen Augen anblickte und ihn fragte, *was soll ich tun.*)

Es ging schneller als gedacht. Vielleicht hatte er sich auch einfach angewöhnt, immer auf das Schlimmste gefasst zu sein. Jedenfalls stand er schon sechs Stunden später zwischen Samars gespreizten Beinen und schrie sie an, »pressen, pressen«. Unterwegs hatte es Wehen und Kreischen und Stuhl und Urin gegeben. Und Blut und Weinen und eine akute Gefahr für die Trommelfelle aller Beteiligten. Trotzdem machte er sich keinen Augenblick Gedanken darüber, obwohl er genau wegen solcher Tumulte Neurochirurg geworden war. Er traf seine Patienten gern narkotisiert. Die Menschen sind gewöhnlich weit höflicher und kooperativer nach der Verabreichung von Propofol. Doch auf diesem rostigen Tisch, an diesem dreckigen Ort, hörte er nach sechs Stunden das neue Schreien. Nicht mehr aus dem Mund der Mutter, sondern aus jenem neuen, der eben noch nicht da gewesen war und nun mit aller Kraft Luft holte. Der die kalte Wüstenluft bei Beer Scheva einsaugte, den Nachthauch in der offenen Werkstatt, den Schweiß des Arztes und der Frauen, die Gerüche der Armut aus den Caravans. Der einatmete – und sogleich alles wieder ausstieß mit dem ersten Schrei, dem großen Babyschrei, der ganz und gar Erstaunen war – hierher?

Er erklärte Sirkit, wie sie die Nabelschnur abbinden sollte, und reichte das Baby seiner Mutter. Samar streckte ihm ihre langen, müden Arme entgegen. Wie eine Puppe, der man eine Babypuppe in die Arme legte, dachte Etan. Samar hielt es, weil man es ihr übergeben hatte. Aber als sie das Kind anschaute, fand sie plötzlich ihre Lebensgeister wieder. Sie lag immer noch, und das Baby war noch in ihren Armen, doch jetzt bestand kein Zweifel mehr: Es ruhte nicht auf ihr, sondern sie hielt es. Etan wandte sich Sirkit zu, um zu sehen, ob auch sie die Veränderung bemerkt hatte, aber sie war verschwunden. Er bedeutete den Eritreerinnen, sich um die Wöchnerin zu kümmern, und verließ die Werkstatt. Ein mondloser Himmel. Namenlose Sterne (Sie hatten Namen, natürlich, aber Etan begann sich zu fragen, warum er sich jemals die Mühe gemacht hatte, sie zu lernen. Der Mensch gab dem Namen, was ihm gehörte. Seinem Hund, seinem Auto, seinem Kind. Wie viel Anmaßung brauchte es, um diesen Lichtpunkten Namen zu geben.). Er sah Sirkit nicht auf der Kiesfläche vor der Werkstatt und ging daher weiter zum Hügel.

Sie saß im Sand, mit dem Rücken zu ihm. Er erwog, sich neben sie zu setzen, blieb jedoch stehen.

Das war so furchtbar, sagte sie, *so furchtbar und schön.*

Ja, sagte er, es war wirklich furchtbar. Und schön.

Sie drehte sich zu ihm um, und Etan bemerkte, dass sie weinte. Ihre schwarzen Augen waren rot umrandet. Er wollte sie in die Arme nehmen, hatte aber keine Ahnung, wie man das bei einer Frau wie Sirkit anstellte. Also stand er einfach da und blickte sie an und dachte wieder, sie ist eine schöne Frau, und wusste wieder, sollte er ihr auf der Straße begegnen, würde er sie nicht beachten. Nach ein paar Minuten kam es ihm allmählich sonderbar vor, so neben ihr zu stehen. Ich leg mich wohl ein bisschen schlafen, sagte er, sie blutet noch, ich bleibe die Nacht hier zur Beobachtung. Sirkit lächelte und sagte, sie würde auch ein wenig schlafen, und während er zurück in die Werkstatt ging, holte sie zwei dünne Matratzen aus dem Caravan. Sie breiteten die Matratzen auf dem Boden der Werkstatt aus, Sirkit legte ihre neben die Wöchnerin, und Etan richtete sich an der Türschwelle ein. Gute Nacht, sagte er. Gute Nacht, erwiderte sie.

Aber er konnte nicht schlafen, und obwohl kein Laut in der dunklen Werkstatt zu hören war, wusste er, auch sie konnte es nicht. Nicht, nachdem sie dieses runde Köpfchen mit den Händen gepackt und auf die Welt gezogen hatte. Wieder erinnerte er sich an ihre geröteten Augen draußen vor der Werkstatt. Aufregung? Dankbarkeit? Trauer über die Kinder, die nicht sie gebar? Trauer über die Kinder, die sie zurückgelassen hatte? Kein Wunder, dachte er, dass er sie nicht in die Arme zu nehmen gewagt hatte. Sie hatte ja gar keinen Körper. Diese Frau, die schon über zwei Monate seine Nächte beherrschte – was wusste er eigentlich über sie?

Sie war mit dem Mann verheiratet gewesen, den er totgefahren hatte. Dieser Mann hatte sie geschlagen. Sie zog Rosen. Sie fürchtete sich weder vor Blut noch vor Menschen. Ein geschlagener Eritreer hatte sie als Engel und ein mit Leid geschlagener Beduine als Teufel bezeichnet, und beide irrten, mussten sich irren. Denn es gab keine Engel und keine Teufel. Davon war Etan überzeugt. Es gab Menschen. Diese Frau, die wenige Meter von ihm lag, war ein Mensch. Sie schlief. Sie aß. Sie pinkelte. Sie kackte. Und urplötzlich, ohne dass er es noch abwehren konnte, sah er im Geist völlig klar, wie diese Frau fickte, und sein Körper reagierte auf den Anblick mit einer solchen Erektion, dass es ihm den Atem verschlug.

Die ganze Nacht über brüllten Löwen in seinem Innern. Er wälzte sich auf die Seite. Versuchte, an Itamar zu denken, an Jahali, an Liat. Im Dunkel der Werkstatt war ihm auf einmal glasklar, wie schnell er seine Familie verlieren konnte. Nicht durch einen tödlichen Unfall oder eine Flugzeugkatastrophe in stürmischer Nacht. Nicht durch einen Terroranschlag. Sondern durch eigenes Zutun. Wie anderen Menschen kamen auch ihm zuweilen, bei nächtlichen Heimfahrten, klammheimlich Horrorvisionen. Das Gehirn erfand unzählige potenzielle Unfälle, Unglücke, Beerdigungen. Kam dabei die bange Frage auf, wie es danach weitergehen sollte, lautete die Antwort, dass es danach nicht weiterging, das war das Ende. Und wurde die Angst übermächtig, unerträglich, schaltete jemand in seinem Kopf Licht an, stoppte den Horrorfilm und sagte, beruhig dich, es ist nur ein Wachtraum. Wirre Gedanken. Und komisch, bei all diesen Gedanken und Fantasien war er nie auf die Idee gekommen, es könnte durch sein Zutun passieren. Er könnte sein Leben ohne Itamar und Jahali führen, nicht wegen eines infamen Terroristen oder eines besoffenen Fahrers, sondern weil Liat sie ihm wegnahm. Seltsame Wörter wie »Besuchsregelungen« könnten höchst vertraut werden. Durch seine Schuld. Weil er nicht genug auf seine Familie aufgepasst hatte, und weil Familien etwas Zerbrechliches waren.

Dabei hatte er sich doch, lange vor der Heirat, geschworen, keine andere Frau anzurühren. Fantasieren war erlaubt, hingucken auch, aber nie im Leben durch Tun das gefährden, was er sich hier aufgebaut hatte. Er sah ehemalige Kommilitonen, Ärzte auf der Station. Er erkannte Untreue von Weitem, genau wie er eine Lungenentzündung schon im Anfangsstadium erkannte. Das geheimnisvoll strahlende Gesicht. Der neue Schimmer der Haut. Der traumwandlerische Gang. Die entspannte Haltung. Und ein paar Wochen später – ein gejagter Blick in den Augenwinkeln. Starre im oberen Rückenbereich. Lippenherpes wegen der Anspannung. Kein Fick war das wert. Keine vorübergehende Erregung rechtfertigte den Augenblick, in dem du deine Kinder im Wohnzimmer aufs Sofa setzen und sagen würdest: »Erst mal sollt ihr wissen, dass eure Mama und ich euch lieb haben.«

Aber wieso dachte er dann so viel an sie, dachte an sie peinlicherweise mehr als an seine Familie. Wie konnte es sein, dass er in den Wochen seit Beginn der Erpressung zuweilen die Stunden zählte, bis er diese Frau wiedersah, wo er doch alles tun sollte, um sie möglichst wenig zu sehen. Und wie hat sie überhaupt solche Macht über ihn gewonnen, was hatte sie mit ihm angestellt, dass er sie so begehrte. Keine vier Meter zwischen seiner Matratze und ihrer, und ihr Körper funkte im Dunkeln zu ihm herüber.

Und obwohl er wusste, dass er nichts sehen konnte, drehte er sich auf der Matratze zu ihr um und riss die Augen auf. Stockdunkel. Die Augen sahen nichts und sahen gerade deshalb alles. Denn da war ihre runde Schulter, die ihm immer entgegenleuchtete, wenn sie sich nach etwas bückte und das Kleid dabei leicht verrutschte. Und da war ihre Brust, endlich befreit aus den Fesseln der Baumwollkleider, rund und stolz und prall. Und da waren Lippen, Wangen, Schenkel. Und dieser katzenhaft geschmeidige Gang, der latente, wilde Lust in sich barg. Ihre Distanz und ihre Kraft und die Erkenntnis, dass er niemals in ihr sein würde, auch wenn er in ihr wäre, all das versetzte sein Blut fast schmerzhaft in Wallung.

Beruhig dich, sagte er sich, beruhig dich. Aber er beruhigte sich nicht. Im Gegenteil. Sein Gehirn produzierte noch und noch Bilder von Sirkit, die immer detaillierter wurden. Auch als er die Bilder auszulöschen versuchte, indem er sich die Hirnfunktionen, die sie schufen, vergegenwärtigte (die Hypophyse macht Überstunden, kein Zweifel), traten sie ihm weiter klar und aufreizend vor Augen. Und als sie schließlich die Decke anhob und sich neben ihn legte im langen Wirrwarr dieser Nacht, versank er im Blauschwarz ihres Haars und küsste ihre stummen Lippen, und er dachte nicht an Engel und nicht an Teufel. Und auch nicht an Menschen.

Sie braucht nicht hinzusehen, um zu wissen, dass er nicht schläft. Sein Verlangen nach ihr hört man aus jedem tiefen Atemzug, jedem lauten Speichelschlucken. Die Luft in der Werkstatt ist schwer und vibrierend, und auch ihr Arzt ist schwer und vibrierend. Und zwischen ihren Beinen ist eine unerträgliche, fast schmerzliche Süße, und drinnen wartet etwas Schweres und Vibrierendes. Aber sie wird nicht zu ihm gehen, genau wie er nicht aufstehen und zu ihr kommen wird. Keine vier Meter von seiner zu ihrer Matratze, aber dazwischen liegt eine große Wüste. Und das ist gut so. Sie hat schon genug Wüsten durchquert, um zu wissen, dass auf der anderen Seite nichts wartet außer einer weiteren Wüste.

So schloss sie denn die Augen, obwohl sie wusste, sie würde nicht schlafen, und als er schließlich die Decke anhob und sich in dem langen Wirrwarr dieser Nacht neben sie legte, war da keine Wüste. Gerade weil er nicht ankam und sich nicht niederlegte, konnten sie endlich der Wüste entrinnen, und gerade deshalb fand sie süßes Wasser darin.

10

Es war kurz nach Sonnenaufgang, als Samar anfing zu schreien, und im ersten Moment glaubte Etan fest, die Schreie kämen aus dem Mund seines Vorgesetzten beim Militär, von dem er gerade träumte. Eine Sekunde später war er wach, und zwei Sekunden später stand er bei dem Baby und wusste, sie hatten ein ernstes Problem.

Die Haut des Babys hatte eine abstoßende, blaue Färbung. Das Blau an sich war nicht abstoßend. Menschen kauften sich Bettwäsche in diesem Farbton. Und Bettüberwürfe. Und Teller. Sie buchten für viel Geld Reisen in Länder mit Meeren oder Seen in genau dieser Farbe. Aber Babys wollten sie nicht so sehen. Babys sollten rosig sein. Rosig war gesund. Rosig hieß intakter Puls und guter Kreislauf und Sauerstoff, der auf dem Blut schwamm wie Touristen auf Kreuzfahrt. Und Blau war das Gegenteil. Auch Menschen, die nicht wussten, warum, die keine Ahnung hatten, was Hämoglobin überhaupt war, wussten doch, Blau war das Gegenteil. Samar beispielsweise brauchte nur die Augen aufzuschlagen und die blaue Haut zu sehen, um zu wissen, dass mit ihrem Baby etwas nicht stimmte. Da hatte sie angefangen zu schreien. Einfach weil es das Einzige war, was sie tun konnte. Als der Vater des

Babys sie losgeschickt hatte, um im Lager aufzuräumen, und sich dann von hinten anschlich und sie packte, hätte sie auch schreien können. Aber sie hatte es nicht getan. Sie hatte gewusst, Schreie würden Konsequenzen nach sich ziehen. Sie hatte gewusst, die Konsequenzen würden lange dauern, und das, was der Vater des Babys wollte, nur ein paar Minuten. Sie betrachtete ihn damals nicht als Vater des Babys, es gab ja noch gar kein Baby. Aber als sein Sperma ihr ein paar Minuten später den Oberschenkel herunterrann, hoffte sie, damit sei die Sache erledigt. Doch der Samen des Mannes war genau wie der Mann selbst – er packte sie mit Gewalt und ließ nicht locker. Anfangs ärgerte es sie. Ärgerte sie noch mehr als das, was der Mann ihr angetan hatte. Sie dachte an ein Baby mit der Visage jenes Mannes, das ihr im Bauch saß und den ganzen Tag futterte, sie auffutterte. Ein Baby mit dem Gesicht jenes Mannes, das bestimmte, wann sie auf die Toilette ging, wann sie aß, wann sie erbrach. Es ärgerte sie so sehr, dass sie sich mit harten Fäusten auf den Bauch trommelte, genau auf das Gesicht jenes Mannes zielte, das in ihr heranwuchs. Doch so fest sie auch zuschlug, das Baby wuchs und wuchs, und je größer es wurde, desto mehr hasste sie es. Wie der Penis jenes Mannes, der anfangs, als er sie packte, gar nicht hart gewesen, aber, sobald er spürte, wie sehr sie sich verkrampfte, jäh angeschwollen war, so wuchs auch dieses Baby aus ihrem Hass.

Deshalb hatte sie eines Tages ein langes Stück Draht aus dem Lager geholt und es gründlich sauber gemacht. Dann hatte sie sich auf den Rücken gelegt, die Beine gespreizt und sich gesagt, nur ruhig, es dauert nicht lange. Sie hatte den Draht schon eingeführt, als Sirkit die Tür des Lagerraums aufriss und sie anblickte. Du Dummkopf, rief sie, du dumme, kleine Kuh. Du begreifst nicht, dass du Geld zwischen den

Beinen hast. Sirkit erklärte ihr, wenn das Baby da sei, würden alle erfahren, was sein Vater ihr im Lagerraum angetan hatte, und dann würde er ihr Geld geben müssen. Viel Geld, hatte Sirkit gesagt. Sirkit hatte ihr geholfen, den Draht herauszuziehen, und gelächelt, als sie sah, dass nicht viel Blut daran war. Sie sagte, vor der Geburt dürfe keiner etwas von dem Baby erfahren, schon gar nicht sein Vater. Sie erklärte Samar, sie müsse gut darauf aufpassen und es gut füttern, wie man die Schweine im Dorf versorgte, sie fütterte und hütete, obwohl sie hässlich waren und stanken, weil man letzten Endes Geld mit ihnen verdienen konnte. Samar hielt das Baby in ihrem Bauch geheim und pflegte es gut, und die ganze Zeit dachte sie an das Schwein, das glatt und rosig in ihrem Schoß heranwuchs. Als es sich dort zu regen begann, dachte sie an die Ferkel in ihrem Dorf, die von den Kindern vor sich hergescheucht wurden, und dann musste sie lachen. Sie dachte nicht mehr an ein großes, borstiges Schwein. Sie dachte an ein niedliches, kleines Ferkel und schämte sich, wenn ihr einfiel, wie sie es damals beinahe mit dem Draht aufgespießt hätte.

Am Abend, als ihr das Wasser abging, erschrak sie plötzlich. Das niedliche Ferkel und der Vater des Babys gerieten ihr im Kopf durcheinander, und sie wusste nicht, wer der beiden aus ihr herauskommen würde. Später waren die Schmerzen so stark, dass sie meinte, es müsste der Vater des Babys sein. Das Ferkel hätte ihr nie im Leben so wehgetan. Aber der Vater des Babys – wie er ihr wehgetan hatte, als er in sie eindrang, so tat er ihr nun weh, als er aus ihr herauskam. Gleich würde sie seine widerliche Visage sehen, und keiner würde sie daran hindern, ihm den Mund zuzuhalten, wie er es damals mit ihr im Lagerraum gemacht hatte. Obwohl er es gar nicht hätte tun müssen, sie hätte nicht geschrien.

Doch als das Baby endlich herauskam, sah es seinem Vater gar nicht ähnlich. Auch nicht den Ferkeln im Dorf. Wenn schon, dann einem Delfin. Sie hatte bisher nur ein Mal einen Delfin gesehen, aber sie erinnerte sich daran, wie sich der Mensch an das eine Mal erinnerte, als die Dinge wirklich in Ordnung waren. Ihr Vater ruderte mit dem Boot aufs Meer hinaus, und sie saß am Strand und flickte das Netz. Die Sonne war gerade erst aufgegangen, schien aber schon so heiß wie mitten am Tag. Nichts hörte man als das Platschen des Ruders im Wasser. Ihr Kopf steckte in dem Netz, an dem sie kleine Ausbesserungen vornahm, die nicht lange halten würden, aber fürs Erste schon, und da hörte sie die Stille. Das heißt, sie hörte, dass das Ruder nicht mehr ins Wasser schlug, und da ihr Vater so dicht am Ufer nie zu rudern aufhörte, hob sie den Kopf. Der Delfin war dem Boot ganz nah. Er war schön. Er war das Schönste, was sie bisher gesehen hatte, und obwohl sie erst sechs Jahre alt war, wusste sie, er war das Schönste, was sie je im Leben sehen würde. Die anderen schönen Dinge würden nur partielle Reflektionen dieses Delfins sein. Der Delfin schwamm neben dem Boot, und ihr Vater bedeutete ihr, das Netz sein zu lassen und zu ihm zu kommen. Und dann tat er etwas, das sie den Delfin vergessen ließ. Etwas ganz Großartiges. Er hob sie mit beiden Händen hoch und hielt sie in der Luft, übers Wasser. Er tat das, damit sie den Delfin sehen konnte. Und damit der Delfin sie sehen konnte. Ihr Vater wusste, Delfine und kleine Mädchen begegneten sich selten. Aber sie schaute gar nicht auf den Delfin. Sie schaute auf ihren Vater, der sie übers Wasser hielt. Ein kurzer Moment, der sich nie wiederholen würde. Er stellte sie zurück auf den Strand. Sie flickte weiter das Netz, er ruderte weiter, und der Delfin schwamm auch weiter.

Als Sirkit und ihr Arzt ihr das Baby brachten, erkannte sie sofort, dass es dem Delfin ähnlich sah. Das freute sie. Das machte den Schmerz zwischen den Beinen etwas weniger schmerzhaft. Sie zählte seine Fingerchen und dachte, wie klein sie sind, und dann erinnerte sie sich an die Finger des Vaters des Babys, wie er sie mit Gewalt reingedrückt hatte, und dachte daran, dass sie auch einmal so klein gewesen waren. Sirkit hatte ihr das Baby abgenommen und gesagt, sie müsse sich ausruhen. Sie hatte nicht widersprochen. Es schien eine gute Idee zu sein, sich auszuruhen. Das Baby schlug kurz die Augen auf, und sie hatten gar keine Ähnlichkeit mit denen seines Vaters, und das beruhigte sie. Aber dann dachte sie an all die anderen Glieder an seinem Körper, von denen man jetzt noch nicht sagen konnte, wie sie später aussehen würden. Die Nase, sagen wir mal. Oder die Ohren. Von der Stimme gar nicht erst zu reden. Sie wusste nicht, was sie machen würde, wenn das Baby die gleiche Stimme hätte. Aber das wird es nicht, beruhigte sie sich. Nein, auf keinen Fall. Denn die Stimme kommt aus dem Mund, und in seinen Mund wird meine Milch fließen.

Bei diesem Gedanken schlief sie ein, und als sie aufwachte, sah sie, dass die Haut des Babys einen Blauschimmer hatte. Und da schrie sie los.

Das Baby war nicht tot, sah aber nicht gut aus. Die Werkstatt war nicht eingerichtet für die Behandlung von akuter Atemnot. Sie war auch nicht eingerichtet für den Umgang mit Samars Schreien. Im Soroka schickten die Schwestern die Familienangehörigen weg, sobald Komplikationen auftraten, und falls daraufhin ein Tumult ausbrach, riefen sie den Wachdienst. Das mochte hart oder herzlos wirken, aber ein Krankenhaus konnte bei solchem Geschrei nicht funktionieren.

Das erschrak die anderen Patienten. Das hinderte die Ärzte daran, sich zu konzentrieren. Das schadete der Kampfmoral an der Front gegen den Tod. Samar schrie und schrie, und Etan wollte Sirkit schon bitten, sie hinauszuschaffen, als er begriff, dass er derjenige war, der gehen musste.

Er nahm das Baby hoch, verblüfft über die unfassbare Leichtigkeit des kleinen Körpers. Drei Schritte, und er war an der Tür, berechnete bereits die schnellste Strecke zum Krankenhaus …

Halt.

Sie stand barfuß vor ihm, mit wirrem Haar. Irgendwo in seinem Kopf zeichneten sich ihre Nippel unter der Bluse ab. Diese Sanftheit, die ihr Körper ausstrahlte, der Schlafgeruch, den sie sicher noch verströmte, kontrastierten hart mit ihrer kalten, blechernen Stimme, als sie ihm befahl, dazubleiben.

Sie würden wissen wollen, woher du es hast. Sie würden herkommen.

»Dann lass ich mir was einfallen«, brüllte er sie an, hielt das Baby mit einer Hand, suchte mit der anderen die Jeep-Schlüssel. »Ich lass es hier nicht sterben.«

Ich lasse nicht zu, dass ein einzelnes Baby die Schließung eines ganzen Krankenhauses bewirkt.

Endlich hatte er den passenden Schlüssel gefunden. Der Jeep gab ein fröhliches »Flopp« ab, als er die Entriegelungstaste drückte. Er rannte darauf zu und sie hinter ihm her. Zum ersten Mal, seit er sie kannte, sah er sie außer sich. Nicht wegen des Babys und seiner blauen Haut, sondern weil sie begriff, dass er ihr den Befehl verweigerte. *Ich geh zur Polizei. Wenn du fährst, geh ich zur Polizei.*

Er sah sie einen Moment an. Lange genug, um zu wissen, dass sie es ernst meinte. Er schloss die Tür und fuhr ab.

Die Straße nach Beer Scheva war völlig leer um diese Uhrzeit. Er fuhr so schnell er konnte. Er redete auf das Baby ein. Er sagte ihm, es solle durchhalten. Er versprach ihm, alles würde gut werden. Er unterrichtete es laufend, wie viele Kilometer es noch bis zum Soroka waren. Er versicherte ihm, sie seien schon ganz nahe dran. Er sagte »noch ein bisschen, noch ein kleines bisschen«.

Das Baby lag angegurtet auf der Rückbank, in Jahalis Kindersitz, der ihm natürlich zu groß war. Es bestand eigentlich kein Grund, das Baby dort hinzupacken. Etan hätte es genauso gut auf dem Schoß halten können. Vielleicht wäre das sogar vernünftiger gewesen, er hätte genau gesehen, wie es ihm ging. Aber sein Vaterreflex war in Aktion getreten – Babys gehörten auf den Rücksitz, angeschnallt. Alles andere war verantwortungslos. Und nun redete er, ein Mann von einundvierzig Jahren, mit dem Baby auf dem Rücksitz. Und das Baby antwortete nicht. Es war ja ein Baby. Ein blaues Baby.

Sieben Kilometer bis zum Ortseingang Beer Scheva, und Etans Stimme schwoll an zum Schrei. Es wird alles gut, schrie er nach hinten in den Fond, wirklich alles. Wir sind gleich da. Und dann merkte er, dass er es schon seit einigen Minuten geflissentlich vermied, sich nach ihm umzuschauen. Er redete mit ihm, machte Versprechungen, flehte gelegentlich, schaute es aber nicht an. Er stellte den Innenspiegel gerade und spähte auf die Rückbank.

Fünf Kilometer vor der Stadt Beer Scheva hielt er den Wagen an. Und konnte nicht sagen, wie viele Minuten er schon vergebens so dahinraste, einem toten Baby Versprechungen machte.

Halb acht Uhr morgens, und Etan war noch nicht von der Station zurück. Liat ging ins Wohnzimmer, klopfte unsichtbaren Staub aus Kissen und Sofas, räumte das auf, was zweifellos aufgeräumt war. Ihre Großmutter hätte gewusst, was zu tun war. Ihre Großmutter hätte ihm zehn Sekunden in die Augen geschaut und ihre Entscheidung gefällt. Aber ihre Großmutter war schon drei Jahre nicht mehr. Vier, wenn man das Jahr vor ihrem Tod mitzählte, das nach ihrem Schlaganfall. Sie hatte ihn gleich nach der Operation erlitten und danach die Augen nicht mehr aufgetan. Hatte nur mit geschlossenen Lidern in ihrem Krankenhausbett gelegen. Wie sollte man da wissen, ob sie überhaupt noch da war. Sie atmete, na wenn schon. Ihre Großmutter war Weltmeisterin darin, vorzugeben, im Haus zu sein, wenn sie in Wirklichkeit weg war. Wegen der Einbrecher, hatte sie Liat erklärt. Sie ließ Lampen an, das Radio dudeln – und ging aus. Vielleicht war das auch so in jenem Jahr, im Krankenhaus. Alle Ärzte und Schwestern maßen Lebenszeichen, wie Diebe, die hinter der Tür horchten, und sie war längst gegangen.

Das hätte ihr ähnlich gesehen, der Großmutter, sie alle so an der Nase herumzuführen. Sie hatte ja jahrelang allen verborgen, dass sie ein Problem hatte. Hatte keinem etwas von ihrer Krankheit verraten. Hatte sie gut kaschiert. Sogar vor dem Tod. Der vergaß sie. Wie eine Putzfrau, die versprach, am Sonntag zu kommen, und es dann vergaß, worauf das Haus die ganze Woche schmuddelig blieb. Wie ein Alzheimerpatient wusste der Tod, er sollte jemanden treffen, hatte aber vergessen, wen und wo, und irrte durch die Straßen. Und traf unterwegs andere Omas, aber nicht ihre Großmutter.

Schließlich trafen sie sich doch. Fast zufällig. Eine Lungenentzündung, die sie sich zugezogen hatte, als sie mit geschlossenen Augen auf der Station lag, raffte sie in knapp einer Woche hinweg. Und Liat konnte fortan allein in die Kaffeetassen starren, wo sie jedoch rein gar nichts sah. Jetzt versuchte sie es wieder – machte Kaffee und studierte eingehend den Satz. Vielleicht stand da ja zufällig, wo zum Teufel ihr Ehemann steckte. Sie könnte auf der Station anrufen. Fragen, ob er dort sei. Könnte durch den Hörer die feinen Untertöne der Lüge auszumachen suchen. Das Zungenschnalzen einer Sekretärin an der Aufnahmetheke. Oder umgekehrt – überraschtes, betretenes Schweigen. Oder die hohe, gekünstelte Stimme einer Schwester. Sie wussten alle, wo er war, sagten es ihr aber nicht. Die Ärzte, die Praktikanten, das ganze Krankenhaus verlachte sie sicher hinter ihrem Rücken.

Sie stellte den Kaffeebecher in die Spüle und rief die Kinder. Sie kamen sofort, fix und fertig. Itamar hatte Jahali geholfen, und nun standen sie beide vor ihr, abmarschbereit. Es tat ihr weh, sie so zu sehen. Sie blickte auf ihre Schuhe und wusste: Sie hatten gemerkt, irgendetwas stimmte nicht. Itamar hatte Jahali die Schnürsenkel gebunden, und Jahali hatte ihn gewähren lassen, ohne zu weinen und zu toben. Aber Kinder sollten weinen und toben und nichts sehen außer sich selbst. Wenn sie auf deinen Ruf gleich kamen, fertig angezogen wie in einer Zeitschrift, war die Lage offenbar wirklich ernst.

Er sah sie aus dem Haus kommen. Jahali mit seiner Hundemütze. Itamar mit einer Fußballtasche, obwohl er Fußball gar nicht mochte und die anderen Kinder ihn nie mitspielen ließen. Liat, mit hochgestecktem Haar und der Halskette, die sie von ihrer Großmutter zur Hochzeit bekommen und seither nicht mehr abgelegt hatte. Seine Familie kam aus dem Haus, er sah sie den Zugangsweg überqueren. Majestätisch, ohne sich dessen bewusst zu sein. Unschuldig, ohne darüber nachzudenken. Vollkommen unbedarft.

Itamar entdeckte ihn als Erster und winkte ihm zu. Jahali, der jede Geste seines Bruders verfolgte, sah ihn als Zweiter. Er ließ Liats Hand los und rannte mit Stiefelgetrappel auf ihn zu.

Papa! Etan hob ihn mit beiden Händen hoch, kurzzeitig verwundert über sein Gewicht. Das Kind ist schwer geworden oder ich schwach. Als er Jahali wieder absetzte, stand Liat schon an ihrem Auto.

Jalla, Kinder, wir müssen los.

Ihre Stimme klang unbeschwert und fröhlich. Ein unbeschwerter und fröhlicher Eisberg. Etan fragte sich, ob das nur ihm auffiel oder auch den Kindern. Ich will, dass Papa mich fährt, krähte Jahali, ich will im Jeep!

Papa ist müde, sagte sie, er hat die ganze Nacht nicht geschlafen. Da verlass sich einer auf Ödipus. Der kleine Racker hat längst vergessen, wer ihn gebadet und gewickelt und gestillt hat, rennt einfach zum Jeep seines Vaters, geradewegs dem Feind in die Arme. Etan ist sicher begeistert darüber. Noch ein Pluspunkt für ihn in dem stummen Kampf, wen sie mehr lieb haben. Doch zu ihrer Überraschung lehnte er die Ehrung ab. Heute nicht, Jahali, fahr mit Mama. Vielleicht war er wirklich müde. Vielleicht wollte er ihr ein Versöhnungszeichen senden. Jedenfalls brauchte es weit mehr als das, um Jahali zu überzeugen. Er rannte zum Jeep und kletterte durch die offene Fahrertür hinein. Da windet er sich schon über die Kardanwelle und landet mit einem Satz in seinem Kindersitz. Liat musste unwillkürlich lächeln. Dieses kleine, entschlossene Äffchen. Aber Etan lächelte nicht. Als Jahalis Körper den Sitz berührte, wurde er kreidebleich. Seine Lippen bebten.

Jahali, raus da.

Nur einmal hatte sie diesen Ton bei ihm gehört. Vor Jahren, in der Judäischen Wüste, auf einem ihrer ersten Ausflüge. Es war unter der Woche, und im Wadi Mischmar war kein Mensch unterwegs. Deshalb erlaubten sie sich, an der Wassergrube zu vögeln. Lange und langsam, zum einen, weil sie sich kaum kannten und sehr nacheinander verlangten, und zum anderen, weil sie sich kaum kannten und einander unbedingt beeindrucken wollten. Sie war auf ihm, als sich sein ganzer Körper straffte und sie dachte, er sei gekommen. »Rühr dich nicht.« Seine Stimme klang seltsam, eisig. Sie regte sich nicht. Sie war sicher, es hatte mit irgendeinem G-Punkt in der männlichen Anatomie zu tun. Erst einen Moment später sah sie die Schlange. Sie war klein und schwarz und sehr nahe. Es dauerte eine Weile, zehn Sekunden, eine Minute, fünf. Sie machten keinen Mucks. Die Zunge der Schlange fuhr rein, raus, rein, raus, fast so, als wollte sie ihnen sagen, ich habe euer Rein und Raus gesehen, nun seht ihr euch meines an. Und irgendwann hörte sie auf. Kroch weiter. Sie sahen ihr nach, nackt und angespannt. Danach war es aus mit dem Vögeln, und mitten im Wadi nackt zu sein fühlte sich plötzlich auch komisch an. Sie schlüpften in ihre Kleider und setzten die Tour fort, versuchten ein bisschen darüber zu lachen, und als sie von dem Ausflug zurück waren, erwähnten sie die Schlange nicht mehr.

Als Etan Jahali befahl aufzustehen, erkannte etwas in ihrem Innern diesen Ton wieder. Es ist etwas im Jeep. Eine Schlange oder ein Skorpion. Etwas Schlimmes. Sie lugte rasch hinein, sah aber nichts. Der Kindersitz. Ein paar Spielsachen. Leere Pizzakartons. Etan kann nicht wegen leerer Pizzakartons so ausrasten.

Jahali, ich hab dir gesagt, du sollst da nicht sitzen, raus!

Etans Stimme wurde schreiend. Sie hatte ihn schon schreien gehört, aber so noch nie. Seine Schreie waren sonst immer kurz und bündig. Wenn Itamar vor der Wohnung in Givatajim auf die Straße rannte. Wenn die Schwestern im Tel Haschomer Krankenhaus ihre Großmutter auf dem Flur unterbrachten. Als prüfe er alle Möglichkeiten gut durch und schrie erst los, wenn er merkte, er hatte keine Wahl. Aber dieser Schrei war anders. Jahali fing an zu weinen. Auch Itamar hatte Tränen in den Augen. Gleich darauf ging Etan vor dem schluchzenden Knirps in die Knie. Es tut mir leid. Papa tut es leid. Doch Jahali beruhigte sich nicht, im Gegenteil. Der Gedanke, dass so ein Schrei wirklich und wahrhaftig ohne jeden Grund kommen konnte, war noch furchterregender als die Möglichkeit, etwas an seinem Verhalten habe ihn ausgelöst.

Liat sah auf die Uhr. Sie würde verspätet im Kindergarten ankommen, mit einem weinenden Kind. »Ein schwerer Morgen?«, würden die anderen Mütter fragen, in teilnahmsvollem Ton, unter dem Schadenfreude hervorlugte, wie die Orangenhaut unter den eng anliegenden Badeanzügen, die sie im Country Club trugen. »Kommt vor«, würde sie lächelnd sagen und mit keiner Silbe verraten, dass ihr Mann schon über einen Monat nachts verschwand und sie nicht wusste, wohin. Als sie daran dachte, wurde sie so wütend, dass sie zum Jeep ging und Jahali heraushob.

Los, Kinder, sonst kommen wir noch zu spät.

Ihre Stimme klang fröhlich und gelassen, trog aber. Sie wusste es. Etan wusste es. Sogar Itamar und Jahali wussten es. Jahali hörte auf zu weinen, saß nur still auf ihren Armen und blickte seinen Papa an. Itamar sah seinen Vater nicht an. Auch sie nicht. Itamar richtete sein Augenmerk auf ein Ameisennest, in dem auf den ersten Blick zwar große Unordnung zu herrschen schien, in Wirklichkeit aber alles in mustergültiger Ordnung ablief. Die Ameisen hatten Gesetze, und sie hielten sich daran. Wenn du die Gesetze der Ameisen gut genug erforscht hattest, konntest du genau vorhersagen, was die Ameisen tun würden. Irgendwie funktionierte das nicht mit Erwachsenen.

E. T., rein ins Auto.

Itamar löste den Blick von dem Ameisennest und stapfte zum Toyota. Etan sah ihm nach. Er wollte ihn rufen, aber es hatte keinen Sinn. Er würde sie nicht in seinen Wagen lassen. Seine Kinder sollten diesem Jeep nicht nahekommen, diesem blauen Baby. Er erschauderte, als er an den kleinen Sandhügel, fünf Kilometer vor Beer Scheva dachte. Er muss den Wagen waschen lassen. Ihn vielleicht verkaufen. Der Sitz muss weg, so viel ist klar. Er kann Jahali nicht auf dem Platz sitzen sehen, auf dem das … dieses Ding gelegen hat. (Denn das war es gewesen. Ein Ding. Kein Mensch. Es hatte noch nicht Zeit gehabt, ein Mensch zu werden. Als er den Jeep anhielt, hatte es nicht einmal mehr wie eine Puppe ausgesehen. Aber es hatte fünf Finger an jeder Hand, und das machte ihn fertig. Die Finger machten ihn fertig.)

Liats Toyota fuhr vom Parkplatz und die Straße hinunter. Er winkte den Kindern zum Abschied. Sie winkten von der Rückbank zurück. Als er das sah, gestattete er sich den Gedanken, es sei vielleicht alles in Ordnung. Kinder waren widerstandsfähiger, als man dachte. Ihre Knochen waren flexibler als bei Erwachsenen. Die Evolution hatte das so eingerichtet, um sie gegen künftige Schläge zu schützen.

Das Auto verschwand um die Ecke. Eben waren sie noch da – Liat hält das Lenkrad, Itamar und Jahali winken – und dann nicht mehr. Sie existierten noch, natürlich, sie durchmaßen weiter den Raum außerhalb seines Sichtbereichs. Noch bis vor Kurzem hatte Itamar das bezweifelt. Wenn wir schlafen gehen, sagte er einmal, wie wissen wir dann, dass die Dinge auf der Welt sich nicht davonmachen? Der Baum im Garten oder der Briefkasten, woher wissen wir, dass sie noch da sind? Weil sie da sind, hatte Etan geantwortet und gewusst, das war eigentlich keine Antwort. Außerhalb Itamars Zimmer hatte ihn eine Spüle voll Geschirr erwartet, und die schmutzigen Teller waren philosophischen Fragen abträglich.

Aber Papa, wenn du sie nicht siehst, weißt du nicht, ob sie da sind.

Und doch sind sie da. Liat und Jahali und Itamar. Sie verschwinden nicht, wenn du sie nicht mehr siehst. Sie können nicht verschwinden. Sie stehen in den Karteien der Krankenkasse, in den Akten des Innenministeriums, in den Computern der Sozialversicherung. Menschen kennen sie. Menschen sehen sie in ebendiesem Moment. Der Boss, die Kindergärtnerin, der Verkäufer im Lebensmittelladen. Und auch sie, der Boss und die Kindergärtnerin und der Verkäufer, auch sie sind registriert. Auch sie sind Leuten bekannt. Und so belegt einer die Existenz des anderen, mit grüßendem Nicken, mit Einschreibbriefen, mit Ausweisen und mit Blicken. Und wenn einer von ihnen verschwinden sollte, würde es einer dieser Menschen merken. Und wenn nicht, dann die öffentlichen Stellen. Es würde länger dauern, aber letzten Endes würde irgendein Computer Alarm schlagen, wegen einer nicht gezahlten Kommunalsteuer, unbeglichener Rechnungen, eines Kindes, das bei der Einschulung fehlt. Solche Menschen verschwinden nicht. Die Welt lässt sie nicht verschwinden.

Aber es gibt auch die anderen Menschen. Du siehst sie, aber du weißt nicht, dass sie da sind. Bezüglich dieser Menschen hat Itamar recht: Man macht die Augen zu, und sie sind verschwunden. Man muss nicht einmal die Augen zumachen. Sie verschwinden in jedem Fall. Nur ein vorübergehendes Abbild auf der Netzhaut, mehr nicht. Das blaue Baby zum Beispiel. Es steht in keiner Akte. Auch seine Mutter nicht. Normale Menschen kennen sie nicht. Wahre Menschen, solche, die bei den öffentlichen Stellen registriert sind, solche, die von anderen wahren Menschen gekannt werden, diese Menschen wissen nichts von dem blauen Baby und von seiner Mutter. Und so können das blaue Baby und seine Mutter aus der Welt fallen, ohne dass jemand es merkt.

Und man musste es noch der Mutter erzählen. Etans Bauch verkrampfte sich, als er daran dachte. Das blaue Baby lag unter jenem Erdhügel, und die Eritreerin in der Werkstatt wusste nichts davon. Oder vielleicht wusste sie es doch, mit dem sechsten Sinn, den Mütter hatten, wie seine Mutter an jenem Morgen, als Juval ... Sie war morgens aufgestanden und hatte seinen Vater angeschrien, er solle das Radio abstellen, obwohl sie seit Beginn des Feldzugs nichts weiter getan hatten, als Radio zu hören. Vielleicht dachten sie, das unaufhörliche Reden der Kommentatoren, der Reporter, der Augenzeugen, die einen Bombenanschlag sofort hörten, all diese Worte würden sie irgendwie schützen. Eine unsichtbare Mauer von Lageeinschätzungen und Prognosen, durch die keine Kugel dringen könnte. Aber an jenem Morgen stellte seine Mutter das Radio ab, und im Wohnzimmer war es plötzlich still. Nach so vielen Tagen Lärm war das seltsam. Geradezu unangenehm. Sein Vater und er wechselten diesen

Blick, der besagte, Vorsicht, Mutter ist nervös, und sein Vater sagte, setz dich, Ruthele, ich mach dir Kaffee.

Sie hat diesen Kaffee nie getrunken. Als sein Vater ihn ihr brachte – im Glas, eine Süßstofftablette –, hängte sie schon Wäsche auf dem Hof auf. Zehn Jahre zuvor hatten sie einen großen Wäschetrockner deutschen Fabrikats gekauft, aber nachdem sie ihn zwei Mal benutzt hatte, erklärte sie, er sei eine Fehlanschaffung. »Er trocknet vielleicht die Wäsche, aber er stoppt nicht dieses Summen im Kopf.« Seine Mutter hatte eine ganze Theorie über dieses Summen in ihrem Kopf. Die einzige Methode, es zum Verklingen zu bringen, sei Arbeit mit eigenen Händen. Juval hatte eine Formel entwickelt, nach der sich berechnen ließ, wie viele Teller sie spülen musste, um sich von einem Streit mittleren Ausmaßes abzuregen. Lacht nur, lacht ihr nur, konterte sie dann, aber das ist gewiss besser als die Kerne, die ihr bergeweise knackt, wenn ihr nervös seid. Die Sonnenblumen-, Kürbis- und Wassermelonenkerne waren das offizielle Beruhigungsmittel der Männer in der Familie. Ein kleines Tütchen vor einer Abiturprüfung. Eine große Tüte nach der Trennung von einer Freundin. Drei Kilo zur Trauerwoche für Opa David, Vaters Vater. Die Männer hatten die Kerne, und sie hatte das Geschirr und die Wäsche, und manchmal, in wirklich harten Zeiten, auch den riesigen Schrank mit der Bettwäsche, die während der Trauerwoche komplett von oben bis unten neu gefaltet wurde, und dann noch einmal von unten nach oben in den Tagen danach. Der neue Wäschetrockner stand unbenutzt im Badezimmer, weiß und glänzend. Sein Vater war nicht bereit, etwas wegzuwerfen, das so viel Geld gekostet hatte, und vielleicht genoss er es auch ein wenig, ihn gelegentlich anzuschauen und laut genug zu seufzen, dass die Mutter es hörte. Nach und nach wurden Dinge darauf abgestellt. Waschmittel. Weichspüler. Ein Haufen Wäscheklammern. Rasierschaum. Der weiße Elefant verwandelte sich in ein weiteres Regal im Bad und wäre das wohl auch geblieben, wenn Juval nicht in der ersten Woche der Grundausbildung heimgekommen wäre und erklärt hätte, von nun an wolle er seine Wäsche in den Trockner tun (Sie haben uns gesagt, wir könnten jeden Augenblick zurückbeordert werden, das Zeug muss schnell fertig sein.). Seine Mutter protestierte ein wenig, gab aber schließlich nach. Zum kleineren Teil aus Vernunft. Zum größeren, weil es Juval war. Sie stimmte immer zu, wenn es um Juval ging. Etan musste mit Ausreißen von zu Hause drohen, um nach der elften Klasse mit Freunden nach Eilat fahren zu dürfen, Juval fuhr sie zum Busbahnhof. Als Etan sich vor den Exkursionen in der zwölften Klasse drücken wollte, musste er ärztliche Atteste fälschen, bei Juval rief seine Mutter einfach die Klassenlehrerin an und sagte, der Junge fühle sich nicht wohl. Als er sah, mit welcher Leichtigkeit sie Juval freitagabends das Auto anbot, konnte er nicht mehr schweigen, denn bei ihm hatte es ein halbes Jahr gedauert, bis ihm dieses Recht endlich zugesprochen wurde. Sie war verblüfft. Entschuldigte sich. Versuchte einzuwenden, das sei ein klassischer Fall von Großer-Bruder-kleiner-Bruder. So sei es doch auch bei ihr und Tante Naomi gewesen, alles, wofür sie Blut geschwitzt habe, sei Naomi auf dem Silbertablett gereicht worden. Aber Etan wusste, es steckte mehr dahinter. Juval hatte etwas an sich, das Menschen bejahen ließ, noch ehe er eine Bitte ausgesprochen hatte. Manchmal meinte Etan, etwas davon bei Jahali zu entdecken. Kindergärtnerinnen liebten seinen Jüngsten. Auch Verkäuferinnen. Der Junge brauchte nur etwas anzuschauen – einen Bonbon oder ein kleines

Spielzeug –, und schon gab man es ihm. Und das nicht, weil er besonders hübsch gewesen wäre. Niedlich ja, aber kein Kind aus der Werbung. Er besaß einfach diese schwer fassbare Eigenschaft, die alle Welt zum Nicken veranlasste. Etan besaß sie nicht. Itamar auch nicht. Natürlich gaben Kindergärtnerinnen und Verkäufer auch seinem älteren Sohn Dinge. Aber erst, nachdem er darum gebeten hatte. Oder gegen Bezahlung. Oder nachdem Etan sie darauf aufmerksam gemacht hatte, dass das stille Kind dort bisher leer ausgegangen war.

Diese Fähigkeit von Jahali überraschte ihn. Vielleicht, weil er nicht gedacht hatte, irgendwo in seinen Genen könnte sich dieser umwerfende Charme verbergen, der so sehr zu Juval gehörte. (Aber warum eigentlich nicht? So wie Etan die hellen Augen bekommen hatte und Juval die braunen – Juval hatte seinen Eltern immer vorgejammert, das sei unfair, warum hat Etan das Blau gekriegt und ich dieses blöde Braun, so sehr störte es ihn, in irgendetwas weniger gut zu sein. Und Etan hatte zu ihm gesagt, du Dussel, hör auf, die Biologiestunden zu schwänzen, und lern lieber, dass auch, wenn man bei dir das Braun sieht, in deiner DNA immer noch Mutters Blau verborgen sitzt, und vielleicht bekommen deine Kinder mal blaue Augen. Juval hatte gelacht und gesagt, super, auf den Kompromiss lass ich mich ein, ohne zu ahnen, dass er sich noch auf viel weniger einlassen würde, auf neunzehn Jahre und fünf Monate und zwei Tage, und nicht mal ein Kind wurde nach ihm benannt, weil Etan nicht bereit war, seine Kinder in lebende Denkmäler anderer Kinder zu verwandeln, was seine Eltern verstanden, obwohl sie sonst fast gar nichts schnallten.)

Etan hatte Juval nicht als Baby in Erinnerung. Er war erst drei Jahre alt gewesen, als Juval geboren wurde, und deshalb dauerte es eine Weile, bis er begriff, dass Jahali ihm ähnlich war. Seine Mutter hatte es als Erste bemerkt, aber das hatte er damit abgetan, dass sie Juval ohnehin überall sah. Doch als Jahali etwas größer wurde, ging es auch Etan auf. Nicht nur dieses ewige Ja ihm gegenüber, sondern auch sein Naserümpfen, wenn er nervös war, eine perfekte Kopie von Juvals Miene nach jeder Niederlage von Maccabi Haifa. Es machte Spaß, diese Streiflichter von Juval aufflackern zu sehen, aber es war auch sonderbar. Und noch sonderbarer war es, Itamar und Jahali anzuschauen und zu spüren, dass er seinen stillen Ältesten vor dem Charme des kleinen Bruders beschützen musste. Sowohl davor, was ihm genommen als auch davor, was ihm gegeben werden könnte. Schon damals begriff Liat kaum, warum er Jahali nicht genug bestaunte. Das ganze Viertel sinkt vor ihm auf die Knie, und du bist so sparsam mit deinem Lächeln. Und was sollte er ihr darauf erwidern, dass er etwas von seinem Lächeln für das andere Kind aufbewahrte, für das, vor dem die Leute nicht auf die Knie sanken? Was denn, war Lächeln etwa eine begrenzte Ressource, ein Entweder-oder? Und wenn Lächeln bei seinen Eltern auch tatsächlich mengenmäßig begrenzt war, was hatte sein eines Kind, was hatte Jahali und das automatische Nicken ihm gegenüber mit all dem Ja gegenüber Juval zu tun?

Und da war noch die andere, die magische Angst, die man nicht ansprechen durfte. Die Angst, die Welt könnte, wie bei Juval, eines Tages auch von dem ewigen Ja bei Jahali genug haben und mit einem Schlag ein riesiges, absolutes Nein schicken, von wegen freundliches Feuer, ein ganzes Schießkommando (Irrtum! Irrtum!) gegen diesen wohlgeratenen, bevorzugten Bruder. Etwas in ihm war eifersüchtig auf Jahali, seinen kleinen Sohn, und er hasste diesen Teil in sich. Aber etwas in ihm fürchtete auch um Jahali, wollte ihn vor dem

Neid seiner Mitmenschen schützen. Vielleicht hatte Jakob so empfunden, als er Josef mit seinen Brüdern aufs Feld gehen sah, mit denen, die ihn bald in die Grube werfen würden. Und Etan verstand sehr wohl diese Brüder, in ihren einfachen Kleidern, die sich von seinem prächtigen bunten Rock korrumpieren ließen. Vielleicht bestand er deshalb darauf, immer – auch an Geburtstagen – beide zu beschenken. Damit niemals der eine ein raschelndes Geschenkpapier abzog, während der andere mit leeren Händen zuschaute. Und begriff nicht, dass sie Josef nicht wegen des Rocks in die Grube geworfen hatten, sondern wegen des Blicks im Gesicht des Vaters, als er ihn ihm anzog. Geschenke konnte man gleich und gleich verteilen. Blicke nicht.

An jenem Morgen, als Juval …, war seine Mutter mit einem großen Korb voll Wäsche auf den Hof gegangen. Darin lagen Bettzeug und Handtücher und Kleidungsstücke von Etan und von seinem Vater, aber sie griff hinein und stöberte in den feuchten Sachen, bis sie die Jeans zu fassen bekam, die Juval am Schabbat getragen hatte. Sie schüttelte sie aus, zog sie sorgfältig gerade und hängte sie dann als Erstes auf. Energisch tat sie es, mit der Entschiedenheit eines Menschen, der Tatsachen schaffte – ein Mensch starb nicht, wenn seine Hose zum Trocknen an der Leine baumelte. Sie schaffte es, noch ein paar Hemden aufzuhängen, bis die Leute vom Standortältesten kamen. Sie brauchten nicht anzuklopfen. Sie sah sie vom Hof aus. Sie folgten ihr durch die Hintertür, direkt in die Küche. Etan erinnerte sich an den Cornflakes-Geschmack, den er im Mund hatte, als seine Mutter mit zwei Uniformierten hereinkam und zu weinen anfing.

Aber sie wirkte nicht überrascht. Im Gegenteil. Als hätte etwas in ihr dies seit dem Morgen erwartet. Etan erinnerte sich an den Zeitungsbericht, den er über den Tsunami in Thailand gelesen hatte. Wie Menschen dort am Ufer standen und die anbrandenden Wogen betrachteten. Sie sahen sie in der Ferne, sahen sie auf sich zurollen. Einige versuchten zu fliehen, aber es gab auch Menschen, die wussten, es war sinnlos, das Wasser würde sie in jedem Fall erwischen. Also blieben sie einfach stehen und warteten, und vielleicht hängten sie auch Wäsche auf.

Seine Mutter hatte es gewusst, noch ehe die beiden gekommen waren, und vielleicht wusste es auch die Eritreerin in der Werkstatt schon. Ahnte es zumindest. Aber auch wenn sie es wusste, ihr Körper wusste es nicht. Ihr Körper produzierte weiter Milch für das Baby, das nicht wiederkommen würde. Die Hypophyse sonderte Prolaktin ab. Das Prolaktin regte die Bildung von Kolostrum an. Etan erinnerte sich, wie gestern Nacht, lange bevor das Baby draußen war, das Kleid der Eritreerin schon Milch aufgesogen hatte. Zwei runde, dunkle Flecke, auf jeder Brust einer, wurden von Stunde zu Stunde größer. Ihr Körper tropfte. Sirkit riet ihr, das Kleid auszuziehen. Sie hatte ohnehin schon Schmerzen, warum dann noch das ungemütliche Gefühl des Stoffs, der am Busen klebte. Aber die Frau wollte nicht. Vielleicht schämte sie sich vor ihm. Peinlich genug, dass er ihr so zwischen die Beine guckte, wenigstens die Brust konnte sie für sich behalten. Oder vielleicht war sie überhaupt nicht besorgt über die Milch, die ihr abging und ihr Kleid befleckte. Vielleicht freute sie sich sogar, dass der Stoff, der verhüllen sollte, nun gerade offenbarte. Die Kluft zwischen Haut und Baumwolle wird schmaler, und an die Stelle der Bedeckung tritt eine schlichte Offenheit. Der Körper spricht völlig frei über sich selbst und verkündet: Ich bin voll. Ich bin prallvoll mit Leben.

Es machte Etan verrückt, an die Milch zu denken. Jenes Kleid und die wachsenden Kreise darauf – er ertrug das Bild nicht mehr. Er trat ins Haus und wusch sich die Hände am Waschbecken im Bad, und dann ging er in Jahalis Zimmer und legte sich auf das Transformers-Bettzeug und schlief ein. Spielzeugsoldaten bewachten seinen Schlaf. Ein Spielzeugpanzer ruhte auf dem Teppich, und das genügte, um nichts über die Türschwelle zu lassen. Etan lag auf der Seite und schlief und drehte sich kein einziges Mal um.

Sie wusste nicht, ob es Schlaf oder Ohnmacht war, freute sich nur, dass Samar endlich die Augen zugemacht und zu schreien aufgehört hatte. Sie wischte ihr den Schweiß von der Stirn, zog ihr die Decke gerade und scheuerte das Laken, das vorher unter ihr gelegen hatte und nun blutgetränkt war. Sie scheuerte es lange, rieb und spülte, aber sie bekam es nicht sauber. Sie sah ein weiteres Mal auf ihr Telefon, aber er hatte noch immer nicht angerufen. Nicht, dass sie ein Gespräch mit ihm gebraucht hätte, um Bescheid zu wissen. Sie hatte das Baby gesehen. Sie wusste, was diese Farbe bedeutete. Und anders als Etan und Samar hatte sie die Ohren nicht verschlossen, als der Tod ankam und an die Tür pochte. Sie wusste, er würde auf jeden Fall eintreten. Und doch wartete sie. Beschloss, das Bettlaken noch einmal zu waschen. Scheuerte und spülte. Rückte der schlafenden Samar wieder die Decke zurecht. Fegte den Boden der Werkstatt. Ordnete die Arzneiflaschen. Eins, zwei, drei Babys, und jetzt vier, und klar machte es etwas aus, dass es nicht ihres war, aber trotzdem.

Er ruft nicht an. Vielleicht kämpft er dort noch um das Baby, in seinem Krankenhaus. Vielleicht ist er nie mit ihm hingekommen. Vielleicht hat er den klaren, eindeutigen Verlauf irgendwie ändern können, in dem das Leben dem Kind entrann. Und vielleicht hat er es einfach nicht so eilig, sie zu informieren, und überhaupt unklar, warum sie es so eilig hat, informiert zu sein. An Warten ist sie doch gewöhnt. Sie beherrscht die Kunst des ruhigen, stummen Dasitzens in Erwartung des Kommenden. Das absolute Ruhenlassen alles Denkens und Fühlens, bis jemand anders kommt und entscheidet. »Wir gehen«, und sie geht. »Wir machen uns auf den Rückweg«, und sie tritt den Rückweg an. »Wir stehen auf«, und sie steht auf. Und jetzt muss sie, wie immer, warten. Abwarten, was der Arzt sagt. Und wenn er nichts sagt, ist das auch in Ordnung. Er ruft nicht an, und sie entnimmt der Stille, dass das Baby tot ist. Aus der kleinen Stille entnimmt sie die große, endgültige Stille der Lungen, die nicht mehr atmen. Und wenn sie ihm wegen irgendetwas böse ist, dann nicht wegen des Babys, das ist wirklich nicht seine Schuld. Es ist wegen der unerträglichen Leichtigkeit, mit der sich die Rollen verkehrt haben. Sie wartet, und er entscheidet; er ist Herr über die Zeit, und sie sitzt am Wegesrand, scheuert ein Laken, das nicht mehr sauber werden wird, und wartet.

11

Er erwachte mit einem Schrei. Stellte fest, dass er nur zwei Stunden geschlafen hatte, aber es kam ihm viel länger vor. Sofort rief er Sirkit an. Seine Stimme zitterte ein wenig, als er von dem Baby erzählte, aber das störte ihn nicht. Die Stimme sollte dir zittern, wenn du so etwas erzählst. Selbst wenn du Arzt bist. Sirkits Stimme zitterte nicht. Etan hatte es nicht anders erwartet. Hatte fast vergessen, dass er Tränen in ihren Augen gesehen hatte, als er nach der Geburt zu ihr hinausgegangen war. Jetzt hasste er sie mehr denn je. Irgendwem musste man ja die Schuld für das Geschehene geben. Babys starben nicht einfach so. Man brauchte einen Grund. Jemanden, der Mist gebaut hatte. Diese chemische Transformation, bei der Trauer in Wut umschlug, erleichterte den Körper und beruhigte die Seele. Und Sirkit hatte ihn aufgehalten, als er mit dem Baby losfahren wollte. Ihm gedroht. Ihm wertvolle Sekunden geraubt. (Diese Sekunden hätten rein gar nichts geändert, und doch klammerte er sich daran. In Jahalis Zimmer, zwischen Transformers-Bettwäsche und Spielzeugsoldaten, entdeckte er wieder, wie gut es doch tat, die Welt in Gute und Böse zu unterteilen.)

Sie bat ihn, zu kommen und die Mutter zu untersuchen,

sie blute immer noch, und er sagte, gut, aber ich muss erst duschen. Im Wasserstrahl, voll Seifenschaum, der nach Mandeln und grünem Tee duftete, las er das Etikett der Shampooflasche. *Herbal Essences*. Natürliches Quellwasser trägt die Blumen und Essenzen direkt vom Feld. Wer schreibt so was. Wer liest es. Er stieg aus der Dusche und trocknete sich ab, und dann setzte er sich wieder auf Jahalis Bett, legte sich wieder hin. Schloss die Augen. Wartete auf den Moment, in dem der letzte Gedanke kam, der, auf den nur noch die endlose Fläche traumlosen Schlafes folgte. Ein letzter Flötenton, bevor er sich endlich im Unbekannten verlor. Aber diesmal halfen die Soldaten und Transformers nicht. Er wälzte sich lange. Er schwitzte. Die Laken kratzten, und die Matratze war zu klein. Trotzdem stand er nicht auf. Zum Schluss schlief er ein. Eine Stunde später erwachte er mit einem Schrei.

Die Blutung der Frau machte ihm keine Sorgen. Unter den gegebenen Umständen war sie völlig normal. Was ihn beunruhigte, war ihr Blick. Auch in den schlimmsten Momenten der Geburt, auch als sie beinahe ohnmächtig geworden wäre, hatte ein ferner Funke im Schwarz ihrer Augen geleuchtet. Jetzt waren Samars Augen leer. Er blickte sie an und erschauerte.

»Sag ihr, sie muss ein paar Tage so liegen. Mindestens zwei.« Sirkit übersetzte Samar seine Worte. Die Frau blickte sie gar nicht an, als sie sprach, aber als sie fertig war, schüttelte sie den Kopf.

Sie muss zurück ins Restaurant. Sie kann nicht so lange wegbleiben.

»Dann soll jemand hingehen und ihrem Boss erklären, dass sie gerade erst niedergekommen ist. Er hat ja gesehen, dass sie schwanger war.«

Ein rascher Blickwechsel zwischen Sirkit und der Frau auf der Matratze. Stille. Etans Blick wanderte zu dem Kleiderhaufen am Boden. Röcke und Tücher, die sie gleich nach ihrem Eintreffen ausgezogen hatte, zu viele für jede Witterung. »Und doch«, sagte er, »sie bleibt hier.«

Sirkit übersetzte die Worte des Arztes und fügte eigene hinzu, doch Samar schüttelte ablehnend den Kopf und dachte, auf dich höre ich nicht mehr. Das habe ich einmal getan, und schau, was dabei herausgekommen ist. Neun Monate ist sein Kind in meinem Bauch gewachsen, hat Wurzeln ins Herz, Zweige in die Brust getrieben. Fünf Tage tropfe ich schon vor Milch wie ein gesprungener Krug. Und jetzt, wer weiß, wo dieses Kind jetzt ist, dieser Delfin, der einen Moment vor mir aufgeblitzt und gleich wieder verschwunden ist.

Vor Jahren, an jenem Morgen im Boot bei ihrem Vater, hatte sie gedacht, der Delfin versinnbildliche etwas. Eine Geheimbotschaft von der Welt. Sie hatte gedacht, ihr ganzes Leben lang würden, wenn sie hart genug arbeitete, weiter die Netze flickte, gelegentlich solche wunderbaren Wesen aufblitzen. Würden kurz erscheinen, nicht in greifbarer Nähe, aber in Sichtweite. Würden sich von ihr bewundern lassen, wenn auch nur von fern. Und dann würden sie wieder abtauchen, und nichts bliebe übrig als ein grauer Ozean und schwere Arbeit. Man kann diese Arbeit verrichten, wenn man weiß, das Meer teilt sich hin und wieder in zwei und dazwischen gibts etwas richtig Schönes. Aber seit dem Delfin von damals hat es keine weiteren Delfine gegeben. Das Meer hat sich nicht zweigeteilt, und auch die normalen Fische blieben aus. Es hat keinen Sinn, das Netz zu flicken. Es kommt ohnehin immer leer aus dem Meer. Auch ihr Bauch ist jetzt leer. Wo vorher ein Baby war, ist jetzt nichts. Sogar das Blut, das ihr abgeht und stur beharrt, doch, doch, da war was, sogar das Blut wird bald versiegen. Sie wird wieder leer sein, wie vor dem Baby, aber anders. Und nur die Spüle im Restaurant ist immer voll. Füllt und füllt und füllt sich. Auf den Tellern Reste von Gerichten, die sie nicht kennt, von denen die Leute viel oder wenig oder gar nichts gegessen haben. Sie sind aufgestanden und gegangen und haben etwas liegen gelassen. Dem Vater des Babys ist es egal, ob die Leute etwas auf dem Teller lassen oder nicht. Er will bloß, dass das Lokal voll wird. Und dafür braucht es saubere Toiletten und eine gut funktionierende Küche und ein aufgeräumtes Lager. Sie war in diesen Monaten viel in den Toiletten und in der Küche, in den Lagerraum hat er sie seit damals jedoch nicht mehr geholt. Hat andere Frauen genommen, aber nicht sie. Sirkit hatte ihr gesagt, sie müsse das Baby gut verbergen, solange es noch in ihrem Bauch war, doch der Vater des Babys schaute sie ohnehin nicht an, und so war das nicht schwierig. Seit gestern ist sie allerdings nicht mehr zur Arbeit erschienen, und das fällt doch auf. Die anderen Frauen haben versprochen, hart für sie mitzuarbeiten, aber trotzdem.

Samar ließ den Blick durch die Werkstatt schweifen. Hier konnte sie nicht bleiben, das wusste sie. Und deswegen wartete sie, bis Sirkit und ihr Arzt kurz verschwanden, stellte dann einen zitternden Fuß auf den Boden und noch einen und stand barfuß auf dem Beton. Die Kälte strömte vom Boden in ihr hoch, kletterte von den Fersen bis zum Scheitel. Der Schmerz zwischen den Beinen schlief noch, hatte nicht gemerkt, dass sie aufgestanden war, begriff nicht, dass sie sich nach draußen stehlen wollte. Aber als sie einen Schritt vorwärts machte, erwachte er schlagartig und packte sie, ehe sie fliehen konnte, wie mit einer weißglühenden Zange. Das

Dunkel der Werkstatt flimmerte plötzlich vor Farbtupfen, und Samar meinte, gleich in Ohnmacht zu fallen. Sie fiel nicht in Ohnmacht, aber lila und blaue Flecke leuchteten ihr weiter vor den Augen, und dazwischen tauchte nun das Gesicht des Vaters des Babys auf. Sie sagte sich, das sei schon in Ordnung, gleich würden die Flecke verschwinden und damit auch diese Gesichtszüge, und einen Moment später verschwanden das Lila und das Blau tatsächlich, doch der Vater des Babys war immer noch da.

Davidson musterte die Werkstatt verblüfft. Er hatte sich so seine Gedanken gemacht, was er drinnen vorfinden würde, aber das hier übertraf alle seine Vorstellungen. Er schnüffelte den Eritreern schon ein paar Tage nach, seit Rachmanow ihm gesagt hatte, da sei nachts Verkehr. Zuerst hatte er gedacht, die Beduinen, die die Lieferung geklaut hatten, suchten hier nach mehr, aber nur ein Idiot würde so etwas tun. Dann hatte er gedacht, es seien Saids Leute, hatte ihn sogar angerufen, um ihm zu sagen, er solle aus seinem Gebiet verschwinden. Wenn er, Davidson, seine Lieferung hätte, hätte er sie ihm längst gegeben. Said hatte darauf gesagt, er habe niemanden losgeschickt, um die Lieferung zu suchen. Wer die Lieferung suchen müsse, sei Davidson. Er habe sie verloren. Keine Sorge, ich habe Geduld, hatte Said hinzugefügt, aber du solltest dir langsam Gedanken machen, wie du das Geld zurückzahlst, denn die Lieferung wirst du wohl kaum noch finden, scheint mir. Nach diesem Gespräch war Davidson so nervös gewesen, dass er das Restaurant früher geschlossen und alle Arbeiter in die Caravans gescheucht hatte. Sie waren gegangen, hatten aber etwas im Blick, das ihn auch noch beschäftigte, als er allein war. Ein Geheimnis. Da steckte irgendein Geheimnis dahinter. Er wollte ihnen gleich folgen, beschloss dann aber, lieber abzuwarten. Am nächsten Tag beobachtete er sie aufmerksam, als sie eintrafen, und merkte, zwei Frauen fehlten. Samar und die mit den großen Augen. Das gefiel ihm gar nicht. Er suchte sie vergeblich in den Caravans und fuhr danach ein wenig im Pick-up herum, ohne etwas zu sehen, und da war ihm die Werkstatt des Kibbuz aufgefallen und der rote Jeep, der davor parkte. Offenbar war der, der die Lieferung geklaut hatte, doch dumm genug gewesen, zurückzukehren.

Er überlegte, ob er Rachmanow anrufen sollte, aber er hatte seine Pistole dabei und war so nervös wie noch nie im Leben. Das Letzte, was er in der Werkstatt erwartet hatte, waren Regale voll mit Medikamenten, OP-Handschuhe und einen Metalltisch, der zum Behandlungstisch umfunktioniert war. Und Samar, die ihn mit weit aufgerissenen Augen anstarrte wie die Hühner in den Hühnerhäusern des Kibbuz, bevor man sie abgeschafft hatte.

So einer wie Davidson.

Man sollte meinen, er hätte früher einmal einen Moment der Wahl gehabt.

Zum Beispiel – eine Kreuzung.

Der eine Weg führt nach rechts, der andere nach links. Wendet er sich nach rechts, wählt er das Böse. Wendet er sich nach links, das Gute. Die Richtungen an sich sind egal. Das Wichtige ist die Kreuzung, das heißt, der konkrete Moment, in dem der Mensch vor zwei klar entgegengesetzten Wegen steht und sich für einen davon entscheidet. Natürlich weiß er in jenem Moment nicht unbedingt, dass die Wendung nach rechts im reinweg Bösen enden wird und die Wendung nach links zu den Gnadenauen führt. Aber er weiß, er befindet sich an einer Kreuzung. Er weiß, er trifft eine Wahl. Und wenn er, nach vielen Tagen und Kilometern, schließlich an seinem Endpunkt anlangt, kann er zurückschauen und den Moment ausmachen, an dem alles angefangen hat. Kann sagen, *dort. Dort* ist es passiert.

Wenn keine Kreuzung, wenn nicht zwei klare Wege, wenn nicht Untergang und Erlösung, Söhne des Lichts und Söhne der Finsternis, wenn nicht all das, dann vielleicht Ziegenpfade. Wer einmal in der Wüste unterwegs war, weiß es. Trügerische Trampelpfade ohne Anfang und Ende, auf denen das Gehen so beliebig ist wie der Wind. Sie haben weder Richtung noch Ziel, führen mal zu einer verborgenen Quelle, mal zu einer steilen Klippe. Mal zu beiden und mal zu keinem davon. Landkarten verzeichnen die klaren Kreuzungen, die befestigten Straßen. Der Mensch startet an Punkt A und gelangt zu Punkt B. Der Mensch weiß auch, hätte er bei C angefangen, wäre er zweifellos nach D gekommen. Weil sie Ausgangs- und Endpunkt füreinander sind. Aber auf Ziegenpfaden geht der Mensch los, ohne zu wissen, wo er anlangen wird. Selbst nachdem er dort angelangt ist, kann er unmöglich wissen, wie. Deswegen stehen sie nicht auf Landkarten und in Büchern, obwohl ihre Anzahl weit größer ist als die der klaren Kreuzungen. Die Welt ist voll mit Ziegenpfaden, von denen kein Mensch spricht.

Eine befestigte Straße sollte zum Beispiel von Davidson, dem Mann, zu Davidson, dem Kind führen. Schließlich ist klar, dass ein Mann, der Frauen im dunklen Lagerraum überfällt, in seiner Jugend auch anderes verbrochen hat. Sagen wir mal, er hat Katzenjunge gequält oder seine Mitschüler terrorisiert. Böse Männer waren böse Jugendliche und davor misshandelte Kinder. Das kann man kartografieren. Nachverfolgen. Vonseiten des Vaters oder vonseiten der Mutter, Schritt für Schritt den ganzen Stammbaum runter, bis ran an die Wurzeln des Bösen. Davidson als Baby, man kann ihm in die Augen schauen und es erkennen. Ein Tropfen Blut in einem Glas Milch. Wer ihm nachspürt, wird letzten Endes zum Blut in der Unterhose der Eritreerin gelangen. Das zu leugnen hieße: alle Landkarten verbrennen. Ein für alle Mal die Annahme verwerfen, Wege seien zielgerichtet und nicht zufällig. Das ist unmöglich, und deshalb muss es hier einen Moment der Wahl gegeben haben. Eine Kreuzung muss da sein, eine Entscheidung.

Aber da war nichts zu machen, Davidson hatte nie Katzenjunge gequält und andere Kinder nicht mehr als üblich verhauen. Er war auch nicht selbst verhauen worden, zumindest nicht besonders viel. Der böse Trieb war nie bei ihm erwacht, und deshalb konnte er ihn weder besiegen noch ihm unterliegen. Er hatte sein Leben im Schlaf gelebt. Im Dösen, das ihm zur Lebensweise wurde. Konnte er etwas nehmen, so nahm er. Wenn er es nicht konnte, versuchte er es trotzdem. Nicht aus Begierde, sondern aus Gewohnheit. Er hatte kurz nach dem Wehrdienst angefangen, mit Drogen zu handeln. Alle nahmen sie, also musste jemand sie verkaufen. Der Typ, der ihm den Job anbot, war selbst noch ein halbes Kind, aber damals hatte er ihm furchtbar groß ausgesehen. Er war aus Beer Scheva, dieser Typ, und all die Kumpels aus dem Kibbuz nannten ihn B. S. Hinter seinem Rücken lästerten sie über ihn, aber im direkten Umgang erwiesen sie ihm Ehre. Als Davidson anfing, für ihn zu dealen, erwiesen sie auch ihm Ehre, und das war nett. Aber der richtige Kick war das Geld. Kaufen, was du möchtest. Essen, wo du möchtest. Nach ein paar Jahren hatte er schon genug für das Restaurant. Er sah andere gern essen. Selbst die größten Schickimickis, die, die auf dem Weg zum Jazzfestival in Eilat bei ihm einkehrten – wenn sie kauten, waren auch sie nur Tiere. Er war in Restaurants in Tel Aviv gewesen, er wusste, dort aßen sie anders. Mit geschlossenem Mund. Mit diskreten Seitenblicken. Mit intelligenten Gedanken. Aber zu ihm kamen sie nach zweieinhalb Stunden Fahrt. Sie waren müde und hungrig, und sie dachten, keiner würde sie beobachten. Er sah sie in die Grillhähnchen beißen, mit den Zähnen das Fleisch abreißen, den Mund triefend vom Öl der Vorspeisensalate. Er sah sie den in der Mikrowelle erwärmten Schokoladenkuchen verschlingen. Er sah, wie sie kein Trinkgeld für die Kellnerin hinterließen, die sie ohnehin nie wieder treffen würden.

Er liebte seine Arbeit, aber als der Typ aus Beer Scheva ihm vorschlug, Lieferungen über ihn zu leiten, hatte er nicht lange überlegen müssen. Das Restaurant war immer noch voll, und die Eritreer sparten ihm einen Haufen Kosten, aber ehrlich gesagt, begann er sich zu langweilen. Seine Schläfrigkeit, die ihn zu einem pflegeleichten Baby und einem ruhigen Schüler und einem durchaus akzeptablen Ehemann gemacht hatte, diese Schläfrigkeit umgab ihn wie ein Speckgürtel. Selten durchdrang diesen Wulst ein Funken wahrer Wille, echter Begierde. Selbst wenn er sich im dunklen Lagerraum über die Frauen hermachte, spürte er meist nur einen leisen Wellenschlag in einem Ozean von Langeweile. Er hätte, statt nach dem nackten Hintern, der sich ihm offenbarte, ebenso gut nach einem Schokoriegel auf dem Regal greifen können. Alles stand einfach da und wartete, dass er hineinbiss.

Er hatte gedacht, die Lieferungen würden etwas in ihm wecken, und in gewisser Hinsicht taten sie das auch. Seit Verschwinden des Pakets, das er dem Eritreer mitgegeben hatte, waren seine Sinne schärfer geworden. Sollte er in ein paar Tagen aufwachen und sein Restaurant abgebrannt vorfinden – ein Szenario, das Said letzthin gesprächsweise angedeutet hatte –, würde er sich sicher lebendiger denn je fühlen. Aber auch momentan fühlte er sich höchst lebendig, mehr, als ihm lieb war. Man hatte ihn ja betrogen, die ganze Zeit, zweifellos. Die Medikamente, das Verbandsmaterial, die Desinfektionsmittel in der Werkstatt – diese beiden Eritreerinnen hatten ihm eine Flüchtlingsklinik in seinem Hinterhof eingerichtet. Er, der stets erfolgreich bemüht gewesen war, keine Aufmerksamkeit zu erregen, saß nun mitten auf einer Route illegaler Infiltranten. Gott weiß, wie viele hier schon durchgekommen waren, und wer weiß, was sie erzählen würden, wenn die Immigrationspolizei sie schnappte. Das ärgerte ihn außerordentlich, und noch wütender machte ihn der Blick in den Augen von der da, die, wie ihm jetzt schlagartig einfiel, Sirkit hieß. Ein dreister Blick. Ein Blick, der ihn verarschte. Sie stand ihm gegenüber, in den Händen eine Kiste, die sie von draußen reingetragen hatte, und blickte ihn an wie einen, der dir unerlaubt ins Haus geplatzt war. Und dies war *sein* Haus, verdammt noch mal, *sein* Territorium.

Samar stand näher, und deshalb bekam sie die erste Ohrfeige ab. Mehr hatte er nicht austeilen wollen. Eine für sie, eine für Sirkit und dann ein Telefongespräch mit dieser Pussi von der Polizei, damit die mal zu sehen bekam, was gutes staatsbürgerliches Verhalten war. Aber als er ihr die Ohrfeige gab, packte Samar seine Hand und biss mit aller Kraft hinein, biss mit einer Kraft, die er ihr nie zugetraut hätte, trotz all der Stunden, in denen er Menschen beim Kauen beobachtet hatte. Er wollte sie abschütteln, schaffte es jedoch nicht. Er packte sie mit aller Kraft an den Haaren, aber sie biss nur noch stärker zu, und er staunte, mit seinem letzten Rest klaren Verstands, dass diese magere Frau dazu fähig war. Er ließ ihre Haare los, es half ja ohnehin nichts, und ging dazu über, sie in den Bauch zu treten. Das funktionierte. Beim dritten Tritt gab sie seine Hand frei und krümmte sich auf dem Boden. Er beugte sich über sie und wollte sie mit der unversehrten Hand weiter schlagen. Er wusste, irgendwann würde er aufhören müssen, er durfte sie nicht zu auffällig zugerichtet der Polizei überbringen, aber momentan konnte er sich einfach nicht zurückhalten.

Lass sie in Ruhe.

Wenn er kurz von Samar abließ, dann nicht auf Anweisung von der da, sondern aus Verwunderung darüber, dass sie ihm Anweisungen zu erteilen wagte. Noch dazu auf Hebräisch. Wer hätte geglaubt, dass diese ruhige Frau die Sprache so gut gelernt hatte. Er versetzte Samar einen letzten Faustschlag und wollte auch der da eine Lektion erteilen, als ihm plötzlich etwas Kaltes in den Bauch fuhr, hinein durch die Schichten von Fett und Langeweile, bis ins Mark.

Etan schloss den Kofferraum, als er den Sturz hörte. Er hatte eine Jacke für Samar herausgenommen. Die Witterung war zu kalt für die dünnen Decken in der Werkstatt, und da schien ihm der Parka vom Reservedienst eine gute Lösung zu sein. Noch ein Stück seines früheren Lebens wurde wie nebenbei diesem anderen Leben übergeben. Unter dem Parka entdeckte er eine alte Weinflasche, aus der Zeit, als er noch glaubte, er werde Liat mal mit einem spontanen Picknick überraschen. Sah ihm ähnlich, sich für einen jener Männer zu halten, die für alle Fälle stets eine Flasche Wein im Kofferraum parat hatten. Da lagen auch ein paar Spielsachen von Jahali. Bücher von Itamar. Holzkohle für ein Grillfest im Freien, das nie stattfinden würde. Hätte man ihn vor zwei Monaten gefragt, hätte er gesagt, sein Kofferraum sei voll mit Gerümpel. Aber jetzt begriff er, es war kein Gerümpel, sondern ein Schatz. Eine Zeitkapsel im Heck seines Autos, und er hatte es nicht gewusst.

Er schloss mit der einen Hand rasch den Kofferraum, hielt den Parka in der anderen, und da hörte er das Geräusch. Schwer und dumpf. Sofort ließ er die Jacke los und rannte hinein, in Erwartung, Samar ohnmächtig auf dem Boden vorzufinden. Sie lag tatsächlich da, am Boden der Werkstatt, aber sie war nicht die Einzige. Ein großer Mann in Jeans lag nicht weit von ihr, ein Messer im Leib. Samar hielt sich den Bauch und stand auf, zitternd. Der Mann blieb liegen.

12

Die Erde wollte ihn nicht wiederhaben, diesen dreckigen Mann. Machte sich steinhart. Zwei Wochen vorher hatte es geregnet, und sie war weich und glatt gewesen, wie ein Schafsdarm. Aber jetzt war die Erde hart, wirklich hart, und Sirkit zürnte ihr, weil sie nicht mithalf, konnte aber auch verstehen, warum sie diesen dreckigen Kerl nicht reingedrückt haben wollte. Tassafa und Jassu schaufelten wie verrückt, mit den großen Löffeln, die Samar gefunden hatte. Ihre Hände waren blutig vom Graben, und Sirkit dachte, für Männer waren sie wirklich in Ordnung. Sie taten, was getan werden musste, sie redeten nicht viel, und sie verprügelten niemanden, es sei denn, man bat sie darum. Sie mochten überrascht ausgesehen haben, als Sirkit sie in die Werkstatt bestellte und ihnen den am Boden Liegenden zeigte, aber sie sagten nichts. Sie zauderten einen Moment auf ihre Bitte, ihn anzuheben, als seien sie unsicher, ob er nicht plötzlich aufsprang und sie anschrie, sie sollten jetzt das Lokal putzen. Aber letzten Endes war der Mann weiß und tot, und sie waren schwarz und lebendig, und deshalb bückten sie sich und hoben ihn – nicht besonders sanft – an. Und doch sah Sirkit ihre Männer noch einmal kurz zaudern, als sie sein Gesicht erblickten.

Seine Augen standen offen, und ihr Blau schielte sonderbar zur Seite. Tassafa und Jassu folgten der Blickrichtung und sahen nichts, aber es kam ihnen trotzdem seltsam vor, ihren Boss so schielen zu sehen. Vorher hatten sie ihm nie direkt in die Augen geblickt. Und jetzt konnten sie so viel hinschauen, wie sie wollten, und das verwirrte sie ein wenig. Aber sehr bald erinnerten sie sich, dass ein toter Mann ein toter Mann war und dass sie solche offenen Augen, die nichts sahen, schon bestens aus der Wüste und aus dem Lager der Beduinen kannten.

Sie gruben fast drei Stunden, und am Ende scherten sie sich gar nicht mehr um die Augen des toten Mannes oder um seine riesigen Füße, die sie anfangs fasziniert hatten. Sie wollten ihn nur endlich da drinnen haben, damit sie der Erde ihren Sand wiedergeben, alles sorgfältig abdecken und sich schlafen legen konnten. Als die beiden gegangen waren, blieb sie noch dort stehen. Der dreckige Mann war unter der Erde, und sie war darüber, und das fühlte sich gut an. Sie war froh, dass sie ihn schließlich reingekriegt hatten. Hatte schon befürchtet, sie müssten ihn durchschneiden, und das wäre ein schrecklicher Anblick gewesen. Im Beduinen-Lager hatte sie gesehen, wie man Männern ein Ohr abschnitt und es fotografierte, um den entsetzten Familien im Ausland Geld zu entlocken. Es dauerte nicht lange, ein Ohr abzuschneiden, aber bei Knochen war das sicher etwas anderes. Unklar, ob Tassafa und Jassu mit Knochen fertig geworden wären. Was sie selbst betraf, hegte sie keinerlei Zweifel. Der Arzt hingegen war nach der Tat entsetzt gewesen. Es war fast *komisch*, sein Gesicht zu sehen. Er hatte nicht geglaubt, dass sie so etwas tun konnte. Auch sie hatte es nicht geglaubt, bis zu der Sekunde, als es geschah. Danach hatte es logisch ausgesehen, fast unumgänglich.

Sie hatte den Arzt weggeschickt. Sie hatte ihm mitgeteilt, wenn er nichts sage, werde auch sie nichts sagen. Jetzt hatte jeder seinen Toten. Keiner schuldete dem anderen etwas. Nur das Stillschweigen. Aber er hatte trotzdem gefragt, wer es war. Wollte es unbedingt wissen. Sie hatte ihm keine Antwort gegeben. Es war nicht ihr Geheimnis, was der Mann getan hatte. Es war Samars Geheimnis. Nach ein paar Minuten schien er verstanden zu haben. Er war nicht dumm, ihr Arzt. Er hatte Samars Gesicht gesehen und die Schläge, die der dreckige Mann ihr versetzt hatte. Und er hatte gesehen, welche Farbe das Kind gehabt hatte, als es herausgekommen war.

Einen Moment hatte Stille geherrscht, und dann war er rausgegangen und mit dem Parka wiedergekommen. Und als er wiederkam, dachte sie einen Moment, er würde auch bleiben. Obwohl er es nun nicht mehr musste. Er breitete die Jacke über Samar, die am ganzen Leib zitterte, und dann wandte er sich ihr zu und sah sie an. Der dreckige Mann lag zwischen ihnen, und dazu gab es nichts zu sagen. Er blickte auf den dreckigen Mann und auf das Messer, das sie ihm in den Bauch gerammt hatte. Und dann drehte er sich um und ging.

Und jetzt musste sie hier weg. Musste alles mitnehmen, was sie hatte – und das war nicht wenig, und sich aus dem Staub machen. Sie verließ das Stück Erde, unter dem der dreckige Mann lag, und ging zurück zum Caravan. Unterwegs kam sie an der Werkstatt vorbei. Vorgestern Nacht war hier ein Baby geboren worden. Gestern Morgen war es gestorben. Danach hatte man hier einen Menschen getötet. Danach war der Arzt gegangen. Jetzt stand die Werkstatt leer, wie in der Nacht, als sie sie entdeckt hatte. Sie beschleunigte ihre Schritte.

Vor dem Caravan hielt sie inne, um die Rosen zu gießen. Erwog sie mitzunehmen, aber das wäre blödsinnig gewesen.

Samar würde sich um sie kümmern oder einer der anderen. Oder sie würden hier einfach verwelken. Sie wären nicht die ersten. Es kam kein Laut von drinnen, und das war gut. Das unaufhörliche Gerede eines Putztrupps nach Feierabend konnte sie jetzt nicht verkraften. Sie machte die Tür auf und schaltete Licht an.

Auf den Matratzen saßen drei Beduinen.

Trotz allem, was bei der »großartigen Bewirtung bei den Menschen der Wüste« passiert war, goss Scharafs Vater, als die Sonne am Morgen danach über dem Dorf aufging, schwarzen Kaffee in ein Glas und ging seinen Sohn wecken. Er betrat die Blechhütte und hielt ihm das Glas unter die Nase, damit er den Duft schnupperte. Scharaf schnupperte. Aber er stand nicht auf.

Ein paar Tage später begann Scharaf, mit Said zu arbeiten. Sein Vater wusste nicht, was. Nach zwei Wochen fuhr Mussa wieder zur Arbeit in den Kibbuz und sagte zu Matti, er schätze es sehr, was er für ihn getan habe, und Matti sagte, kein Problem, Mussa, du und ich, wir sind doch wie eine Familie. Er kam abends weiterhin mit hundertfünfzig Schekel aufgerollt in der Hand zurück, und daheim war er zu müde – Erniedrigung ist anstrengend, dachte Scharaf –, um zu merken, wie sein Sohn sich mitten in der Nacht davonstahl. Said erwartete ihn in seinem neuen BMW, hinter dem Hügel. Zuerst wollte Said nicht, dass er auch Mohand mitbrachte, sagte, er mache zu viel Lärm, aber als Mohand eines Tages mit einem Gewehr erschien, das er einem Soldaten beim Kacken im Busbahnhof von Beer Scheva geklaut hatte, beschloss Said, ihm eine Chance zu geben. Nachdem Scharaf und Mohand alle Tellerwäscher der Stadt für ihn eingeschüchtert und davon überzeugt hatten, sie sollten lieber auch Said was zahlen und nicht nur den Clans in Rahat, war Said schon richtig zufrieden. Jetzt kann man euch Arbeit für Große anvertrauen.

Die Arbeit für Große erwies sich als die schlimmste Nacht ihres Lebens. Neun Stunden an einem Treffpunkt unweit der Tlalim-Kreuzung, zitternd vor Kälte in zu dünnen Jacken, sterbend vor Langeweile, weil Said ihnen geschworen hatte, er würde ihnen den Pimmel abschneiden, wenn sie ein Wort miteinander wechselten. Wer weiß, ob es dort Bullen im Hinterhalt gibt. Kein einziges Wort. Nicht mal pinkeln. Für Scharaf war das nicht schwer, er war es gewohnt, Urin zurückzuhalten, weil er morgens immer auf seinen Vater wartete. Aber Mohand wurde schier verrückt. Scharaf hörte ihn über die Stunden hin stöhnen, sah ihn trotz der Kälte schwitzen. Vielleicht hoffte er, den Urin auszuschwitzen, um seine Blase endlich von ihren Qualen zu befreien.

Die Sonne ging schon auf, als Mohand das Schweigen brach und mit kehliger, gequälter Stimme hervorstieß: Fertig, Scharaf. Er kommt nicht.

Wieso kommt nicht.

Kommt nicht. Die Sonne ist da. Kein Eritreer. Komm, los.

Aber was ist mit der Lieferung? Was sollen wir Said sagen?

Wir sagen Said, wir haben die ganze Nacht gewartet, und es ist keine Lieferung eingetroffen.

Er bringt uns um.

Uns? Wenn schon, dann den Eritreer. Wir müssen abhauen, ehe es Morgen wird und hier jemand vorbeikommt und sich fragt, was wir da machen.

Also brachen sie auf, nicht bevor Mohand drei Minuten am Stück gepinkelt hatte. Als Scharaf nach Hause kam, saß sein Vater schon draußen und trank seinen Kaffee. Er fragte ihn nicht, wo er gewesen war oder ob er auch einen wollte. Er blickte ihn nicht mal an. Und Scharaf, der müde und durstig war und die nächtliche Kälte noch in den Knochen spürte und jetzt gerade sehr gern neben seinem Vater gesessen und heißen Kaffee getrunken hätte, Scharaf ging hinein und legte sich auf die Matratze und wachte erst lange nach zwei Uhr mittags auf.

Als er wach war, riefen sie Said an und sagten ihm, es sei keiner mit der Lieferung aufgetaucht, und er schrie: Was, seid ihr sicher? Und dann sagte er, er werde der Sache nachgehen, und trennte die Verbindung. In den folgenden Wochen hatte er keine Aufträge mehr für sie. Sagte, er glaube ihnen und alles, Familie sei Familie, wollte sie aber trotzdem nicht im Geschäft haben. Vielleicht dachte er, sie brächten Unglück. Beinahe hätten sie schon als Tellerwäscher an der Tankstelle in Bet Kama angefangen, als er sie, fast zwei Monate später, plötzlich anrief und sagte, sie sollten mit der Frau des Eritreers reden.

Er zitterte immer noch, als er den Jeep vom Sandweg auf die Landstraße lenkte, und einen Moment dachte er, er müsste vor der Weiterfahrt vielleicht am Straßenrand anhalten und sich etwas beruhigen. Aber der Wille, dort wegzukommen, war stärker. Vier Kilometer weiter östlich lag ein Mann in Jeans auf dem Boden, mit einem Messer im Bauch. Als er daran dachte, zitterten ihm die Hände noch heftiger. Nicht, dass er noch keine Toten gesehen hätte. Aber diesmal war das anders. Weil sie ihn *absichtlich* umgebracht hatte. Daran zweifelte er nicht. Ihre Augen waren hinterher kein bisschen erschrocken gewesen. Vielleicht eher herausfordernd: Schau. Ich habs getan. Was sagst du dazu?

Er hatte dazu nichts zu sagen. Der Mann am Boden hatte noch Zeit gehabt, Samars Gesicht mit Schlägen zu bearbeiten, ehe er umfiel, und Etan hatte eine ziemlich sichere Vorstellung, wie es zu alldem gekommen war. Der Gedanke an die Vergewaltigung ekelte ihn an, aber er war ehrlich genug, sich einzugestehen, dass dieses Ekelgefühl nur indirekt mit Samar zusammenhing. An erster Stelle dachte er an sich. Er hätte das nicht sehen sollen. Nicht wissen sollen. Es war, als hätte jemand den Kanaldeckel auf der Straße offen gelassen, und nun quoll die Scheiße hoch und überschwemmte alles. Die Scheiße war immer da, das wusste jeder. Aber man bekam sie nicht zu Gesicht. Etan spürte das, was er immer empfand, wenn er eine öffentliche Toilette aufsuchen musste, und dort hatte jemand gekackt, ohne die Spülung zu drücken. Viel Ekel, ein wenig Neugier und vor allem Wut auf diesen Kerl, der seine Scheiße sichtbar hinterlassen hatte, eine Zurschaustellung, der man sich nicht entziehen konnte. Es war schrecklich, was dieser Mann Samar angetan hatte, aber es war nicht seine Scheiße. Er hätte die Tür nicht öffnen und auf ihn stoßen sollen. Natürlich wollte er die Sache aufgeklärt wissen. Er war bereit, private und öffentliche Gelder dafür auszugeben, er war bereit, jemanden zu wählen, der sich verpflichtete, so etwas nicht geschehen zu lassen. Aber er wollte es nicht ins Gesicht geschleudert bekommen.

Er wusste, das war unlogisch, infantil geradezu, meinte jedoch, mit seiner Einstellung zu diesen Dingen kaum aus dem Rahmen zu fallen. (Und vielleicht hatte er doch eine persönliche Allergie gegen verbotene Blicke, gegen jene Momente, in denen das Auge auf etwas traf, dem es nicht hätte begegnen sollen. Zum Beispiel das Haus in Haifa, neun Uhr abends. Er ist sechs Jahre alt oder sieben, das Alter ist unwichtig. Wichtig sind die Stimmen jenseits der Tür. Laute, dumpfe Flüstertöne, die seine Füße aus dem Bett treiben. Er ist schon groß genug, um zu wissen, dass es seine Eltern sind, die dort im Wohnzimmer sitzen, und deshalb durchmisst er problemlos den dunklen Flur, noch zwei Schritte, und er ist da, im Licht, erfährt endlich, was es mit dem seltsamen Getuschel auf sich hat. Und dann bleibt er abrupt stehen, erstarrt, begreift schlagartig, dass die Leute im Wohnzimmer nicht seine Eltern sind. Sie sehen vielleicht aus wie seine Eltern, sind es aber nicht. Denn die Augen der Frau sind gerötet, und seine Mama weint doch nie, und ihr Mund ist wutverzerrt, wie die Fratzen der Bösen in den Zeichentrickfilmen. Und der Mann stützt den Kopf in die Hände, als wäre er sehr, sehr müde, aber sein Papa hat heute einen Mittagsschlaf gemacht. Die Menschen, die wie seine Eltern aussehen, flüstern einander furchtbare Dinge zu, die Etan nicht versteht und nicht verstehen will. Ihm genügt es, den Ton zu hören. Sie zischeln und fauchen, wie zwei Schlangen in einer Naturdokumentation. Er macht ungesehen kehrt und geht wieder ins Bett, und am Morgen lässt er sich von ihnen wecken, als wäre alles in Ordnung. Aber er vergaß niemals die Leute, die er in jener Nacht gesehen hatte. Er war schon zu groß, um zu denken, seine Eltern seien durch einen bösen Zauber gegen Scheusale ausgetauscht worden, und auch die Option von Außerirdischen erschien eher unwahrscheinlich. So blieb nur die Möglichkeit, dass jene Leute letztendlich doch seine Eltern gewesen waren. Und dass die Eltern der Nacht irgendwie ganz anders waren als die Eltern des Tages, das genaue Gegenteil sogar. Deshalb bat er sie an den folgenden Abenden, die Tür gut zuzumachen, und wenn er aufs Klo musste, vergewisserte er sich erst durch langes Horchen, dass im Wohnzimmer keiner flüsterte.)

Kurz nach der Tlalim-Kreuzung verwandelte sich der Ekel in etwas anderes, das er zuerst nicht zu deuten wusste. Erleichterung. Denn eigentlich, wenn man es recht bedachte, war er jetzt ja ein freier Mensch. Sie hatte es selbst gesagt. Hatte sofort, noch vor ihm, begriffen, dass sich das Kräfteverhältnis endgültig verschoben hatte. Nicht mehr ein Erpresster und eine Erpresserin, sondern zwei Gleichgestellte. Jeder mit seinem Toten. Wieder dachte er an den Mann, der in der Werkstatt auf dem Boden lag. Plötzlich überlegte er, ob der Kerl es womöglich gewagt hatte, auch sie anzufassen. Entdeckte überrascht, dass allein der Gedanke ihm einen Wutschauder über den Rücken jagte. Sofort beruhigte er sich, nein, es konnte nicht sein. Er kannte sie doch. Und dann brach er in Hohngelächter aus.

Er kannte sie?

Nicht einmal sich selbst kannte er. Vor zwei Monaten hatte er einen Mann überrollt und war weitergefahren. Hatte weder gewusst, dass er überrollen noch dass er weiterfahren würde, und auch nicht all die anderen Dinge, die er danach getan hatte. Und sie, vielleicht war auch sie bis zu jenem Augenblick ganz anders gewesen. Eine Sirkit, die er nicht beschreiben, nicht einmal erahnen konnte. Dieses majestätische Schweigen, die eiserne Kraft. Vielleicht waren sie dort geboren worden. In jenem Moment. Waren vorher nicht da und wären andernfalls nie entstanden. (Aber etwas musste doch vorhanden gewesen sein, irgendein Kern. Bei ihm wie bei ihr. Und andererseits, vielleicht hätten sie ihr ganzes Leben verbringen können, ohne dass diesem Kern etwas entsprungen wäre. Als latente Träger.)

All das änderte nichts. Er war auf dem Heimweg. Es würde keine Behandlungen in der Werkstatt mehr geben, keine Anrufe, keine Blitzbesuche vor seinem Haus. Nur Liat und Jahali und Itamar. Und Arbeit. Keine schweigsamen Nächte, kein Pfeifen. Und plötzlich, nach dem Ekel und der Erleichterung, stieg ihm ein anderes, etwas vages Empfinden auf. Und ehe er es noch in vollem Ausmaß verspürte, bog er mit dem Jeep spontan ins Einkaufzentrum ab, einem klaren Entschluss folgend: Er würde eine Pizza mitbringen, als Überraschung. Eine große für die ganze Familie. Mit Pilzen. Und Oliven. Und so ein Plastikspielzeug, für die Kinder.

Auf dem Weg zu der Eritreerin saß Scharaf neben Hischam und dachte an die Pistole in dessen Hosentasche. Er hatte schon einige Male Schusswaffen gesehen, Mohand hatte ihn sogar einmal mit dem Gewehr schießen lassen, das er dem Soldaten auf der Toilette geklaut hatte, aber Hischams Pistole war eine andere Klasse. Klein, elegant, wie in einem amerikanischen Film. Vor dem Aufbruch hatte Mohand Hischam gebeten, die Pistole halten zu dürfen, und Hischam hatte ihm ins Gesicht gelacht und gesagt, was denkst du dir denn, Said hat mir ohnehin schon zwei Babys zum Hüten gegeben. Mohand hatte nichts gesagt, aber Scharaf wusste, er kochte vor Wut. Er selbst kochte auch. Die ganze Fahrt über spielte er mit seinem Springmesser, ließ es auf- und zuschnappen, damit Hischam sah, auch wenn er eine Pistole besaß und einen Führerschein, der ihn berechtigte, ein Auto auf der Straße zu lenken, hatte Scharaf doch seine eigene Waffe. Daran änderte gar nichts, dass er mit diesem Messer bisher nur Orangenschalen aufgeschlitzt hatte. Hischam weiß das nicht. Die Eritreerin weiß es nicht. Er wird ihr einen ordentlichen Schrecken einjagen, und sie wird ihnen sagen, was sie wissen wollen, und sogar Hischam wird Said gegenüber zugeben müssen, dass diese Babys ihre Arbeit nicht weniger gut machen als die Großen.

Sie warteten lange auf sie, diese Eritreerin. Sie hatten gedacht, sie käme nachmittags nach Hause, und jetzt war es schon Abend. Sie waren nervös und müde. Hischam wusste, der nächtliche Streifenwagen an der Tlalim-Kreuzung traf gegen achtzehn Uhr ein. Das heißt, die Bullen würden sie todsicher anhalten. Den Kofferraum öffnen. Das Auto durchsuchen. Fragen stellen. Er wusste, sie würden sie ein bisschen löchern und dann laufen lassen. Sie hatten noch mehr Beduinen-Fahrzeuge zu kontrollieren. Ihnen drei würde man bald freie Fahrt geben. Sie widersprechen nicht. Sie wissen sich zu benehmen – sitzen ruhig, antworten nur auf Fragen, blicken runter zum Asphalt und nicht in die Augen. Aber die Jungs in den anderen Autos, die können das noch nicht. Die sind gleich beleidigt und werden laut. Warum halten Sie mich an, warum nicht die da, was denn, bloß weil ich Araber bin. Warum stellen Sie das Auto auf den Kopf, warum reden Sie so mit mir. Die kapieren nicht, dass es dann nur länger dauert. Die Jungs ärgern sich. Das sei nicht fair. »Fair« ist ein Wort von Juden. Zum Schluss lässt man sie auch laufen, und sie gehen zum Auto zurück, räumen das Innere mehr oder weniger auf und fahren weiter. Biegen von der schönen, asphaltierten Straße auf eine Staubpiste, die zu den Blechhütten führt. Schreien ihre Mütter an, den Generator anzuschalten, weil man nix sieht.

Manchmal schlägt nachts einer von den Jungs vor, zur Kreuzung zurückzufahren. Steine auf den Streifenwagen zu werfen. Ihn vielleicht abzufackeln. Die anderen sagen ihm, er solle sich abregen. Das gäbe bloß Stress. Er schweigt. Nicht seine Ehre ist verletzt, es ist etwas anderes. Aber am nächsten

Morgen steht er auf und macht sich wieder auf den Weg. Zum Einkaufszentrum in Beer Scheva, das einen Sicherheitsmann braucht. In die Cafeteria der Universität, die eine Reinigungskraft braucht. In das Beduinen-Zelt, das sie im Kibbuz für Touristen aufgeschlagen haben, vielleicht braucht man dort einen, der aufs Kamel hilft. Irgendwann ist er das leid, und dann prüft er, ob er noch etwas anderes tun kann. Erst mal stellen sie sicher, dass er übers Steineschmeißen auf Streifenwagen hinweg ist. Wenn deine Wut sich auf diese Weise entlädt, führt sie zu nichts. Das Feuer in den Augen muss sich in Eis verwandeln, um etwas damit anfangen zu können. Wenn sie sehen, dass er in Ordnung ist, beginnen sie, ihm Dinger zu geben. Erst kleine Dinger, wie an der Kastina-Kreuzung mit einer Lieferung zu warten. Danach größere Dinger. Zum Beispiel, sich bei den Eritreern umzuhören, ob jemand bei dem Typen war, der mit Saids Paket totgefahren wurde. Feststellen, dass er verheiratet war. Hingehen, um nachzusehen, was seine Frau macht.

Als die Frau eintrat, war es wirklich spät, und sie beide waren bereits gereizt, ehe das Gespräch überhaupt begann. Und das Verhalten der Frau machte sie noch gereizter. Hischam hatte gerade den Mund aufgemacht, um sie anzusprechen, als Scharaf auch schon losredete – keine Spur Respekt haben diese Jugendlichen – und die Frau fragte, ob sie an dem Abend, an dem die Lieferung verschwunden war, bei ihrem Mann gewesen sei. Sie verneinte. Ihr Arabisch war anders, schwer zu verstehen, wobei jedoch klar war, dass sie sie nicht wirklich ernst nahm. Sie sah ihnen direkt in die Augen, wenn sie sprach, tat das sogar dann noch, als Mohand ihr sagte, sie würde lügen, und ihr eine scheuerte. Das ging echt zu weit. War unannehmbar – sie wussten vor den Bullen die Augen zu senken, und diese Frau guckte hin, wo sie wollte. Jeder musste wissen, wann man einem anderen nicht ins Gesicht sehen durfte. Tieren war diese Regel völlig klar, wer sich mit Hunden auskannte, wusste es. Du sahst keinen an, der stärker war. Sonst war es, als würdest du ihn nicht als den Stärkeren erkennen. Und dann musste er dir das erklären.

Scharaf stand auf und zückte das Springmesser. Er hatte nicht vor, etwas damit anzufangen, wollte es der Frau nur zeigen und kurz die Angst in ihren Augen genießen. Aber da war keine Angst, und das verwirrte ihn nun schon. Sie blickte auf das Messer, blickte ihm ins Gesicht, und einen Moment erinnerte etwas in ihrem Blick ihn an die Augen der Lehrerin Tamam, die noch nicht geheiratet hatte, und das ließ ihn zögern. Aber einen Augenblick später erschien ein geringschätziges Lächeln um ihre Mundwinkel, dasselbe Lächeln, das der freche Junge von der »großartigen Bewirtung bei den Menschen der Wüste« aufgesetzt hatte. Diese Frau blickte auf sein Messer und auf ihn, als sagte sie, ist das alles, was du hast, Kind? Und ehe er überhaupt wusste, was er tat, trat er auf sie zu und ergriff ihr Kinn, wie er es sich so oft mit Tamams Kinn vorgestellt hatte, aber statt sie zu küssen, wie er es sich mit Tamam ausmalte, statt mit der Zunge zwischen ihre Lippen zu fahren, ritzte er mit der Messerspitze die zarte Haut unterm Ohr – und zitterte nicht weniger als sie, als ein erster großer Blutstropfen aus der Schnittwunde quoll.

13

Die Pizza war noch warm, als er zu Hause ankam. Der Duft im Jeep machte ihn schier verrückt, aber er beherrschte sich. Wollte den Karton gemeinsam mit allen aufmachen. Er öffnete die Tür, hielt wie durch ein Wunder das Gleichgewicht mit dem riesigen Karton und zwei Flaschen Cola und rief zwei Mal, wer will Pizza, ehe er begriff, dass das Haus leer war.

Ihre Jacken waren nicht da. Auch nicht die Schirme. Das war logisch. Wenn sie zum Beispiel zum Abendessen zu Freunden gegangen waren, brauchten sie die. Aber auch Herr Bär war nicht da, und das war schon eigenartig. Jahali ging nicht schlafen ohne Herrn Bär. Herr Bär verbrachte den Tag im Wohnzimmer, vor dem abgeschalteten Fernseher, sah sich Sondersendungen für Bären an. Und abends kam Jahali und nahm ihn mit zum Schlafen, erprobte immer aufs Neue die Grenzen von Etans Geduld, der insistierte, dieses Ding müsse unbedingt einmal gewaschen werden. Liat und Jahali verteidigten Herrn Bär mit aller Macht. Jeder aus seinen Gründen. Jahali erklärte, Herr Bär hasse Wasser, und falls man ihn in die Wäsche tue, werde er ihm in die Maschine nachhechten, um ihn herauszuholen. Liat fand zwar auch, das Stofftier ähnele nach anderthalb Jahren Herumzerren von Zimmer zu Zimmer mehr einem Lumpen als einem Teddy, sagte aber, psychologisch betrachtet sei es sehr wichtig, dass ein Kind etwas eigenes habe. Ich will ihm den Teddybär ja nicht wegnehmen, beteuerte Etan, ich will ihn bloß nicht so dreckig sehen. Wenn du ihn wäschst, ist er hinterher nicht mehr er, erwiderte Liat. Dinge sehen anders aus nach der Wäsche. Und riechen anders. Es ist nicht dasselbe. Etan hatte zu widersprechen versucht, aber der Pakt zwischen dem dreieinhalbjährigen Kind und seiner Frau war zu stark für ihn. Herr Bär verbrachte seine Tage weiterhin auf dem Wohnzimmersofa und die Nächte in Jahalis Bett, so dreckig wie immer.

Doch jetzt war er weg. Das Sofa war leer. Etan ging ins Kinderzimmer, vielleicht hatte Jahali ihn früh schlafen gelegt. Aber dort stellte er fest, dass der Spielzeugraub weitere Kreise gezogen hatte – nicht nur Herr Bär, auch die zwei Plastiksoldaten, die stets überm Bett Wache hielten, kühn und tapfer im Krieg gegen die Dunkelheit, hatten ihren Posten verlassen.

Und noch immer glaubte er hartnäckig, es sei alles in Ordnung. Sie würden gleich heimkommen. Er ging in die Küche und stellte die Colaflaschen in den Kühlschrank. Hinter der weißen Tür lag das Gemüse mustergültig aufgereiht. Er schloss die Tür und studierte den mit einem Magneten angehefteten Kalender. Nein, heute ist keine Veranstaltung in Itamars Klasse. Auch nicht in Jahalis Kindergarten. Kein vergessenes landwirtschaftliches Fest, kein Geburtstag. Wo sind sie denn dann?

Unwillkürlich schweifte sein Blick über die Kühlschranktür: der Jahreskalender. Die Einkaufsliste. Ein ganzer Haushalt dargestellt in trockenen Daten. Liat hatte immer Fotos hinzufügen, Kinderzeichnungen anbringen wollen, aber er hatte widersprochen. Hatte ihr gesagt, er wünsche seinen Kühlschrank sachlich. Und erzählte ihr nie von dem Kühlschrank in seinem Elternhaus, wie all die Zettel und Zeichnungen sich an ihnen gerächt hatten, als Juval umgekommen war. Wie seine Mutter vorher lustige Zettel an die Kühlschranktür geheftet hatte. Auch Gedichte. Sie schnitt sie aus den Literaturbeilagen der Zeitung aus und heftete sie an die Tür, zwischen Einkaufslisten und Hochzeitseinladungen. Die Listen wechselten. Auch die Hochzeiten. Aber die Zettel und die Gedichte blieben an Ort und Stelle. Eine Woche nach Juvals Tod stand noch der Hüttenkäse im Kühlschrank. Sein Verfallsdatum war der Todestag. Alle merkten es, aber keiner sagte ein Wort. Die Gedichte am Kühlschrank blieben wortwörtlich gleich wie zuvor. Kein Komma hielt es für angebracht, den Ort zu wechseln, nur weil früher eine weitere Seele in diesem Haus wohnte und jetzt nicht mehr. Auch der Reim änderte sich nicht. Aber am Ende jedes Gedichts herrschte eine Stille, die vorher nicht da gewesen war.

Nach zwei Wochen hatte seine Mutter einen neuen Becher Hüttenkäse hineingestellt. Aber die Milchprodukte bezeichneten weiter die Tage: Der Joghurt lief am Ende des Trauermonats ab. Der Schnittkäse war an seinem Geburtstag hergestellt. Ein H-Milch-Karton trug das Datum seiner Wehrentlassung, die nicht mehr kommen würde. Und es gab auch Verfallsdaten, die nichts mit ihm zu tun hatten. Normale Tage. Der 7. April zum Beispiel. Oder der 24. Dezember. Daten, die ihnen nichts sagten, außer: Zwei Monate und eine Woche sind vergangen. Oder – ein halbes Jahr und zehn Tage sind um. Oder – in zweieinhalb Wochen hätte er Geburtstag gehabt.

Etan kehrte dem Kühlschrank abrupt den Rücken, als würden, wenn er nur einen Moment länger dort verharrte, vor seinen Augen alle Daten vom Kalender gelöscht. Er hastete ins Badezimmer. Eine einsame Zahnbürste stand im Glas. Ihre Verwaistheit sagte alles. Er rief Liat an, hin- und hergerissen zwischen Sorge und Wut. Sie war nicht der Typ für Dramen, und gerade deshalb war er jetzt erschrocken. Sie meldete sich nach dem siebten Klingelton, und etwas an ihrer Stimme sagte ihm, sie hatte sorgfältig aufs Handy geschaut, ehe sie sich schließlich entschied zu antworten.

»Wo bist du?!«

»Wo bist du?«

»Zu Hause. Mit einer Pizza.«

Und zwei Flaschen Cola, aber das sagte er ihr nicht, weil die Absurdität der Lage ihn zu lähmen begann. Es kann nicht sein, dass gerade jetzt, wo alles auf verquere Weise in Ordnung kommt, wo er die Werkstatt endlich für immer hinter sich gelassen hat, ausgerechnet jetzt Herr Bär und zwei Soldaten und drei Zahnbürsten verschwinden.

Als Liat mit ihm sprach, klang ihre Stimme steinern. Nach seinem Ausbruch gegen Jahali heute Morgen hatte sie ihn auf der Station angerufen. Sie war wütend über sein Fernbleiben gestern Abend gewesen, hatte aber gemeint, sie müssten miteinander reden. »Die Schwester hat gesagt, du seist krank«, erklärte sie, »du seist zu Hause geblieben.« Das sagte sie ihm, und danach verstummte sie. Erzählte ihm nicht, wie sie mit zitternder Hand aufgelegt hatte und nach Hause gefahren war. Sie hatte alles stehen und liegen gelassen und Marziano erklärt, sie fühle sich unwohl. Und Tacheles, das war nicht gelogen. Ihr war wirklich nicht gut. Die ganze Heimfahrt über war ihr übel. Und als sie die Tür aufmachte und eintrat und vorfand, was sie vorzufinden erwartet hatte, das hieß, niemanden, war ihr schon so schlecht, dass sie meinte, erbrechen zu müssen.

Sie hatte nicht erbrochen. Sie war ins Büro zurückgekehrt und hatte Marziano gesagt, es gehe ihr besser. Anderthalb Stunden später waren die Obduktionsbefunde des Eritreers eingetroffen. Man hatte Drogenspuren an der Leiche gefunden. Marziano dachte anfangs noch, der Eritreer hätte allein gehandelt, aber Liat wusste sofort, er war Kurier für Davidson gewesen. Die Humanität des zähen Kibbuzniks hatte sich als simple Geldgier entpuppt. Jemand hatte Davidson seinen Kurier umgebracht, und sie sollte den für ihn schnappen. Diese neue Erkenntnis hätte sie beflügeln sollen, aber sie war alles andere als beflügelt. Vor allem war sie müde. Sie bat Marziano, zwei Zivile in Davidsons Restaurant zu schicken, um sich heute Nacht dort umzuhören. Auf dem Weg nach draußen fing sie die feindseligen Blicke der beiden Ermittler auf. Das Letzte, worauf sie Donnerstagabend Lust hatten, war irgendwo an der Straße 40 im Hinterhalt zu sitzen. Donnerstagabends schnuppert deine Nase schon das Wochenende wie das Schabbatbrot im Ofen. Du möchtest früh heimkommen. Du möchtest, dass es schon Freitag ist. Du möchtest nicht, dass eine neue Kriminalbeamtin dir einen Hinterhalt reindrückt wie einen Besen in den Arsch.

Sie ignorierte die Blicke und fuhr nach Hause. Rief von unterwegs ihre Mutter an. Ignorierte die Überraschung in ihrer Stimme, als sie fragte, ob sie mit den Kindern bei ihr schlafen könne. Ignorierte ebenso die Fragen im Anschluss an ihre Bemerkung, dass sie vielleicht auch morgen bei ihr übernachten würden. Ihre Mutter gehörte nicht zu den Müttern, die still warteten, mit dem ruhigen Blick von wegen, »wenn du möchtest, dann rede«. Bei ihrer Großmutter war das anders gewesen. Aber ihre Großmutter lag jetzt auf dem Friedhof von Hedera. Und ihre Mutter war, alles in allem, kein so übler Kompromiss. Als sie mit den Kindern bei ihr ankam, war das Haus schön aufgeräumt, schöner, als Liat es je im Leben gesehen hatte. Blumen standen auf dem Tisch, Schnitzel lagen bereit, und die Mutter machte gerade einen Auflauf. Liat fand, ihre Mutter sähe aus wie bei einem Vorstellungsgespräch, bemüht, den Job als Großmutter zu bekommen, denn von ihrer Position als Mutter hatte Liat sie längst entlassen.

Itamar und Jahali waren anfangs verwirrt, fingen aber bald an zu spielen. Liat und Aviva passten auf sie auf. Das war so ungefähr das Einzige, was sie gemeinsam tun konnten. Aviva versuchte, etwas zu fragen, doch Liat sagte, lass, Mutter, du siehst ja, ich bin erledigt. Nach einer Stunde hatten Itamar und Jahali das Haus genügend erkundet und setzten sich vor den Fernseher. Das war gut, denn sowohl Liat als auch Aviva wurden ihres Herumrennens langsam müde, allerdings hatten sie nun keine Ablenkung mehr und mussten ein Gesprächsthema finden. Es wäre gegangen, wenn das Essen schon fertig gewesen wäre. Hatte man den Mund voll mit Schnitzel und Blumenkohlauflauf, war das Schweigen legitim. Aber der Blumenkohlauflauf wurde gerade erst in den Ofen geschoben.

»Weißt du, was wir seit Jahren nicht mehr gemacht haben?«

Liat blickte fragend zu ihrer Mutter auf.

»Deine Fotoalben anschauen.«

Und ehe Liat widersprechen konnte, war Aviva schon vom Sofa aufgesprungen und hatte ein verblichenes Album vom obersten Brett des Bücherregals genommen. Einen Moment später saß sie wieder, erlaubte sich, näher an Liat heranzurücken, pirschte sich unter dem Vorwand des Albums an sie heran.

»Mein Gott, schau, wie süß du hier bist.«

»Was meinst du, wie alt ich da bin?«

»Wohl sechs. Ja, sieh dir den Kuchen da unten an. Das war, als ich sie noch in Zahlenform gebacken habe.« Liat beugte sich über das Album. »Daran erinnere ich mich. Sie haben nie gut geschmeckt, bloß der Guss obendrauf.« Ihre Mutter lachte, hörbar gekränkt. »Aber schau, wie süß du hier bist, in diesem gelben Kleidchen. Wie eine Prinzessin schaust du aus.« Liat griff sich das Album und betrachtete das Bild genauer. »Die sieht überhaupt nicht aus wie ich.«

Ein kleines Mädchen im gelben Kleid hielt sich die Ohren zu. Hinter ihm prangte ein rosa Luftballon. Es blickte auf etwas, das sich außerhalb des Bildes befand. Das Kleid war niedlich. Der Kragen bestickt. Das Haar des Mädchens sorgfältig gekämmt. Verschwommen, im Hintergrund, eine weiße Wand. Die Ellbogen waren spitz. Die Arme gebräunt. Die Hände drall.

»Wie traurig. Schau, wie ich mir die Ohren zuhalte.«

»Was redest du denn?«, brauste Aviva auf. »Du streichst dir das Haar zurück. Bis heute machst du genau so, wenn du dir die Locken hinter die Ohren schiebst.«

»Stimmt nicht, Mutter, ich halte mir die Ohren zu. Schau gut hin.«

»Ich schaue hin.«

»Und?«

Kein Schwelgen in Nostalgie lief jetzt auf dem Sofa ab, sondern etwas anderes – unterschwellig, aber sehr präsent.

»Wenn es dir so wichtig ist, also gut, du hältst dir die Ohren zu. Obwohl du dir meines Erachtens das Haar zurückstreichst. Warum sollte eine Sechsjährige sich bei ihrer Geburtstagsfeier die Ohren zuhalten?«

»Vielleicht hat sie es satt, ihre Eltern streiten zu hören.«

»Vater und ich haben nie in deinem Beisein gestritten.«

»Dann hatte sie es vielleicht satt, sie schweigen zu hören.«

Der Duft des Blumenkohlauflaufs erfüllte das Wohnzimmer. Aviva nahm das Album und blätterte weiter. »Schau, wie du hier lächelst, siehst du, Liati, hier lächelst du wirklich.«

Liat betrachtete das Bild. Es bestand keinerlei Grund, sich so darüber aufzuregen, aber trotzdem. Eine alte, namenlose Kränkung regte sich jetzt in ihrem Bauch. »Aber es ist doch typisch, dass ich auf dem allerersten Foto im Album, statt geradeaus zu schauen und zu lächeln wie ein normales Kind, zur Seite sehe und mir die Ohren zuhalte. So typisch, und dann noch mit diesem traurigen Blick.«

»Warum bist du dermaßen sicher, dass der Blick traurig ist? Mir kommt das vor wie der Übergang von einem Lächeln zum nächsten. Man hat dich einfach zufällig zwischendrin fotografiert und nicht beim Lächeln selbst.«

»Und meinst du nicht, das symbolisiert etwas?«

»Warum muss bei dir immer alles etwas symbolisieren? Erklär mir mal, warum du gerade auf diesem Bild rumreitest und nicht auf all den anderen?« Liat antwortete nicht, und einen Moment später ließ ihre Mutter von der Frage ab, stellte sie weit weg, wie das Tablett mit den Schabbat-Leuchtern freitagabends, damit nicht plötzlich eine Kerze umfiel und das ganze Haus abbrannte.

Liat blickte erneut auf das Bild. Da strich sich ein Mädchen das Haar zurück, während es seinen Geburtstagskuchen anschaute. Da hielt sich ein Mädchen die Ohren zu, schottete sich schon mit sechs Jahren von der Welt ab. »Komm, Liebes«, sagte ihre Mutter, »sonst brennt der Auflauf noch an.«

Und doch wollte etwas in ihrem Innern es nicht glauben. Trotz der sich häufenden Lügen, trotz der allein verbrachten

Nächte und der Dinge, die die Sekretärin ihr bei ihrem Anruf auf der Station gesagt hatte. Trotz seines merkwürdigen Verhaltens, der Vormittage, an denen er stumm und unbeteiligt dagesessen hatte, der Nächte, in denen er verstohlen und schuldbewusst heimgekommen war, und trotz seines schrecklichen und unverständlichen Wutausbruchs gegen die Kinder heute Morgen am Auto. Etwas im Innern sagte ihr, es könne nicht sein. Etan tue so etwas nicht. Denn so hatte sie ihn sich doch ausgesucht: beständig. Hochmütig. Ihrer. Von Anfang an hatte sie ihn beobachtet, sorgfältig beobachtet, und erst als sie wusste, er war wirklich bis über beide Ohren in sie verliebt, total verrückt nach ihr, da erst hatte sie sich die Ausnahmegenehmigung erteilt, sich mit ihm zu verbinden. Und diese Genehmigung hatte sie auch nicht automatisch erneuert. Sie hatte weiter darauf geachtet, wie er sie von Jahr zu Jahr ansah, hatte angespannt seinem »Ich liebe dich« gelauscht, um jeden unterschwelligen Missklang herauszuhören. Drei Jahre lang hatte sie ihn so geprüft, ehe sie ihm schließlich sagte, jetzt dürfe er ihr einen Heiratsantrag machen. Er war schier geplatzt vor Lachen. Genau wegen dieses Zynismus liebe ich dich, hatte er zurückgegeben. Aber etwas in seinem Innern hatte begriffen, denn als er ihr zwei Monate später tatsächlich einen Heiratsantrag machte, erklärte er, er hätte es schon viel früher getan, wenn da nicht diese Angst gewesen wäre, sie könnte Nein sagen.

Aber was war nun passiert. Das hatte sie sich den ganzen Weg von Omer nach Or Akiva gefragt. Die Kinder saßen hinten, neugierig und aufgeregt wegen der unerwarteten Tour, und sie redete in ruhigem Ton mit ihnen und in bebenden Ton mit sich selbst, sagte sich, ich weiß es nicht, weiß es wirklich und wahrhaftig nicht. Und es gab noch viele weitere Dinge, die sie nicht wusste. Sie wusste nicht, was tun, wenn er heimkam und sie anrief. Sie wusste nicht, sollte sie ihn auffordern, das Haus augenblicklich zu verlassen, oder ihn bloß ein paar Tage zum Schlafen aufs Sofa verbannen. Sollte sie den Kindern erklären, Mama und Papa hätten sich ein bisschen gestritten, oder einfach so tun, als handelte es sich um einen spontanen Wochenendausflug? Als sie das Album zuklappte und sich an den Tisch setzte, vor sich den an den Rändern leicht angesengten Blumenkohlauflauf, dachte sie, das könne nicht ihr Leben sein. Jemand habe sich geirrt und sie heute Morgen beim Wecken in das Leben einer anderen Frau versetzt. Diese andere hatte auch zwei Kinder und einen Job bei der Polizei und einen ungelösten Konflikt mit der Falte rechts über der Oberlippe. Aber diese andere hatte, im Gegensatz zu ihr, einen untreuen Mann. Diese andere war dumm genug gewesen, ihr Leben am Fuß eines Vulkans aufzubauen. Sie hatte die Bodenbeschaffenheit vorher nicht geprüft, nicht sichergestellt, dass dort kein rauchender Krater lauerte. Bedauernswert, diese andere. Wirklich.

Um Viertel nach acht rief Etan an. Sie und ihre Mutter saßen mit den Kindern vorm Fernseher, aßen würzige Blätterteigtaschen und starrten auf eine endlose Folge von Castings. Castings für eine Kochsendung und Castings für eine Tanzsendung und Castings für die Position des Moderators, der Castings für eine Musikshow abhielt. Sie erwog umzuschalten, hatte aber nicht die Energie dazu, und eigentlich war es auch egal. Sie saß in der stickigen, geheizten Wohnungsluft auf dem Sofa, eingezwängt zwischen ihrer Mutter und den Kindern, während der Fernseher wie ein griechischer Chor kreischte, und beschloss, früh schlafen zu gehen.

Aber um Viertel nach acht rief Etan an, und zu ihrem Bedauern war sie noch zu wach, um den Anruf zu verpassen. Sie wartete sieben Klingeltöne, ehe sie antwortete. Starrte auf das Display, das ihr seinen Namen entgegenblinkte: Tani.

Schließlich antwortete sie. Nicht seinetwegen. Wegen Itamar. Der Junge linste fragend aufs Handy, konnte von seinem Platz den Namen des Anrufers nicht lesen, ihn aber durchaus erraten. Ein siebenjähriges Kind brauchte nicht zu sehen, wie seine Mama seinen Papa wegdrückte.

»Wo bist du?!«

Sie erlaubte sich, die Überraschung in seiner Stimme zu genießen. Den Schreck. Er hatte nicht erwartet, in ein leeres Haus zurückzukehren. Sie hielt kurz inne und antwortete dann mit einer Frage, obwohl sie genau wusste, was er erwidern würde: »Wo bist du?«

»Zu Hause. Mit einer Pizza.«

Nun erklärte sie es ihm. Langsam. Was man bei ihrem Anruf auf der Station gesagt hatte. Was sie nach der Heimkehr vorgefunden hatte. Was sie zu tun beschlossen hatte. Und er lauschte am anderen Ende, atmete schwer ins Telefon, als wöge die Luft mehr, als er ansaugen konnte. Als sie ausgeredet hatte, schwieg er, und sie überlegte, wie doch jede Beziehung aus Schweigen entstand und in Schweigen endete, dem Schweigen vor dem ersten Wort und dem Schweigen nach dem letzten Wort, und fragte sich, ob jetzt die Zeit der letzten Worte anbrach. Und dann sagte er, »ich bin unterwegs« und legte auf, und sie setzte sich wieder aufs Sofa, ignorierte die Blicke von Itamar und ihrer Mutter, lächelte dem schläfrigen Jahali zu.

Danach verging die Zeit langsam. Jahali schlief ein, und sie trug ihn in das Zimmer, das ihre Mutter für die Kinder hergerichtet hatte. Es war das Zimmer ihrer Großmutter, und immer noch hing der Duft ihres Parfüms darin. Rosenwasser und noch etwas. Abgesehen von dem Duft war alles im Raum anders, und Liat dachte, wenn man auch den Duft in Säcke packen und dem Frauenverband WIZO spenden könnte, hätte ihre Mutter das sicher getan. Als Liat zum ersten Mal entdeckte, was die Mutter mit dem Zimmer gemacht hatte, war ein Riesenstreit ausgebrochen. Nicht direkt ein Streit – Liat hatte geschrien und geweint, und ihre Mutter hatte stumm zugehört. Sie war im Allgemeinen nicht der Typ, der stumm zuhörte, aber in diesem Fall hatte sie nicht zurückgeschrien und auch nicht ihrerseits angefangen zu weinen, hatte nur dagesessen und gewartet, bis Liat fertig war, und ihr dann gesagt, so habe Großmutter es gewollt. Sie hat mir am Morgen ihrer Einlieferung ins Krankenhaus das Versprechen abgenommen, dass ich, falls sie ginge, alles einpacken und der WIZO spenden würde. Wir haben lange genug gewartet. Jetzt, als Liat, mit Jahali auf den Armen, das Zimmer betrat, sog sie den Parfümduft tief in ihre Lungen ein. Sie konnte ihre Großmutter förmlich im Zimmer spüren. Zwischen den Schemen tauchte ihre Gestalt vor ihr auf, zart wie ein Vögelchen, im Bett unter den Decken liegend. Als Kind hatte sie sich nachts zu ihr ins Zimmer geschlichen, mal unter dem Vorwand eines Gewitters und mal unter dem Vorwand eines schlechten Traums, bis Oma ihr sagte, sie solle aufhören, Gründe zu erfinden, und einfach kommen, wann sie wolle. Ihre Großmutter hatte die Decke ein wenig angehoben, und sie war zu ihr hineingekrochen, hatte dieses Parfüm gerochen, Rosenwasser und noch etwas. Die Häufigkeit dieser nächtlichen Besuche sank mit den Jahren. Als Oberschülerin war sie nur noch zwei Mal zu ihr geschlüpft: am Abend vor der Reifeprüfung in Mathematik, als sie nicht einschlafen konnte, und an dem Abend, als sie mit Kfir geschlafen hatte und es ihr wehtat. Aber auch wenn sie in ihrem Zimmer blieb, wusste sie, im Nebenzimmer lag eine vogelzarte Frau, und das verlieh ihr Ruhe.

(Und eigenartig, sie hatte sich die Großmutter niemals anders, nie jung vorgestellt. Hatte im Gegensatz zu den meisten Kindern auch keine Jugendbilder von ihr sehen, nicht wissen wollen, wie Oma als kleines Mädchen gewesen war. Damit anstelle der gütigen Großmutter nicht plötzlich eine andere Frau auftauchte. Eine Frau, die kleinlich sein konnte oder beleidigt. Eine Frau, die begehrlich sein konnte oder beleidigend. Eine Frau, die ihre Tochter verspottete oder ihren Nachbarinnen böse mitspielte. Eine Frau, die vor ihr auf der Welt war. Ihre Großmutter war ein Bunker mitten in Or Akiva. Ein sicherer Ort aus Stahlbeton. Und wenn ein solcher Ort sicher sein sollte, dann durfte er keine dunklen Ecken haben. Deshalb fragte sie nichts und wusste nichts und wollte nichts wissen. Legte ihre Neugier auf der Türschwelle ab und trat ein.)

Jahali wälzte sich im Schlaf, und Liat blickte weiter auf das Gewirr von Schemen, das großzügig genug war, ihre Großmutter zu mimen. Wie sollte man begreifen, dass sie nie, nie, *nie mehr* wieder in jenes Bett steigen würde. Und dieser Duft, nach Rosenwasser und noch etwas, wie lange würde es dauern, bis auch er verflog? Vielleicht hatte Großmutter deshalb verlangt, alles der WIZO zu spenden. Ein einziger harter Schlag, wie der, den sie den Köpfen der Schabbat-Karpfen versetzte, wobei sie der entsetzten Liat erklärte, so tue es weniger weh. Und Liat erinnerte sich plötzlich, wie sie nach der Heimkehr von der Beerdigung ihre Zahnbürste stolz und aufrecht im Glas hatten stehen sehen. Und ihre Kleidung sorgfältig gefaltet im Kleiderschrank. Auch die Strümpfe. Wer faltete wohl Strümpfe. Aber ihre Großmutter faltete Strümpfe. Faltete sogar Unterhosen. Faltete Tischdecken und Papiere, faltete Quittungen. Flinke Finger teilten die Welt in Quadrate über Quadrate ein und legten sie in den Schrank. Bei ihrer Großmutter hatte alles seinen Platz, und alles war gefaltet. Die stille, aber zähe Rebellion einer einzelnen Frau gegen die ganze Welt. Draußen herrschte Chaos, wüteten Kriege und Hitzewellen und Stürme. Aber all das kam nicht über die Schwelle des Hauses. Eine einfache Fliegengittertür schloss die Mücken und die Fliegen und die Welt aus. Und drinnen – mustergültige Ordnung. Sorgfältig gefaltetes Leben. Saure-Gurken-Gläser in Reihen aufgestellt, kampfbereit. Und mit welcher Geschwindigkeit hatten sie sie in der Trauerwoche aufgefuttert, fast ohne es zu merken. Mit welcher Verschwendungssucht hatten sie die kleinen Gurken gegessen, eine nach der anderen, bis ihre Mutter bleich aus der Küche kam und sagte: Das ist die letzte.

Sie legten sie auf einen Porzellanteller und trugen sie feierlich auf die Terrasse. Da lag sie nun, nass und triefend, wie ein Embryo. Sie warteten, bis alle Besucher gegangen waren, dann schnitten sie sie in drei Teile – eines für Mutter, eines für Liat und eines für Onkel Nissim. Sie kauten langsam und wussten, dass dieser Geschmack, der jetzt ihren Mund erfüllte und den Gaumen kitzelte, der letzte seiner Art war. Das absolute Ende. Und dass ihre Münder noch nie im Leben so leer und so voll zugleich gewesen waren.

Während der ganzen Trauerwoche hatte eine Gnade auf dem Haus geruht. Sie behandelten einander mit einem Zartgefühl, das sie nicht zu besitzen geglaubt hatten. Sie verziehen einander ebenso leicht, wie sie sonst, zu normalen

Zeiten, in Streit gerieten. Hatte abends der letzte Kondolenzbesucher sein »Mögt ihr keine Trauer mehr kennen« gemurmelt, streiften sie stumm durch die Räume. Kamen nach und nach in ihrem Zimmer zusammen. Ein böser Zauber – es sah so aus wie zuvor. Aber die Bilder an der Wand hingen schon etwas schief, der Perserteppich franste bereits aus, die Lettern auf den Buchrücken waren schon am Verblassen. Und all ihre gefalteten Kleider breiteten die Ärmel aus und stiegen, mit flappenden Baumwoll- und Naphthalin-Schwingen, zum Himmel auf. Ein Schwarm weißer Unterhosen, dicht daneben ein Geschwader schwarzer Strümpfe, Wollschwalben, und dahinter ihre Schals, bestickt und berückend, herrliche Vögel, die hinter dem Horizont verschwinden würden. Oder es zumindest tun sollten, denn es gab nichts Verwerflicheres als einen Gegenstand, der seinen Besitzer überlebte.

Aber sie verschwanden nicht, die Gegenstände. Blieben gefaltet wie zuvor. Und kamen die Familienmitglieder anfangs gern ins Zimmer, um in ihnen zu schwelgen, so entwickelten sie alsbald einen Groll auf sie. Denn die Gegenstände plusterten sich zusehends auf, bis im Haus kein Platz mehr für anderes blieb. Liat konnte nicht festmachen, wann genau die Inspiration in Infektion umgeschlagen war. Wann das Zimmer ihrer Großmutter sich von einem lebendigen Ort in einen mumifizierten Leichnam verwandelt hatte. In der Ben-Jehuda-Straße 56, im zweiten Stock, war die Zeit in Rosenwasserduft konserviert. Aber nichts war so tot wie ein Museum, und nichts war lebendiger als eine frische Sehnsucht, die einem wie Arak in der Kehle brannte.

In diesem Zimmer würde sie jetzt gerne einen Teller zerschlagen. Mit Absicht. Das Radio voll aufdrehen. Einschließlich Werbung. Die Sesamsamen einzeln von den Blätterteigtaschen klauben und auf den Boden krümeln. Und warten. Und wenn sie dann nicht kam, wirklich nicht kam, würde sie vielleicht glauben, es stimmt. Sie ist wirklich nicht da. Liat kann laut furzen und ankündigen, bei den nächsten Wahlen Meretz zu wählen. Sie kann auf Arabisch fluchen, *kuss-ummak* – »Fotze deiner Mutter« – sagen, ohne dass eine vogelzarte Hand ihr einen leichten Klaps auf den Handrücken versetzt, mit dem Zusatz: »Wie redest du denn!« Sie kann tun, was sie will, ohne Rüge. Ohne Lob. Ohne. Sie braucht keine gute Enkelin mehr zu sein. Denn wenn es keine Großmutter gibt, gibt es auch keine Enkelin. Es gibt Liat. Allein.

Im Zimmer war es dunkel und warm, und Jahalis Atemzüge gingen langsam und ruhig. Die Schemen hüllten Liat mit schwarzer Watte und Sehnsüchten ein, die zuerst fast schmerzhaft scharf waren, dann aber zusehends einschläfernd wirkten. Sie legte den Kopf neben Jahalis, sog begierig den Duft seines Shampoos ein. Warum konnte er nicht für immer so riechen, auch wenn er mal groß war. Sie würde sich mit seinem Stimmbruch abfinden, auch damit, dass er sie einmal an Länge überragen würde, sogar damit, dass er eines Tages eine andere Frau mehr lieben würde als sie. Alles könnte sie willig akzeptieren, wenn man ihr wenigstens diesen Duft, diese kindliche Süße ließe. Sie sah sich schon neben ihm, einem mit Pickeln und Arroganz geschlagenen Halbwüchsigen, im Supermarkt umhergehen, an einem Regal haltmachen, um an seinem einstigen Babyshampoo zu schnuppern. »Mutter, was machst du denn«, würde er sie anfahren, und sie würde hastig den Deckel wieder schließen, weitergehen und sich fragen, was aus jenem Kind geworden war, das sie mal gehabt hatte.

Das Kind, das eines Tages ein Halbwüchsiger werden würde, schlief jetzt auf der Matratze im Zimmer ihrer Großmutter. Und sie, die sich in dieses Zimmer eingeschlichen hatte, als sie in seinem Alter war, legte sich neben ihn und strich ihm mit ihrer erwachsenen Hand übers Haar. Auf einer anderen Matratze in einem anderen Zimmer hatte vor drei Jahren ihre Großmutter mit geschlossenen Augen gelegen. Zehn gespreizte Finger, die nichts streichelten und nichts erbaten. Als Liat ihre Großmutter zum letzten Mal im Krankenhaus besuchte, hatte sie ihr die Fingernägel knallrot lackiert. Es war derselbe Lack, der Liat früher einmal beschämt hatte, als ihre Mitschülerinnen in Ma'agan Michael ihn »Schlampenlack« nannten. Ihre Großmutter lag auf der Matratze, das herrliche Haar um ihren Kopf verstreut, die Fingernägel erdbeerrot lackiert. Jetzt, im dunklen Schlafzimmer, warf die Zeit die Fesseln der Logik ab. Alles war möglich. Die alte Pendeluhr tickte noch in der Zimmerecke, aber ihre Zeiger gingen blindlings im Dunkeln. Vielleicht vorwärts, vielleicht rückwärts. Man erkannte die Zeit nur, wenn man sie sah. Im Dunkeln sah man sie nicht, also existierte sie nicht. Im Dunkeln konnte man Dinge verrücken, Zukunft mit Vergangenheit und Gegenwart verquicken, Jahre von einer Seite auf die andere schieben wie bei Kartenspielertricks. Da ist der dreijährige Jahali mit seinem Babyduft. Da ist der siebzehnjährige Jahali mit seiner jugendlichen Arroganz. Da ist Liat mit fünf, mit fünfzehn, mit fünfunddreißig Jahren. Da ist ihre Großmutter mit schwarzen, weißen, roten Haaren, nur ihre Fingernägel sind immer rot.

Als sie aufwachte, stand Etan auf der Türschwelle. Der Flur hinter ihm schimmerte im bläulichen Licht des Fernsehers vom Wohnzimmer. Im dunklen Raum konnte sie kaum seine

Gesichtszüge erkennen. Er sagte nichts, regte sich kaum, seine Gestalt sah aus wie ein weiteres der Trugbilder, die dieses Zimmer so perfekt produzierte. Aber sie hatte *gewusst*, dass er kommen würde. Und deshalb war sie nicht überrascht, als er tatsächlich erschien.

Da sie gewusst hatte, dass er kommen würde, war anzunehmen, dass sie auch wusste, was sie ihm dann sagen wollte. Die Staus auf dem Weg von Omer nach Or Akiva hatten reichlich Raum zum Nachdenken gelassen. Auch die langen Stunden am Wohnzimmertisch. Und doch fiel ihr, als sie aufwachte und ihn erblickte, rein gar nichts zu sagen ein. Alles, was sie ihm vorher an den Kopf hatte werfen wollen, war längst verdunstet. Und nicht, dass sie besondere Lust auf dramatisches Schweigen gehabt hätte. Sie wusste einfach nichts zu sagen. »Du hast mich belogen.« »Wo warst du, als du dich auf der Station krankgemeldet hattest?« »Wer ist sie?« Lächerliche Worte. Überflüssige Worte. Worte von Frauen aus schlechten Filmen. Aus benachbarten Wohnungen.

Sie sah, dass er sich vorbeugte, sich räusperte. Dann hatte er wohl vor, als Erster zu sprechen. Sie sah ihn mit echter Neugier an. Welches Kaninchen ließ sich schon aus diesem Hut zaubern?

»Tuli …«

Und das erboste sie schon, erboste sie wirklich, denn wie konnte er es wagen, sie »Tuli« zu nennen. Wie konnte er es wagen, den kurzen, den vertrauten, den *zweisamen* Namen zu benutzen, wo doch alles, was ihre Zweisamkeit ausgemacht hatte, heute um ein Uhr mittags zerbrochen war, als sie ins Haus kam und es leer vorfand.

Er sah sie abrücken. Als sie schlief, hatten ihre Arme offen und selbstsicher neben ihr gelegen, und jetzt waren sie angewinkelt und wirkten abweisend. Ihre braunen Augen musterten ihn im Dunkeln, und dann wandten sie sich von ihm ab. Das erschreckte ihn. Es war mehr als ein feindseliges Signal von wegen »Ich will nicht reden«. Sie wandte den Blick von ihm ab, wie man von einem Unfall am Straßenrand wegsah. Erst konnte man die Augen nicht losreißen, und dann kam dieser Moment, in dem das Maß voll war und man schlagartig wegschaute und weiterfuhr, ohne einen einzigen Blick zurück. Weil sowieso nichts mehr zu machen war.

Er hätte es ihr damals sagen müssen, gleich in jener Nacht. Hätte heimkehren und es ihr erzählen müssen. Ich habe einen Menschen überfahren, Tul. Einen Eritreer. Schwere Hirnverletzung. Ich habe ihn dort liegen gelassen. Aus Avivas Wohnzimmer schallten fröhliche Werbespotmelodien. Jemand pries die enormen Vorzüge von Frühstücksflocken aus dem vollen Weizenkorn. Sie hätte ihm zugehört, in jener Nacht. Jetzt war das eher zweifelhaft. (Aber hätte sie ihm damals wirklich zugehört? Und wenn ja, dann wie? Hätte sie es fertiggebracht, auch nur einen Moment ihre klare Einteilung in Gut und Böse auszusetzen? Einen Moment ihre ewige Korrektheit abzulegen, die sogar seine Korrektheit noch überstieg? Diese Sache, die da zwischen ihnen steht, hat ja auch eine Mutter, nicht nur einen Vater. Für ein solches Geheimnis braucht es zwei. Einen, der nicht erzählen, und einen, der nicht wirklich hören möchte.) Und es gab noch eine weitere, kaum angenehmere Möglichkeit. Dass er nicht wegen der Kritik, mit der sie ihn kübelweise überschüttet hätte, in jener Nacht geschwiegen hatte. Nicht wegen der Standpauke, die mit Sicherheit von ihr zu erwarten war, oder wegen der Selbstgerechtigkeit, die in ihren Augenwinkeln lauerte. Sondern weil er wusste, hätte sie selbst den Eritreer überfahren, wäre sie nie im Leben davor geflohen. Nicht wegen ihrer Korrektheit, wegen ihres Wesens. Sie war kein Mensch, der so etwas tat. Er offensichtlich schon.

Etan hatte keinerlei Absicht, Liat die Wahrheit zu sagen. Die war zu kompliziert, zu dreckig, verkrustet mit Blut und Hirnmasse. Andererseits konnte er sich auch schlecht gar nicht dazu äußern. Dieses Privileg war Männern vorbehalten, die zu normalen Zeiten nach Hause kamen. Männern, die weder nächtelang wegblieben noch sich in eine peinliche Serie von Unwahrheiten und Ungenauigkeiten verstrickten. Liat würde ihm nicht verzeihen, wenn er sein Schweigen beibehielt, aber sie würde ihm erst recht nicht verzeihen, wenn er ihr die Wahrheit sagte. In einer Welt zweier schlechter Alternativen ging die Lüge wie eine Sonne auf. Tauchte alles in Farbe.

Erpressung wegen eines Behandlungsfehlers. Das war das Beste, was ihm einfiel, und unter den gegebenen Umständen war es gar nicht mal übel. Die Frau eines Mannes, den er operiert hat. Er ist gestorben, sie droht ihm mit Klage. Noch ist sie nicht vor Gericht gegangen, aber wenn sie es tut, ist er zweifellos erledigt. Seit Wochen trifft er sich mit ihr, versucht, sie von juristischen Schritten abzuhalten. Sie ist in fortgeschrittenem Alter, ziemlich durchgeknallt. Ruft ihn zu den verrücktesten Tageszeiten an. Zitiert ihn zu sich. Hält wirre Tiraden. Aber heute hat sie ihn dringend einbestellt, um ihm mitzuteilen, die Sache sei für sie endgültig erledigt. Hat vor seinen Augen die Klageschrift zerrissen. Sie kehrt zu ihrer Familie zurück, nach Südafrika. Ich habe dir bisher nichts erzählt, damit du dir keine Sorgen machst. Vielleicht hatte ich auch Angst, du würdest dich meiner schämen.

Geschafft. Die Lüge stand draußen, glatt und blank wie ein dem Fluss entstiegenes Nilpferd. Riesig. Beinahe monströs. Sie war ihm mit einem Schlag entschlüpft, mächtig und vollkommen, wie Athene einst dem Gehirn des Zeus entsprang. Jetzt, da sie heraus war, konnte Etan sie begutachten. Monolithisches, glänzendes Ebenmaß. Harmonisches Zusammenspiel aller Einzelheiten. Und das Wichtigste – tiefe innere Überzeugung hinsichtlich der Richtigkeit wenigstens eines Teils der Fakten. Radikale Einschränkung des Sichtfelds bezüglich der übrigen Fakten. Während seines Vortrags sah Etan keinen Unterschied zwischen einer fehlerhaft ausgeführten Operation und dem Überfahren des Eritreers. Letzten Endes war beides im Umfeld der Arbeit passiert, beides versehentlich. Und die Erpressung, der Kern der Geschichte, unterschied sich ja kaum von der Erpressung, die tatsächlich vorgefallen war. Auch der gute Ausgang war letzten Endes gleich. Ebenso die Schmach.

Natürlich gab es auch Unterschiede. Ein Behandlungsfehler war eine peinliche, sogar beschämende Angelegenheit, und doch war ein Arzt, der einen solchen beging, anders einzuschätzen als ein Arzt, der einen Menschen überfuhr und ihn seinem Schicksal überließ. Der eine riskierte schlimmstenfalls, entlassen zu werden, der andere landete mit Sicherheit im Gefängnis. Und wenn man schon pingelig war, dann bestand auch ein erheblicher Unterschied zwischen der Durchgeknallten im fortgeschrittenen Alter und der schlanken, hochgewachsenen Frau, deren Samtaugen ihm noch im Gedächtnis blinkten. Aber Etan ignorierte die Unterschiede. Musste sie ignorieren, wie der Pilot einer Boeing 747 die Maschine so steuerte, dass sie kein Hindernis auf der Startbahn rammte. Sonst konnte die Lüge nicht abheben. Liat saß mit angezogenen Gliedern da und blickte ihn an, und er schob sein Nilpferd die Bahn hoch, himmelwärts. Auf irgendeine bizarre Weise war es wunderschön.

»Papa, bist du da?«

Jahali hob verschlafen den Kopf. Etan verstummte. Noch wusste er nicht, ob sein Nilpferd letztlich abgehoben hatte, und wenn ja, ob es sich in der Luft halten oder auf die Erde abstürzen würde. Liat blickte ihn wieder an, und das war ein gutes Zeichen. Nun sah sie nicht mehr aus wie eine Passantin, die zufällig mit ihm im Fahrstuhl gelandet war. Aber er konnte ihren Blick noch nicht einordnen. Es war zu dunkel im Zimmer, und er war zu angespannt, um feine Andeutungen zu bemerken. Meistens erkannte er sehr wohl einen schnellen, ungeduldigen Lidschlag, ein ungläubiges Stirnrunzeln. Schließlich hatte er ihr Mienenspiel fünfzehn Jahre lang studiert. Doch jetzt konzentrierte er sich ganz auf die Lüge, jede Ablenkung konnte in einer Katastrophe enden, wie bei einem Jongleur, dem mit einem Schlag alle Flaschen herunterfielen. Jahalis Worte waren so eine Ablenkung, denn hatte er es auch fertiggebracht, seiner Frau eine so schändliche Lüge aufzutischen, so war er doch nicht darauf gefasst gewesen, die Lüge könnte seinem kleinen Sohn zu Ohren kommen. Deshalb verstummte er, und kurz darauf, als Jahali seine Frage wiederholte, antwortete er: »Ja, ich bin gekommen, um dich schlafen zu legen.« Jetzt fühlte er sich völlig wohl in seiner Haut, denn er wusste mit Sicherheit, hier log er nicht. Er war tatsächlich gekommen, um ihn ins Bett zu bringen. Auch Itamar, der mittlerweile auf dem Sofa im Wohnzimmer eingeschlafen war, würde er gleich ins Bett bringen. Er würde sie beide schlafen legen und gut zudecken, und morgen Vormittag würde er sie alle mit nach Hause nehmen. Zurück in ihr normales Leben. Jene Durchgeknallte im fortgeschrittenen oder nicht fortgeschrittenen Alter hatte ihren letzten Auftritt gehabt.

Jahali winkte ihn heran. Eine kleine, befehlende Geste, die keinen Widerspruch duldete. Liat rückte zur Seite, um Etan Platz zu machen. Auch wenn sie vorgehabt hätte, ihn wegzuschicken, er solle jetzt gehen und morgen wiederkommen, hätte die Forderung des dreijährigen Sohnes obsiegt. Sie würde den Vater ja nicht vor den Augen des Kindes wegjagen. Etan zögerte einen Moment, ehe er sich setzte, musterte Liats Gesicht und wartete auf Genehmigung. Sie nickte wortlos. Er setzte sich neben sie, strich mit der Hand über Jahalis seidige Locken, die Locken, denen er diese überraschende Erlaubnis verdankte, sich zu setzen. Jahali bat ihn, ihm ein Lied vorzusingen, und er sang leise von zwei Mädchen und einem Regenschirm und lächelte, als Jahali überraschend verlangte: »Mama auch! Singt zusammen!« Sie sangen zusammen. Das war lustig und lächerlich und traurig, je nachdem, wie die Sache ausgehen würde. Fuhren sie morgen gemeinsam heim, könnten sie eines Tages sicher lachen über den Abend, an dem sie zweistimmig Kinderlieder gesungen hatten, wie vom Teufel geritten. Blieb Liat bei ihrem Zorn, würde dieses Lied ein groteskes Denkmal werden: Vater, Mutter und Kind singen den ganzen Weg zum Scheidungsrichter. Etan wusste nicht, was eintreffen würde. Auch Liat nicht. Jahali mit seinem Kinderverstand nahm beide an die Hand, hielt fest und ließ nicht locker.

Sechs Lieder später klingelte Etans Telefon. Er und Liat hatten gerade das La-la-la des zweiten Lieds aus dem Album »Das sechzehnte Schaf« fertig gesungen. Jahali lag selig zwischen ihnen. Noch nie hatten sie seinen Launen so willig stattgegeben. Beide zusammen trällerten sie über seinem Kopf, und kein Mensch sagte, es ist schon spät, und kein Mensch erklärte, jetzt ist es genug. Sie sangen ihm vor, damit er einschlief, und sie sangen ihm vor, um ihr Schuldgefühl einzuschläfern, denn sie hatten ihm gesagt, es sei alles in Ordnung, als rein gar nichts in Ordnung war. Liat lauschte Etan, seinem gelegentlich schiefen Bass, und dachte, irgendwann wird unser Kind einschlafen, und dann fangen unsere Probleme an. Aber sie dachte auch, wer seinem Kind so vorsingt, kann kein Lügner sein. Was übrigens nicht ganz stimmte, denn Menschen konnten ihren Kindern durchaus wunderbare Lieder vorsingen und anderen Menschen schreckliche Lügen aufbinden, manchmal sogar diesen Kindern selbst. Liat wusste das, obwohl sie es in diesem Moment wirklich nicht wissen wollte. Sie wollte ihm glauben. Die Anstrengung ignorieren, die sie seiner Stimme entnommen hatte, eine Anstrengung, die sie aus ungezählten Stunden im Verhörraum kannte. Letzten Endes ist es ziemlich aufreibend, eine andere als die wahre Geschichte zu erzählen. Es sei denn, du bist wirklich geübt darin. Man muss Einzelheiten erfinden, Tatsachen abstimmen, Lücken füllen. Du begreifst nie, wie komplex die Wirklichkeit ist, solange du nicht versuchst, dir eine alternative Wirklichkeit zu schaffen. Und da war schon was dran, an dem, was er erzählte, etwas, das ihn vom klaren Territorium der Lüge entfernte. Eine Legierung aus einem Edelmetall und einem anderen. So und so viel Prozent Wahrheit, so und so viel Prozent Lüge, zu einer Legierung verbunden. Das dividiere mal einer auseinander.

Aber sie würde es schaffen. Kein Zweifel. Ein kurzes Telefongespräch mit der durchgeknallten Witwe, auf weniger ließe sie sich nicht ein. Sie würde sich vergewissern, dass sie tatsächlich Witwe, tatsächlich durchgeknallt, tatsächlich in fortgeschrittenem Alter und auf dem Weg nach Südafrika war. Wenn alle Antworten zutrafen, konnte man mit dem Neuaufbau beginnen. Langsam, vorsichtig, nicht gleich das Messer vom Hals nehmen. Sollten sich seine Augen jedoch erschrocken weiten, sobald sie dieses Telefongespräch verlangte, kurz nachdem dieses Lockenköpfchen im Bett eingeschlafen wäre, sollte er ihre Forderung ablehnen, dann würde sie ihm noch heute Nacht den Laufpass geben.

Der Anruf überraschte sie beide. Das Klingeln zerriss das Nachtlied, das sie gemeinsam für Jahali sangen. Sie verstummten. Etan spürte deutlich Liats Blick. Er hätte dieses Gespräch am liebsten weggedrückt. Es im Brunnen des Vergessens versenkt. Aber er konnte nicht. Brachte es nicht fertig. Denn am anderen Ende war eine, die mit ihm sprechen musste. Er entnahm es dem drängenden, minutenlang anhaltenden Klingeln. Jahali drehte sich auf der Matratze um. Gerade wegen seiner seidigen Locken, wegen der sauberen Baumwollbettwäsche, musste er prüfen, ob die Welt am anderen Ende der Leitung tatsächlich existierte, ob sie neben seiner Welt fortbestehen konnte.

Er flüsterte Liat zu, er müsse antworten. Ihr vorwurfsvoller Blick begleitete ihn, als er das Zimmer verließ. Auf dem Flur hörte er Samar in gebrochenem Englisch flüstern. *Sirkit need Doctor. Sirkit very very bad. Need Doctor.* Er sagte kein Wort. Was hätte er schon sagen sollen. Er legte auf. Und nach kurzem Zögern stellte er den Ton ab. Er ging zurück in Jahalis Zimmer. Versuchte »Donner und Blitze« zu singen, aber der Donner blieb ihm im Halse stecken, und der Blitz explodierte ihm im Bauch. *Sirkit need Doctor. Very very bad.*

14

Warum kehrt er dorthin zurück?

Wenn es eine Antwort gibt, eine, die sich in zehn – oder in zehntausend – Worten ausdrücken lässt, eine, die mit »weil« beginnt und mit »deshalb« endet, eine, bei der die Dinge am Punkt A anfangen und daher zum Punkt B gelangen müssen, wenn es eine solche Antwort gibt, dann kennt Etan Grien sie nicht. Fünf Uhr morgens, und die Strecke von Or Akiva nach Beer Scheva ist ruhig und leer. Gelegentlich linst an einer dunklen Kreuzung das Gesicht eines russischen Jungen aus feilgebotenen Blumensträußen. Etan verlangsamt nicht, kuschelt sich jedoch enger in seine Jacke, unwillkürlich, obwohl die Temperatur im Wagen gleich bleibt. Und zwanzig oder dreißig Minuten später noch eine Kreuzung, noch ein Junge, und wieder zieht er die Jacke enger, ohne darüber nachzudenken, ohne es in Erinnerung zu behalten.

Er fragt sich, warum er zurückkehrt, und weiß es nicht. Tankstellen leuchten ihm in Gelb und Orange am Straßenrand entgegen, wie kontrollierte Feuer. Vielleicht kehrt er jetzt zurück, weil er damals, in jener Nacht, nicht geblieben ist. Vielleicht kehrt er ihretwegen zurück. Und vielleicht kehrt er überhaupt nicht zurück, fährt an der nächsten Kreuzung ab und wendet.

Aber nein. Er fährt weiter. Und als die Lichter von Kirjat Gat hinter ihm verschwinden, denkt er sich, dies sei das erste Mal seit jenem Vorfall, dass er sich für ein Tun *entscheidet* und nicht dazu gezwungen wird. Und seltsam, irgendwie hat er dabei ein gutes Gefühl.

Bereits auf der Umgehungsstraße von Beer Scheva änderte sich jedoch dieses Gefühl. Er stellte das Radio an und kurz darauf wieder ab. Ein paar Fahrtminuten weiter stellte er es erneut an und wieder ab, und dann wurde er ärgerlich und schaltete es wieder ein, und diesmal ließ er es laufen, obwohl er es gern wieder ausgeschaltet hätte. In den Nachrichten war von Überschwemmungsgefahr in den Bergen des Negev die Rede. Danach kam fröhliche Donnerstagnachtmusik. Partyklänge. Etan fragte sich, wie viele Menschen jetzt Auto fuhren und der Party lauschten, an der sie nicht teilnahmen. Nicht, dass es ihn dermaßen beschäftigt hätte, doch diese Frage war einfach besser als jene nach dem eigentlichen Grund seiner Rückkehr. Er hatte schon die Schoket-Kreuzung hinter sich, als er plötzlich dachte, er kehre zurück auf der Suche nach seinem alten Ich, das ihm abhandengekommen war. Es war ihm in jener Nacht abhandengekommen, in der er den Eritreer überfahren hatte. Oder vielleicht war es in Wahrheit lange, lange vorher passiert, ihm aber erst in jener Nacht aufgefallen. Der kleine Junge, der beim ersten Anblick eines Obdachlosen auf der Straße dermaßen losgeheult hatte, dass seine Großmutter, die dabei war, ihn bis heute daran erinnerte. Wann hatte er aufgehört, Obdachlose unsicher anzustarren, und angefangen, ihrem Blick um jeden Preis auszuweichen? Wann war der Moment gekommen, seitdem er angesichts eines auf der Straße liegenden Menschen nicht mehr stehen blieb, sondern gleich einen Schritt schneller ging?

Aber nicht nur wegen jenes kleinen Jungen kehrte er zurück. Nicht nur, um ihn zu finden. Sondern – nicht weniger wichtig –, um ihn *ihr* zu zeigen. Vor ihr zu stehen und zu sagen: Ich bin zurückgekehrt. Und nicht, weil du es befohlen hast. Sie würde sprachlos sein, dachte er, total verblüfft, und dabei merkte er überrascht, wie viel Freude ihm das Bild dieses Moments, dieser Rückkehr bereitete. (Er fragte sich nicht, ob er den Rückweg auch dann angetreten hätte, wenn sie nicht schön wäre, nicht diese eisige, an Gleichgültigkeit grenzende Ruhe besäße. Wenn sie ihm nicht so vornehm, so einmalig vorkäme, wie eine afrikanische Königin, mit einem Menschenknochen im Haar.)

Kurz vor der Tlalim-Kreuzung fingen seine Hände an zu schwitzen, wie Itamars am Vorabend eines Schuldiktats in der Klasse. Er hat schon alle Wörter auswendig gelernt, repetiert, sich ein Mal von Mama und ein Mal von Papa abhören lassen. Und doch, kaum ist er im Bett, sondern seine Hände Schweiß in Strömen ab. Etan sagte ihm, das sei in Ordnung, so leite der Körper den Druck nach außen, aber Itamar war nicht überzeugt. Es machte ihn verrückt, dass sein Körper so etwas tat, ohne Anweisung von ihm, ohne ihn überhaupt zu beachten. Als er sich die Hände am Lenkrad abwischte, dachte Etan an seinen Ältesten und daran, wie berechtigt dieser Vorwurf der Seele gegen den Körper doch war, gegen dieses unfolgsame Kind, das zitterte und schwitzte, erblasste und errötete, immer zur falschen Zeit, immer dann, wenn es etwas anderes hätte tun sollen.

Er lenkte den Jeep auf den Sandweg zur Werkstatt. Versuchte sich zu erinnern, wie oft er hier schon abgebogen war, und schaffte es nicht. Spürte es aber an der Sicherheit seiner Finger am Lenkrad, an der Ortskenntnis seines Körpers. Hier ein Schlagloch und da eine Mulde am Straßenrand, hier möglichst weit rechts halten und dort mehr links. Er kannte diese Strecke ja auswendig, auch wenn er das jetzt erst merkte. Und plötzlich dachte er an das Haus in Haifa, das, obwohl er es seit Jahren »das Haus meiner Eltern« nannte, stur darauf bestand, auch sein Haus zu sein. Vor ein paar Jahren, an einem stürmischen Winterabend, hatten er und Liat mit den Kindern dort mitten beim Freitagabendessen einen Stromausfall erlebt. Es war stockdunkel, undurchdringlich finster. Jahali war noch zu klein, um sich zu fürchten, aber Itamar packte seine Hand und ließ nicht mehr locker. Seine Mutter bat ihn, Kerzen zu holen, und im ersten Moment wollte er sagen, sie solle selbst gehen, wie sollte er in dieser Dunkelheit wohl etwas finden, in einem Haus, in dem er seit zehn Jahren nicht mehr übernachtet hatte. Aber seine Eltern waren schon in dem Alter, in dem es etwas riskant wurde, sie allein ins Dunkel zu schicken, und so stand er auf und tastete sich voran. Kaum zu glauben, wie leicht es war. Hier die Wand der Essecke. Stahl man sich an ihr entlang, gelangte man zur Küche. Ein vorzüglicher Spähposten für seine und Juvals Versuche, ein für alle Mal das Schokoladenversteck ausfindig zu machen. An der Küchenwand hieß es aufpassen, der schwere Schrank stand immer noch da, lauerte heimtückisch wie eh und je nur darauf, dass du dir den kleinen Zeh anstießt. Er hatte nicht geahnt, dass er sich daran erinnerte, aber alles war da, genau da, wo er es zurückgelassen hatte. Auch die Kerzen seiner Mutter, auf dem zweiten Bord, tief hinter dem Teeservice, das nur bei feierlichen Anlässen herausgeholt wurde und seit der Trauerwoche eigentlich gar nicht mehr gesehen worden war. Er kehrte mit den Kerzen zurück, und kurz darauf kam auch der Strom wieder, und er konnte sich erneut sagen, es sei nicht sein Haus, er habe sich ein anderes gebaut, eines, in dem er sich nicht außen vor fühlte. Aber er wusste immer noch, wie sicher sich sein Körper im Dunkeln orientiert hatte, und grübelte, ob er sich in einem anderen Haus jemals so gut zurechtfinden würde.

Und nun stellt sich heraus, nicht nur das Haus in Haifa haftet ihm derart im Gedächtnis. Auch dieser Weg hat sich seinen Neuronen eingeprägt. Vor zweieinhalb Monaten wusste er noch gar nicht, dass diese Zufahrt existiert, und nun fährt er sie fast so, als hätte er es seit jeher getan. Noch knapp einen Kilometer, und er ist da. Doch er weiß immer noch nicht, warum er jetzt zurückkehrt, was vielleicht logisch ist, denn er weiß ja auch nicht richtig, warum er damals weggefahren ist. Vielleicht ist die Frage, warum er zurückkehrt, nur die kleine Schwester jener großen Frage, warum er damals nicht bei dem Mann geblieben ist. Und wieso er *ihr* schon seit Wochen ausweicht und trotzdem nicht von ihr loskommt, sie ständig umkreist, wohin er sich auch wendet. Und vielleicht gibt es gar keinen Grund, warum er nicht bei dem Mann geblieben ist. Nicht, weil der da schwarz war und er selbst weiß ist. Nicht wegen Liat. Nicht wegen der Kinder. Vielleicht würde er niemals wissen, warum. Und ihm bliebe nichts weiter übrig, als sich immer wieder zu fragen. Das ist seine Sühne.

Sie hatten ihr die Nase und zwei Rippen gebrochen, zwei Zähne ausgeschlagen und ein violett schillerndes Veilchen am linken Auge hinterlassen. Ihr Gesicht sah jetzt aus wie eine zersplitterte Maske. Sie lag mit geschlossenen Augen auf der

Matratze, atmete unter ihren gebrochenen Rippen langsam ein und dann zwischen den losen Zähnen langsam wieder aus. Sie schlug die Augen nicht auf, als Etan hereinkam, und gab kein Zeichen, dass sie ihn bemerkte, auch nicht, als er sich neben sie hockte und ihr den Puls fühlte. Er blickte sie mit aufgerissenen Augen an, denn obwohl er schon viele Gesichter in diesem oder noch schlimmerem Zustand gesehen hatte, hätte er nie geglaubt, einmal *dieses* Gesicht so zu sehen.

Und doch besaß sie auch jetzt, in diesem übel zugerichteten Gesicht, bei dämmrigem Bewusstsein, diesen aristokratischen Zug, der ihn von Anfang an beschäftigt hatte. Und ihre stummen Lippen wirkten noch stummer. Irgendwie war sie immer noch dreist, provokativ, konnte ihn immer noch um den Verstand bringen mit ihrem Warten. Denn plötzlich begriff er, dass sie tatsächlich wartete. Nicht schlief, nicht ohnmächtig war, einfach mit geschlossenen Augen auf der Matratze lag und wartete. (Und begriff nicht, dass sie weder zur Provokation noch aus Hohn so wartete, sondern in dem sicheren Wissen, sie würde, wenn sie jetzt die Augen aufschlug, das tun, was sie vorher nicht getan hatte und hinterher nicht tun würde – in Tränen ausbrechen.)

»Wer hat das getan?« Die Worte kamen ihm ruhig und trocken über die Lippen, und er stellte überrascht fest, wie hart seine Stimme klang. Er war ja nicht hergekommen, um hart zu sein. Hatte nicht Frau und Kinder und Schwiegermutter im Haus in Or Akiva sitzen gelassen, um hier trocken und eisig einzutreffen. Gerade umgekehrt. Er wollte ihr helfen, sie pflegen, bemitleiden. Er wollte, dass sie die Augen aufschlug und ihn anders anblickte. Oder ihn vielleicht anders sah. Und da – ohne auch nur entfernt zu verstehen, warum – wurde er wieder wütend auf sie. Und sie spürte das offenbar, denn als sie die Augen aufschlug, war dort keine Spur mehr von den Tränen, die sich eben noch darin gesammelt hatten. Dürre Erde. Die schwarzen Pupillen hatten alles restlos aufgesogen. Ihr linkes Auge war infolge des Faustschlags halb geschlossen, aber das rechte blickte geradeaus und sah sehr gut: Ihr Arzt ist zurückgekehrt, und er steckt voller Fragen. Für ihn muss man Ordnung schaffen. Beinahe hätte sie gekichert, aber sie beherrschte sich. Was kann er denn dafür, dass bei ihm alles geordnet und erklärlich ist. Was kann er dafür, dass er nichts mit Geschichten anzufangen weiß, in denen es keine Ordnung und keine Erklärung gibt, Geschichten, die wie ein Sandsturm kommen und auch wieder so vorübergehen. Er kann ihre Geschichte nicht verstehen, genau wie er ihr Essen aus Afrika nicht essen und ihr Wasser aus Afrika nicht trinken kann. Weil sein Magen sich davon umstülpen würde. Weil sein Körper nicht für die Dinge gebaut ist, die es bei ihnen gibt. Deshalb schwieg sie, und auch er schwieg, und von Minute zu Minute wuchs die Wut und erfüllte ihn. Diese Dreiste. Diese Hochmütige. Bis hierher ist er gefahren, hat alles stehen und liegen gelassen, nur um zu entdecken, dass eine zerbrochene Sphinx immer noch eine Sphinx ist.

Er verschanzte sich in seinem Schweigen, und sie verschanzte sich in ihrem Schweigen, und die Barrieren wurden immer höher, um ein Haar wären Etan und Sirkit ganz dahinter verschwunden, hätten einander aus den Augen verloren, wäre da nicht dieser Blutstropfen gewesen, der Sirkit unvermittelt unterm Ohr herabrann.

Etan sah ihn und erschrak. Er hatte sie ja noch gar nicht untersucht, nicht die Schwere der Verletzung geprüft. Und solch ein Tropfen konnte durchaus Vorbote einer Katastrophe sein. Eines Schädelrisses. Einer Hirnblutung. Dieses Schreckensszenario erfasste ihn nur wenige Sekunden, bis er die Schnittwunde unter der Ohrmuschel erkannte. Dort kam das Blut her, nicht aus dem Gehirn. Und doch musste er sich vergewissern, beugte sich vor und fasste ihr mit der Hand ans Ohr. Behutsam. Ohne um Erlaubnis zu bitten. Ohne etwas zu erklären. Sie erschauerte. Vielleicht vor Schmerz. Vielleicht vor Lust. So oder so änderte sich ihr Blick mit einem Schlag. Nun hatte sie nichts mehr von der früheren Dreistigkeit und Arroganz, auch nichts von der Sphinx. (Dabei ist nicht auszuschließen, dass sie von Anfang an nichts von alldem an sich hatte, dass Menschen Rätsel nur dann finden, wenn sie welche suchen, und dass auch die echte Sphinx sich wie ein junges Kätzchen genüsslich auf den Rücken legen würde, hätte nur jemand den Mut, heranzutreten und sie zu streicheln.)

»Tut es weh?«

Ja.

Sie antwortete so schlicht, so schicksalsergeben, dass alle Wut, die Etan seit seiner Ankunft gehortet hatte, schlagartig von ihr auf die Täter überging. Auf die, die hergekommen waren und diese Frau zusammengeschlagen hatten. Er begann, die Wunden zu desinfizieren. Sah sie zusammenzucken. Wollte »Gleich geht es vorbei« anfügen, ließ es aber bleiben. Woher willst du wissen, dass es gleich vorbei ist. Du weißt noch nicht mal, warum es angefangen hat. Gleich geht es vorbei, sagt man Kindern mit einer Schramme am Knie, einem Leichtverletzten, der nach einem Motorradunfall in die Notaufnahme kommt. Aber was sagt man dieser Frau, die hier liegt und dich anblickt mit solch pechschwarzen Augen, dass die Dunkelheit draußen vergleichsweise hell aussieht?

Daher schwieg er. Und diesmal war es ein anderes Schweigen. Und gerade weil sie spürte, dass das Schweigen jetzt anders war als das zuvor, nicht fordernd und nicht forschend, gerade deshalb fing sie an zu erzählen. Sie sagte, sie seien zu dritt gewesen. Hätten im Caravan auf sie gewartet und sie nach Assum gefragt, und als sie nicht antwortete, seien sie wütend geworden. Sie begann zu schildern, was sie ihr wie angetan hatten, aber das war offenbar zu viel für ihren Arzt, denn er unterbrach sie mit der erregten Frage: »Aber warum?« Und sah nicht, dass sie jetzt wieder zusammenzuckte, sogar stärker als vorher, als er sie mit dem Desinfektionsmittel geätzt hatte, fragte nur weiter: »Wie konnten sie so was tun?!«

Und da lachte sie zum ersten Mal in seinem Beisein. Lauthals, mit offenem Mund, obwohl jede Regung in ihrem Gesicht stechende Schmerzen auslöste. Sie lachte und lachte und sah, wie er, seiner Miene nach zu schließen, erst überrascht und dann verwirrt und dann wütend und dann besorgt wurde. Offenbar hielt er den Lachanfall für eine Begleiterscheinung des Überfalls. Für Hysterie, einen Anflug von Wahnsinn. Und wusste nicht, dass sie nicht wegen der Beduinen, sondern seinetwegen so lachte. Und vielleicht nicht seinetwegen, sondern über sich selbst. Du blöde Kuh, wie konntest du denken, er würde verstehen.

Sie wussten, warum sie kamen, erklärte sie ihm, Assum sollte an jenem Abend eine Lieferung überbringen. Sie dachten, ich wüsste, wo sie abgeblieben ist. Und als Etan sie immer noch verständnislos anstarrte, mit den Augen eines gutwilligen Schäferhundes angesichts eines Problems, das die Begleitung von Schafen überstieg, fügte sie hinzu: Und sie hatten recht.

»Eine Lieferung?«

So nennt ihr das doch, oder?

»Von … Drogen?«

Und wieder brach sie in Lachen aus, aber diesmal weniger laut und mit weniger offenem Mund, wegen der stechenden Schmerzen in ihrem Gesicht und auch wegen seiner Miene. Sie hatte ihn schon wütend und zornig, nervös und freundlich, erregt und begeistert gesehen, aber niemals enttäuscht. Und seine Enttäuschung erboste sie mehr als alles Bisherige. Mehr als *jene* Nacht. Wie konnte er es wagen, enttäuscht von ihr zu sein. Wie konnte er von ihr erwarten, anders zu sein.

»Was wolltest du damit anfangen?«

Sie zuckte mit den Achseln und sagte: *Verkaufen.*

Er sprang auf und blieb vor ihr stehen, stürmisch erregt. Lief in der Werkstatt auf und ab, schüttelte den Kopf in einer inneren Debatte, die sie nicht hören, aber durchaus erraten konnte. »Hast du überhaupt eine Ahnung, was das heißt, verkaufen?«, platzte er heraus. »Weißt du, wie man sich damit reinreitet? Weißt du überhaupt, wie man das macht? Man braucht doch Leute, braucht ...«

Es gibt ziemlich viele Leute, die mir was schulden.

Er erstarrte mitten im Schritt. Drehte sich um, blickte sie an. Diese Hexe hatte genau gewusst, was sie tat. Jeder desinfizierte Schnitt, jede verbundene Wunde. Dankbare Gesichter Dutzender Eritreer und Sudaner. Weltmeister im Fünfhundert-Meter-Lauf. Zu ihrem Befehl.

Er wollte sie zurechtweisen, aber ehe er den Mund aufbekam, lachte sie zum dritten Mal. Sie hätte wissen müssen, dass er sie lieber als Opfer denn als Täter sieht. Ihr Arzt liebt heilige Menschen, egal, wie sehr sie mit Füßen getreten werden. Im Gegenteil, das macht sie nur noch heiliger. Und sie, sie hat nun gerade keine Lust darauf, heilig zu sein. Sie hat Lust, mit Füßen zu treten. Und anscheinend wollte man auch im Himmel, dass sie ein wenig mit Füßen tritt, denn man hat ihr diese Lieferung ja geradezu in die Hände gedrückt, genauso wie diesen Arzt. Und jetzt kann der Arzt gehen, wenn er will. Aber die Lieferung behält sie, und wenn man ihr noch so viele Zähne ausschlägt.

Etan blickte sie schweigend an. Einen Moment später sah er einen weiteren Blutstropfen aus der Schnittwunde unter ihrem Ohr rinnen. Aber diesmal beugte er sich nicht herunter. Er fasste sie nicht an. Damit sich dieses Schwarze von ihr nicht an ihn heftete. Diese Verdorbenheit. Sie irrt sich, dachte er. Er wollte sie nicht heilig. Er wollte sie bloß menschlich (und bedachte keinen Augenblick, dass Menschlichkeit in manchen Fällen ein Privileg war).

Das Blut, das vorher sein Mitleid erregt hatte, erschien ihm jetzt wie ein billiger Trick. Eine weitere Manipulation in einer endlosen Kette. Für einen Moment war er tatsächlich bereit zu glauben, er hätte diesen Mann nie überfahren. Der ganze Unfall sei nichts als ein Lügenspiel gewesen, ein blutiges Schauerstück unter der Regie der Hexe mit der gebrochenen Nase. Diese Möglichkeit fand er weit plausibler als die solidere, totgeschwiegene Möglichkeit: dass die Korrumpierung, wenn überhaupt, schrittweise eingetreten war, dass diese Frau nichts geplant, keine geheimen Finten ausgeheckt hatte. Sie hatte einfach an jeder Kreuzung die ihr besser erscheinende Möglichkeit gewählt. Als sie, vor vielen Tagen, erstmals vor seiner Haustür ankam, wollte sie ihm nur ins Gesicht sehen. Ihm in die Augen schauen und prüfen, ob sich vielleicht in seinen Pupillen noch das Gesicht ihres Mannes einen Moment vor dem Unfall spiegelte. Aber als er die Tür aufmachte, sah sie nichts als Panik und begriff, dass sich diese Panik entschieden zu Geld machen ließ. Sie bestellte ihn in die Werkstatt und ging wieder zu ihrem Caravan, und auf dem ganzen Rückweg war ihr Gehirn weiß und luftig, wie Mehl. Als sie ankam, wussten alle schon von Assum, und sie musste so überrascht wie möglich tun. Kein Mensch fragte nach der Lieferung. Keiner wusste davon außer dem dreckigen Mann. Und der dreckige Mann wusste gar nicht, dass sie in der Nacht dort gewesen war. Er lief mit nervösem Blick in seinem Lokal auf und ab und sprach mit niemandem. Sie ging in den Caravan und setzte sich auf ihre Matratze. Nach einer Weile fingen die anderen an zu fragen, warum sie nicht weinte. Erst sehr behutsam. Dann weniger behutsam. Es irritierte sie, dass sie gar nicht traurig zu sein schien. Vor allem die Männer. Ein Mann musste wissen, dass seine Frau um ihn weinte, wenn er mal tot war. Es gab hier so viele Wege, sein Leben zu lassen. Durst. Hunger. Schläge von Beduinen. Schüsse von Ägyptern. Jetzt auch Autos von Israelis. Da musstest du wissen, dass wenn dir etwas passierte, eine Frau ihren verdammten Augen ein paar Tränen abringen würde. Aber Sirkits Augen blieben trocken und offen, und mit diesen Augen sah sie, zwei Stunden später, den Neuankömmling von der Grenze.

Sie legten ihn auf die Matratze neben ihrer und scharten sich den ganzen Nachmittag um seine Wunde. Außer ehrlicher Sorge trieben sie auch erhebliche Vorwürfe gegen die Frau auf der Nebenmatratze an. Da sie sich weigerte zu weinen, verwandelte sich ihre Tragödie von einem gemeinsamen Verlust in ein privates Rätsel. Ihre trockenen Augen beleidigten nicht nur ihren Mann. Sie beleidigten auch die anderen. Sirkit brachte sie um die Freude, einem Mitmenschen Trost zu spenden. Und doch ließen sie den verletzten Mann von der Grenze irgendwann allein. Verletzte Arme in allen Ehren, aber man musste wieder an die Arbeit gehen. Er blieb mit geschlossenen Augen liegen. Bald stöhnte er vor Schmerzen.

Sirkit beäugte die Verletzung. Die Entzündung sah ebenso abstoßend wie fesselnd aus. Die, die die Wunde vorher begutachtet hatten, meinten, die Ägypter rieben die Zäune neuerdings mit Gift ein. Anders sei eine so schlimme Schnittwunde nicht zu erklären. Unsinn, dachte sie, sie waren den Ägyptern doch viel zu egal, als dass die sich eigens die Mühe machen würden, sie zu vergiften. Die Wunde sah so aus, weil eine unversorgte Wunde halt so aussah.

In diesem Augenblick etwa beschloss sie, ihn zum Treffen mit dem Arzt mitzunehmen. Sie dachte noch nicht an Geld, ahnte nichts vom Aufbau der schwarzen Klinik. Sie wusste einfach, sie könnte nicht einschlafen, wenn dieser Mann so weiterstöhnte. Der Lärm würde sie umbringen. Vielleicht wollte sie sich auch gütig und barmherzig vorkommen. Vielleicht *war sie wirklich* gütig und barmherzig. Zumindest damals, bevor alles anfing.

In jener Nacht, in der Werkstatt, begriff sie zum ersten Mal, wie viel Macht sie in Händen hielt. In dem Bündel, das der Arzt hervorzog, waren mehr Geldscheine als sie in ihrem ganzen Leben gesehen hatte, und seine Augen erzählten ihr, auf Verlangen würde es noch viel, viel mehr davon geben. Sie hatte nicht danach verlangt. Sie hatte ihm befohlen, in die Werkstatt zu gehen und diesen Mann zu versorgen, und unterdessen arbeitete ihr Gehirn derart auf Hochtouren, dass es wehtat. Eine Minute bevor der Arzt angekommen war, hatte auch der Mann ihr Geld angeboten. Zuerst hatte sie nicht gewusst, was er wollte, dachte, er spreche im Fieberwahn. Aber der Mann wiederholte, für einen richtigen Arzt würde er viel Geld bezahlen, und nach und nach dämmerte ihr, dass er gar nicht auf die Idee gekommen war, sie könnte ihm gratis helfen. Sie wollte ihn schon korrigieren, ließ es aber sein.

Mit sechs Jahren hatte sie eines Tages eine Gans bekommen. Ihr Vater hatte sie an einem besonders gelben Morgen aus der Stadt mitgebracht. Im ganzen Dorf gab es nur magere und kranke Hühner, und der neue Vogel mit den schönen, weißen Federn schien das Sauberste auf der Welt zu sein. Sie setzten die Gans auf den Hof, und Sirkit ging sie alle paar Stunden besuchen. Sie öffnete das Tor, um ihr Körner zu geben und ihr weißes Gefieder zu streicheln und zu sehen, wer von ihnen beiden größer war. Meistens war das Sirkit, aber wenn die Gans sich aufregte, streckte sie die Beine und breitete die Flügel aus und reckte den Hals so lang, dass ihre Schnabelspitze Sirkit um einen ganzen Zentimeter überragte. Das war beeindruckend. Ein paar Monate später war Sirkit schon deutlich größer als die Gans, aber sie besuchte sie immer noch jeden Tag, und vielleicht hatte sie sie nun, da die Gans kleiner war als sie, sogar noch mehr lieb.

Eines Morgens hängten die Leute Festfahnen auf, und ihr Vater sagte zu ihrer Mutter, morgen Abend würden sie die Gans essen. Sirkit sagte nichts, ihr Vater war kein Mann, dem man widersprach, aber in der Nacht stand sie auf und stahl sich auf den Hof. Sie würde das Tor aufmachen und die Gans fliehen lassen. Am Morgen würde sie Diebe beschuldigen. Vielleicht würde man ihr glauben. Vielleicht würde man sie der Nachlässigkeit verdächtigen und ein bisschen verhauen. So oder so würden die weißen Federn an Ort und Stelle bleiben. Sie umarmte und küsste die Gans zum Abschied und staunte, wie zügig die Federn ihre Kindertränen aufsogen. Dann löste sie den Strick, der die Gans am Fliegen hinderte, ließ das Tor offen stehen und ging wieder schlafen. Wie entsetzt war sie, als sie am Morgen hinausging und die Gans friedlich dort herumpicken sah, wo sie sie verlassen hatte. Das

Tor war offen, der Strick gelöst, aber die Gans hatte gar nicht an Flucht gedacht. Diese Idee war nicht durch ihr Gänsegehirn gehuscht, einfach weil Gänse so etwas nicht taten. Die weißen Federn wurden gerupft, als die morgendliche Kühle noch in der Luft stand wie eine trügerische Verheißung.

Der Mann, der von der Grenze gekommen war, redete weiter über Geld, und sie begann sich zu fragen, ob sie wirklich ablehnen und ihn auf seinen Irrtum aufmerksam machen sollte. Sie hatte überhaupt nicht erwogen, etwas von ihm zu verlangen. Einfach weil Menschen so etwas nicht taten. Auch nicht, wenn man ihnen das Tor aufmachte. Auch nicht, wenn man ihnen den Strick abnahm. Auch nicht, wenn man im Nachbarhof schon das Feuer prasseln hörte, das für das eigene Fleisch entfacht wurde.

Sie hatte sich in jener Nacht noch immer nicht entschieden, aber als der Arzt fertig war, sagte sie ihm, er solle wiederkommen. Und ärgerte sich derart über seine ablehnende Miene, dass sie, ungeplant, eine kurze Rede über ihre Leute und deren Bedürfnisse anfügte. Es fühlte sich gut an, ihm so gegenüberzustehen, obwohl sie sehr wohl wusste: Würde er sie näher nach »ihren Leuten« fragen, wüsste sie keine Antwort. Was machte die Leute eigentlich zu ihren? Was machte sie, Sirkit, zu deren? Dass sie in den Lagern der Beduinen gemeinsam um Wasser angestanden hatten? Dass sie gemeinsam Fettreste von Tellern in Küchen spülten? Dass sie einander prüfend in die Augen blickten, um zu sehen, für welche Toten Tränen vergossen wurden und für welche nicht? Sie kamen aus verschiedenen Dörfern, von verschiedenen Stämmen, über verschiedene Fluchtrouten. Wenn sie einen gemeinsamen Nenner hatten, dann war das der Name, den die anderen, die Andersfarbigen, ihnen gaben. Emigrieren bedeutete, einen Ort zugunsten eines anderen zu verlassen, wobei dir der Ort, aus dem du kamst, an die Fesseln gekettet war. Das Scheppern dieser Ketten war das Einzige, was dich mit den anderen verband. Wenn es dem Menschen schwerfiel zu emigrieren, dann doch nur, weil es schwer war, durch die Welt zu wandern, wenn dir ein ganzes Land an den Fesseln hing und du es mit jedem Schritt hinter dir herschleifen musstest.

Als sie in jener Nacht das Gespräch draußen mit dem Arzt beendet hatte und in die Werkstatt zurückkehrte, saß der Mann, der von der Grenze gekommen war, auf dem Tisch und schaute sie an. Seine Schultern waren groß und breit und irgendwie, trotz der Strapazen, immer noch ziemlich straff. Sie dachte, hier mitten in der Nacht mit ihm allein zu sein, könnte leicht gefährlich werden. Aber als sie ihm in die Augen blickte, sah sie dort etwas, was sie in den Augen eines Mannes, der eine Frau anschaute, niemals zu finden geglaubt hatte: Ehrfurcht. Seine breiten Schultern und sein hoher Wuchs hatten nichts gegen die Wunde an seinem Arm ausrichten können, die jetzt sauber und desinfiziert unter einem Verband, so blütenweiß wie das Gefieder jener Gans, steckte. Der Mann griff in die Hosentasche und zog einen zerknitterten Geldschein heraus. Falls sie ihm einen Moment lang hatte sagen wollen, er solle sein Geld stecken lassen, dann verflog er, als ihre Haut erstmals unter seinem ehrfürchtigen Blick erstrahlte.

In den nächsten Tagen sahen ihre Mitmenschen sie anders an. Und als sie sie anders ansahen, wurde sie auch anders. Im Gehen. Im Stehen. Sogar ihr Körpergeruch änderte sich. Das Gehen und Stehen konnte man sehen, aber seit der Arzt Assum überfahren hatte, kam ihr niemand mehr nahe genug, um ihren veränderten Geruch wahrzunehmen. Und überhaupt, seit der Arzt Assum überfahren hatte, kam ihr niemand zu nahe. Sie beobachteten sie von fern. Sprachen über sie von fern. Dieser Abstand hatte einen Namen – Respekt. Die Ehrfurcht der Menschen umwehte sie wie ein Parfüm, sie badete in ihren ergebenen Blicken wie in einem Milchbad. Kein Fremder würde es verstehen. Etan gewiss nicht. Ehrfurcht, Respekt, Ergebenheit waren keine Begriffe, mit denen Etan sich beschäftigte, gerade weil ihr Vorhandensein für ihn selbstverständlich war. Wie die Menschen den wundersamen Fluss des elektrischen Stroms durch die Adern der Häuser nicht beachteten, es sei denn, dieser Fluss versiegte plötzlich.

Ging Sirkit nach einer Nacht in der Werkstatt müde und erschöpft zu ihrem Caravan, hielt sie stets inne, um ihren Rosenstrauch zu gießen. Im verblassenden Schwarz der Nacht war der Blumenduft stark, fast mystisch. Sie atmete ihn nie zu tief ein. Zwei Drittel der Lungen waren in Ordnung, aber mehr als das konnte berauschen. Konnte die anderen Gerüche vergessen machen. Und man durfte doch nie vergessen: Auch wenn dieser Atemzug ganz Rosen war, konnte der nächste komplett anders sein. Oder gar nicht. Und selbst wenn dieser Strauch jetzt da war, konnte er in einer Woche leicht nicht mehr da sein. Konnte welken und verdorren oder ausgerissen und in andere Erde verpflanzt werden, und nur der entsetzt aufklaffende Boden würde verraten, dass hier vielleicht einmal etwas gewesen war, eine Fülle, die geraubt wurde. Die Rosen reckten sich himmelwärts, und unter der Erde reckten sich auch die Wurzeln, aber nicht zum Himmel, nach was anderem, sehnten sich nach einer feuchten und morastigen Wahrheit, von der der Wüstenhimmel gar nichts ahnte. Denn über den Wurzeln, unter den Rosen lag ein

Paket. Ameisen wimmelten um seine Außenwände. Feuchte Regenwürmer rieben sich an seinen Ecken. Blinde Würmer stießen unterwegs daran und gruben sich hastig einen anderen Gang. Und das Paket lag stumm da. Drei Kilogramm eines weißen Pulvers, sorgfältig verpackt. Geschützt gegen Feuchtigkeit, Schimmel, die Wut der Würmer und die suchenden Augen der Menschen. Die Rosen ragten in den Himmel, und die Wurzeln klammerten sich an den Boden, und das Paket lag still da, wie Pakete es taten, und es war ihm egal, ob es ewig da liegen blieb, oder ob man es herausziehen und seine Eingeweide aufschlitzen würde.

Am Ende der Nächte, die Sirkit in der Werkstatt verbrachte, blieb sie bei dem Strauch stehen, goss die Rosen, dachte an das Paket unter ihren Füßen. Viel Geld. Vielleicht zu viel. Vielleicht war es falsch von ihr gewesen, es nicht noch in jener Nacht vor Davidsons Tür zu legen. Falls sie einen Plan gehabt hatte, als sie es damals unter dem Strauch vergrub, dann war er ihr selbst verborgen geblieben. Die Sonne ging schon beinahe auf, als sie die Grube für tief genug befand. Sie zitterte am ganzen Leib, aber ihre Hände waren ruhig. Sie legte das Paket in die Grube, und da lag es nun, drall und zufrieden wie ein Baby. Und bei diesem Baby musste man, wie bei jedem anderen Baby, erst mal warten und sehen, wie es sich entwickelte. Auch wenn sie nie mehr vor dem Strauch niederknien, das Paket nie mehr ausgraben würde, bliebe ihr doch diese Freude – zu wissen, wo etwas steckte, das alle suchten.

Die Tage vergingen, und damit auch die Nächte in der Werkstatt. Die Rosen reckten sich weiter in den Himmel, von Tag zu Tag gewagter, unverfrorener. Jetzt beugten sie nicht mehr die Köpfe vor Mond und Sonne. Sahen sie direkt an. Und wenn die Rosen sich so etwas herausnahmen, war es kein Wunder, dass auch die Wurzeln begierig wurden. Sie strebten tiefer und tiefer und die Rosen höher und höher, und Sirkit begoss und lauschte und hörte, wie das Paket, das bisher ruhig dagelegen hatte wie ein friedlich schlummerndes Baby, sich nun auch zu wälzen begann. Und wälzt sich das Paket, wälzt sich auch Sirkit. Liegt auf der Matratze und dreht sich von einer Seite zur anderen. Überlegt, ob sie es wagen soll, sich nach Käufern umzusehen. Die Dealer durchzugehen. Ein für alle Mal den Staub der Frau, die sie einmal war, abzustreifen und darunter ihren funkelnden, königlichen Schuppenpanzer zu entdecken. In diesen ruhelosen Stunden drängen sich Bekannte zuhauf neben ihr auf der Matratze. Ihre Mutter, ihr Vater, Leute aus dem Dorf, die toten Kinder, eine Gans mit herrlich weißem Gefieder. Sirkit vertreibt sie nicht. Im Gegenteil, bei ihrem Plappern und Summen findet sie manchmal sogar Schlaf. Und dann kommen weiße, pudrige Träume.

Morgens ist sie nervös und erschlagen. Tappt aus dem Caravan und blickt den Strauch an. Unter der Erde, im Gewirr der Wurzeln, im feuchten Reich der Würmer, liegt das Paket und summt ihr zu.

Von Nacht zu Nacht wird der Rosenduft schwerer. Jetzt reden schon alle darüber. Auch wenn man die Caravan-Tür zumacht, dringt er durch die Ritzen. Verwirrt die Träume der Insassen. Das hätte nett sein können, ist aber zu aufdringlich. Der Strauch will wahrgenommen werden, nötigt dich, seinen Duft tief einzuatmen. Wenn du die Chance hast, alles zu nehmen, dann wag bloß nicht, dich mit weniger zu begnügen. Sonst bist du genauso blöd wie diese Gans – Tor offen und Strick gelöst, aber die Federn noch vor Mittag Stück für Stück gerupft.

Zum Schluss kamen die Beduinen zu ihr. Vielleicht hatten sie im Restaurant nach Assum gefragt, und jemand hatte auf sie gedeutet und gesagt: seine Frau. Vielleicht war jemand aus eigenem Antrieb zu ihnen gegangen. Es gab genug Menschen, die einen verrieten, wenn man sie überzeugte, es lohne sich. Eigentlich war das nicht weiter wichtig. Wichtig war, dass sie kamen, und als sie kamen, brachen sie ihr die Nase und zwei Rippen, schlugen ihr zwei Zähne aus und ließen sie mit einem violett schillernden Veilchen am linken Auge zurück. Aber auch durch die gebrochene Nase konnte sie weiter die Rosen riechen. Tatsächlich war ihr Geruch jetzt noch stärker als zuvor. Der Duft versiegte erst in der Werkstatt, als der Arzt eintraf und die Rosen mit dem starken Geruch seines Desinfektionsmittels verjagte. Er rieb es ihr auf die Nase. Ums Auge. Auf die Wunde unterm Ohr. Das brannte ihr im Gesicht, und noch mehr brannte ihre Sorge um das Paket. Aber all das endete, als sie ihm von der Lieferung erzählte. Seine Enttäuschung brachte sie dermaßen auf, dass ihr Brennen erlosch und sie sich nur noch wünschte, er würde gehen.

Etan wünschte sich auch zu gehen. Und deswegen stand er auf und ging. Die simplen Schritte hoben seine Stimmung. Hier endet der Fußboden der Werkstatt. Hier beginnt der Wüstenboden. Das ist der Jeep. In jeder Regung seiner Muskeln – berauschende Freiheit. Wegfahren und sie nicht wiedersehen. Niemals. Er tippte den Code ein. Schloss den Sicherheitsgurt. Sein Gehirn war voll wohltuender Leere. Kein Gedanke ging ihm durch den Kopf, als er über die Sandwege lavierte, außer, vielleicht, ein seltsames Festhalten an dem lila Fleck an Sirkits linkem Auge. Eine ihm unbekannte Hand hatte diesem Auge einen präzisen Faustschlag versetzt. Adern waren geplatzt. Fasern gerissen. Unter der zarten Haut war die violette Flüssigkeit verlaufen, ein Glas Wein ergießt sich auf eine bestickte Tischdecke. Und nun begleitet ihn gerade dieses geschlossene Auge beim Drehen des Lenkrads. Was wohnt dort hinter dem herabgelassenen Samtvorhang. Hat sie Tränen oder Reue, hat sie Fragezeichen, hat sie auch nur einen Hauch Barmherzigkeit in sich stecken, dann wohnen sie doch zweifellos dort. Und einen kurzen Augenblick erlaubt er sich, den lila Vorhang anzuheben und ihr dort hineinzusehen, in ihr geschlossenes Auge. Was er dort sieht, was er dort zu sehen *meint*, lässt ihn erbeben.

Nach einer langen Weile wandte er den Blick ab. Erbost, fast zornig. Wieder ließ er sich hinreißen. Er machte die Heizung an, obwohl es nicht nötig war. Schaltete das Radio ein, eigentlich auch unnötig. Er atmete in vollen Zügen voll klimatisierte Luft. Er lauschte von ganzem Herzen zwei elektronischen Songs. Gleich hatte er die Landstraße erreicht. Eine Sängerin, er war sich bei ihrem Namen nicht sicher, stöhnte, sie seien füreinander bestimmt. Er hörte ihr gut zu. Er war bereit, es zu glauben. Aber beim zweiten Vers war Etan schon klar, dass die Sängerin es selbst nicht glaubte. Ihre Stimme klang blechern und hohl, und Etan dachte, sie würde Liebe auch dann nicht erkennen, wenn die ihr einen Fausthieb direkt aufs linke Auge versetzte. Er schaltete um auf einen Sender, bei dem die Sängerin wusste, was sie wollte: Baby, ich brauche dich. Das war Billie Holiday, und ihr glaubte er wie keiner anderen. Vielleicht, weil sie schon lange tot und ihre Liebe nicht mehr messbar war, nur besingen konnte man sie noch. Alte Lieder über alte Geschichten. Das brauchte er jetzt. Auch die Geschichte dieser Nacht würde eines Tages eine alte Geschichte sein. Das war zweifellos ein beruhigender Gedanke.

Kurz vor der Landstraße kam dem Jeep ein verbeulter Pick-up entgegen. Er fuhr genau in dem Augenblick von der Asphaltstraße ab, als Etan darauf einbiegen wollte, und tat es mit so hoher Geschwindigkeit, dass es um ein Haar zum Zusammenstoß gekommen wäre. Seit Etan den Eritreer überfahren hatte, konnte er sich kaum noch als Musterfahrer stilisieren, und doch verblüffte es ihn, dass der andere gar nicht daran dachte, anzuhalten und sich zu entschuldigen. Der Pick-up bretterte den Sandweg hinunter, und Etan murmelte »verrückte Beduinen« und stand erneut im Begriff, auf die Landstraße abzubiegen. Doch da erstarrte er. Im Innenspiegel sah er dem Pick-up nach. Dreihundert Meter von seinem Standort kreuzte sich der Sandweg zur Werkstatt mit dem zum Kibbuz. Er betete im Stillen, der Pick-up möge den Weg zum Kibbuz einschlagen, obwohl die eisige Stimme in seinem Kopf beteuerte, er würde es nicht tun. Der Pick-up erreichte die Kreuzung und fuhr geradeaus weiter zur Werkstatt, so schnell der felsige Boden und das klapprige Fahrzeug es erlaubten. Sie kommen wieder, um das Begonnene abzuschließen. Sie werden ihr die Lieferung abluchsen, oder sie bringen sie um, oder beides.

Er riss unwillkürlich das Steuer herum und dachte auch die ganze Fahrt zur Werkstatt nicht ein einziges Mal über sein Tun nach. Hätte er nachgedacht, hätte er es nicht tun können. Er hätte angehalten und nachgedacht und erwogen und überlegt und gerungen und gegrübelt und philosophiert – und unterdessen hätten die Männer, die Sirkit Rippen und Nase und zwei Zähne gebrochen hatten, auch den Rest noch zertrümmert (als Arzt war er sich der zahlreichen Möglichkeiten deutlich bewusst). Er hatte mit seinem Jeep einen anderen, kürzeren Weg zur Werkstatt eingeschlagen, und er zweifelte nicht daran, rechtzeitig einzutreffen, wälzte nur die bange Frage, was danach passieren würde. Er konnte nicht sehr viel mehr planen, als reinzulaufen, Sirkit in den Jeep zu packen und schnellstmöglich abzuhauen. Das mochte nicht sonderlich raffiniert sein, war aber das Beste, was ihm einfiel, und in vieler Hinsicht auch gar keine schlechte Idee.

Er parkte den Jeep schlitternd am Hintereingang der Werkstatt und spurtete hinein. Sie lag dort, wo er sie zurückgelassen hatte. Ihr linkes Auge war noch verquollener und dunkler als zuvor, und ihr rechtes Auge blickte ihn mit einer staunenden Verblüffung an, die ihn, bei mehr Zeit, sicher amüsiert hätte. Aber er hatte keine Zeit, und deshalb brüllte er: »Sie kommen, steh auf!« Und schon bückte er sich und hob sie selbst hoch. Sie wehrte sich nicht. Vielleicht begriff sie, was er wollte, oder vielleicht war sie einfach zu überrascht, um protestieren zu können. Er trug sie so schnell er konnte zur Tür, und da kapierte er: Er war zwar vor ihnen angelangt, aber das garantierte keineswegs, dass er auch vor ihnen wieder wegkam. Laufgeräusche und Schreie auf Arabisch drangen von draußen in die Werkstatt. Sie waren umzingelt.

Sie sahen nicht aus wie schlechte Menschen. Ihre Gesichter waren völlig normal. Durchaus unterschiedlich, wie man es bei menschlichen Gesichtern erwartete – hier ein spitzes Kinn und da ein breites, dieser hatte tief liegende Augen und jener vorquellende –, doch alle teilten jenen universalen Faktor, der sie der Familie der Menschen zuordnete. Der Mann, der den Hinterausgang der Werkstatt versperrte, erinnerte Etan an eine jüngere Version des Vorgesetzten, den er im

Sanitätslehrgang beim Militär gehabt hatte. Und der Mann, der den Vorderausgang versperrte, sah aus wie (oder war tatsächlich) der Wachmann an der Einfahrt zum Parkdeck des Einkaufszentrums Hanegev. Das hatte etwas Verblüffendes, zumindest für Etan. Nach dem rasanten Autorennen hatte er Eindrucksvolleres, Furchterregenderes erwartet. Muskulöse Arme, buschige Brauen, diesen hasserfüllten Blick, den er von Terroristenfotos im Fernsehen kannte. Die beiden jungen Leute vor ihm und der dritte Mann, der ein paar Sekunden später angerannt kam, erinnerten ihn vor allem an drei Oberschüler, die schnaufend und nervös zu spät im Klassenzimmer erschienen.

Aber sie hatten eine Pistole, und das veränderte das Bild. Und als der Junge, der dem Vorgesetzten vom Sanitätslehrgang ähnlich sah, ein Springmesser zückte (so routiniert wie einen Kugelschreiber zum Unterschreiben einer Quittung), erkannte Etan den Ernst der Lage. Die Männer, die nicht wie schlechte Menschen aussahen, sahen nämlich sehr wohl aus wie arbeitende Menschen. Ihre Arbeit verlangte es, die Lieferung zu finden, und wohl auch, denjenigen umzubringen, der sie zu klauen versucht hatte. Und dieser Jemand war, nach den Schlüssen, zu denen die drei vermutlich gelangt waren, Sirkit. Und nun auch er.

Der Mann, der wie der Wachmann an der Einfahrt zum Einkaufszentrum aussah, schrie etwas auf Arabisch, und die beiden anderen begannen, die Werkstatt zu durchsuchen. Etan überlegte, wann er Samar und die beiden Eritreer, die Sirkit bewacht hatten, weggeschickt hatte, und wie die Chancen standen, dass einer von ihnen zurückkam, um nach ihr zu sehen. Allerdings hätten sie nicht viel ausrichten können, angesichts der Pistole, die der Beduine auf ihre Gesichter richtete. Der Beduine bedeutete ihm, Sirkit abzusetzen, und er stellte sie behutsam ab, nicht sicher, ob sie sich auf den Beinen halten konnte. Sie hielt sich, zitterte aber vor Anstrengung, vielleicht auch vor Angst. Als Etan das sah, fing er ebenfalls an zu zittern. Zitterte unkontrollierbar. Wenn Sirkit schon Angst hatte, gab es wohl wirklich gute Gründe dafür. Der Mann, der aussah wie der Wachmann am Einkaufszentrum, bemerkte das Zittern und lachte. Er sagte etwas zu seinem jungen Kumpan mit dem Messer, der darauf ebenfalls lachte. Vielleicht waren sie doch schlechte Menschen. Oder vielleicht hätte jeder so reagiert, wenn er endlich denjenigen gefunden hatte, der ihn beklaut und seinen Boss dazu veranlasst hatte, so laut zu brüllen, dass einem die Ohren taub wurden.

Der Jüngere, der aussah wie der Vorgesetzte im Sanitätslehrgang, fragte Etan, wo die Lieferung sei. Er sprach fast akzentfrei, und Etan erinnerte sich, wie der Vorgesetzte im Sanitätskurs, um Distanz abzubauen, ausgerechnet einen arabischen Akzent wunderbar nachgemacht hatte.

»Ich weiß es nicht.«

Er ahnte die Faust, noch ehe er sie abbekam, aber nichts hatte ihn auf die Wucht vorbereitet. Das letzte Mal, dass er Schläge eingesteckt hatte, war irgendwann in der neunten Klasse gewesen. Er hatte den Blutgeschmack im Mund schon vergessen, das Zersplittern des Schmerzes in viele kleine Ausläufer. Beinahe wäre er auf den Betonboden gesunken, konnte sich aber gerade noch aufrecht halten. Er versuchte, das linke Auge aufzumachen, und stellte fest, dass es nicht ging. Vielleicht war es derselbe Beduine, der vorher Sirkit ins Gesicht geschlagen hatte, und der zielte immer aufs gleiche Auge. Und jetzt waren sie Faustschlag-Zwillinge, sein Gesicht und ihr Gesicht, zwar in allem unterschiedlich, aber gleich in dem violett schimmernden Veilchen am linken Auge, und vielleicht auch in dem gebrochenen Nasenbein.

»Wo ist die Lieferung?«

Etan gab keine Antwort. Nicht, dass er den harten Mann spielen wollte. Er wusste wirklich nichts zu sagen. Die Einzige, die etwas hätte sagen können, stand jetzt neben ihm. Stand wackelig, aber schwieg wie eine Große. Etan fragte sich, ob das ihre blödsinnige Gelassenheit war oder eher ein irrsinniger Stolz, der ihr gebot, lieber hier zu sterben, als ihnen das Verlangte zu geben.

Es war weder Gelassenheit noch Stolz. Sie schwieg, weil sie wusste: Wenn sie ihnen sagte, wo die Lieferung steckte, würden sie sie beide umbringen. Oder zumindest ihn. Es würde ja keiner glauben, dass sie das alles organisiert hatte. Zu dumm. Zu schwarz. Zu sehr Frau. Ihr Arzt stand neben ihr und wischte sich mit der Hand das Blut ab, das ihm nun aus der Nase rann. Seine Gebärde wirkte zögernd, fahrig. Anderen Menschen Blut abzuwischen war ihm zweifellos geläufiger. Der Mann mit der Pistole zündete sich eine Zigarette an und sagte, wir haben Zeit, und dann machte er dem Messerträger ein Zeichen, und der kam heran und versetzte Etan noch einen Faustschlag. Sirkit wollte die Augen abwenden, zwang sich aber, weiter hinzublicken. Das wenigstens schuldete sie ihm.

Etan lag schon am Boden. Er sah klein aus. Kaum zu glauben, wie klein. Deshalb traute sie ihren Ohren nicht, als er sich plötzlich aufrichtete und zu dem Mann mit der Pistole sagte, er würde ihm die Lieferung geben, was dieser mit einem zufriedenen Zug an seiner Zigarette quittierte. Das sollte Etan und Sirkit wohl aufzeigen, dass er nicht unter Druck stand und Zeit hatte, und dann sagte er zu Etan, *jalla, habibi* – los, mein Freund. Wo ist sie. Etan rappelte sich vorsichtig vom Boden auf. Sie sah ihm zu, als er die Tür ansteuerte. Er kann unmöglich von den Rosen wissen, also was zum Teufel tut er jetzt? Sie folgte ihm mit dem Blick, als er vor dem Kasten mit dem medizinischen Gerät stehen blieb. Der Beduine mit der Pistole tat einen Schritt vorwärts. »Keinen Unfug, ja?« »Kein Unfug«, antwortete ihr Arzt, »ich habe sie hier versteckt, in der Flasche.« Er zog die Sauerstoffflasche aus der Kiste. Sirkit sah ihn entgeistert an. Anscheinend genügten zwei Faustschläge, um einen weißen Mann endgültig um den Verstand zu bringen. Es sei denn, man hatte sie nicht auf dem Laufenden gehalten, und Sauerstoffflaschen konnten neuerdings schießen.

Sie konnten schießen, wie sich herausstellte. Denn als Etan sagte, ich mach sie nur auf, und den reinen Sauerstoff genau auf das Gesicht des Mannes mit der Pistole richtete, ließ der Sauerstoff die Zigarette wie Schießpulver auflodern. Nur eine Sekunde, aber die reichte, um dem Mann mit der Pistole die halbe Oberlippe und den ganzen Schnurrbart zu versengen, und vielleicht wäre noch viel mehr verbrannt, hätte der Getroffene die Pistole nicht losgelassen und sich hastig aufs Gesicht geklopft. Der Jüngere mit dem Springmesser kam ihm zu Hilfe. In dieser Hinsicht waren sie tatsächlich keine schlechten Menschen. Solidarität und all das. In anderen Hinsichten empfahl es sich, dass Etan und Sirkit schnellstens losrannten.

Sie rannten los. Und das nicht allein. Der Mann mit der Pistole krümmte sich zwar noch vor Schmerzen am Boden, aber die beiden anderen hatten, nach rascher Abwägung der Prioritäten, die Verfolgung der Flüchtenden aufgenommen. Der Junge mit dem Springmesser war vorher noch eine

Sekunde stehen geblieben, um die Pistole seines Gefährten aufzuheben. Das hatte ihn zwar kurzfristig aufgehalten, ihm aber langfristig weitere Wahlmöglichkeiten eröffnet. Und tatsächlich, als sie aus der Werkstatt kamen, saßen die beiden Flüchtigen schon in ihrem Jeep. Dem jungen Mann mit dem Springmesser und der Pistole war ziemlich klar, wie Said reagieren würde, wenn sie ihm erneut entwischten. Er wusste, Saids Zorn würde irgendwann ihn treffen und dass ihm praktisch nichts anderes übrig blieb, als vor den Jeep zu springen, die Pistole geradewegs auf die Visage dieses Maniaks und seiner eritreischen Schlampe zu richten und abzudrücken.

Die Kugel zerschlug die Windschutzscheibe des Jeeps beim Eintreten und die Heckscheibe beim Austreten. Unterwegs traf sie nichts, aber sie flog so nahe an Etans Ohr vorbei, dass ihr Sirren schier unerträglich war. Sirkit kreischte. Oder vielleicht war er es, der kreischte. Er war sich nicht sicher. Genau wie er sich in der Sache mit dem Sauerstoff, ein paar Sekunden zuvor, nicht sicher gewesen war. Denn ja, er hatte im Chemieunterricht in der Schule mit allen anderen gesehen, was passierte, wenn man reinen Sauerstoff mit einer brennenden Zigarette in Verbindung brachte, und er hatte Wörter wie »explosiv« und »feuergefährlich« für die Prüfung gepaukt, aber es bestand ein gewaltiger Unterschied zwischen den weißen Seiten seines Schulhefts und jenem Pistolenmann – vor allem insofern, als das Schulheft nicht auf dich schoss, wenn du dich irrtest. Andererseits hätte der Mann mit der Pistole höchstwahrscheinlich in jedem Fall auf ihn geschossen, und unter diesen Umständen bestand kein Grund, es nicht zu versuchen. Beim Bücken nach der Sauerstoffflasche hatte er gesehen, wie Sirkit ihn mit dem Blick verfolgte, und im Herzen gebetet, sie würde, wenn dies hier gelang, klug genug sein, sofort hinauszurennen. Klar war sie klug genug. Tatsächlich rannte sie schon vor ihm los. Ohne sie hätte er womöglich immer noch dagestanden, baff über seinen Erfolg, wie ein Student, der zu seiner Überraschung feststellte, dass er neunzig von hundert Punkten in einer Prüfung erhalten hatte, die er vermasselt zu haben glaubte. Aber sie hatte angefangen zu rennen. Und den Bruchteil einer Sekunde später war er ihr nachgerannt, und noch zwei Sekunden später waren sie ihnen auch schon auf den Fersen – der junge Mann, der seinem Vorgesetzten im Sanitätslehrgang ähnlich sah, und ein weiterer, der sicher auch jemandem ähnelte, aber keinem, den Etan kannte.

Er sprang in den Jeep und wollte losrasen und wäre sicher auch losgerast, hätte der junge Mann, der die Pistole hielt, nicht vor ihm gestanden und losgeballert. Der erste Schuss durchschlug, wie gesagt, die Windschutzscheibe, trat durch die Heckscheibe wieder aus und beließ ihn mit der nebulösen Frage nach dem Ursprung des Schreis, der den Jeep erschütterte. Der zweite Schuss traf bereits den Kindersitz im Fond, hinterließ einen Geruch nach versengtem Plastik. Der Beduine fasste die Pistole fester für den dritten Schuss. Etan sah ihm in die Augen und fuhr an.

Der Aufprall rüttelte den Jeep nur geringfügig, aber in Etans Ohren donnerte der Zusammenstoß des Körpers mit der Stoßstange wie eine Atombombe. Er kannte dieses Geräusch. Er hatte es deutlich von *jener* Nacht in Erinnerung, von dem letzten Mal, als sein Jeep etwas umgefahren hatte, das eine Sekunde zuvor noch ein lebendes menschliches Wesen gewesen war. Er wusste, was er sehen würde, wenn er ausstieg. Und diesmal war es nicht aus Versehen geschehen.

Was unterschied diese Nacht von jener Nacht. In beiden Nächten schien ein riesiger Mond am Himmel. Vielleicht sogar derselbe Mond. Und in beiden Nächten erfüllte ein scharfer, kehliger Schrei den Jeep. Damals war es Janis Joplin, und diesmal war es Sirkit oder er oder ein vereinter Aufschrei – EtanSirkit. SirkitEtan. In jener Nacht war er für sich und sie für sich gewesen, und in dieser Nacht waren sie zusammen. Und würden wohl auch zusammen sterben, denn nachdem der Jeep den Beduinen erwischt hatte, rammte er als Nächstes die Betonsperre an der Einfahrt zur Werkstatt. Etan bremste. Sirkit kreischte. Der Jeep drehte sich um die eigene Achse und kam direkt vor den anderen beiden Beduinen zum Stehen.

Am liebsten hätte er in diesem Moment ihre Hand in seine genommen. Aber das fand er verzweifelt, sentimental. Und so war er denn bereit zu sterben, ohne eine haltende Hand, ohne einen zärtlichen Finger, nur um ja nicht als verzweifelt oder gar sentimental zu gelten. Er zensierte sich sogar dort, in diesem letzten Moment, denn sogar in letzten Momenten wurde er den Verdacht nicht los, seine Hand würde, wenn er sie nach der Welt ausstreckte, leer bleiben.

Durch die zersplitterte Windschutzscheibe blickte Sirkit auf die beiden verbliebenen Beduinen. Wenn sie eine Glasscherbe herausbräche, könnte sie wenigstens versuchen, sie zu verletzen. Sie hatte keine Ahnung, wie tödlich Glassplitter sein können, wusste aber, die Hände zweier wütender Männer würden sie ihr sehr schnell entreißen. Trotzdem konnte sie nicht einfach ruhig dasitzen und abwarten, was die beiden ihr antun wollten. Sie hatte in den Lagern im Sinai gewartet. Ebenso in der Wüste, im Dorf. Sie hatte genug gewartet. Es tat ihr nur leid um ihren Arzt, der leichenblass am Steuer saß, so weiß, wie sie noch nie einen Menschen gesehen hatte. Er sah die Beduinen mit stillem Entsetzen an, und Sirkit dachte an die Walkuh, die nach einem der großen Winterstürme mal an den Strand gespült worden war – die Strömungen und die Wogen hatten sie wohl verwirrt. Die Männer des Dorfes waren hinausgegangen, um sie zurückzuschieben, und die Frauen und Kinder waren hinausgegangen, um zuzuschauen. Sie hatte riesig und erschöpft dagelegen und die Menschen beäugt, als wären sie das Seltsamste, was sie im Leben gesehen hatte. Die Walkuh hatte einfach nicht geglaubt, dass es solche Geschöpfe gab, eine Parallelwelt zu ihrer, aber so anders. Denn ihre Welt war blau und sauber, und deren Welt war schmutzig und braun, und es überraschte keinen, als einige Tage nachdem die Walkuh ins Meer zurückgeschoben wurde, ihr Kadaver an Land trieb. Es war zu viel für sie gewesen, zwei Welten auf einmal. Sie hatte nicht mehr zurückkehren können. Und jetzt saß ihr Arzt in seinem roten Jeep, der dich mit angenehm klimatisierter Luft und mit angenehmer Musik umgab und mit derart angenehmen Sitzen ausgestattet war, dass man sie als Bett bezeichnen könnte. Ein roter Jeep, der es dir ermöglichte, von Punkt A nach Punkt B zu gelangen, ohne auch nur einen Moment an all die Punkte unterwegs zu denken und an die Menschen am Wegesrand. Und dieser Jeep, diese wunderbare Abschottungsmaschine, war kaputt. Die Windschutzscheibe war dahin. Desgleichen die Heckscheibe. Der Zusammenstoß mit der Betonsperre hatte die Motorhaube erledigt, und wer weiß, was noch alles. Und das Allerschlimmste – vor der zerbrochenen Windschutzscheibe war die wahre Welt derzeit erschreckend real.

Besonders real war der Hass in den Augen des Mannes vor ihnen. Gerade erst hatte seine Hose sich mit dem Blut aus dem Kopf seines überfahrenen Gefährten vollgesogen. Real war auch der Zorn des Mannes, dessen Schnurrbart in Etans Sauerstoffstrahl verbrannt war. Der Schmerz in seinem Gesicht war ungeheuer, aber sein Zorn war noch größer. Der Zorn hatte ihn gezwungen, sich vom Werkstattboden aufzurappeln, hinauszuwanken und mit anzusehen, wie der Jeep seinen Gefährten mit der Pistole in der Hand überfuhr. Jetzt hatte er die Pistole wieder in die Finger gekriegt. In dem Jeep vor ihm saßen der Mann und die Frau gefangen, die zu töten sie ausgesandt worden waren. Und hatte er diesen Auftrag vorher gleichmütig aufgenommen, so widmete er sich ihm nun aus tiefer, fast religiöser Überzeugung.

Von seinem Sitz sah Etan die Beduinen auf sie zukommen. Er wollte an Itamar denken, an Jahali, an Liat, aber das einzige Bild, das in ihm aufstieg, war seine Mutter, die Wäsche im Hof aufhängte, als jemand das Tor aufmachte. »Das ist nicht dein Ernst«, würde sie zu ihm sagen. So reagierte sie immer auf Nachrichten, die sie überraschten. »Das ist nicht dein Ernst«, sagte sie auf Flugkarten nach Griechenland, die sein Vater ihr spontan zum Geburtstag geschenkt hatte. »Das ist nicht dein Ernst«, zu den Leuten vom Standortältesten, die kamen, um sie über Juval zu unterrichten. Als trennte zwischen ihr und den an sie gerichteten Worten immer eine kleine Mauer der Ungläubigkeit, eine Mauer von »Das ist nicht dein Ernst«, die die Boten übersteigen mussten, um einzudringen und zu sagen, dass ja, es sei ihr voller Ernst.

Der Beduine schrie etwas auf Arabisch und richtete die Pistole auf ihn. Etan fragte sich, ob er die Augen schließen sollte. Und dann hörte er die Sirene, und im ersten Moment wollte auch er sagen »Das ist nicht dein Ernst«, denn es gibt eine Grenze, wie viel Schwanken zwischen Leben und Tod der Mensch in einer Nacht überstehen kann. Die Beduinen wechselten Schreie auf Arabisch und rannten davon, und Etan und Sirkit sahen einander an, ohne einen Schimmer, was nun zu tun war. Viel konnten sie nicht machen – die zivilen Streifenwagen kamen um die Ecke und blieben bremsenquietschend vor ihnen stehen. Die Sirenen schrillten jetzt ohrenbetäubend. Drei Polizisten sprangen heraus und setzten den Beduinen nach. Drei andere Polizisten umstellten den Jeep und riefen, Hände hoch.

Also hoben sie die Hände hoch.

15

Er wusste nicht, wie viele Stunden er in der Arrestzelle verbracht hatte. Die Uhr am Ende des Korridors zeigte zehn vor drei, aber die Zeiger hingen stur an der Drei und der Zehn fest, egal, wie viel Zeit verging. Etan fragte sich, ob jemand die Uhr absichtlich angehalten hatte. Nahm man dir das Zeitgefühl, drohten auch andere Dinge zusammenzubrechen. Deckgeschichten zum Beispiel. Aber keiner seiner Mithäftlinge auf der Wache sah ihm wichtig genug aus, um seinetwegen die Uhr zu manipulieren. Da saßen zwei pickelgesichtige Jugendliche, die nach Alkohol stanken, ein recht freundlicher Junkie, der Etan immer wieder fragte, ob er eine Zigarette habe, und ein Russe mit Irokesenschnitt, der unaufhörlich fluchte. Er stellte sie sich in der Aufnahme auf der Station im Soroka, beim Warten auf die Schwester vor. Das machte alles netter, zumal es den Umstand verwischte, dass er diesmal nicht als Außenstehender auf den Trupp Wartender blickte. Er war ein Teil von ihm. In den Stunden, die seit seiner Ankunft vergangen waren, hatte keiner ihn gefragt, warum er hier war. Keiner hatte versucht, ein Gespräch anzuknüpfen. In dieser Hinsicht waren alle so höflich wie Theaterbesucher.

Die Patienten im Soroko hingegen redeten ziemlich viel miteinander. Vielleicht half ihnen das, sich zu entspannen. Sie scharten sich um den Automaten, der Münzen schluckte, aber keinen Kaffee dafür ausspucken wollte. Klagten untereinander über einen unsympathischen Arzt oder eine schnippische Schwester. Tauschten Namen von Rabbinern und Kabbalisten, holistischen Therapeuten und Akupunkteuren. Praktisch waren sie bereit, über alles – von Politik bis Sudoku – zu sprechen, um nur nicht die Schritte des Todes auf dem Linoleumboden zu hören, während sie auf der Wartebank saßen. In den Fluren des Soroka waren die Menschen ausgesprochen freundlich, freundlicher denn je. Wie Schafe sich in einer kalten Nacht zusammendrängten, einen zitternden Leib an den anderen schmiegten, so klebten die Patienten in ihren Alltagsgesprächen zusammen. Doch hier, in der Arrestzelle, blieb jeder für sich. Nicht einmal Blicke wechselten sie.

Unwillkürlich dachte Etan an die ersten Stunden im Einberufungszentrum. Seine Mutter und sein Vater und Juval waren schon weggegangen. Gott sei Dank, er hatte ohnehin nicht mehr gewusst, was er mit ihnen anfangen sollte. Er konnte sich nicht entscheiden, was peinlicher war, die aufgeregten Umarmungen seiner Mutter oder das mannhafte Schulterklopfen seines Vaters. Schließlich war es ihm gelungen, sie zum Gehen zu bewegen (Es kann Stunden dauern, bis der Autobus kommt. Warum wollt ihr hier versauern.). Seine Mutter hatte ihm ein belegtes Brot in die Hand gedrückt, ihn ein letztes Mal umarmt und war gegangen. Pita, Hummus, saure Gurke. Wie auf einem Schulausflug, wie im Ferienlager. Er setzte sich mit dem Brot auf eine Bank, wollte es nicht essen, wollte es nicht in die Tasche stecken, und plötzlich merkte er, er war nicht allein. Auf den Bänken ringsum saßen Dutzende andere junge Leute, hielten ein Sandwich, ein Stück Kuchen, eine kleine Plastikdose mit einer Gabel. Und keiner aß. Und wer doch etwas in den Mund steckte, tat es lustlos, zögernd, und – das Wichtigste – ohne die anderen anzusehen, ohne mit ihnen zu reden. Denn Reden bedeutete, diese Sache zu beginnen, drei Jahre in Khakifarbe. Reden bedeutete, anzuerkennen, dass ich hier war, dass es tatsächlich losging. Und auch wer es gewollt und erwartet und sich darauf vorbereitet und die Tage bis dahin gezählt hatte, auch wer begeistert eingerückt war, besann sich kurz, hielt das belegte Brot von zu Hause in der Hand, die man bald lehren würde, ein Gewehr zu halten, und wartete.

Etan saß in der Arrestzelle und wartete. Blickte auf die Uhr, die zehn vor drei zeigte, und sprach keinen an. Der junge Mann mit dem Irokesenschnitt hörte mit dem Fluchen auf und begann, leise ein russisches Lied zu singen. Es war schön, das Lied. Sanft irgendwie. Es ließ Etan überlegen, was dieser Mann hier eigentlich machte. Und vielleicht war das leichter, als sich zu fragen, was *er* hier machte. Alice war in den Kaninchenbau gesprungen. Ali Baba hatte sich in die Höhle eingeschlichen. Aber er war einfach nur heimgefahren nach der Arbeit. Wie war er denn bloß in dieses finstere und bizarre Wunderland geraten, in dem es schon drei tote Männer und ein blaues Baby gab. Zwei dieser Menschen hatte er selbst umgebracht, den ersten aus Versehen, den zweiten mit Absicht, und dazwischen waren angeschossene, verletzte, blutende Eritreer gewesen und Pistolen und Messer und eine verlorene Drogenlieferung. Und all das im Schein eines riesigen, weißen Mondes, der vielleicht gar kein Mond war, sondern sein Heimatstern, die Kugel, von der aus er in diese Horrorgeschichte entführt worden war und auf der er in jener Nacht hätte nach Hause fahren sollen, ohne jemanden zu verletzen. Schlafen gehen und normal aufstehen. Normal.

Die zweite Möglichkeit durchwallte Etans Leib in Wellen über Wellen, eine mächtige Flut von »Was wäre gewesen, wenn«. Wenn er einfach nach Hause gefahren wäre in jener Nacht. Die Arbeit beendet hätte und sofort heimgefahren wäre. Jahali und Itamar einen Kuss gegeben, sich neben Liat auf die Matratze gelegt hätte. Das Bild war so klar, so scharf, fast undenkbar, dass es nicht eingetreten war. Er war nicht nach Hause gefahren. Er war *dorthin* gefahren. Und nun würde dieses Dort ihn verschlingen, hatte ihn praktisch schon verschlungen, würde ihn jetzt nur noch fertig kauen und die Knochen ausspeien.

Der Mann mit dem Irokesenschnitt sang weiter. Der Junkie war eingeschlafen, den Kopf an die Wand gelehnt. Die beiden jungen Pickelgesichter rochen jetzt weniger nach Alkohol und mehr nach Panik. Der Schweiß hatte einen anderen Geruch in der Arrestzelle. Etan roch ihn an den beiden Jugendlichen und wusste, sie rochen ihn auch an ihm. Er versuchte sich zu erinnern, ob er schon vorher, im Angesicht der Beduinen, so geschwitzt hatte, und schaffte es nicht. Aber eines wusste er, bei jener Konfrontation war er ganz und gar Adrenalin gewesen, und nun verpuffte das Adrenalin und machte Erwartung Platz. Vorhin hatte er vor einer echten, äußeren Bedrohung gestanden, und jetzt stand er vor Bedrohungen und Szenerien, die er sich selbst ausmalen konnte. Das Gesicht seiner Mutter. Die Enttäuschung seines Vaters. Vorwurfsvolle Blicke von Liat. Bedrückte Gefängnisbesuche von Itamar und Jahali. Und das noch, ohne sich die Gesichter der Patienten, Schwestern, Arztkollegen, Chefärzte vorzustellen. Von Prof. Sakkai.

Prof. Sakkai. Wie entsetzt hatte er, Etan, zur Kenntnis genommen, dass der verehrte Professor, neben Wein und russischer Literatur, auch prall gefüllte Briefumschläge goutierte. Wie hatte er rebelliert, als sich herausstellte, dass Sakkai sie genauso eifrig sammelte wie die antiken Dreidel, seine geliebten Chanukka-Kreisel. Er arrangierte sie hübsch in seinem Büro in der Universität, tadelte die äthiopische Putzfrau wegen jeder noch so kleinen Umgruppierung. Dort lagen sie, auf seinem monströsen Glastisch, und Sakkai nötigte jeden eintretenden Studenten, einen Dreidel zu drehen und auf das Ergebnis zu wetten. »Was sagen Sie? Wird er auf den Buchstaben N oder G fallen? Auf das H oder das P?« Den Studenten war es egal, sie wollten nur Einspruch gegen eine Benotung erheben, aber Sakkai war es sehr wichtig. »Auf Wunder setzen. Das haben die Juden in der Diaspora getan, und das tun sie bis heute. Und das tut jeder Arzt, auch wenn er es ungern zugibt.« Für Sakkai waren alle Ärzte Glücksspieler. Vielleicht fand er pralle Briefumschläge deshalb so annehmbar. Oder vielleicht war es viel einfacher: Er behandelte den mehr, der mehr bezahlte. Ein schlichter ökonomischer Grundsatz, der alles beherrschte. Auch Etan wäre schließlich nicht auf die Idee gekommen, nächtelang Eritreer zu behandeln, hätte Sirkit nicht mit ihrem Schweigen dafür bezahlt.

All das war jetzt egal, und doch dachte er daran. Die Uhrzeit war zehn vor drei, auf ewig zehn vor drei, und Etans Gehirn wurde langsam müde. Seine Gedanken sprangen von Thema zu Thema, in endlosem Zappen zwischen den Kanälen. Die Alternative bestand darin, an einem Ort zu verharren, und diese Möglichkeit kam nicht infrage. So dachte er denn an Sakkai, an Prof. Schkedi, an das Lied, das der junge Mann mit Irokesenschnitt sang, und an die Fernsehserie, die er einmal gesehen hatte. An alles war er bereit zu denken, um bloß nicht an den Moment zu denken, wenn die Uhrzeit aufhören würde, zehn vor drei zu sein.

Schließlich kam jemand und schloss die Tür auf. Etan überlegte, ob der Polizist ihn tatsächlich neugierig ansah, als er ihn ins Verhörzimmer führte, oder ob es ihm nur so vorkam. Der Junkie schlief weiter, als er die Zelle verließ, aber der junge Mann mit dem Irokesenschnitt hörte einen Augenblick auf zu singen, was vielleicht ein Gruß sein sollte. Die beiden jungen Pickelgesichter waren längst abgeholt worden, doch ihr Schweißgeruch hing noch in der Luft. Nach drei Flurbiegungen erwartete ihn Polizeichef Marziano. Er wusste, dass es Polizeichef Marziano war, wegen des Schilds an seinem Hemd. Aber nicht nur. Auch wegen Liats Imitationen, die präzise wie immer gewesen waren. Und auch weil er wusste, dass der Polizeichef persönlich mit ihm sprechen wollen würde. Schließlich bekam man nicht alle Tage einen Mordverdächtigen, der mit einer höheren Kriminalbeamtin verheiratet war.

Die Uhr in Marzianos Zimmer dachte nicht, dass es zehn vor drei war. Sie zeigte halb neun Uhr morgens, und Etan glaubte ihr. Viel weniger glaubte er dem freundlichen Lächeln auf Marzianos Gesicht oder seinem überraschenden, ungelenken Händedruck, als er sich auf den Stuhl setzte.

»Es tut mir leid, dass Sie so lange warten mussten. Ich hatte einen Beamten für die Eritreerin, zwei Beamte für die Beduinen, und eine Beamtin, die gestern früh nach Hause gegangen ist, weil ihr nicht gut war.« Das Lächeln wartete in Marzianos Mundwinkel wie eine fette Katze, und Etan begriff, dass die vierte Beamtin keine andere war als seine Frau. Marziano hatte sichtlich Spaß an der ganzen Geschichte.

»Fangen wir mit der Version der Eritreerin an oder mit der der Beduinen?«

Etan schwieg. Marzianos Fröhlichkeit ging ihm langsam auf die Nerven. Die Unterschiede in den Versionen von Sirkit und den Beduinen waren für ihn irrelevant, ein paar Monate Gefängnis mehr oder weniger. In den Trümmerhaufen seines bisherigen Lebens machte das wirklich nicht viel aus. Letzten Endes gab es hier mehrere Tote. Und zwei davon waren durch seinen Jeep umgekommen.

»Die Beduinen sagen, Sie seien der Drogenkönig des Südbezirks. Sie hätten ihren Kurier umgelegt, die Lieferung gestohlen und jeden erledigt, der sie wiedererlangen wollte. Guy Davidson, über den die Lieferungen laufen, wird seit sechsundzwanzig Stunden vermisst. Die Beduinen meinen, durch Ihre Schuld. Scharaf Abu Ayad ist vor zwei Stunden im Soroka gestorben. In diesem Fall hätten die beiden mit eigenen Augen gesehen, dass Sie schuld daran waren. Was soll ich Ihnen sagen, für diese Leute sind Sie tödlicher als Saladin.«

Marziano verstummte. Er war höchst zufrieden mit sich wegen dieses Saladins. Etan hätte wetten können, dass er einen zweiten Abschluss in Geschichte des Landes Israel besaß, erworben im verkürzten Studiengang ohne Magisterarbeit, was Marzianos Gehalt um mehrere Hundert Schekel pro Monat aufstockte. Polizeichefs setzten haufenweise darauf. Und doch ist unklar, warum er sich jetzt mit Marzianos akademischen Prätentionen aufhält oder mit seinem Gehaltszettel. Seit er hier eingetreten ist, streunt sein Gehirn durch die fernsten Gassen, verliert sich in ausweglosen Grübeleien, verworrenen Gedankengängen. Und dabei ist doch alles furchtbar einfach: Was ein Geheimnis gewesen ist, hat die Sonne jetzt an den Tag gebracht. Auch wenn man Liat, die Station, die Medien noch nicht informiert hat, ist es nur noch eine Frage der Zeit.

Trotzdem ist er plötzlich neugierig zu hören, was Sirkit ihnen genau erzählt hat. Denn schließlich ist es ein Unterschied, ob man einen oder zwei Menschen absichtlich tötet. Assum hatte er versehentlich überfahren und war geflüchtet, und den Beduinen hatte er mit Absicht umgebracht. (»Aber meine Damen und Herren, er hatte gar keine andere Wahl!«, würde der Verteidiger ausrufen. »Es war Notwehr!« Die Geschworenen würden nicken, denn das tun Geschworene in Fernsehserien, aber der Richter in Beer Scheva würde keineswegs nicken. Er würde fragen, wann Etan von der Drogenlieferung erfahren habe. Warum er nicht gleich Anzeige erstattet habe, als er davon erfuhr. Warum er nicht die Polizei alarmiert habe, als er Sirkit bei der Leiche des Mannes sah, bei dem es sich vermutlich um Davidson gehandelt habe. Warum er geflohen sei in jener Nacht, nachdem er den Eritreer angefahren hatte. Der Richter würde fragen, und Etan würde schweigen, denn keine seiner möglichen Antworten wäre die richtige gewesen. Als hätte er sein Leben lang ein fehlerhaftes, trügerisches Einmaleins repetiert, und alle Multiplikationen, die er zu machen wusste, seien grundfalsch gewesen. Eine andere Mathematik – statt der Geometrie der Ebene eine Geometrie der Grube. Der Sanddünen. Wie sollte man das jemandem erklären, der keinen Riesenmond über der Wüste gesehen hatte.)

Marziano lehnte sich in seinem Stuhl zurück. »Die ist was Besonderes, diese Eritreerin. Zuerst dachten wir, wir bräuchten einen Dolmetscher für sie, aber sie spricht besser Hebräisch als die Beduinen. Haben Sie so was schon mal gesehen?« Etan schüttelte verneinend den Kopf. Er hatte so etwas noch nicht gesehen. »Sprachbegabung. Es gibt solche Menschen.

Mein Großvater zum Beispiel konnte in neun verschiedenen Sprachen fluchen und in weiteren fünf glühend heißen Kaffee bestellen.« Etan sah Marziano an. Entweder war der Polizeichef ein raffinierter Stratege oder er schwatzte immer, bis einem die Ohren bluteten. Das war zweifellos ein ziemlich seltsamer Weg, ein Geständnis herauszuholen. (Und vielleicht, dachte Etan plötzlich, braucht er gar kein Geständnis. Er hat Sirkit, er hat die Beduinen, er braucht mich nicht wirklich.) Marziano warf ihm, über zwei gerahmte Fotos seiner Kinder in irgendeinem Schwimmbad hinweg, einen schrägen Blick zu. Etan fragte sich, ob auch Liat ein Foto der Kinder auf ihrem Tisch stehen hatte. Komisch, dass er so etwas nicht von ihr wusste. Andererseits war das vielleicht plausibel, wenn man bedachte, was sie über ihn alles nicht wusste.

Marzianos Kinder lächelten in Badehose und mit Eis am Stiel in die Kamera, und ihren Gesichtern war anzusehen, dass sie keine Ahnung hatten, was ihr Papa machte. Wenn sie wüssten, dass dieser Mann in seinem Zimmer Stunden in Gesellschaft von Mördern, Dieben, Drogenschmugglern und Pädophilen verbrachte, wäre ihr Lächeln vielleicht weniger breit ausgefallen. Zum Teufel, warum ihre Gesichter all dem Dreck aussetzen, den die israelische Gesellschaft zu produzieren vermochte? Nur um der Welt zu übermitteln, dass du es geschafft hattest, dich fortzupflanzen? Dass deine Gene auf Erden wandelten, in den Swimmingpools der Country Clubs planschten? Die Fotos waren für Marziano keine herzerwärmende Erinnerung an das traute Heim, das ihn nach Feierabend erwartete. Etan wusste das aufgrund der Ausrichtung der Bilder, denn nicht Marziano schaute sie an, sondern die Besucher in seinem Zimmer. Der Polizeichef kannte ja die Gesichter seiner Kinder – nun sollten auch andere sie kennen.

Und dadurch – ihn anerkennen. Als ein etabliertes Mitglied der Gesellschaft. Ein Mann von Gesetz und Ordnung. Von unterzeichneten Anweisungen und genauen Schlafengehzeiten. Zwanzig nach sieben sind alle im Bett. Ohne Faxen.

»Ich sage es Ihnen ehrlich, Etan. Mir gefällt diese Geschichte nicht. Ich verstehe, für Sie ist das eine Art heiliger Dienst, Hippokrates und Co., aber ich sage Ihnen, ein Staat kann so nicht existieren. Die können nicht alle hierherkommen. Laufende ärztliche Behandlung, Wohlfahrt – wenn wir das alles so gratis geben, ist bald halb Afrika unterwegs zu uns.«

Der Polizeichef sah Etan ernst und verständnisvoll an. Etan sah den Polizeichef verständnislos an.

»Verstehen Sie mich nicht falsch«, sagte Marziano, »ich erkenne hoch an, was Sie getan haben. Nicht jeder Arzt wäre bereit, so ehrenamtlich in seiner Freizeit hinzugehen, um diese Infiltranten zu behandeln. Das nennt man ein jüdisches Herz. Aber schauen Sie doch, was wir vor lauter Barmherzigkeit hier angerichtet haben. Um gar nicht erst davon zu reden, dass die Dinge manchmal aus dem Ruder laufen, wie es hier passiert ist. Hätten wir keinen Zivilstreifenwagen bei Davidsons Restaurant gehabt, hätten diese Typen euch dort abgeschlachtet. Meinen Sie denn, die hätten vorher abgeklärt, ob Sie Drogenhändler oder Janusz Korczak sind? Wenn die Sie erst mal aufs Korn genommen haben, stellen sie keine Fragen mehr. Hätten Sie diesen Abu Ayad nicht umgefahren, hätte er Ihnen die Visage durchlöchert. Denken Sie, ich weiß das nicht? He, sogar Ihre Eritreerin weiß das, und das ohne zwölf Jahre Schule.«

Marziano redete noch ein paar Minuten weiter. Entschuldigte sich für die in Haft verbrachte Nacht, die sicher schwer gewesen sei, und erklärte, er habe wirklich keine andere Wahl gehabt. Schon richtig, die Eritreerin habe Etan vom ersten

Moment an von jedem Verdacht reingewaschen, und die Kollegen von der Kripo hätten vor Ort alles gefunden, was auf den Betrieb einer Klinik in der Werkstatt hinwies, genau ihrer Aussage entsprechend, aber, Doktor, Sie haben halt doch einen totgefahren, und dass derjenige eine Pistole hatte und ein verdammter Drogendealer war, bedeutet noch nicht, dass ich Sie gleich in derselben Nacht aus dem Polizeigewahrsam hätte entlassen können. Das hätte nicht gut ausgesehen. Aber jetzt, nachdem wir alles überprüft haben und es unterschriebene Zeugenaussagen und Beweismaterial in Plastikbeuteln gibt, können Sie heimgehen, duschen, schlafen, wie es sich gehört.

Marziano stand auf, um Etan zur Tür zu begleiten, und unterwegs schimpfte er auf die Journalisten, die ihm an der Gurgel säßen, auf die Eritreer, auf die Beduinen. Er warnte Etan, seien Sie vorbereitet, die Medienleute werden Sie anrufen. Nicht alle Tage fällt ihnen so eine Geschichte in den Schoß. Ärztliche Behandlung im Untergrund, Drogen, Mord – alles zusammen. Wenn Sie mit denen reden möchten, dann bitte schön. Wir von uns aus sagen gar nichts. Der Fall ist nicht abgeschlossen, wir müssen noch den Maniak finden, der den Eritreer totgefahren und die Lieferung eingesackt hat. Wir müssen diesen Davidson finden. Sagen wir mal, Ihre Frau wird viel zu tun haben diese Woche. Ich, wenn Sie mich fragen, meine, alles Beduinen, diese ganze Geschichte, eine Bande gegen die andere. In einem geordneten Staat würde man Sie-wissen-schon-was mit ihnen machen.

Er verstummte. Vielleicht erwartete er eine Antwort. Etan starrte ins Innere des Zimmers, unberührt von Marzianos Schweigen wie vorher von seinen Reden. In seinem Gehirn war nur ein einziger Gedanke – sie hatte ihn nicht verraten. Die anderen Gedanken waren vorerst vernebelt. Liat, Jahali,

Itamar. Die Arbeit. Die Medien. Alles wartete im Dunkeln, während ein riesiger Mond in seinem Kopf leuchtete: Sie hatte ihn nicht verraten. Sie hatte einen Helden aus ihm gemacht.

Und wie dumm sie sich jetzt vorkommt. Als dümmste Frau der Welt. Sie fühlt sich so dumm, dass sie körperlich wehtut, diese Dummheit, zwischen den Schultern und im Kreuz, seitlich am Bauch und an den Schläfen. (Obwohl, vielleicht ist es gar nicht die Dummheit, die ihr diese Schmerzen bereitet, nicht die Erniedrigung, sondern die total irre Fahrt von Or Akiva nach Beer Scheva, zwei ein Viertel Stunden ohne Pause, mit verkrampften Muskeln und rasenden Gedanken.) Liat stand im Flur der Wache und massierte sich langsam die Schultern, als sei das das Einzige, was ihr derzeit zusetzte. Als säße nicht ihr Mann dort hinter der Tür am Ende des Gangs. Sie massierte sich die Schultern und wusste, hinter ihr gaffen Chita und Rachmanow, Esti von der Zentrale und Amsalem von der Streife. Auch wenn sie nicht direkt dastehen und gaffen, gaffen sie doch. Alle sind informiert. Vom Polizeichef bis runter zum letzten Häftling. Alle sehen, was sie nicht gesehen hat. Vor ihren Augen hat es gelegen, und sie hat es nicht bemerkt.

Marziano hatte um drei Uhr morgens angerufen. Sie war sofort am Apparat gewesen. Musste nicht erst aufwachen. Als hätte sie diesen Anruf erwartet. Dann ging alles furchtbar schnell. Sie weckte ihre Mutter und bat sie, auf Itamar und Jahali aufzupassen. Sie stieg ins Auto und rief sich in Erinnerung, dass eine höhere Kriminalbeamtin in erhebliche Schwierigkeiten geraten konnte, wenn sie mit überhöhter Geschwindigkeit erwischt wurde. Sie fuhr zwei ein Viertel Stunden nonstop bis Beer Scheva, und den ganzen Weg über fragte sie sich, wie das angehen konnte. Zwei Menschen leben zusammen in einem Haus. Schlafen nebeneinander. Rammeln einer im anderen. Duschen nacheinander. Kochen, essen, bringen Kinder ins Bett, reichen sich die Fernbedienung, das Salz, eine Klopapierrolle. Und die ganze Zeit eigentlich doch nicht. Leben nicht zusammen. Leben nicht einmal nebeneinanderher. Hatten diese ganze Zeit getrennt gelebt, und sie hatte nichts geahnt.

Zwei ein Viertel Stunden ohne Pause, und immer noch kriegt sie die Sache nicht auf die Reihe. Was hat er dort gemacht, mitten in der Nacht, zwischen Beduinen-Banden und Drogenlieferungen. Was zum Teufel hatte er dort zu suchen. Ihre Verwunderung ist so groß, dass sie nicht mal Raum für Wut lässt. Ein riesiges, aufgeblähtes Fragezeichen löscht das Gesicht ihres Ehemannes völlig aus. Sein Name – Etan Grien – steht plötzlich außerhalb des Hauses, außerhalb aller gemeinsamen Erinnerungen, wie bei ihrem ersten Treffen, als sie noch nichts von ihm kannte außer seinen Gesichtszügen, als sein Name noch ein leeres Gefäß war, das der Füllung harrte. Etan Grien. Ein fremder Mann.

Bei ihrer Ankunft konnte Marziano ihr schon von den genauen Vorkommnissen berichten. Aber das machte alles nur noch komplizierter. Sie las die Aussagen der Beduinen. Das Verhörprotokoll der Eritreerin. Sie zog sich in ihr Büro zurück (der Flur war den forschenden Blicken zu sehr ausgesetzt) und ging erneut das Material durch. Irgendetwas brachte sie nicht zusammen.

»Hast du was dagegen, wenn ich mal kurz reingehe und mit der Eritreerin rede?«

»Ich dachte, du würdest mit deinem Mann reden wollen, der verkümmert dort in der Arrestzelle.«

Liat lauschte Marziano durch den Haustelefonhörer und spürte, wie sich ihr Magen verkrampfte. Gut, dass sie angerufen hatte statt sein Büro aufzusuchen. Faustschläge aufs Zwerchfell verkraftete man besser im Sitzen.

»Ich geh also zu der Eritreerin rein.«

»Soll ich dann unterdessen mit deinem Mann reden, ihm sagen, dass er entlassen ist?«

Marziano klang belustigt, und Liat dachte, vielleicht begreift er wirklich nicht. Vielleicht war das gar keine Schadenfreude, diese Faustschläge in die Magengrube, kein Hohn. Vielleicht hielt er es tatsächlich für eine tolle Geschichte. Einen einfachen Streit, leicht komisch. Einen Sitcom-Konflikt zwischen Mann und Frau. Der Ehemann unternimmt etwas ohne seine Frau, die Frau zeigts ihm ordentlich, staucht ihn daheim zusammen, und am Ende regelt sich alles.

»Lass ihn noch nicht frei.« Und sie legte auf, bevor er etwas anfügen konnte. Ehe er grinsend sagte, da hat sich aber einer reingeritten, oder ihr vorschlug, ein Paar Handschellen mitzunehmen, wenn sie zu ihm ging. Ehe er überlegen konnte, ob hier mehr vorlag als ein Machtkampf, als die armselige, kleine Rache einer armseligen, kleinen Frau, die nichts gewusst hatte.

Die Eritreerin blickte sie an, als sie die Tür aufmachte. Ihr Gesicht sah fürchterlich aus. Das linke Auge blau verquollen. Die Nase zweifellos gebrochen.

Schalom, Sikrit.

Sirkit.

Die Eritreerin sah sie schweigend an. Liat musterte sie eingehend. Außerhalb des Verhörraums wagte sie es nicht, Menschen so anzusehen. Mit offenem Blick, ohne jede Scham.

Unverhohlen, ohne zu schielen, ohne den Blick abzuwenden, sobald dein Gegenüber ihn wahrnahm. Aber hier drinnen brauchte man nicht höflich zu sein. Der Passant auf der Straße hatte ein Recht darauf, nur verstohlen angesehen zu werden. Heimlich. In Zeiträumen, die einem weder die Röte ins Gesicht trieben noch die Knie kribbeln ließen. Aber einer, der im Verhörzimmer saß, war dieses Rechts beraubt. Deshalb erlaubte sie sich, die Züge der Eritreerin vor ihr sorgfältig zu studieren. Langsam, ohne Eile, mit der Gelassenheit eines Menschen, der Herr über seine Zeit war.

Nach ein paar Sekunden wandte die Eritreerin den Blick ab. Liat war nicht überrascht. Die meisten Menschen taten das. Nicht nur Kleinkriminelle, auch die Großen richteten die Augen nach maximal einer Minute zu Boden. Oder blickten in eine andere Zimmerecke. Die Dreisten unter ihnen starrten ihr auf den Busen, absichtlich. Aber die Eritreerin blickte nicht zu Boden und nicht in eine andere Zimmerecke. Sie starrte ihr auch nicht auf den Busen. Sie schloss die Augen.

Sikrit? Ist alles in Ordnung?

Erst als der Satz ausgesprochen war, begriff sie, dass sie ihren Namen wieder falsch ausgesprochen hatte. Diesmal korrigierte die Eritreerin sie nicht. Vielleicht war es ihr nicht aufgefallen. Vielleicht hatte sie die Hoffnung aufgegeben, hier könnte jemand ihren Namen richtig hinkriegen.

Alles ist in Ordnung.

Und immer noch waren ihre Augen geschlossen, und Liat wusste nicht, sollte sie Erbarmen mit dieser Eritreerin haben, der man das Gesicht derart zugerichtet hatte, sie ein bisschen schlafen lassen, weil sie wirklich erledigt aussah, oder sie hartnäckig fragen, was sie sie hatte fragen wollen (Sie dachte keinen Augenblick daran, dass Augen nicht nur vor Müdigkeit geschlossen sein könnten, sondern auch aus Rebellion. Kam gar nicht auf die Idee, so eine Frau könnte überhaupt rebellieren.).

Dennoch fragte sie. Bat die Eritreerin, ihre Version zu wiederholen. Bekam zu hören, was sie schon im Protokoll gelesen hatte: Wie Davidson den Ehemann der Frau aufgefordert hatte, eine Lieferung zu überbringen. Wie man am Morgen die Leiche des Eritreers gefunden hatte, die Lieferung aber weg gewesen war. Wie die Beduinen seine Frau erbarmungslos geschlagen hatten, weil sie meinten, vielleicht wüsste sie etwas von dem Clan, der ihnen das Paket geklaut hatte.

Aber der Arzt, fragte sie, was ist mit dem Arzt?!

Die Eritreerin verstummte abrupt und machte die Augen wieder auf. Als spürte sie, dass diese Frage anders war als die bisherigen der Beamtin. Liat wartete einen Moment und wiederholte dann die Frage. Langsam, bedächtig, mit aller Seelenruhe, die sie aufbieten konnte.

Was hat der Arzt mit dem Ganzen zu tun?

Er ist eines Nachts mit dem Jeep spazieren gefahren und hat uns gesehen. Dass wir Hilfe brauchen. Er wollte helfen.

Sie stellte ihr noch ein paar Fragen und erhielt von ihr noch ein paar Antworten, und alle stimmten mit dem Verhörprotokoll und dem Beweismaterial überein. Es hatte eine Klinik dort in der Werkstatt gegeben, betrieben von ihrem Ehemann. Sie hatte nichts mehr zu tun in diesem Zimmer, und doch schaffte sie nicht den Abgang. Noch nicht. Erneut musterte sie das Gesicht der Eritreerin. Gebrochene Nase. Linkes Auge blau verquollen. Unterhalb des einen Ohrs ein verschorfter Blutfleck. Ehe die Beduinen sie beide überrascht hatten, war Etan eingetroffen, um diese Wunden zu versorgen. Er hatte Jahalis Bett verlassen, war zwei ein Viertel Stunden gefahren und angekommen. Nur ein Engel würde so etwas tun. (Aber ihr Ehemann ist kein Engel. Was geht also dann hier vor? Sie hat ihn daran gehindert, Heldentum zu beweisen und Sakkais Fall hochgehen zu lassen, und da ist er ein Held im Dunklen geworden?) Vielleicht ja. Sie richtet sich abrupt auf. Vielleicht ist genau das passiert. Und schon lässt die Anspannung in den Schultern spürbar nach und auch der Schmerz im Unterleib. Der Körper entkommt dem Griff des Zweifels, strafft sich. Sie entspannt sich immer mehr, je klarer die Geschichte wird, geht erleichtert jeden weiteren Schritt mit: Etan hat sich schuldig gefühlt, weil sie ihm zu Sakkais Korruption Schweigen aufgenötigt hatte. Er wollte sühnen. Das passt zu seiner strengen Moral. Seinem verletzten Ego. Dazu passt auch, dass er ihr nichts erzählt hat. Sie hätte es ihm doch ausgeredet. Das ist illegal. Und gefährlich. Und was hast du denn plötzlich mit diesen Flüchtlingen. Und auf einmal ist ihr auch klar, warum er sich derart für die Ermittlungen im Fall des überfahrenen Eritreers interessiert hat. Diese Menschen sind ja kein Zeitungsartikel für ihn. Er kennt sie. Er hilft ihnen.

Noch hasste sie ihn. Noch war sie bereit, ihn an den Füßen aufzuhängen, mit dem Kopf nach unten. Noch hatte sie vor, viele Tage nicht mit ihm zu sprechen. Wochen sogar. Aber als sie aus dem Verhörraum ging, die Eritreerin hinter sich ließ, wusste sie, sie musste dieser schwarzen Frau für ihr zugerichtetes Gesicht danken. Eine gebrochene Nase. Ein blau geschwollenes linkes Auge. Ein Blutfleck unterhalb des Ohrs. Etan hatte diese Wunden behandelt. Ihr Mann.

Und nun war er kein Fremder mehr.

16

Kurz vor dem Internierungslager für Flüchtlinge hielt er an einer Tankstelle und kaufte ein Eis. Die Tankstelle war voll mit Familien auf Wochenendausflug. Einige Leute betrachteten ihn mit gerunzelter Stirn, versuchten sich zu erinnern, woher sie dieses Gesicht kannten. Ein Junge fragte, ob er etwas mit dem Musikfestival zu tun habe. Beinahe hätte er Ja gesagt, ließ es aber sein. Als er das Eis zur Hälfte gegessen hatte, trat eine Frau mit Kinderwagen zu ihm und sagte, Sie sind der Arzt, der den Flüchtlingen geholfen hat. Ich habe Ihr Bild in der Zeitung gesehen. Er gab keine Antwort, denn eigentlich hatte sie ihn ja nichts gefragt. Sie sagte, das ist schön, was Sie da gemacht haben, man bräuchte mehr Menschen Ihres Schlags in diesem Land. Er sagte Danke. Das schien sie zu erwarten. Weitere Menschen traten dazu. Sie fragten die Frau, was er getan hatte, und sie erzählte es ihnen. Der Junge, der gefragt hatte, ob er etwas mit dem Festival zu tun habe, hörte zu und bat dann um ein Autogramm für seine Sammlung. Aber ich bin kein Sänger, sagte Etan. Stimmt, erwiderte der Junge mit enttäuschtem Blick, aber Sie waren in der Zeitung. Ein paar Leute begannen zu diskutieren. Hier kann doch nicht ganz Afrika angelaufen kommen. Vor lauter Barmherzigkeit geht uns der Staat flöten. Die Leute, die diese Dinge sagten, blickten Etan an. Sie warteten wohl darauf, dass er etwas sagte. Die Frau mit dem Kinderwagen antwortete ihnen. Auch sie blickte Etan an. Vielleicht wartete auch sie darauf, dass er etwas sagte. Er aß das Eis auf und stieg ins Auto.

Am Eingang zum Internierungslager empfing ihn ein Vertreter der Direktion. Ein fröhlicher Mann von siebenundzwanzig Jahren, der in der nächsten Woche heiraten wollte und unaufhörlich Kurznachrichten an seine Verlobte tippte. Er sah aus wie ein Kind, das sich als Polizist verkleidet hatte. Sie sind jetzt alle auf dem Hof, sagte er, ich bring Sie hin. Als sie an den hohen Zäunen entlanggingen, erzählte der junge Mann von den Schwierigkeiten mit dem Hochzeitsgarten. Glauben Sie mir, ich hab nicht gewusst, wie viele Serviettenfarben es auf der Welt gibt. Sie blieben an einem großen Platz voller Frauen stehen. Gut, mein Bruder, hier ist der Hof. Ich mach Ihnen das Tor auf. Finden Sie sie? Mir sehen sie nämlich alle gleich aus.

Etan ging hinein und ließ den Blick über den vollen Hof schweifen. Sie sahen tatsächlich alle gleich aus. Dieselben schwarzen, erloschenen Gesichter. Derselbe Ausdruck apathischer, schlapper Langeweile. Jede dieser Frauen konnte Sirkit sein. Braune Augen. Schwarzes Haar. Flache Nase. Schwarze afrikanische Flüchtlingsfrauen aus Eritrea. Identisch. Sie sahen ihm so gleich aus wie eine Herde Schafe. Wie Kühe. Vor ein paar Jahren, als Spencer Tunick in Israel eine seiner Installationen aus nackten Menschen fotografierte, hatte Etan sich die Bilder angesehen und war erschauert. Die Presse schrieb über die Befreiung des Körpers aus der Diktatur des Schlankheitswahns, über den Beitrag der Pornografie zur Intimität. Aber er hatte die nackten Körper betrachtet, die Parade der

Nippel, Nabel und Schamhaare, und dabei gedacht, man habe diesen Menschen etwas geraubt. Nicht die Keuschheit, das hatte ihn nie gestört. Wenn jeder für sich fotografiert worden wäre, nackt und bloß, wäre sein Schaudern verebbt. Aber als er sie zusammen anschaute – eine Menge eng gedrängter Körper –, spürte er, wie jede Spur Eigenheit verflog, wie die kleinen Unterschiede, die jeden zu dem machten, der er war, in der großen, identischen Fleischmasse aufgingen. Die Frauen vor ihm waren nicht nackt, doch die gleichen Bedingungen und der enge Raum entkleideten sie ihrer Persönlichkeit und verwandelten sie in eine einheitliche Menge – Eritreerinnen. Die Großzügigkeit der einen oder die Schlechtigkeit einer anderen, der Sinn für Humor oder die außergewöhnliche Scheu dieser oder jener hatten jede Bedeutung verloren. Sie waren Eritreerinnen, die auf ihre Abschiebung warteten, und er war ein Israeli, der sie anschaute.

(Aber da war eine, die etwas bei dir bewegt hatte. Da war eine, deren Körper, deren spezifischer Körper, dich im Traum verfolgte. Da war eine, Sirkit hieß sie, und ihre Stimme war starr und kalt, und ihre Haut war weich wie Samt. Du hast sie gehasst und hast sie geliebt, und jetzt stehst du vor ihr und erkennst sie nicht.)

Nach ein paar Minuten sah er sie und kapierte erst nicht, dass er sie sah. Sie lehnte mit einer Gruppe weiterer Frauen am Zaun, das lange Haar um den Kopf geschlungen. Einen Moment drohte sein Blick über sie hinwegzuschweifen wie über alle anderen, doch im nächsten Moment blieb er abrupt hängen. Er kannte diesen Blick. Kannte diesen Körper. Ihren Körper: die Füße in Flipflops aus Plastik. Das Becken in einer weiten, formlosen Hose versunken. Blaues T-Shirt mit dem

Aufdruck *Mein Netivot*, den die Trägerin des Hemds nicht lesen konnte. Ihren Körper: Die Finger mit den abgeknabberten Nägeln klammerten sich an den Zaun. Und er wusste gar nicht, dass sie Nägel kaute. Vielleicht hatte sie erst hier damit angefangen, oder vielleicht hatte er es einfach nie bemerkt. Ein schlagender Beweis, dass auch Lilith nur eine Menschentochter war. Man bezeichnete sie als Dämonin, weil sie zu Zeiten wachte, in denen anständige Frauen in ihren Betten schliefen. Weil sie auf dem Mann ritt statt unter ihm zu liegen. Weil sie Säuglinge entführte. Und die ganze Zeit über hatte sie an den Nägeln gekaut, wie sich jetzt herausstellte. Unwillkürlich befühlte Etan seine eigenen Fingernägel. Sauber. Sorgfältig geschnitten. Sie wuchsen durchschnittlich vier Zentimeter pro Jahr. (Und nicht nur seine, alle Fingernägel hier. Vier Zentimeter pro Jahr im Schnitt. Einen Moment konnte er sie alle sehen, alle Insassen hier, die Dutzende schwarzer Frauen, den russischen Wachmann am Eingang, den Angestellten, der vor der Hochzeit stand, sogar seine zukünftige Frau. Alle im Tempo von vier Zentimetern pro Jahr.)

Sie hatte ihn noch nicht bemerkt. Er stand da und musterte sie. Wer ist sie, wenn ich sie nicht anschaue. Wenn ich ihr nichts schulde und sie nicht begehre. Wer ist sie an sich, wie sie einen Moment vor meiner Ankunft gewesen ist, wie sie einen Moment nach meinem Weggang sein wird.

Die Frauen um Sirkit redeten, und sie hörte halb zu und starrte halb hinaus, durch den Zaun. Jeden Augenblick würde ein mächtiger Tiger aus der Wüste auftauchen, würde über Mauer und Stacheldraht springen und zu ihren Füßen landen. Die anderen Frauen würden kreischen, der russische Wächter würde flüchten, aber sie würde die Hand ausstrecken und ihm die gestreifte Stirn streicheln. Der Tiger würde willig schnurren. Würde ihr wie ein Hündchen die Wangen lecken. Sie würde auf seinen Rücken steigen, und er würde wieder zum Sprung ansetzen, und sie würden im Galopp verschwinden.

Wegen des Tigers erkannte er sie. Dank ihm bemerkte er sie unter all den anderen. Viele Frauen starrten an diesem Morgen durch den Zaun, aber nur eine zitierte mit ihrem Blick einen Tiger herbei. Und Etan wurde fast traurig, weil er im Begriff stand, ihr einen elenden Ersatz für das Raubtier anzubieten, sich selbst, der nicht über Zäune springen konnte (Und könnte er, würde er springen?). Er ließ den Blick über den Zaun schweifen. Das Drahtgeflecht unterteilte die Welt in Quadrate über Quadrate. Die Wüste draußen, der Himmel am Horizont, alles in gleiche Quadrate zerteilt, in Draht gerahmt.

Er wandte den Blick vom Zaun und erfasste, dass sie ihn schon eine Weile anschaute. Das weckte sein Unbehagen. Sirkit anschauen, ohne dass sie es weiß, ist eines, aber von Sirkit angeschaut werden, ist etwas anderes. Gleich, ob der Blick kritisch oder freundlich, großzügig oder urteilend ausfällt. Allein schon als Blick hat er ein Oben und ein Unten. Den Blickenden und den Angeblickten. Den, der mit den Augen abtastet, und den, der abgetastet wird. Sirkit hatte ihn unbemerkt angeblickt, das heißt, sie war ihm nahe gewesen, ohne dass er es wusste, war in ihm gewesen und hatte es ihm nicht verraten. Und auch in jener Nacht, in der ersten, hatte sie ihn ja unbemerkt angeblickt. Eins mit der Nacht. Nächtliche Lilith. Nur kraft jenes Blicks, des ersten, hatte sie Herrschaft über ihn gewonnen. Und nur kraft der Herrschaft, die sie über ihn erlangt hatte, hatte auch er begonnen, sie anzublicken. Und doch hatte er damals die abgekauten Fingernägel nicht gesehen.

Sie ließ den Zaun los und ging auf ihn zu, während die anderen Frauen sie beobachteten. Plötzlich war Etan sich des Schweißes in seinen Achselhöhlen sehr bewusst.

Du bist zu Besuch gekommen.

Er nickte. All die Dinge, die er ihr hatte sagen wollen, all die Wörter, die den Jeep auf der Herfahrt ausgefüllt hatten, all das war verflogen, als er vor ihr stand wie ein getadeltes Kind. Aber hinter dem getadelten Kind stand der Porträtzeichner. Und er nutzte jede Sekunde, um ihre Gesichtszüge aufzunehmen, sie sich einzuprägen, damit sie ihm nicht im Meer der Jahre verschwand, wie vorhin in diesem Meer der Frauen. Nase. Mund. Stirn. Augen. Sirkit.

Und plötzlich erfasste er, dass auch sie ihn zeichnete, dastand und ihn skizzierte. Nase. Mund. Stirn. Augen. Etan. Ihr Arzt. Sie hatte ihn schon einmal im Kopf gezeichnet. In jener Nacht, als er Assum umgefahren hatte. Sie hatte nach einem heimtückischen Faustschlag in die Magengrube im Sand gelegen. Assum war gut in diesen Faustschlägen. Hattest du ihn mittags gereizt, schlug er nicht gleich zu. Er wartete geduldig. Eine Stunde, zwei Stunden, einen ganzen Tag. Und wenn du schon dachtest, es wäre vorüber, dir die Luft schon ohne Angsthauch in die Lungen drang, tat er es. Schnell und glatt. Er sagte nie etwas dazu. Schrie nicht und erklärte nichts. Er versetzte dir den Faustschlag und machte normal weiter, wie man eine widerspenstige Kuh schlug oder eine Ziege, die sich hartnäckig von der Herde entfernte. Ohne Gefühl, einfach weil es sein musste.

In jener Nacht hatte sie im Sand gelegen und gedacht, eines Tages bring ich ihn um, wie es die Kühe tun würden, wenn sie Verstand hätten. Aber sie wusste, sie würde es nicht tun, wie es die Kühe und die Ziegen nicht taten. Manchmal boten die Stiere die Stirn, oder Hunde. Die hatten Stolz, diese Tiere. Deshalb schlug man Hunden Steine an den Kopf oder schnitt Stieren die Kehle durch. Man vergeudete keine Kugel auf sie, das wäre zu teuer.

In jener Nacht hatte Assum mit der Lieferung in der Hand dagestanden und zu ihr gesagt, steh schon auf, wir sind spät dran, und dann war das Auto wie aus dem Nichts gekommen und hatte ihn erwischt. Und im ersten Moment hatte sie gedacht, es sei ihretwegen, ihr Hass sei so rot und so stark gewesen, dass er ihr entschlüpft sei und sich in einen roten Jeep mit hundert Stundenkilometern verwandelt habe. Aber dann war dem roten Jeep ein weißer Mann entstiegen, und sie hatte ihm gut ins Gesicht geschaut. Sie hatte die Angst in seinem Gesicht gesehen, als er begriff, was er umgefahren hatte, und den Ekel auf seinem Gesicht, als er die aus dem Schädel quellende Gehirnmasse bemerkte. Noch ehe er aufstand und flüchtete, wusste sie, er würde aufstehen und flüchten. Auch das hatte sie seinem Gesicht angesehen. Und das hatte sie dann schon richtig erzürnt. Nicht wegen Assum. Keine einzige Träne hatte sie wegen Assum vergossen. Wegen des Mannes, der in den Jeep stieg und sich mit der Hand übers Gesicht fuhr, als wollte er einen schlechten Traum verscheuchen, ohne zu begreifen, dass es der schlechte Traum von jemand anderem war. Die Kühe haben mich heute verrückt gemacht, hatte ihr Vater früher gesagt, mir schmerzen die Hände von den Schlägen, die ich austeilen musste.

Eine Minute später war der Jeep nicht mehr da gewesen. Sie war aufgestanden. Der Mond am Himmel war der schönste, den sie je gesehen hatte. Vollkommen rund. Er atmete noch, ihr Ehemann. Seine Augen blickten sie böse an. Er hatte sie vor dem Aufbruch nicht pinkeln lassen. Sie sollte sofort mitkommen. Sie wusste nicht, wohin, begriff jedoch, dass Davidson ihm einen Auftrag gegeben hatte und er das ausnutzen wollte, um sie ungehört zu schlagen oder sie ungehört zu nehmen. Die Caravans waren zu eng belegt für Schläge oder Stöhnen, und jetzt hatte Davidson ihm einen Vorwand gegeben, weit wegzugehen. Sie war ihm durch den Sand nachgerannt, obwohl sie hatte pinkeln müssen, bis er sich umdrehte und ihr wortlos diesen heimtückischen Fausthieb versetzte, und im nächsten Moment hatte ihn der Jeep erfasst. Da hatte sie die Unterhose runtergezogen und sich über ihn gestellt. Ein warmer und goldener Strom floss aus ihr, rann ihre Schenkel hinab zu den bösen Augen darunter. Stundenlang zurückgehaltener Urin sprudelte frei heraus. Ein angenehmer, wohliger Strom. Und der Mond droben war wunderschön.

Danach hatte sie das herabgefallene Portemonnaie entdeckt, nahe der Stelle, wo der Mann niedergekniet war. Sein Bild auf einer Karte: ernst, selbstsicher. Das genaue Gegenteil des Mannes, der vor einigen Minuten hier gewesen war, mit wackeligen Beinen den Jeep verlassen hatte. Sie betrachtete das Bild eingehend. Seit jener Nacht hatte sie seine Gesichtszüge gründlich kennengelernt. Sein Lächeln, seinen Ärger, seine wissenschaftliche Begeisterung und seine weiße Selbstgerechtigkeit. Aber in der Zeit, die sie hier, hinterm Zaun verbracht hatte, waren seine Gesichtszüge in ihrem Kopf immer mehr verschwommen. Nicht nur sie. Die ganze Werkstatt. Der Behandlungstisch. Die Wartenden in der Schlange. Sie verschwanden zusehends, weil es sinnlos war, sie in Erinnerung zu behalten. Man musste an andere Dinge denken, zum Beispiel den Wächtern gründlich ins Gesicht schauen, um herauszufinden, mit wem sie schlafen könnte. Mit einem der schwergewichtigen Älteren oder einem der Jüngeren, die noch Pickel im Gesicht hatten. Sie hatte schon gesehen, dass einige sie anschauten. Brüste und Po begutachteten, zueinander sagten, die da ist richtig schön, oder? Aber es brauchte mehr als Blicke. Es brauchte einen schweren Leib, der auf ihr lag, picklige Gesichter, die sich im Moment des Orgasmus verzerrten, damit sie das eine Wort sagen konnte, das sie hier herausholen würde: Vergewaltigung. Mit weniger gaben sie sich hierzulande nicht zufrieden. Weniger als das, und sie würden sie wieder nach *dort* schicken. Und obwohl sie sich nach ihrem Dorf sehnte, und erst recht nach dem Meer bei ihrem Dorf, war ihr klar, dorthin, in das Land der toten Kinder, würde sie nicht zurückkehren. Man musste nur gut beobachten, den richtigen Wächter finden. Danach würde es zum Prozess kommen, und wenn der vorüber war, würden sie es nicht wagen, sie abzuschieben. Sie würde hierbleiben und neue Kinder anstelle derer, die sie gehabt hatte, gebären, und diese Kinder würden ihren vorigen Kindern in allem ähneln, abgesehen davon, dass sie lebten und die vorigen Kinder nicht. Eins von ihnen würde ein Mädchen werden. Sie würde ihm die Haare kämmen und zu einem Zopf flechten. Das Haar ihrer vorigen Tochter war noch nicht lang genug gewesen, um es zu Zöpfen flechten zu können. Die neue Tochter würde das Alter erreichen, in dem man mit ihr schon wie mit einer Erwachsenen sprechen konnte. Keines ihrer vorigen Kinder hatte das Alter erreicht, in dem man mit ihm wie mit einem Erwachsenen reden konnte. Jamana und Marjam plapperten noch Kindersprache, als sie erkrankten, und Goitom, der hatte zwar schon Erwachsenensprache gesprochen, sie aber nicht wirklich verstanden, schließlich war er nicht stehen geblieben, als der Soldat ihm Halt gebot. Die neuen Kinder würden nie erfahren, was sie hatte tun müssen, um sie zur Welt zu bringen. Sie würden stolz und dumm sein. Nicht wie die Frauen hier, die klugen, die begriffen, wie die Welt funktionierte, und daher keinen Tropfen Stolz in sich hatten. Im Gegensatz zu ihr.

Sirkit wartete nicht darauf, dass ein Tiger über den Zaun des Internierungslagers sprang. Der Tiger war schon drinnen, lauerte still, beobachtete. Und vielleicht war es gar kein Tiger, sondern eine fantasierende, verrückte Antilope, die immer wieder etwas zu sein versuchte, was sie nicht war. Sie wusste es nicht und wollte es nicht wissen. Solche Gedanken konnten nur schaden. Wenn ein Vogel fragen würde, wieso er fliegen konnte, würde er sofort abstürzen. Ihre Mutter hatte alle Fragen so beantwortet, außer den einfachsten. Wenn du sie fragtest, wo das Mehl war, erhieltst du eine Antwort, aber wenn du sie fragtest, warum die Soldaten das ganze Mehl mitgenommen hatten, erklärte sie, wenn der Fisch fragen würde, wieso er unter Wasser atmen kann, würde er ersticken. So hatte Sirkit denn aufgehört, Fragen zu stellen, und das getan, was die Vögel und die Fische taten: Sie hatte sich fortbewegt. Vom Dorf in die Wüste, von der Wüste an die Grenze, von der Grenze in eine andere Wüste, die eigentlich dieselbe Wüste war, aber jemand hatte eine Linie gezogen und das Land dahinter Ägypten genannt. Aus der Wüste von Ägypten zu den Beduinen von Ägypten, die das Gedächtnis blitzschnell übergehen muss, ohne überhaupt anzuhalten, denn wenn du da anhieltst, konntest du wirklich nicht mehr weiter. Und von den Beduinen von Ägypten in dieses Land, in dem die Menschen weiß und die Straßen breit sind und die

Häuser komisch geneigte, rote Dächer haben. Hier hält sie an. Hier geht sie nicht weg. Wenn sie den ganzen Tag am Zaun stehen und die Gesichter der Wächter anschauen muss, wird sie stehen und schauen. Früher oder später wird sie den dunklen Funken in den Augen ausmachen. Er ist immer da, dieser Funke. Man muss nur hinschauen können.

Und plötzlich taucht ihr Arzt auf, aus dem Nichts. Und sie hat ihn fast schon vergessen. Oder wollte zumindest gern denken, sie hätte ihn vergessen. Und im ersten Moment möchte sie mit Fäusten auf ihn losgehen, mit Ohrfeigen. Möchte schreien, geh weg, was willst du hier. Denn wenn er da ist, dann hat sie sich das alles nicht bloß eingebildet. Diese Dinge, die sie empfunden, verworfen hat, vielleicht sind sie wirklich gewesen. Vielleicht sind dunkle und schwere Wasser diese ganze Zeit zwischen ihnen geflossen, obwohl nicht darüber gesprochen wurde.

Sie blickte ihn an, wie er dastand, in einem Meer schwarzer Frauen, ein kleines weißes Segel in dunklen Wassern. (Assums Segel, denkt sie auf einmal und erinnert sich, wie sie es mit den Augen verfolgt hatte, als es ins Meer hinausglitt, und wie enttäuscht sie immer war, wenn es gegen Abend wieder auftauchte, zusammen mit den anderen Segeln. Er war nicht ertrunken.) Kurz darauf merkte sie, dass ihr Arzt ihr zwar gegenüberstand, sie aber nicht anblickte. Momentan an andere Dinge dachte. Vielleicht an seine Frau, an die Kinder. Komisch, sie weiß nicht mal, ob er Söhne oder Töchter hat. Ob er einmal versucht hat, einen Wust von Haaren zu einem Zopf zu flechten. Ob sie in dem Alter sind, in dem man sie noch auf den Arm nimmt, oder ob sie schon aufrecht neben ihm gehen. Eines ist ihr klar: Dumm und stolz sind sie. Wie er.

Jetzt sah er sie endlich an, mit seinem grauen Blick. Sie ging auf ihn zu, und er blieb an seinem Platz stehen.

Du bist zu Besuch gekommen.

Ja.

Nun schwieg er. Auch sie schwieg. Ihr Gehirn war plötzlich gedankenentleert, wie jener Brunnen beim Dorf, in dem eines Tages einfach kein Wasser mehr war. Das Schweigen wuchs in Länge und Breite wie ein aufgeblasener Elefant, erreichte ungeheure Ausmaße. Schließlich sagte er, ich wollte dir Danke sagen, und bereute es schon, ehe er es ganz ausgesprochen hatte. Was denn, war er dieser Frau etwa zu Dank verpflichtet? Er hätte ja sterben können in jener Nacht. Eine präzise Kugel, und die ganze Sache wäre anders ausgegangen. Und sie lauschte seinem Dank und dachte, wenn er wollte, könnte er für sie kämpfen. Briefe schicken, Anrufe tätigen, mit der Hand auf Tische hauen. Wenn Menschen wie er mit der Hand auf den Tisch hauten, horchte die Welt auf. Aber sie hauten nicht. Der Hieb könnte ja wehtun, den Gelenken schaden. Und plötzlich wusste sie, er war nicht hergekommen, um ihr zu danken. Und er war ganz sicher nicht hergekommen, um sie zu befreien. Er war gekommen, um sich zu verabschieden. Mit wehmütigem Blick, mit winkender Hand, mit der ihm selbst unbewussten Hoffnung, sie nie wiederzusehen. Er war gekommen, um diese düstere Geschichte abzuschließen, die seine Ruhe gestört und seine Familie, sogar sein Leben bedroht hatte. Und obwohl diese düstere Geschichte ihn so verstört hatte, war sie doch auch fesselnd, verlockend gewesen, hatte die Seele tief aufgewühlt, wie es düstere Geschichten nun mal taten. Und jetzt ist es genug. Geschichten müssen enden. Das Leben muss in seinen ruhigen und sicheren Bahnen weitergehen. Auch wenn er sie anblickt und seine Augen hin und her über ihre Gesichtszüge streifen, auch wenn man richtig sehen kann, wie er in seinem Gedächtnis Platz für ihr Bild schafft, letzten Endes will er nicht mehr als ein Bild an der Wand. Eine Erinnerung, über die man nachdenken kann. Und dann normal weitermachen. Wie die Vögel und die Fische. Denn auch für ihn gilt – wenn er zu lange innehält, wenn er hinterfragt, wird er abstürzen oder ersticken.

Ist in Ordnung.

Zwei Menschen stehen einander gegenüber und haben sich nichts mehr zu sagen. Die Frau in Flipflops, überweiter Hose und einem Hemd mit der Aufschrift *Mein Netivot*. Der Mann in Jeans, Hemd und Sportschuhen mit orthopädischen Einlagen aus dem Duty-free. Die Worte, die gesagt wurden, und die Worte, die hätten gesagt werden können, werden mit einem Schlag überflüssig.

Als Etan Grien eine Viertelstunde später mit seinem roten Jeep auf die Straße nach Omer einbog, hielt er sich genau an die Geschwindigkeitsbegrenzung. Immerhin, ein Mensch steht morgens auf und geht aus dem Haus und entdeckt, dass die Erdkugel wieder auf ihrer Umlaufbahn kreist. Er sagt zu seiner Frau, wir treffen uns heute Abend, und sie treffen sich tatsächlich am Abend. Er sagt dem Verkäufer im Lebensmittelladen Auf Wiedersehen und weiß, sie sehen sich am nächsten Tag wieder, und die Tomaten werden, selbst wenn sie sich stark verteuern sollten, weiterhin erschwinglich für ihn bleiben. Wie schön ist die Erdkugel auf ihrer richtigen Bahn. Wie angenehm, sich mit ihr zu drehen. Zu vergessen, dass es einmal eine andere Bahn gegeben hat. Dass eine andere Bahn im Bereich des Möglichen liegt.

Ayelet Gundar-Goshen

Eine Nacht, Markowitz

»Ein Roman wie ein Donnerhall!«

WDR, Christine Westermann

Ausgerechnet der unscheinbare Jakob Markowitz soll die schöne Bella heiraten, um ihr die Flucht aus dem nationalsozialistischen Europa zu ermöglichen. Doch zurück in Palästina sieht Markowitz nicht ein, sein unverhofftes Glück wieder aufzugeben, und verweigert Bella die vorher vereinbarte Scheidung. Ein lebhaftes Buch, das mit Humor und erfrischender Originalität von der Geburt des israelischen Staates erzählt.

Roman

broschiert, 432 Seiten

ISBN 978-3-0369-5926-9

auch als eBook erhältlich

ISBN 978-3-0369-9245-7

Martin Amis
Das Rachel-Tagebuch
Roman | Aus dem Englischen von Joachim Kalka
ISBN 978-3-0369-5931-3

Truman Capote
Andere Stimmen, andere Räume
Roman | Aus dem Amerikanischen von Heidi Zerning
ISBN 978-3-0369-5943-6

Truman Capote
Erhörte Gebete
Roman | Aus dem Amerikanischen von Heidi Zerning
ISBN 978-3-0369-5927-6

Beni Frenkel
Gar nicht koscher
Geschichten
ISBN 978-3-0369-5925-2

Pedro Lenz
Der Goalie bin ich
Roman
ISBN 978-3-0369-5918-4

David Nicholls
Zwei an einem Tag
Roman | Aus dem Englischen von Simone Jakob
ISBN 978-3-0369-5937-5

David Nicholls
Ewig Zweiter
Roman | Aus dem Englischen von Simone Jakob
ISBN 978-3-0369-5900-9

David Nicholls
Drei auf Reisen
Roman I Aus dem Englischen von Simone Jakob
ISBN 978-3-0369-5933-7

Gerhard Polt
Kinderdressur
Erinnerungen
ISBN 978-3-0369-5904-7

Gerhard Polt
Circus Maximus
Das gesammelte Werk
ISBN 978-3-0369-5935-1

KEIN & ABER POCKET

Robert Seethaler
Der Trafikant
Roman
ISBN 978-3-0369-5909-2

Robert Seethaler
Die Biene und der Kurt
Roman
ISBN 978-3-0369-5915-3

Francesca Segal
Die Arglosen
Roman | Aus dem Englischen von Verena Kilchling
ISBN 978-3-0369-5914-6

Elif Shafak
Ehre
Roman | Aus dem Englischen von Michaela Grabinger
ISBN 978-3-0369-5932-0

Elif Shafak
Der Bastard von Istanbul
Roman I Aus dem Englischen von Juliane Gräbener-Müller
ISBN 978-3-0369-5924-5

Elif Shafak
Die vierzig Geheimnisse der Liebe
Roman | Aus dem Englischen von Michaela Grabinger
ISBN 978-3-0369-5912-2

Steve Tesich
Ein letzter Sommer
Roman | Aus dem Amerikanischen von Heidi Zerning
ISBN 978-3-0369-5919-1

Philipp Tingler
Fischtal
Roman
ISBN 978-3-0369-5905-4

Anne Tyler
Der leuchtend blaue Faden
Roman | Aus dem Amerikanischen von Ursula-Maria Mössner
ISBN 978-3-0369-5939-9

Alle Pockets sind auch als eBook erhältlich.
www.keinundaber.ch/pockets